リビルドワールド IV
Rebuild World
現世界
界の闘争
Author ナフセ
Illustration 吟
Illustration of the world わいっしゅ
Mechanic design cell
dvanced civilization that once dominated
mbled away, and a long time has passed.
agments of wisdom and glory scattered
nt a long time rebuilding human society.
JN013971

「こんな所で会うなんて奇遇ね」

壁が向こう側から銃撃され穴が開く。

続けてその穴から壁を蹴破った者が飛び出てきた。それはキャロルだった。

多分に焦りを滲ませていたキャロルの顔が安堵で緩んでいく。

そして驚いているアキラに気付くと、軽く笑いかけた。

「奇遇って……」

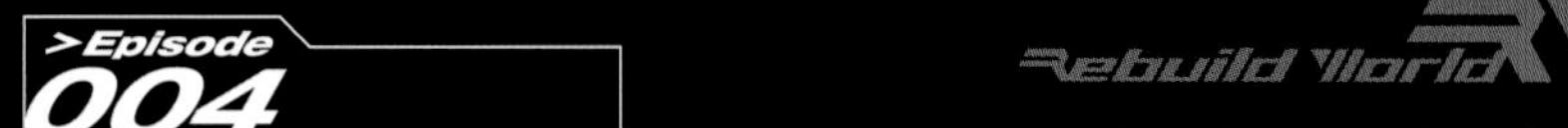

>Episode
004
現世界と旧世界の闘争

Character

>モニカ MONICA
キャロルと一緒にミハゾノ街遺跡の調査をしていた地図屋のハンター。主に工場区画の地図を売っている。

>キャロル CAROL
ミハゾノ街遺跡で地図屋として活動する女性ハンター。

>カナエ KANAE
レイナの護衛をしているメイド。好戦的な性格で、シオリとは異なりレイナへの忠義は薄い。

ねえ、取引しない?

Author ナフセ　Illustration 吟

Illustration of the world わいっしゅ　Mechanic design cell

Contents

第103話　現世界と旧世界の闘争

スラム街の路地裏暮らしから抜け出す為にハンターとなったアキラは、アルファのサポートによりハンターとして急激に成長していた。

強力な装備を手に入れた。地下深くに埋もれていた未発見の遺跡を見付け出した。賞金首に認定された強力なモンスターとも戦った。何度も死線を潜り抜けた。その度に強くなった。

既にアキラの実力はそこらのハンターとは比較にならないほど高くなっている。だが、それらは全てアルファのサポートのおかげだ。アキラ自身、自力で何とかしたなどとは欠片も思っていない。

そこに不運が現れる。アキラは巨大なモンスターに車両ごと一呑みにされ、アルファのサポートまで失ってしまった。

モンスターの腹の中、消化されるまであとわずか。頼れる者はどこにもいない。その絶望的な状況下で、アキラは己の不運を嘲笑った。そして生還への道を自力で踏み締め、絶望を踏破した。

新たな装備。アルファのサポート。そして心身共に成長した己自身。それらを以て、アキラはハンターとして更なる飛躍を見せていた。

だがそれだけの力を以てしても、アルファからの依頼を完遂するには程遠い。

ハンターとして更に成り上がる為に、そしていつか必ずアルファの依頼を達成する為に、その為の力を手に入れる為に、アキラのハンター稼業はこれからも続いていく。

◆

賞金首の騒ぎも収まったことで未発見の遺跡探しを再開したアキラは、その手懸かりとなる情報であるリオンズテイル社の端末設置場所を示すデータを基に、今日も荒野仕様車両で荒野を進んでいた。

「アルファ。次の場所までどれぐらいだ？」

『1時間ぐらいよ』

「まだそんなに掛かるのか……」

そう言って軽く溜め息を吐いたアキラを、アルファが笑って励ます。

『都市に近い場所は大体調べ終わったからね。遠出する以上、移動に時間が掛かるのは仕方無いわ。期待値は十分に高いのだから頑張りましょう』

端末設置場所を示すデータは、以前にヒガラカ住宅街遺跡で手に入れたものだ。実際にその情報を基にしてヨノズカ駅遺跡を見付けたこともあり、アキラもそのデータの信頼性に疑いは持っていない。

だが闇雲に探して見付かる確率よりは格段に高いというだけで、基本的には外ればかりだ。そして荒野は途方も無く広大だ。時間を掛けて遠出してまで調査して成果無しの日々が続く。アキラの溜め息も、その分だけ増えていた。

これで適度にモンスターと遭遇するのであれば緊張感も保てるが、先日の賞金首騒ぎの余波で一帯のモンスターは激減している。移動中、アキラはかなり暇だった。

その暇がアキラに話題を求めさせた。普段ならいちいち突っ込まないことも話の種にする。

「それでアルファ。今日の格好は何なんだ？」

アルファは相変わらず露出度の差はあれど魅力的で蠱惑的な服を着用している。今日はきわどいデザインのボディースーツだ。

そのボディースーツは各部位が関節部などで分割されており、ベルトやコードのような接続具で結合されている。その結合部分や背中などにある用途不明の穴から露出している肌が、露出面積こそ少ないものの四肢の造形の色香を際立たせていた。

露出部分からは下着のような装着品の一部も見える。そのデザインもいろいろときわどい。

『これ？　これは義体者用のボディースーツよ。どう？』

アルファはそう言って微笑みながら、自身の体とそのボディースーツを見せ付けるようなポーズを取った。

アキラはそれに不用意に反応しないように注意した。ごまかすのを兼ねて、湧いた疑問を口にする。

「……、ボディースーツなのに、何でそんないろいろ分かれた造りになってるんだ？」

『体の一部をサイズや形状の異なる別のパーツに付け替えても大丈夫なようによ』

「背中の穴は？」

『拡張パーツとの接続用ね。三本目の腕とか、戦闘用の外部ユニットとか、飛行用の推進装置とか、本人よりも大きい個人携帯用の重火器とか、いろいろあるわ』

その説明を聞いたアキラが、アルファの格好を見ながら無意識に想像する。

ボディースーツの、まるで腋や鼠蹊部を見せ付ける為のような分割箇所に機能的な意味があるとして、更に背中や胸の谷間などの穴にも同様に意味があるとして、その必要性を満たす姿を思い浮かべる。

するとアルファの背中から鋼の義手が生えた。その手が巨大な銃火器を持つ。両腕も付け根から胴体部とは不釣り合いな大きさの武器腕に換装された。

その重量を支える為に、両脚も付け根から武骨な多脚に変わる。腰には飛行装置のような物が取り付けられ、ボディースーツの細かな穴からは何らかのエネルギーを供給していると思われる管が伸びて各機器に繋がった。

「……いや、違うか」

アキラはそこまで想像して、流石にそこまでするなら重装強化服を着用するなり、人型兵器に乗り込むなりすれば良いのではないかと思い、それ以上の想像を中断した。

そこでアルファが楽しげに笑う。

『そんなことはないわ。近いものは想像できていたわよ？』

「えぇっ？　本当に？」

『ええ。近いもの、だけれどね？　付け加えれば、アキラの想像通りの姿も、旧世界の技術なら問題無く可能よ』

「……いや、技術的に可能だからって、わざわざあんな格好するか？」

『その辺は感性の問題よ。もっと東側、最前線付近で活動しているハンターなら、そういう格好をしていても不思議は無いわ』

　いわゆる旧世界風と呼ばれる戦闘服には、現代製であっても冗談のように煽情的で蠱惑的なデザインの物もある。これは旧世界製の戦闘服が現代の感覚を歪ませるほどに高性能な為だ。

　着用に度胸がいるデザインであっても、そこまで高性能であれば目を瞑れる。その判断で、今まで多くのハンターが見た目を度外視して旧世界製の戦闘服を使用してきた。

　その結果、装備の性能の印象と見た目の印象が混同されることが増えてきた。蠱惑的なデザインのものほど高性能という印象だ。今では武力的なハッタリの為に、敢えてその手の格好をする者まで出てきていた。

　そのデザインセンスを前提とした場合、胴体部で過剰に色気を出しつつ、四肢を見るからに強力そうな武器腕などに換装して、蠱惑的な方面からも、武装的な方面からも、強そう、という印象に特化した姿を選ぶ選択は十分にある。アルファはそう説明した。

「なるほど……、そういうことか……。世界は、広いな」

　アキラは感慨深くそう呟いた。

　スラム街の路地裏を飛び出したアキラの世界は、今日も更なる広がりを見せていた。ただし、その広がり具合は大分偏っていた。

◆

　目的地である本日の調査範囲に着いたアキラはそのまま未発見の遺跡探しを続けた。しかし外れが続く。辺り一面に広がる草原を見てアキラが軽く溜め息を吐く。

「ここも外れか……」

　アキラの視界に拡張表示されている矢印は草むら

を指していた。矢印はリオンズテイル社の端末設置場所を示すものだ。だがそこには瓦礫（がれき）に積もった土から草が茂る光景しかない。

　一応、瓦礫の散乱具合などから、かつてここに何らかの建物があったことや、旧世界時代にはこの辺りに街並みが広がっていたことは推察できる。よって当時のこの場所にリオンズテイル社の端末が設置されていても不思議は無い。それは情報の正しさの証拠でもある。

　しかしそれを拠（よ）り所（どころ）にしても連日の外れ続きの状況では、アキラも意気揚々と遺跡探しを続けるのは難しい。無意識に吐いた溜め息も、溜まり続けて大分重くなっていた。

　アルファがそのアキラの様子を見て提案する。

『アキラ。未発見の遺跡を探すのは一度切り上げて、しばらくは既存の遺跡の未調査部分を探してみる？』

　リオンズテイル社の端末の設置場所の情報は、その未調査部分を探すのにも役立つ。遺跡内を闇雲に探すより効果的だ。そして外れだったとしても、ついでに遺物収集をしておけば完全な成果無しとはならない。だからそちらも悪くはない。アルファはそう説明した。

　アキラは良い考えだと思いながらも、少し迷う。

「でも……、良いのか？　未発見の遺跡よりは、期待値は下がるんだろう？」

『まあね。でもそっちの方は、幾ら探しても見付からない確率もあるからね。それに……』

「それに？」

『幾ら未発見の遺跡の方が期待値が高いとはいっても、成果無しが続くとアキラも気が滅入（めい）るのでしょう？』

　アルファはそう言って調子良く楽しげに、だが優しく微笑んだ。

　未発見の遺跡探しは、そこに眠っている手付かずの遺物を手に入れるのが目的だ。そしてそれは、アルファの依頼を達成するのに必要な高性能で高額な装備の調達費用の為でもある。

　つまり遺物収集の期待値を下げるということは、

アルファの依頼の完遂を遅らせるということでもある。アキラもそれを分かっており、だからこそ少し迷っていた。

　だがそこでアルファは自分のやる気を優先してくれた。アキラはそのことを嬉しく思い、確かに少し気が滅入っていたところでもあったので、アルファの気遣いに甘えることにした。笑って頷く。

「そうか。じゃあ、そうしよう」

『分かったわ』

　そこでアルファがからかうように微笑んだ。

『アキラ。いきなり元気になったわね』

「まあ俺も、荒野をひたすら移動するだけだと飽きるんだよ。やる気の維持は大切だよな」

『全くだわ』

　アキラはごまかすように笑って返した。

◆

　目的と目的地を変更したアキラ達が、再び荒野を進んでいく。

　未発見の遺跡探しを中断したので、ここからは移動経路から遺跡の場所が露見してしまうような心配は不要になった。アキラは移動中に倒したモンスターを少しでも金にする為に、汎用討伐依頼を受けることにした。

　情報端末を取り出してハンターオフィスに繋ぎ、その手続きを済ませる。かつてはネットの簡単な閲覧すらおぼつかなかったアキラだったが、最近はこの程度のことなら自力で出来るようになっていた。

　そこでアキラがふと思う。

「なあアルファ。この汎用討伐依頼って、何で存在してるんだ？」

『何でって、ハンターオフィスが依頼を出しているからよ』

「あー、そういう意味じゃなくて……」

　アキラが疑問の補足を入れていく。それは報酬の支払元など、依頼の採算についての素朴な疑問だった。

都市周辺の巡回依頼ならアキラも理解できる。都市の安全の為に、防壁内や下位区画の者などが支払っているのだろうと推察できる。

また、報酬が倒したモンスターと引き換えならばまだ理解できる。機械系にしろ生物系にしろ、解体して素材にして金に換えて、その一部で支払うのだろうと想像できる。

だが都市から遠く離れた場所にいるモンスターを倒しただけで、その死体などを持ち帰りもしないのに、どこの誰が何の理由で支払っているのか、アキラには全く分からなかった。

それを聞いたアルファは少し意外そうな顔を浮かべた後で、どこか嬉しそうに笑った。

『アキラもそういうことを気にするようになったのね。しっかり成長しているわ。これも私の教育の賜ね？』

「そりゃどうも」

アキラは照れの混じった苦笑いを返した。ある意味で、今まではそんなことにも気付けなかったのか、という指摘でもあるからだ。

『拗ねない拗ねない。褒めてるのよ？　それで、アキラの疑問の答えだけれど、簡単に説明すると、統企連が東部全体の利益の為に支払っているのよ』

この説明には大分推測が混じるが、恐らく合っている。アルファはそう前置きした上で、アキラにもう少し詳しく話し始めた。

汎用討伐依頼は具体的な討伐条件が設定されていない討伐依頼だ。討伐数も討伐場所も活動時間も決められていない。依頼を受けたハンターがモンスターと遭遇せずに戻ってきたとしても、移動経路の情報さえ渡せば最低限の報酬が支払われる。

いつ、どこで、どの程度の実力のハンターが、どのようなモンスターと遭遇したのか。或いはしなかったのか。勝ったのか、負けたのか、逃げたのか、逃げられたのか、倒したのか、倒されたのか。

その程度の精度であっても、ハンターオフィスの力で東部全域から膨大な量のデータを収集して解析すれば、非常に有用な数多くの情報が得られる。

　解析結果から得た情報は様々な用途に用いられる。該当地域に生息するモンスターの脅威度の把握。都市間を結ぶ輸送ルートの選定。統企連の東部開拓計画の立案や修正。どれも重要な事柄だ。

　だがその解析元となるデータの提供をハンター達に無償で強制するのは難しい。しかし広大な荒野の調査依頼を出すのは流石に費用がかさむ。

　そこで汎用討伐依頼の報酬と引き換える形でデータを集める。小銭であっても金を貰(もら)えるのならと、他の依頼のついでにこの依頼を受ける者は多いからだ。

　また、どのような理由であれ荒野でモンスターが倒されれば、それだけ荒野が安全になり物流も安定する。そちらの利益を考慮すれば多少の補助金も出せる。倒したモンスターの報酬を依頼元が後から決定できる汎用討伐依頼ならば、その辺りの調整も利く。

　汎用討伐依頼の報酬は、それら東部全域の利益の為の必要経費として支払われていた。

　アキラはその説明を興味深く聞いていた。

「いろいろ考えられているんだな」

『まあ、大雑把な説明だけれどね。東部全域は大袈裟(おおげさ)だとしても、もう少し細かい地域でもいろいろ考えられるわ』

　今までほとんどモンスターがいなかった場所に急にモンスターの群れが出現した場合、そこにはアキラが以前に見付けたヨノズカ駅遺跡のような遺跡が存在する可能性がある。その情報も売れる。

　また、モンスターとの遭遇率などは都市間流通等の保険を扱う企業にとっては保険料を決める目安となる。十分金になる情報であり、売れる。

　それらの情報を都市や企業に売るだけでも、相当な利益が出るはずだ。アルファはそう付け加えた。

　アキラも納得したように頷く。

「確かに、新しい遺跡が見付かったら近くの都市はそれだけでも大儲(おおもう)けか。そこの遺物はその都市で売却されるんだろうし、ハンターの金払いも良くなるし、都市の経済圏も活気づく訳か」

　そのような推察が出来るぐらいには、アキラは戦闘面以外でも少しずつ成長していた。

『そういうことよ』

　自分の説明を聞いて感慨深く頷いたアキラの成長を見て、アルファは微笑んでいる。

　そして常に考えている。その知識が有害にならないように。アキラが自身と敵対しうる要素を、未来を、確率を増やさないように。

　その為にアルファはアキラに提供する情報を、その信頼性を維持したままずっと偏らせていた。

◆

　荒野を進むアキラの視界の先に目的地が見え始める。そこには当時の風景を色濃く残す旧世界の都市の遠景が広がっていた。

「あれがミハゾノ街遺跡か」

　ちょうどその時、近くを荒野仕様の大型バスが進んでいた。中にはハンターが大勢乗り込んでいる。

『行き先は同じのようね』

「あんなに大勢のハンターが向かってるんだ。それだけ稼げる遺跡ってことだな」

　アキラは遺跡の遠景に改めて期待を込めた視線を向けた。だがそこで少し不思議そうな顔を浮かべる。

『アキラ。どうかしたの？』

「なあアルファ。遺跡では俺達みたいなハンターが大勢ずっと前から遺物収集を続けてるよな？　何年も何十年も……、いや、何百年もか？」

『正確な期間は不明で、地域によって差はあるけれど、最低でも２００年は続けているはずよ？』

「そんなに長い時間、大勢のハンターが遺跡から遺物を持ち帰ってるのに、何でまだ遺物が残ってるんだ？　幾ら何でも無くなるんじゃないか？」

　そのアキラの素朴な疑問を、アルファがあっさり肯定する。

『無くなるわよ？　実際にヒガラカ住宅街遺跡には

もうめぼしい遺物は残ってないし、多連装砲マイマイの住み処だったミナカド遺跡も、遺物を取り尽くされて、ただの廃墟になっていたでしょう？』

それらの遺跡に限らず、遺物を取り尽くされた遺跡は東部に幾らでもある。傾向としては東部の西寄りの地域に多い。その辺りはモンスターが比較的弱いので遺物収集が捗るからだ。

そして地域からハンター稼業が成り立たなくなるほどに遺物が枯渇すると、ハンター達は新たな遺物を求めて活動地域をより東側に移す。東部の発展を支える遺物を求める統企連も、より価値の高い遺物を求めて荒野の開拓を東に進めていく。

荒野を東に向かうほどモンスターは強くなり開拓費用も高くなる。しかし見付かる遺物の価値も高くなるので帳尻は合っていた。アキラがいるクガマヤマ都市周辺も、まだまだ稼げる遺跡が今のところは残っているので採算に問題は出ていない。

アキラはそれらの話を聞いて、漠然とした不安を覚えていた。

「そうすると、この辺りの遺跡からもいつかは遺物が無くなる訳か……。大丈夫かな」

アルファがアキラの不安を笑い飛ばす。

『大丈夫よ。いずれはこの辺りからも遺物が枯渇するとはいっても、流石にアキラが心配しないといけないほど早く無くなる訳ではないわ』

遺物が大量にある遺跡でも、それらを誰でも持ち帰れるのであればすぐに無くなる。言い換えれば、大勢のハンターが遺物を求めて遺跡に入っているのにもかかわらず、いまだに遺物が残っているほどに遺跡のモンスターは強力だ。そう簡単に取り尽くされることはない。

また自動復元機能が生きている遺跡は、建物の修繕に留まらず備品等の補充まで行い、店舗等であれば商品の再陳列を、更には建物そのものの再建築まで実施することもある。

そして時には何らかの理由で停止していた復元機能が回復した結果、遺跡ごと再構築されることすらある。何も無かった荒野に一夜にして新たな遺跡が出現した事例すらあった。

アルファはそれらのことを話した後、アキラを安心させるように笑った。

『そういう理由もあって、そう簡単に遺物が枯渇するようなことはないわ。だから、遺物の枯渇でアキラのハンター稼業は廃業、ということもないのよ。安心しなさい』

「そうだったのか。安心した。……ん？　でも遺物が幾らでも補充される遺跡なんてあったら、ハンターが殺到して大変なことになるんじゃないか？」

『その手の遺跡は自動復元機能が施設の警備装置や生産設備も一緒に修復するのよ。そして遺跡で無尽蔵に製造される警備機械が侵入者を撃退するの。殺到する、程度の戦力では、それを超える戦力で返り討ちに合うだけね』

元々は取るに足らない難易度の遺跡だったが、稼げる場所だと知れ渡ったことでハンター達が群がった結果、極めて危険な遺跡に変貌することもある。遺跡の警備システムが状況に応じて警戒レベルを引き上げ、防衛機械を大量に製造、配備した場合などだ。

『まあ、人の敷地(しきち)に勝手に入って備品や商品を持ち去っていく武装した人間への対処としては、間違ってはいないわ』

「そう言われればそうだな。……ハンターなんて、あっちから見ればただの略奪者か……」

アキラは感慨深く呟いた。わずかに嫌な感情を覚えたが、それを取り消すように意識を切り替える。

「でもハンターを辞める訳にもいかないし、今更気にしても仕方無いか。当時の人間はもう死んでるし、幽霊にでもなっていない限り文句を言われることもない。大丈夫か」

『……。そうね』

アルファは普段の微笑みの中に珍しく複雑な何かを滲(にじ)ませて、表情を少しだけ固くした。その表情を浮かべたまま、既に割り切った様子を見せているアキラを見ていた。

そしてそれをアキラに気付かれる前に、顔を普段の微笑みに戻した。

旧世界の遺跡を、遺物を、英知を求めて今を生きる者達。それらを守って彼らを襲う今ではモンスターと呼ばれるもの達。

その現世界と旧世界の闘争は今でも続いている。滅んだ国家のかつての領土に我が物顔で住み着くもの達と、それらを排除しようと抵抗するもの達の闘争は、これまでも、そして今も、ずっとずっと続いていた。

◆

ミハゾノ街遺跡はクズスハラ街遺跡のような旧世界の街の遺跡だ。正確にはその街の一部を含む遺跡群のことであり、現存している建築物の傾向を基に分けられて、市街区画、工場区画などと呼ばれていた。

かなり大規模な遺跡だがクズスハラ街遺跡ほど広くはない。生息しているモンスターの強さも、クズスハラ街遺跡の奥部ほどではない。ある程度の実力を持つハンターならばしっかり稼げる遺跡だ。

安い強化服とＡＡＨ突撃銃、そして未熟な実力しか持っていなかった頃のアキラでは、この遺跡に足を踏み入れる資格は無かった。

しかし今のアキラならば問題無い。遠くに見える巨大な高層ビルの経年劣化など感じさせない外観と、それを維持しているであろう自動修復機能で整備された警備装置の脅威を想像しても、臆さずに遺跡に近付いていく。

そしてそのミハゾノ街遺跡に到着したアキラは、予想外のものを見て少し驚いていた。

「駐車場だ……。ハンターオフィスのマークがついてるけど……、えっ？　ハンターオフィスが運営してるのか？　駐車場を？　遺跡で？」

アキラが車を停めて軽く困惑していると、警備の男が近付いてきた。

「おい、そこに停めるな。邪魔になるだろう」

「あ、すみません」

アキラは普通に謝って車を移動させようとした。その様子から男が察する。

「お前、ここは初めてか？」

「はい。そうです」

「そうか。この辺りに停めるなら駐車場を使え。この辺に無秩序に停められると通行の邪魔になるんだ。車を停めるのに金を払いたくないのなら、もっと離れた所、最低でもあれぐらい離れた位置に停めてくれ」

男はそう言って、少し離れた場所を指差した。

アキラが不思議そうに尋ねる
「……そんなんで良いんですか？　それで金を払ってまで駐車場を使うやつが……いるのか。結構停まってるし」

駐車場には既に多数の車が停まっていた。使用中の場所は4割ほどだ。まだ十分な空きがあるが、敷地の広さから考えれば利用者の数はかなり多い。

男がアキラの疑問に答える。

「一応屋根も付いているし、そんなに高い料金でもない。それにこの遺跡にはハンターオフィスの出張所とかもあってな、ハンター以外にも、そこの職員とか、ハンター相手に商売するやつとかも使ってるんだよ」

アキラが駐車場を改めて見る。確かにハンター向けではない車両も数多く停まっていた。

「それにここは荒野だ。言っちゃ悪いが、良識の欠けた馬鹿も少なくない。それでもハンターオフィスが管理する駐車場の車に手を出す馬鹿はいない。一応警備員もいるし、監視カメラで監視もしているしな」

アキラは無意識に軽く頷いていた。荒野で車を安全に停められる価値はアキラもよく分かっていた。

「まあ、たまにそれでも手を出す馬鹿がいるが、全員気の毒な末路を迎えているよ。そういう訳で、利用するやつは多いぞ？　お前も使うなら、受付はあっちだ」

男は駐車場の存在意義を、恐らくようやくミハゾノ街遺跡で活動できるほどになったのであろう新参ハンターに親切心で伝え終えると、受付を軽く指差し、そのまま戻っていった。

『……、試しに使ってみるか』

『そうね。折角の設備ですもの。運悪く車上荒らしの対象にならない為にも活用しましょうか』

　からかうように微笑んできたアルファに、アキラは苦笑いではあるが笑って返した。

　駐車場の受付に向かい、支払手続きを済ませて車を停める。料金の踏み倒し防止の為に、ハンターオフィスの口座から直接引き落とす形式となっていた。

『帰りに手続きを忘れると、システム上、口座から料金をずっと引かれ続けるから注意するように……か。これ、遺跡で遭難したら口座が空になるまで絞られるってことだよな？』

『遭難時の救援保険も勧められたし、口座を空にするのが嫌ならそちらもどうぞ、ということでしょうね』

『ハンターオフィスの出張所まである遺跡だし、いろいろやってるってことか』

　車から荷物を下ろし、銃座からＣＷＨ対物突撃銃とＤＶＴＳミニガンを取り外して装備する。遺跡探索の準備を済ませたアキラは、まずは駐車場を出てハンターオフィスの出張所の近くまで移動した。

　出張所は遺物等の買取所も備えており、遺跡から取ってきたばかりの遺物を持ち込むハンター達の姿も見える。そこには倒した機械系モンスターを一緒に運んでいる者の姿もあった。

『倒した機械系モンスターを持ち帰って売ってるのか。うーん。屑鉄（くずてつ）集めを思い出すけど、金になるのかな？』

『少なくとも、遺跡の中で倒したモンスターを放置せずに、持ち帰って売ろうと思うぐらいには高値で売れるのでしょうね』

　ある意味で機械系モンスターは、今も動作保証のある遺物でもある。壊れていても現在の技術では再現不可能な旧世界製の素材などを含んでいることも多く、下手な遺物より高値になる場合もある。

少なくともこのミハゾノ街遺跡では、出張所の周辺で商魂たくましい商人が台車の貸出や販売などをするぐらいには利益が出ていた。

都市まで持ち帰るのは面倒でも、遺跡の側にある出張所までなら持って帰る。その程度の考えでも、それで多くのハンターがモンスターを倒せば遺跡の難易度はそれだけ下がる。

そうすれば遺物収集も盛んになって、その遺物が持ち込まれる都市も儲かる。そういう意図もあって、都市も少し高値で買っているのかもしれない。アルファはそう軽く補足した。

アキラがそれを聞いて納得したように頷く。

『やっぱりハンターオフィスの出張所があるだけあって、いろいろやってるんだな。……クズスハラ街遺跡でも何かやってくれれば助かったのに』

アキラは自分がまだ強化服も持っていなかった頃、遺跡の奥から疲労困憊になって遺物を運んでいたことを思い出して些細な不満を零していた。

『あそこは都市の近くだからね。ハンターオフィスの出張所をわざわざ作る必要は無いのでしょう。それに、何もしていないという訳ではないと思うわ』

『例えば？』

『出張所どころか、仮設基地の建設なんてもっと大規模なことをしているでしょう？』

『……おお。それもそうか』

そこでアキラは、周囲のハンター達の一部が少し驚いた顔で同じ方向に視線を向けていることに気付いた。

アキラもその視線の先を見る。そして同じように少し驚いた顔を見せた。そこには見覚えのある格好をしており、加えてその格好はメイド服という遺跡には非常に似つかわしくないものだった。

そこにいたのは、レイナ達だった。

第104話　メイドとメイドとその主人

　ミハゾノ街遺跡にあるハンターオフィスの出張所の前で、レイナが軽く溜め息を吐く。

「……やっぱり目立ってるわね」

　そしてその原因達に視線を向けた。遺跡には似つかわしくないメイド服姿のシオリとカナエは、非常に目立っていた。

　原因の片方であるシオリが、謝罪の意味で少し頭を下げる。

「お嬢様。こればかりは慣れるしかないかと」

　だが原因のもう片方であるカナエは、全く気にせずに笑っていた。

「慣れっすよ。慣れ。名の知れたハンターになればどんな格好でも注目は集まるっす。今の内から慣れておけば良いんじゃないっすか？　お嬢に一山幾らのハンターで終わる気がなければの話っすけどね」

　レイナが軽く睨むような視線をカナエに向ける。それでもカナエは平然と笑っていたが、追加でシオリから厳しい視線を向けられると、ごまかすように目を逸らした。

　レイナはそのシオリとカナエの遣り取りを見て、態度の違いはあっても、どちらも目立つ原因を取り除く気が全く無いことに、もう一度溜め息を吐いた。


　ドランカムの若手ハンターは部隊行動を基本としている。レイナもそのドランカムの所属で、年齢でもハンター歴でも十分に若手だ。

　だが最近は単独で行動していた。厳密にはシオリとカナエがいるので一人ではないのだが、ドランカムの作戦から外されて他の若手達との部隊行動をしていない点では単独行動だ。

　その理由はレイナの置かれている状況にあった。ドランカムの派閥から一様に距離を取られてしまっているのだ。

　レイナ達は以前、クガマヤマ都市の下位区画でアキラとカツヤが殺し合う寸前まで揉めた時に、中立の立場を取ると宣言してその場から先に離脱していた。

その揉め事自体は結果的に穏便に済んだのだが、レイナ達がある意味でカツヤを見捨てたことに違いは無く、その後のレイナ達のドランカムでの立場は非常に微妙なものになってしまった。

揉め事の前、レイナはカツヤのチームに所属していたのだが、ちょうどその時諸事情でチームから抜けようとしていた。それを引き留めようとするカツヤの厚意を無視した上にそのカツヤを見捨てたということもあり、ドランカムの若手達のA班と呼ばれる者達はレイナ達に怒りを覚え、嫌悪した。

その若手達の感情は、カツヤからレイナ達の行動は状況的に仕方無かった、と言われても止まらなかった。揉め事自体は穏便に片が付いたことも、実際には大したことでもなかったのにカツヤを見捨てたと解釈されて、悪感情に拍車を掛けた。

そしてカツヤ達の上司であるミズハも、自身が積極的に推し進めるカツヤ派の若手達がその態度では、流石にレイナ達をカツヤ派に留めることは出来なかった。

またドランカムの別の若手達であるB班は、その出身がスラム街など経済的に非常に困窮していた者ばかりだということもあって、メイドまで連れているレイナに親近感など欠片も持てず、レイナを拒絶した。若手を嫌う古参達も、その若手であるレイナに好意的な態度は取らなかった。

そのような経緯でドランカムの全ての派閥から距離を取られていたレイナ達は、ドランカム内の派閥争いが激しくなっている状況もあって、単独での行動を強いられていた。

これは有益な依頼の斡旋などでドランカムからの援護を全く受けられないことを意味する。ドランカム内で成り上がろうとするハンターにとって致命的な痛手だ。

もっともそれは、レイナはともかくシオリにとっては好都合な面もあった。派閥争いから無縁となったことで、ヨノズカ駅遺跡での騒ぎや賞金首討伐での苦戦にレイナを巻き込ませずに済んだからだ。

それでも立場的に厳しい状況であることに違いは無い。レイナ達はドランカムの派閥争いから外れたところで、徒党の恩恵を大して受けられない状態で、日々のハンター稼業を続けていた。


ミハゾノ街遺跡を当面の活動場所としていたレイナ達は非常に目立っていた。

レイナの武装は強化服と銃というハンターとしては普通の装備だ。だがシオリは加えて刀を2本身に着けていた。またカナエは、銃は拳銃ぐらいしか持っておらず、代わりに戦闘用の籠手を装着していた。

強力なモンスター達を相手に、銃という遠距離攻撃の強みを活かして戦う者が多い中、3人組の内2人も至近距離戦闘用の武装をしていればそれなりに目立つ。だが2人が目立っている一番の理由は、シオリとカナエがメイド服を着ているからだ。

都市であればシオリ達の容姿の高さもあって、好奇の視線を向けられるだけで済んでいた。だがここは荒野だ。向けられる視線には、場違いな異物に対する警戒が含まれていた。

似たようなことはレイナとシオリがクズスハラ街遺跡の地下街にいた時にもあった。しかしその時は周囲にいるハンター達がある程度固定されていたこともあり、好奇と警戒の視線も周りの者の慣れによって次第に薄れていった。

だがこのミハゾノ街遺跡ではそうはいかない。多くのハンター達が入れ替わり立ち替わり訪れる場所であり、レイナ達を初めて見る者が大半だ。注目はそう簡単には治まらない。

その注目の中、シオリは他者からの視線よりも己の職務と忠義を優先させ、カナエは気にせずに笑っており、レイナは少しげんなりしていた。

もっともカナエは、主に対する忠誠心など欠片も無いような態度を取りながらも、レイナの護衛という仕事自体は一応真面目にやっていた。

そしてその警戒範囲に見覚えのある顔を見付ける

と、楽しげに笑った。

◆

レイナ達を見付けたアキラは、周囲のハンター達の様子を見てどこか満足げに軽く笑った。

『アルファ。やっぱりメイド服はまだまだ不自然な格好みたいだぞ』

アキラは長年スラム街の路地裏暮らしだった所為もあって常識に疎いところがある。加えて自分の常識を揺るがす話を何度も聞いたり経験したりしたことで、自分が認識している常識というものに微妙な不安を持っていた。

そういう背景もあり、アキラは自身の常識と一致する光景を見て少し機嫌を良くしていた。

アルファが軽く苦笑する。

『そのようね。満足したのなら、もう行きましょう。アキラも面倒事は御免でしょう?』

『ん? そうだな』

そのまま立ち去ろうとしたアキラだったが、手遅れだった。既にカナエに見付かっていた。

「少年! また会ったっすね!」

カナエは大きく手を振りながらアキラに大声で呼びかけた。その所為でアキラにも注目が集まる。

『ほら、さっさと離れないから……』

『……そうだな』

だから言ったのに、という態度をありありと出しているアルファに、アキラも反論は出来なかった。そしてさっさと立ち去った方が良いかどうか迷っている間に、カナエに早足で距離を詰められる。

「こんな所で会うなんて奇遇っすね! あ、私はカナエっす!」

「……俺はアキラだ」

「そうっすか! アキラ少年! よろしくっす!」

こうなるとレイナとシオリもアキラを放置は出来なかった。軽く目を合わせてからアキラ達の下に行く。

そしてまずはシオリが、アキラの様子を確認しながら会釈する。

「……アキラ様、お久しぶりで御座います」

レイナも少し緊張気味の様子で続く。

「……その、久しぶりね」

アキラも対応に困っている様子で答える。

「あー、うん。久しぶり」

アキラもレイナもシオリも気まずさを覚えて、相手への態度や対応を決めかねていた。

そこにカナエが場の空気を全く読まない明るい声を出す。

「アキラ少年は遺物収集っすか？」

「そうだけど……」

「一人で？」

「ああ。俺は基本一人でやってるからな」

「おおっ！　この遺跡、結構高難度っすけど、そこを一人で遺物収集っすか！　やるっすね！」

「……どうも」

場違いなまでに明るいカナエの態度に、アキラは毒気を抜かれていろいろとどうでも良くなってきた。


軽く息を吐いて気を切り替えると、余計な揉め事を避ける為に、シオリとレイナに自身の考えを伝える。

「あの状況で俺の言い分を信じて俺に味方してもらえるとは思っていない。中立の立場を保ってもらえただけでも十分助かった。一応、礼は言っておく」

本心であると、シオリもすぐに察した。内心で安堵しながら、アキラへ丁寧に頭を下げる。

「御理解、感謝致します」

レイナも緊張を解いて息を吐く。アキラもお互いに敵意は無いと示し合ったことで、余計な警戒は抑えた。

「それで、俺に何か用か？　知った顔に挨拶しに来ただけならもう行くけど」

「いえ、それだけです。お騒がせしました。お気をつけて」

シオリはそのまま丁寧にアキラと別れようとした。敵対はしていないとはいえ、面倒事を起こしやすい人間であることはよく分かっている。レイナとは余り関わらせたくなかった。

だがそこにカナエが再び口を挟む。

「アキラ少年！　これも何かの縁っす！　良かったら一緒に遺跡探索でもどうっすか？」

突如アキラを誘ったカナエに、レイナとシオリが驚く。だがシオリはすぐに我に返ると、慌てて止めようとした。

しかしその前にアキラにきっぱり告げられる。

「断る」

それを聞いたレイナは少し項垂れた。レイナもアキラと一緒にハンター稼業をやりたいとは思っていなかったが、それでも何の躊躇も無く断られると落ち込んでしまう。

危険なハンター稼業、戦力は多い方が良い。シオリの強さはアキラも知っているはず。アキラならカナエの実力も見抜けるはず。それでもアキラは迷いすらしなかった。

やはり自分は足手纏いなのか。それはシオリとカナエの戦力の価値を覆すほどなのか。思わずそう考えてしまい、レイナの思考が自虐的な方向に偏り出す。

そのレイナの様子にシオリが心を痛める横で、カナエがアキラをからかうように明るく笑う。

「つれないっすねー。こんな美女美少女との同行の誘いを断るなんて、その歳でもう枯れ果ててるんすか？」

「そんな格好をしているやつらと一緒に行動して目立ちたくないだけだ。それに行動方針や報酬の分配で揉めるのも面倒だしな」

アキラは呆れに近い顔をしていた。告げた理由はどちらも本心だが、今の周囲から奇異の視線、メイド服を着た者達の連れだという認識の目で見られていることもあって、前者の理由が強くなっていた。

「大体なんでそんな格好なんだ？　どう考えても目立つだろう。そういう趣味か？」

「雇い主の趣味っす！」

カナエはそうはっきり言い切った。そこには無駄な説得力があった。

アキラがレイナをチラッと見て、微妙な表情を浮

かべる。

「……そ、そうか」

気落ちしていたレイナだったが、明確な誤解を受けていることを理解すると、そんな気分は吹き飛んだ。慌てて否定する。

「違うわ！　私の趣味じゃないわ！」

「あ、うん。そうか」

誤解は欠片も解けていないと言わんばかりのアキラの様子に、レイナが焦って顔を歪める。ただある意味その焦りのおかげで、レイナから落ち込んでいた雰囲気は無くなった。

シオリはそのレイナの様子に、沈んだ気持ちのままでいるよりはずっと良いと思って苦笑しながら、誤解を解く為に補足する。

「より正確にお答えするのであれば、お嬢様の御祖父、私達の正式な雇い主である方の御趣味です。またこの服は私達の手持ちの中では最も高性能な戦闘服です。目立つ為に着ている訳では御座いません」

「ちなみに下には強化インナーを着てるっすよ」

カナエがそう言って自分のスカートを軽く持ち上げた。そこから黒いタイツのように見える強化インナーが露わになった。

シオリがカナエの手を叩いてやめさせる。

「我々はお嬢様を護る為に、目立つのを承知の上でこれらの装備を着ております。お嬢様の御趣味によるものでは御座いません。御理解いただけましたでしょうか？」

アキラはシオリ達のメイド服を改めて見ながら少し唸っていた。そして何かに気付いたように笑う。

「ああ、そうか。そのメイド服、旧世界製なんだな？　それで凄く丈夫だから防護服代わりにして、下に強化インナーを着て運用してるんだ。そうだろ？」

アキラは自身がクズスハラ街遺跡の地下街にいた時のことを思い出していた。その時もシオリはメイド服を着ていたが、防護服などではない普通のものだった。しかしその下に強化インナーを着用していた。

恐らくその時は何らかの理由で旧世界製のメイド服が手元に無く、ハッタリ目的で普通のメイド服を着ていたのだろう。モンスター相手には無意味なハッタリだが、地下街にいたハンター達には有効だ。これならば辻褄が合う。そう判断したアキラは自分でもよく見抜けたと少し上機嫌だった。

だがシオリに否定される。

「いえ、これは旧世界製ではなく現代製です。ですが防護服の製造にも携わっている衣類メーカーが製造した物ですので、戦闘に耐える十分な性能を持っております」

「…………俺の常識が間違ってるのなら言ってくれ。何でメイド服にモンスターとの戦闘に耐えられる防御性能が必要なんだ？」

「職務上、必要としか」

「メイドって……あれだろ？　家事とかする職業の人のことだろ？　そんな機能は要らないだろ？」

「必要とする仕事も御座います」

「……それは……警備や護衛の任に就く戦闘訓練を受けた人を、表向きメイドってことにしてるんだよな？」

「いえ、表向きの話ではなく、私やそこのカナエ、他の同僚も含めまして、メイドで御座います。ただ、一定の戦闘技能は必須として、全員その訓練を受けたことは否定致しません」

「メイド……なのか？　全員？」

「強いて言えば、執事も含まれます」

根が真面目なシオリはアキラの質問に、適当にごまかしたり煙に巻いたりせずに、話せる範囲で誠実に答えていた。

しかしそれはアキラの困惑をより深める結果に終わった。

（何でメイドや執事に戦闘技能が要るんだ？　そういうのを雇うんだから、多分防壁の内側の話だよな？　……えっ？　壁の内側って、そんな危険な場所なのか？　そもそもメイドや執事って何なのかを、俺が間違って覚えてるのか？）

自身の常識を大いに揺らがせる話を聞いて軽く混

乱したアキラが困惑したまま呟く。

「俺の常識がおかしいんだろうか……」

そこにカナエが笑って口を挟む。

「少年。気にするだけ無駄っすよ。世界は広い。それだけっす」

アキラがカナエを見る。カナエは諭すような笑顔で深く頷いた。

その途端、アキラはいろいろ悩むのが急に馬鹿馬鹿しくなりそれ以上考えるのをやめた。

自分のその手の常識が多少間違っていて、その所為で何か危ないことになったとしても、それは荒野でモンスターの群れに襲われるほど危険ではない。それならば無駄に気にする必要も無い。そう考えて自身を納得させた。

そして軽く息を吐き、意識を切り替えると、レイナ達に告げる。

「取り敢えず、俺にはそっちと一緒にハンター稼業をするつもりは無い。前の時は護衛の依頼を受けたけど、今はそういうのを受ける気も無い。別の機会にしてくれ。じゃあな」

アキラはレイナ達にそれだけ言い残して立ち去った。

少し離れたところでアルファが意味深に微笑む。

『……何だよ』

『大したことではないわ。今回は、揉め事製造機の動作も絶不調で良かったと思っただけよ』

『ああ、そうですか』

アキラは苦笑を浮かべたが、反論はしなかった。

◆

アキラと別れた後、その姿が見えなくなるのと同時に、シオリがカナエを叱責する。

「カナエ。一体何の真似？」

カナエは惚けるような表情を浮かべた。

「何の真似って、何がっすか？」

「どうして彼に話しかけたの？　何かあったらどうする気だったの？」

「何も無かったし、アキラ少年は怒ってないって分かって良かったっすね。怒らなくても良いじゃないっすか」

　そう言って軽い調子を崩さないカナエを、シオリは真剣な顔で睨(にら)み付(つ)けた。

「なぜそんなことをしたのかを聞いているの。あの時の彼の様子はカナエも覚えているでしょう？　こっちから呼びかけるなんて迂闊(うかつ)な真似を、どうして取ったのよ」

　無意味にレイナを危険に晒(さら)したのであれば、こちらにも考えがある。シオリは鋭い視線でそう警告していた。

　それでもカナエは全く動じずに笑っていた。

「それこそそっすよ。私はちょうど良い機会だったと思うっすけどね」

　いずれにしろアキラがどの程度怒っているのかは、いつか確認しなければいけなかった。

　そしてアキラの怒りの程度が最悪で、自分達を視界に入れた途端に殺しにくるほどだったとしても、すぐ側にハンターオフィスの出張所があるこの場なら、冷静であろうとする可能性は高い。

　それでも襲ってくるほど激怒していたとしても、周囲に多くのハンターがいる今ならば、彼らを味方につけて非常に有利に戦える。

　レイナの護衛として、その絶好の機会を逃すことは出来なかった、とカナエはあからさまに口実を述べた。

「……そう。なら良いわ」

　それでシオリもそれ以上の追及を打ち切った。口実であっても、その内容には一定の説得力があったからだ。

　そしてカナエが勝手に動いた理由が、その方が面白くなりそうだったから、というふざけたものだったとしても、これならば相応の口実が無ければ動かないだろうと判断して自身を落ち着かせた。

　厄介な性格の同僚だが、自分だけではレイナを護り切れなかった前例がある以上、追加の戦力を斬り捨てる訳にはいかないと、シオリはレイナへの忠義で自身を抑えた。

そのシオリを見ながらカナエが笑う。

「そうっすか？　それは良かったっす」

そしてレイナはそのシオリ達の遣り取りを見て、大きな溜め息を吐いた。

自分はその二人の主であると理解はしていた。だが、主として相応しいかどうかという意味では、自信など無かった。

己の弱さに一度押し潰されたレイナは、少しずつ、ゆっくりとだが、立ち上がろうとしていた。しかし、まだ立ち上がった訳ではなかった。

◆

アキラがミハゾノ街遺跡の市街区画を進んでいく。拡張視界に表示されている矢印は、遠くに見える高層ビルの上層階を示していた。

リオンズテイル社の端末設置場所の情報から、既存の遺跡の未調査部分を見付け出すのが今のアキラの目的だ。

取り敢えず矢印の場所を目指して、当たりであればそこで、外れであれば戻りながら遺物収集をする予定であり、まずはそこまで行こうとしていた。

市街ではあるが瓦礫等で通行できない箇所も多いので徒歩で進んでいる。瓦礫の山を乗り越えるのも強化服のおかげで苦にならない。

『それにしても、あんな所にあるのか。確かにあそこまで行ければ遺物はたっぷりありそうだけど……』

そこに遺跡の未調査部分が存在する可能性は十分にある。実際に、ネットで入手した地図にも該当部分の情報は載っていない。正確にはセランタルビルという名称と位置は記載されているが、ビルの内部構造などは全く載っていなかった。

もっとも単に安物の地図だから、ということも十分に考えられる。だがそこに未調査部分が存在している場合、それは非常に見付け難い場所だったという理由よりも、純粋に到達困難な場所だからという理由なのだろう、という推察はアキラにも容易に出来た。

アルファが自信を感じさせる笑顔を浮かべる。

『取り敢えず、行ける所まで行ってみましょう。他の人では無理でも、私が調べて案内すれば何とかなる可能性はあるわ』

実際にアキラはアルファの案内のおかげで、本来ならば到達など不可能なクズスハラ街遺跡の奥部で遺物収集をしていた。その辺りは期待できそうだと、アキラは軽く頷いた。

『あのビルは外観もしっかりしてるし、階段ぐらいは残ってるだろう。エレベーターとかも動く状態で残っていれば楽に上れそうだけど……』

『その手の設備を使うのは難しいでしょうね』

『あ、やっぱり壊れてると思うか？』

『いえ、ここからビルの状態を確認する限り、自動修復機能は今も稼働しているのでしょう。動作自体に問題は無いと思うわ。ただ、ビルのセキュリティーもあるし……』

アルファがそう言って少し前を指差す。

『そもそも私達はミハゾノ街遺跡から歓迎されていないわ。ビルの設備なんて使わせてもらえるかしら？』

前方からは四角い機械系モンスターが近付いてきていた。しかも明確にアキラを認識していた。

その警備機械は瓦礫が散らばる地面を機体下部の多脚を器用に動かして走りながら、胴体上部の多関節の腕を振り回し、ハンターという武装した不審者に迫っている。

『そういうことか』

アキラは軽く笑ってＣＷＨ対物突撃銃を構えると、引き金を引いた。撃ち出された徹甲弾が相手の胴体部に着弾し、薄い装甲を貫いて内部機構を破壊する。制御装置を壊された警備機械はそのまま動作を停止した。

ミハゾノ街遺跡の市街区画を巡回している警備機械は、今日も招かれざる客達に対処していた。

アキラがミハゾノ街遺跡に来た目的は遺物収集だ

が、それはそれとして訓練を兼ねて一応自力で遺跡内を進んでいる。強化服をアルファのサポート無しで動かし、索敵も自分で行っていた。

歩行だけでも、強化服の生身とは掛け離れた身体能力に振り回されない訓練になる。限界まで素早く銃を構える動きでは、強化服の速度についていけない生身への負担を可能な限り抑える動きを学べる。

その動作の一つ一つが、強化服と自分の体を別々にかつ相反しないように動かすことで身体への負荷軽減と動きの効率化を実現する高度な訓練だ。

並行して索敵も実施する。敵の位置を素早く察知する能力を磨きながら、その警戒網で見逃してしまった敵から奇襲されない位置取りを続けられるように気を配る。

アルファのサポートが無くとも動けるように、アルファが側にいなくとも敵から奇襲を受けないように、またアルファとの接続が切れた時に自力で戦えるように、アキラは真面目に訓練していた。

その訓練場所である市街区画は、瓦礫や倒壊したビルが不規則に道を塞いでいて、簡単な迷路のような状態だ。

その上で瓦礫の山の横が不自然なまでに綺麗だったり、完全に倒壊したビルのすぐ隣に真新しいビルが建っていたりと、アキラには随分奇妙に思える光景が広がっていた。

『アルファ。何か無事な所とそうでない所の境目がはっきり見えるんだけど。隣り合った場所なのに何でこんなに違いがあるんだ？』

『恐らく警備機械や整備機械の担当区画の差よ』

それらの機械の性能に担当区画ごとに大きな差があり、その差が区画の境目を生み出している。

荒れている範囲には強力な警備機械が配置されている。そしてハンター達と激戦を繰り広げた結果、戦闘の余波で建物なども酷く破壊された。または整備機械の性能が低い所為で区画の修繕が追い付いていない。綺麗な場所はその逆だ。

その説明を聞いたアキラが軽く思う。

『そうすると……、小奇麗な場所は比較的安全ってことか？』

『その可能性はあるけれど、油断しては駄目よ。警備機械が強すぎてハンター達が立ち寄らないから、戦闘そのものが発生していないだけかもしれないわ。整備機械の性能が非常に高くて、一帯をあっという間に修復しただけかもしれないしね』

『なるほど。まあどちらにしても、遺物を探すなら小奇麗な場所の方が良さそうだな』

『そうね。……少し探してみたい？』

アキラが少し考えてから答える。

『やめとくよ。まずは、矢印の場所まで行ってからだ。そういう予定だしな』

『そう。それなら、油断せずに進みましょう』

アルファが笑う。大きな理由が無いのであれば、自分が立てた予定の方をアキラが優先したことに満足していた。

アキラが訓練として索敵も自力で行っているとはいえ、アルファもアキラの索敵の不手際を、実際に敵に奇襲されることで示す訳にはいかない。適宜指摘していく。

しかしアキラも自分で選択した移動ルートが間違っていると言われて正しい移動ルートだけを教えられても、何が違っているのかよく分からなかった。

『アルファ……。これ、どう違うんだ？』

するとアキラの視界が拡張され、周辺の景色が一時的に着色されて表示された。

『赤く表示されている箇所が危険な場所よ。色が濃い場所はそれだけ危険だということ。アキラが選択した移動ルートは、そこの非常に赤い場所を通っているでしょう？　そこは通らない方が良いわ』

『そうか。それで、俺はアルファのサポート無しでそれをどうやって見分ければ良いんだ？』

『そこは、何となく理解してもらうしかないわね』

『何となくって言われてもな……』

随分と具体性に欠けることを言われたアキラが困惑した顔をアルファに向けると、アルファも少し困ったような表情を浮かべた。

『悪いけれど、私もそうとしか言えないのよ』

アルファがその理由を話していく。

アルファは情報収集機器で取得した周囲の情報を基に精密な計算をして危険度を算出している。

遮蔽物で遮られていない全てのビル。そのビルのアキラ側にある全ての側面。その側面にある全ての窓や出入口。そこに敵がいる確率。その敵がアキラを狙う確率。その敵の有効射程範囲内の命中率。その他諸々の危険性を全て計算して出している。

だがその計算方法や計算式の妥当性を正確に伝えるのは念話であっても現実的ではない。数式を交えた言語で説明しても、イメージで送っても、その内容をアキラが理解するのは無理がある。

そして仮に計算方法を理解したとしても、その計算をアキラが自力で行うのは不可能だ。しかも周囲を警戒する以上、常に演算し続けなければならない。無理矢理実行すればアキラの脳が保たない。過負荷で確実に脳死する。

『勿論、非常に大雑把に教えることは出来るわ。でもその程度の精度の索敵であれば、アキラはもう自力で出来るようになっているから教えても意味が無いのよ』

『つまり、あとはもう、その辺は何となく危ない気がするって感じで、俺が自力で見抜けるようになるしかない訳か』

『そういうこと。これ以上は経験から勘を磨くしかないわね。勿論、その経験を効果的に得る手助けは惜しまないわ。こうやって危険な場所を視覚的に分かりやすく表示したりね』

アキラはもう一度周辺を見渡した。至る所が赤く色付いている。そこが危険である理由は分からなくとも、危険であることだけは分かる。

本来ならばそれすら不明確な状態から、自身の負傷という回答を以て勘を磨かなければならない。その過程を省略するアルファのサポートは十分に効果的な支援だった。

『勘か……。嫌な予感は当たる方だ。そっちに期待するか』

まだスラム街の路地裏を逃げ回ってその片隅に隠れて生きていた頃、自分を生かしていたのは、その勘だった。多分。アキラはそう思って苦笑しながら、再びその勘を頼りにして遺跡の中を進んでいった。

ミハゾノ街遺跡の市街区画を進むアキラは多くのモンスターと遭遇したが、基本的に全て機械系だった。一見生物系のような外観でも倒すと機械系だと判明するのだ。

普通の大型犬に見えるモンスターが、明らかに普通の犬ではない速度で一直線に襲いかかってくる。だがしっかり索敵して逸早く狙撃すると、無数の機械部品をまき散らして地面に倒れ、破壊された部分から内部の金属骨格を露出させた。

その残骸を見て、アキラが不思議そうにする。

『義体の犬……、じゃないな。頭も機械か。ここのモンスターは機械系ばっかりだな』

『この遺跡には生物系モンスターが繁殖できるだけの食料が無いのでしょうね。或いは警備機械に駆除されたのかもしれないわ。ちなみにあの街路樹もどちらかと言えば金属製よ。その手のナノマテリアルで構成されているわ。食料にするのはちょっと難しいわね』

アキラがその街路樹を見る。青々とした葉が生えており本物の植物にしか見えない。

『あれもか……』

造花の類い。そう説明されると逆に違和感を覚えそうな、義体の植物というある意味で本物の木が、いつまでも枯れない街路樹として景観を彩り続けていた。

第105話　懸念の解消

　セランタルビルを目指してミハゾノ街遺跡の市街区画を進むアキラの頭上を、小型の飛行機械が通り過ぎていく。

『あれ、さっきも見たけど、襲ってこないってことは偵察機とか監視用とかかな？』

『そうでしょうね。アキラ。そこで一度止まって。このまま進むと少し危ないかもしれないから』

　今まで遺跡の通りを進んでいたアキラは、アルファの指示で近くのビルの中に入った。そして階段を使ってビルを上っていく。

　長い階段も強化服の補助のおかげで余り苦にならない。しかしそれでも、見上げるほどに高いビルを階段で上るのは心身共に疲労が溜まる。

　途中の階の様子を見たアキラは、そこにあったビルのエレベーターに思わず視線を向けた。

『アルファ……。エレベーターを使えるかどうか試してみるってのは、やっぱり駄目なのか？』

『駄目。階段を使いなさい。一見使用できそうであっても、突如脱出困難な閉鎖空間に変わる恐れもあるの。我慢しなさい』

『分かった……』

　アキラは諦めて階段を上り続けた。


　14階まで上ったアキラは、まるでガラス張りのように外が見える構造の通路に着いた。そこから何となくビルの外を見て、少し顔を険しくする。

　拡張視界の矢印はアキラよりも高い位置、セランタルビルの上層階を指し示している。そのミハゾノ街遺跡の市街区画のどこからでも見える巨大な高層ビルの周囲には、破壊された街並みが円形に広がっていた。それはまるでそのビルの支配地を示しているかのようだった。

　更にセランタルビルの地上部付近には、今まで市街区画で遭遇した機械系モンスターとは別物の防衛機械、兵器群が存在している。大型のミサイルポッドを装着した自律兵器。機関砲を搭載した歩行台座のような機械。それらがビルを防衛していた。

『あれがアルファがこのまま進むと危ないって言った理由か……。うーん。途中で戦ったやつらとは別物だな』

『今までのは市街区画の警備機械なのでしょうね。そしてあの機械系モンスターは、恐らくセランタルビルの防衛用よ。性能も段違い。指示系統も異なっていると思うわ』

『性能はともかく、指示系統が違うって何か関係あるのか？　どっちにしろ遺跡の機械系モンスターなんだ。襲ってくるだけだろ？』

アキラはそう言うと、その機械系モンスター達をもっとよく見ようと思って、ＣＷＨ対物突撃銃をセランタルビルに向けて構えた。単一地点を拡大表示するだけならば、銃の照準器の方が情報収集機器の望遠機能より優れているからだ。

『アキラにも十分関係のある話よ？　指示系統や権限が異なれば、他の機体との情報共有も異なっているかもしれないわ。それによっていろいろ違いが、アキラ！　すぐに離れて！』

その唐突な指示にアキラが即座に動く。理由を聞くのは動いた後。まずは指示通りに動く。アルファの表情と何度も死にかけた過去の経験から、アキラはそうするのが最善だと理解していた。

強化服の出力を全開にしてビルの内側へ駆け出す。アルファのサポートも受けて俊敏にその場から離脱する。体感時間の操作も反射的に実施して、時がゆっくりと流れる世界の中で出来る限り急ぐ。

そのアキラの拡張視界には、その一部に背中側の光景が映し出されていた。それを見たアキラが思わず顔を引きつらせる。複数の大型ミサイルポッドを搭載した機械系モンスターが、セランタルビルの周囲からアキラへ向けてミサイルを連続で撃ち出していた。

アキラのいるビルへ殺到するミサイル達、その先頭集団がビルの側面に次々に着弾する。だが旧世界製のビルだけあって頑丈で、それだけで即倒壊にはならない。しかし着弾地点の外壁は吹き飛んだ。

そこに後続のミサイルが次々に飛び込む。ビル内に侵入し、室内の壁に着弾して爆発し、部屋や内壁を爆破、貫通して、標的であるアキラへ続く通路を強引に作成していく。

素早い行動でビルの奥側へ急いだアキラは、そのおかげでミサイルの群れの大部分から逃れることが出来た。

だが最後の一発がアキラに迫る。長い通路を走って逃げるアキラの後方から、弾道を遮る壁を貫いて標的に背後から襲いかかる。

『迎撃するわよ！』

『了解！』

アキラが前方へ飛びながら空中で半回転し、CWH対物突撃銃とDVTSミニガンを構える。そのまま照準をミサイルへ合わせると、可能な限りの弾丸を撃ち出した。

どちらの銃にも威力と連射速度を上げる改造部品を組み込み済みだ。加えて弾幕の構成要素、その一発一発がアルファのサポートを得て、綿密に計算された着弾位置に狂い無く命中する。

一瞬遅れればアキラはミサイルの直撃を受けて木っ端微塵(こっぱみじん)になっていた。だがその一瞬は、アルファにとっては十分に長い。問題無く間に合った。

迎撃されたミサイルが被弾の衝撃で弾道を捩(ね)じ曲げられて壁に激突する。普通ならば銃弾とミサイルでは質量差がありすぎて弾道をそこまで曲げるのは困難だ。

だが対モンスター用の強力な弾丸、拡張弾倉による濃密な弾幕、そしてアルファの計算により極めて効果的な着弾位置に当たったことで、それは成った。

それでも完全に無効化は出来ない。壁にめり込みながら爆発したミサイルの衝撃は、その大半をビルに遮られながらもアキラに届いた。通路に閃光(せんこう)と爆煙と爆音と爆風がまき散らされる中、アキラも吹き飛ばされビルの壁に強く激突した。

衝撃で壁が大きく凹(へこ)み、無数のひび割れが放射状に広がる。強化服では吸収し切れなかった衝撃が身体に伝わる。跳ね返る、ではなく、滑り落ちるように壁から離れたアキラは、そのまま崩れ落ちて床に手を突き、吐血した。

　体中が死ぬほど痛いが、意識ははっきりしていた。アキラがすぐに回復薬を取り出そうとする。

　生身側の動作は負傷の所為で脳からの指示に比べて酷く緩慢だ。しかし読み取り式の強化服が神経伝達をしっかり読み取り機敏に動く。そのおかげで問題無く回復薬を服用できた。

　血の味がするカプセルを無理矢理飲み込む。高額な治療用ナノマシンがその値段に見合った効果を発揮する。負傷した体から痛みはすぐに消えた。先に鎮痛作用が効いただけだが、負傷も動ける程度にはすぐに治った。

　アキラが立ち上がり、大きく息を吐く。そして問題無いと自身に言い聞かせるように、無理矢理笑みを作った。

「……ふー。よしっ！　危なかった！」

『すぐに移動するわ。追加が来るかどうかは分からないけれど、念の為にね』

「了解だ」

　アキラが軽く前を見ると、破壊された通路の先に外の景色が少し見えた。ミサイルの群れが執拗に追ってきた証拠だ。酷い有様になったビル内部を見て顔を少し引きつらせながら、アキラは急いでその場を離れた。

　安全な場所まで移動したアキラが休息を取る。追撃は無く、その気配も無い。回復薬の効果もしっかりと行き渡り、弾倉やエネルギーパックの交換も済ませて、体も装備も万全の状態を取り戻している。

　そのまま一緒に落ち着きと余裕も取り戻すと、アキラの頭には疑問が浮かんできた。

「……それにしても、あそこまでするなんてな。機械系モンスターって言っても、遺跡の警備や防衛用なんだろう？　たかがハンター一人殺す為に、遺跡の建物ごと攻撃するか？」

『そこは少し前にも話したけれど、指示系統や権限が異なるからでしょうね』

そう言って、アルファが推測を交えて説明していく。

先程アキラを攻撃した機械系モンスターはセランタルビルの防衛用であり、ミハゾノ街遺跡全体の警備から独立している。

それにより指揮系統も権限もそれに準じたものになっている。その為、防衛対象以外の被害を軽視する思考パターンで動いていた。

セランタルビルの周囲が酷く荒廃しているのは、ビル防衛用の機械系モンスターが、先程アキラを攻撃したように他のビルの被害など無視してハンター達を攻撃したから。その攻撃が激しすぎて、遺跡の自動修復機能でも周囲の再建が間に合っていない状態が続いている。

荒れ果てた円形の領域がセランタルビルの通常の警戒範囲。今自分達がいるビルがまだ残っているのはその警戒範囲の外だから。

そこまでの話を聞いて、アキラが不思議そうな顔を浮かべる。

「それなら何でその範囲の外にいる俺を攻撃したんだ……？」

そして自分でそう言ってから、顔をしかめた。

「俺があのビルに銃を向けたからか……」

『そうかもしれないわね。でも気にする必要は無いわ。迂闊な行為だったとしても、遺跡の中で銃を構えることを躊躇してしまう方が問題よ』

「……、そうか。分かった」

アルファに優しい微笑みで気遣われてアキラも表情を緩めた。だが少し気落ちした雰囲気は残っていた。

賞金首の騒ぎを乗り越えたアキラは、それなりに自分の実力に自信をつけていた。そのおかげもあって、ある程度の実力が無ければ危ないと言われているミハゾノ街遺跡にも、自信を持って入ることが出来た。

そこに先程の攻撃だ。その程度の実力では話にならないと痛烈な門前払いを喰らった気がして、アキラは少し落ち込んでいた。

　そこでアルファが少し真面目な表情でアキラに尋ねる。

『アキラ。今の内に聞いておくけれど、これからどうする？　予定通り矢印の場所を目指して先に進む？　それともここで引き返す？』

　引き返す。そう答えようとしたアキラだったが、引っ掛かるものを覚えて言葉を止めた。そしてどこか少し怪訝そうな顔をしてから、真面目な表情で聞き返す。

「……俺が先に進むって言ったらどうするんだ？　止めないのか？」

　アキラの感覚では撤退一択だった。あんなものを相手にしてまで進むのは、流石に無謀が過ぎるとしか思えなかった。

　だがアルファは自分に選択を投げてきた。それはその程度には安全に先に進めるということだ。少なくとも、今までアルファの方から止めてきた数々の苦戦より、安全で楽観視できる程度の難易度でしかない。その認識が、自分は過度に臆病になったのではないかとアキラに疑わせた。

　アルファが笑顔を浮かべる。

『アキラが進みたいのなら、止めないわ。勿論、私がしっかりサポートした上で、ちゃんと準備を整えて、アキラにもそれなりに覚悟をしてもらう必要があるけれどね』

「さっきの攻撃、かなり危なかったような気がするんだけど」

『あれは奇襲を受けたようなものだからね。それでも私のサポートのおかげで大きな怪我もせずに済んだでしょう？　問題無いわ』

　そう言ってから、アルファはどこか挑発的に微笑んだ。

『まあ、確かに、先に進むのなら、それなりに無茶をする必要があるわ。当然アキラにも、それなりの覚悟をしてもらわないといけないわ。だから私も無理強いはしないわ。引き返しても良いわよ？』

　アキラは少しだけ驚いたような顔を見せた。そして苦笑を浮かべると、次に軽く挑発的に笑って返す。

「覚悟って、どれぐらいだ？　幾ら覚悟は俺の担当だからって、アルファのサポートがあっても、またデカいモンスターに食われるぐらいの覚悟がいるって言われたら、流石に俺も引き返すけどな」

『そこまでは求めないわ。あの時と比べれば、普段より多めに気合いを入れる、という程度で十分よ。何しろ、私がサポートするのだからね』

アキラとアルファが笑い合う。アキラの心はもう決まっていた。

「分かった。進もう」

覚悟を決めれば進める道ならば、覚悟を決めて進まなければならない。アキラはもう、そう決めていた。

いつかアルファの依頼を達成する為に。アルファのサポートという、前払い分として受け取っている報酬に応える為に。既に山ほど溜まっている借りを踏み倒さない為に。少なくとも、その努力をする為に。

そう決めた己を裏切るようであれば、アキラはもうどこにも進めない。

そして何よりも、この程度の命賭けを躊躇するのであれば、アキラはハンターになどなっていない。

『良いの？　さっきも言ったけれど、それなりの覚悟が必要よ？』

「ああ。大丈夫だ。覚悟は俺の担当だからな」

当然のことのように笑うアキラを見て、アルファはとても嬉しそうに笑った。

◆

準備を終えたアキラはビルの屋上に立っていた。

先に進むことを決めてから、一度1階に戻り、各階のセランタルビル側の構造を情報収集機器で調査しながら、27階建てのビルの屋上を目指した。

屋上に着いた後は戦闘の邪魔になるものを全て外す。リュックサックを下ろし、情報端末も、使用しない銃も、不要な分の予備の弾薬も外した。エネルギーパックを交換した直後の強化服で、同じくエネルギーパックと弾倉を交換済みのCWH対物突撃銃とDVTSミニガンだけを持った。

　回復薬を事前服用の効果が見込める限界まで服用し、更に口にも含んでおく。その上で、屋上のセランタルビル側とは逆側の端、敵の警戒範囲の外に立った。

　そして覚悟を決めた。これで準備は全てだ。

　アルファが微笑みながら最終確認を取る。

『アキラ。覚悟は良い？』

『ああ。いつでも良いぞ』

　心身共に研ぎ澄まされた表情のアキラを見て、アルファは不敵に、満足げに笑った。

『それなら、……始めましょうか！』

　アルファの宣言と共に、アキラが勢い良く走り出す。戦闘が始まった。

　セランタルビルの防衛機械群が、警戒範囲の境界を高速で移動する物体を探知して即座に迎撃体勢を取る。アキラは構わずに加速し、そのまま屋上のセランタルビル側から飛び降りた。

　落下しながらDVTSミニガンを構える。セランタルビルの地上付近にいる機械系モンスターに銃口を合わせ、引き金を引く。空中のアキラから遠方の標的へ、拡張弾倉によって供給される大量の銃弾が群れとなって放たれた。

　アキラのDVTSミニガンは力場装甲（フォースフィールドアーマー）機能付きの改造部品を組み込むことで、軽さと強度、加えて発砲時の反動の軽減を実現している。

　だが今は敢えてその反動軽減機能を抑えていた。発砲の反動を強化服で受け止めて、それを利用してビルの側面に強引に着地する。

　更に拡張弾倉を用いた連射の継続により、両脚で壁を踏み締められるほどの反動を強化服で支えて水平を保ち、そのままビルの側面を走り出した。

　その状態でCWH対物突撃銃を構えて引き金を引く。改造部品はこちらにも組み込まれており、以前の物より強力な専用弾を使用できるようになっている。アキラの両脚にその専用弾の反動が加わり、足場である壁がその圧力に屈してひび割れた。

　ＤＶＴＳミニガンの標的となった機械系モンスターに大量の銃弾が降り注ぐ。力場装甲（フォースフィールドアーマー）の衝撃変換光が飛び散り、機体の表面がその着弾の跡で埋め尽くされる。

　だが距離による威力の減衰と力場装甲（フォースフィールドアーマー）の防御力により、それらの弾丸は機体の防御を突破できず、内部機構に損傷を与えることはなかった。

　しかしアキラに対する脅威度判定を引き上げるのには十分だった。攻撃を受けた無人兵器が機関砲を高速で回転させ、ビルの壁を勢い良く走るアキラへ砲口を向ける。そして照準を合わせると、砲口を覆う力場装甲（フォースフィールドアーマー）を砲撃の為に一時的に弱めた。

　その瞬間、ＣＷＨ対物突撃銃の専用弾が砲口に飛び込んだ。強力な弾丸が発砲直前の砲弾に命中し、着弾の衝撃で誘爆を引き起こす。その爆発は機関砲を内部から破壊し大破させた。

　アキラが撃った時、機関砲の砲口はまだアキラに完全には向けられていなかった。それにもかかわらず、弾丸はアルファの精密な計算による予知に近い偏差射撃で、砲口の内部へ正確無比に着弾していた。

　機関砲を破壊された無人兵器の制御装置が即座に破損状態を確認する。そして攻撃手段を失わない為に、まだ無事な別の機関砲へ力場装甲（フォースフィールドアーマー）の出力を優先的に振り分けた。その所為で他の箇所の出力が一時的に低下する。

　そこに既に撃ち出されていた専用弾が突き刺さった。装甲部の金属部位に大穴を開け、更に制御装置に直撃する。制御装置を壊された無人兵器は、ろくに反撃も出来ないまま機能を停止した。

　同系機を破壊されたことで、他の機体がアキラの脅威度を一気に引き上げる。明確な脅威を速やかに排除する為に、一斉に対象の撃破に動き出す。

　複数のミサイルポッドから大量の小型ミサイルが連続して射出される。それらはまるで勢いを溜めるように一度空中に留まり、可動ノズルからの噴射で自身の軌道を修正すると、標的の逃げ場を無くすように全方位からアキラに襲いかかった。

加えてアキラに狙いを定めた機関砲が標的を足止めするように榴弾（りゅうだん）を放つ。高速で撃ち出された砲弾が小型ミサイルを追い越してアキラに迫る。

それらをアキラは必死に躱（かわ）していく。

銃撃の反動を利用して自身をビルの側面に押し付けながら水平に走り、横に飛び、時に自由落下より早く駆け下りて、機関砲の照準から逃れ続ける。

更にDVTSミニガンを連射して小型ミサイルを迎撃し、その包囲に穴を開けて、自分を周囲ごと吹き飛ばすような爆発を回避する。

爆風を上下左右から肌で感じているアキラは必死の形相を浮かべていた。

『アルファ！　それなりの覚悟にしては！　ちょっと度が過ぎてないか!?』

事前に作戦を教えられてはいたが、現状はアキラの想像を超えていた。

そのアキラとは対照的に、アルファは余裕の笑顔を浮かべている。

『それなりでしょう？　あの賞金首達と戦った時に比べれば、大したことはないはずよ？』

『それは！　絶対に！　比較対象が間違ってる！』

『ぼやかないの。ほら、避けるだけではなくて、攻撃の手も緩めては駄目よ？』

『分かってるよ！』

アキラが自棄（やけ）気味に答えながらCWH対物突撃銃を撃つ。強力な専用弾が宙を穿（うが）ち、アキラを狙っていた機関砲の砲口内に正確無比に着弾する。砲口部を守る力場装甲（フォースフィールドアーマー）の一瞬の隙、砲撃の為に一時的に防御を解いていた瞬間に突き刺さり、機体を一発で大破させた。

『また一体倒したわ。倒せば倒すだけ楽になるのだから頑張りなさい』

『そうだな！』

ビルの側面を駆け下りながら戦う。そのアキラの感覚では常軌を逸した戦闘は、それを可能にするアルファのサポートの凄さを、アキラに改めて強く認識させていた。

現在のアキラの位置はビルの18階辺り。自由落下であればあっという間である地上までの距離は、まだ遠い。

銃撃の反動を利用してビルの側面を走っている所為で、アキラの体には常に強い負荷が掛かっている。そこに強化服の身体能力を振り絞った無理な動作と、近距離に着弾したミサイルの爆発などが加わり、負荷は更に酷くなる。

骨が軋み、筋肉が破損する。事前に服用しておいた回復薬がそれを治し、衝撃で再び破壊される。それが戦闘終了か回復薬の効果切れまで繰り返される。

それでも回復薬の鎮痛作用のおかげで痛みはわずかだ。しかし細胞単位で破壊と再生が繰り返されている奇妙な感覚までは消えず、アキラに苦笑を浮かべさせていた。

その表情が苦笑で済んでいるのは、アキラの側でアルファが笑っているからだ。大変だが、死闘には程遠い。苦戦ですらない。そう、その笑顔でアキラに伝えていた。

苦戦ですらないのであれば、アキラも険しい顔はしていられない。意気を高め、気合いを入れて戦い続ける。

実際にアキラの奮闘により敵の数は減り続けており、比例して攻撃も緩くなっている。楽勝だと笑うのは無理でも、苦笑で済ませるぐらいは出来た。

だがそこで敵の増援が現れる。セランタルビル周辺の、アキラとは逆側に配置されていた機械系モンスターが加勢に来たのだ。

扇状の大型ミサイルポッドを搭載した戦闘車両が無数の小型ミサイルを発射する。更に別の車両から大型のミサイルも撃ち出された。

大小のミサイルに狙われたアキラが流石に焦りを見せる。

『アルファ！　あれは何とかなるのか!?』

『全部迎撃するのは無理ね。でも大丈夫よ』

『そうか！　そりゃ良かった！』

アルファが大丈夫だと言うのであれば、アキラはそれを信じる。アルファに対して様々な疑問を覚えて、その度に心の奥底に仕舞い込んでいるアキラだが、そこは信じる。

そこを疑えば全てが破綻する。そして、それを信じて戦うことが、今のアキラがアルファに返せる唯一のことだからだ。

指示通りに大型のミサイルへ銃を向ける。撃ち出された銃弾がミサイルの軌道を計算通りに捩じ曲げる。そして弾道を狂わされたミサイルはビルに着弾すると、その側面に大穴を開けた。

アキラが地面で戦っていれば逃げ場など無かった。しかしビルの側面を足場にしていたアキラには、地面には存在しない下方向の逃げ場、ビルの内側があった。

アキラが壁の大穴に飛び込む。一瞬遅れて小型ミサイルの群れがその周囲に殺到し、大爆発を起こす。その一部はビル内にも入ったが、ビルの外で喰らった場合に比べれば、アキラに与えた被害は微々たるものだった。

ビルの中を駆けながらアキラが息を吐く。

『そうか。危ない時にこうやって逃げ込む為に、ビルの中を調べてたんだな？』

『そういうこと。1階から屋上まで、いちいち調べて回った価値はあったでしょう？』

実際にアルファは事前にビルの内部構造を調査することで、万一の場合にビル内部に逃げ込めるように、逃げ込んだ後も安全に移動できるように、アキラの位置を調整していた。

得意げに笑うアルファへ、アキラが苦笑気味に笑って返す。

『そんなに調べて何の意味があるんだって、疑ってすみませんでした！』

『分かれば良いのよ。また外に出るわよ』

『了解！』

再びビルの外壁に出る場所も調査済みだ。アキラは脆(もろ)い壁を銃撃で破壊して外に出ると、ビル側面での攻防を再開した。

激しい戦闘が続く。増援が来ただけ激化する。それでも徐々にアキラが押し始める。アルファによる極めて効果的なサポートのおかげだ。

　基本的に機械系モンスターは内蔵されたプログラム通りに動くので、生物系モンスターより行動の揺らぎが少ない。行動パターンの解析さえ済んでしまえば、あとはそれに合わせるだけで極めて効率的に戦える。

　もっとも相手も単純な戦闘プログラムで動いている訳ではない。戦闘中にそこまで高精度の解析を行うなど普通は無理だ。

　だがアルファには可能だった。

　アキラが照準をアルファに完全に任せてCWH対物突撃銃を撃つ。撃ち出された専用弾は機械系モンスターの弱点に当然のように着弾した。重要な機関を破壊された機械が戦闘不能の鉄屑に変わる。

　DVTSミニガンも一緒に撃つ。ミサイルの弾道をずらし、機関砲の照準を狂わせ、発砲の反動をビル側面での急停止と高速移動に利用し、敵の脆い装甲を粉砕する。

　それを繰り返す。同様の結果も繰り返される。最大効率での敵の撃破を繰り返す。

　それはアキラに、まるで標的の方から喰らいにいっているのではないか、と疑わせたほどだった。

　アキラの現在位置はビルの10階付近。地上まではあと少し。残りの敵の数もあと少しだ。

　それでも最後まで気は抜けない。敵は強力な機械系モンスターであり、不意を衝かれればたった1体であってもアキラを十分に殺せるからだ。

　しかし気を抜かず油断もしなければ優位は動かない。そしてアキラも油断などしない。よって、結果は覆らない。

　遂に地上に辿り着いたアキラが、着地と同時にCWH対物突撃銃をしっかりと構えて狙いを定める。

『これで最後よ！』

　そのアルファの言葉を聞きながら、最後の標的を凝視して引き金を引く。撃ち出された専用弾は敵の装甲に直撃し、その力場装甲を貫いた。

　飛び散った衝撃変換光が消える。着弾の衝撃で内部を鉄屑に変えられた機械系モンスターが機能を停止する。そして動作音も完全に消えて、辺りに静寂が戻った。

　アキラはその場から動かず、しかし警戒も解かず、静けさを取り戻した地上に立っている。

　アルファがそのアキラの前に立ち、笑った。

『アキラ。終わったわ。アキラの勝ちよ』

　勝利を実感したアキラが最初にしたことは、大きく息を吐くことだった。次に自分が飛び降りてきた場所、ビルの屋上を見上げて苦笑いを浮かべた。

　そしてアルファを見る。アルファは得意げに笑っていた。

『私のサポートの凄さを、たっぷり体感してもらえたかしら？』

　アキラが苦笑する。

「ああ。それはもうたっぷりとな。十分体感したから、同じぐらい濃密な体験をもう一度味わう機会は、可能な限り後にしてくれ」

『遠慮しなくても良いのよ？　報酬の前払いとしてアキラをサポートする約束で、何より私とアキラの仲でしょう？』

「その自慢のサポートは、出来るだけ俺がこんな経験をしないで済む方向で発揮してくれ」

　そう苦笑交じりの苦情を言ったアキラに、アルファが意味深な表情を返した。

『そちらもちゃんと、やってはいるのだけれどね』

　アルファの言いたいことを察したアキラが思わず苦笑いを浮かべる。

　以前は軽く荒野に出ただけでモンスターの群れに襲われ、最近は巨大な蛇に車両ごと丸呑み（まるの）みにされた。運が悪いにも程がある、と言われても仕方無く、これればかりはアルファにもどうにもならない。

　また、アキラ自身の言動の所為で厄介事が起こったことも多い。これもアルファにはどうにもならない。

　どちらにしろ、アキラには困難な事態を回避する能力よりも、その事態を乗り越えられる実力が必要だった。

「分かったよ。この程度のことぐらい軽く対処できるようになる為に、これからもよろしく頼む」

『勿論よ。任せなさい。では、新たな事態に対処できるように、早めに荷物を取りに戻りましょうか』

アルファはそう言って、笑って上を指差した。アキラの荷物はビルの屋上に置いたままだ。

アキラが再びビルを見上げる。27階建てのビルは、改めて確認しても非常に高い。

「……また登るのか」

嫌そうな顔を浮かべたアキラに向けて、アルファが悪戯っぽく笑う。

『大丈夫よ。今度は階段を下りて戻ってこられるわ。それとも、もう一回壁を駆け下りる？　安心しなさい。ちゃんとサポートするわ』

「嫌だ！」

即座に答えたアキラの嫌そうな様子を見て、アルファは楽しそうに笑っていた。

27階建てのビルの屋上まで再び階段で登っていき、また下りなければならない。本心で面倒だと思っているアキラだったが、その足取りは軽かった。

それは大変だったとはいえ、先程の戦闘に勝利したからだ。単に勝ったから嬉しいのではない。自分でも無謀に思えたことを、アルファのサポートを受けて、信じて、覚悟を決めて成し遂げたことが大きかった。

覚悟を決めれば進める道を、覚悟を決めて進んだ。進むことが出来た。それを自身とアルファに示すことが出来た。そのことにアキラは満足していた。

もっとも、その戦闘自体、本来は不要なものだった。

セランタルビルを警備する機械系モンスター達を、アキラが銃の照準器を使用してよく見ようとした時、アキラの強化服を操作できるアルファは、その迂闊な動作を、その時点で、止めようと思えば止めることが出来た。

しかし止めなかった。

アルファがアキラをセランタルビルの防衛機械と戦わせたのは、今一度アキラに自身のサポートの価値を理解させ、実感させる為だった。

アキラは過合成スネークの腹の中からアルファのサポート無しで脱出した。また、強化服未着用というアルファのサポートを強く受けられない状態で、スラム街の中堅の徒党を壊滅させた。

これならば、これからはアルファのサポートが無くとも何とかなるのではないか。アキラがそう思ってしまう懸念を消す為に、アルファは敢えてアキラをセランタルビルの防衛機械と戦わせた。懸念を確実に消す為に、多少の無茶を必要とする非常識で劇的な戦闘と、その上での勝利を経験させた。

そして実際に、その懸念は消えた。

アルファは、満足していた。

第106話　工場区画

　セランタルビルの防衛機械を撃破したアキラが、その正面出入口でビルを見上げる。遺跡のどこからでもその遠景が見える巨大な高層ビルには、それが旧世界製であることも含めて分かりやすい威圧感があった。

「うーん。やっぱりデカいな。それに、何か凄い」

　アキラはクズスハラ街遺跡に初めて入った時、遺跡奥部の霞（かす）む遠景に、損傷の無い高層ビルの姿を見た。そしてその景観を維持する自動復元機能と、その機能で壊れずにビル群を護り続ける強力な警備機械を思い浮かべて、そこに行くのを即座に断念した。

　別の遺跡ではあるが、自分は今、その強力な警備機械を倒して、かつては到達を断念した場所にいる。その実感がアキラの表情を少し緩ませていた。

「入るか。遺物がたっぷりあれば良いんだけどな。今のところは弾薬費で大赤字だ」

　赤字を垂れ流す為に命を賭けている訳ではないのだと、強力な警備機械を倒したことで満足してしまわないように、アキラは自身に言い聞かせた。

　そこでアルファが軽く提案する。

『汎用討伐依頼の撃破記録に、さっきの戦闘で倒した機械系モンスターの分を含めておけば、そこそこの報酬になるはずよ。やっぱり記録に加えておく？』

　アキラは嫌そうに顔を歪めた。

「やめてくれ。あの戦闘記録をハンターオフィスに下手に渡して、あれを倒せるのを前提にした依頼を斡旋されるのは御免だ」

『そう？　でもあのキバヤシとかいう職員に渡せば、大笑いで報酬に色を付けてくれそうだけれど』

「嫌だ！　……俺はあいつを爆笑させる為に戦ってる訳じゃないんだ。行くぞ」

　過合成スネークの本体、賞金首とは認定されない方をアキラ一人で倒した戦歴は、キバヤシの手腕により1億オーラムに変わった。十分に大金だ。

　ある意味で、キバヤシを大爆笑させた価値はあったのかもしれない。アキラはそう思いながらも、また似たような経験をすることを無意識に期待しないように、顔を意図的にしかめながら先を急いだ。

　ビルの正面出入口であるガラスのような材質の自動ドアは停止中で、前に立っても開かない。アキラはそれを強化服の身体能力でこじ開けてビル内に入る。

　アルファは苦笑しながらその後に続いた。

　セランタルビルの中に入ったアキラを、受付を兼ねたフロアが迎える。

　吹き抜け構造のフロアはとても広く、天井までも遠く、高い。壁には経年劣化の兆候など欠片も無く、床には埃(ほこり)一つ落ちていない。

　派手な調度品などは置かれていないが、壁や床の材質だけで十分な高級感を漂わせている。更には開放的な設計のフロアデザインと合わせて、見る者に高級感を超えてある種の神聖さすら感じさせていた。それはアキラに土足で入れば中を汚してしまうと、足を踏み入れるのを躊躇させたほどだった。

　それでもアキラに引き返すという選択肢は無い。少々気後れしながらも、警戒してフロアの中程まで進んでいく。

　そして、アキラはセランタルビルから歓迎されなかった。

「お客様。当ビルは現在休館中です。関係者以外の立入は御遠慮願っております。お引き取り下さい」

　その声と同時に、アキラの前、確実に誰もいなかった場所に、突如女性が現れる。アキラは反射的に飛び退(との)きつつ女性に銃を向けようとした。しかし銃の方はアルファに強化服を操作されて止められる。

『アルファ……？』

『落ち着きなさい。あれは立体映像。撃っても無駄よ』

　アキラが改めて女性を見る。旧世界製と思われる服と非現実的な美貌という点ではアルファに似ている。だが肉眼で目視しており、その声も念話ではなく自分の耳で聞いたのだと、今のアキラならば区別できた。

　しかし同時に、実在していないことも何となく分かった。女性には気配というものが欠けていた。

　そして情報収集機器も同様の結論を出している。女性の姿は可視光範囲内にのみ存在しており、その範囲外である紫外線や赤外線上には存在していない。声もその場から出ているように聞こえるが、反響定位はそこには何も無いと示していた。

　動体探知にも引っ掛からない。そこに何かが出現したのであれば、或いは既にいたのだが今までは見えなかっただけなのであれば、確実に生まれる空気の流れなども一切無かった。

　アキラが臨戦態勢を解いて息を吐く。

「立体映像……。旧世界の幽霊か。幽霊って言われる訳だな」

「お客様。繰り返します。当ビルは現在休館中で御座います。速やかにお引き取り下さるよう、お願い致します」

　女性はそう言って、アキラに申し訳なさそうな表情で丁寧に頭を下げた。

「……えっと、アルファ、どうする？」

　アキラは困った顔をアルファに向けた。

　荒れ果てた遺跡に無断で立ち入り、廃墟となった店舗跡から店の商品である遺物を勝手に持ち出すことに、アキラも今更躊躇などしない。

　しかし新築同様の建物の中で、たとえ相手が幽霊であっても見た目には実在するとしか思えない相手から、無断立入への文句を頭を下げられて言われると、知ったことかと気にも留めないでいるのは難しかった。

　ビルの防衛機械を破壊して入ってきた者にそういう丁寧な態度で良いのだろうか、という素朴な疑問もアキラの迷いを助長した。

　だが苦労してここまで来たのであり、じゃあ帰る、という自発的な判断は出来なかった。アキラもハンターだ。大量の遺物が手に入るであろう状況を前にして、そう簡単には引き下がれない。

　それらの迷いもあり、アキラはアルファに選択を投げた。自分で決めろと言われれば決めるが、まずは聞いてみた。

　すると、予想外のことを言われる。

『アキラ。少し席を外すから、ここで待っていて』

「えっ？」

　次の瞬間、アキラの視界からアルファの姿が消えた。女性の姿も一緒に消える。

　更に強化服の動きがわずかだが鈍くなり、情報収集機器の精度も低下した。ビルの防衛機械と戦っていた時から続いていたアルファのサポートが完全に消えたのだ。

『アルファ!?』

　念話で呼びかけても返事は無い。遺跡の中で、アキラは一人になった。

　過合成スネークに車両ごと丸呑みにされて一人になった時のことを思い出し、アキラが緊張を高めていく。

　ここはモンスターの腹の中ではない。だが立派な外観を保つ自動復元機能を備えた遺跡の建物の中だ。その機能により今も十分な性能を維持している強力な警備機械が存在していることを考えれば、同等の死地に一人でいることに違いは無かった。

　フロアが全く傷んでいないことが、床に塵一つ落ちていないことが、それだけ整備されている場所であることが、今はアキラに強い威圧感を与えていた。それに屈しないように、アキラが息を整えていく。

（落ち着け……。大丈夫だ。今回はあの時とは違う。突然接続が切れた訳じゃない。アルファはちゃんと一言言ってからいなくなった。それにアルファはここで待ってろって言ったんだ。それは、ここが安全だからだ。だから、大丈夫だ）

　アキラが冷静さを保つ。パニックになるのが一番まずいのだと、周囲を警戒しながら気を静めていく。静寂が自身の感覚を研ぎ澄ませていくのを実感しながら、じっと待つ。

　そしてアルファが戻ってきた。どこか楽しげな笑顔をアキラに向ける。

『お待たせ。待った？』

「……、待ったよ」

アキラは安堵を滲ませながらも不機嫌な顔で答えた。

「……で、急に何だったんだ？」

『その辺の説明は移動しながらするわ。まずはここから出るわよ。行きましょう』

「出るのか？」

『そう。ほら、早く』

アルファが先導してアキラを急かす。アキラは怪訝な顔をしながらも後に続いた。

その際、アキラは何となく背後を見た。するとアルファと一緒に姿を消した女性がいつの間にか再び姿を現しており、初めの時とは異なる不機嫌そうな表情でアキラ達の方を見ていた。

(言われた通りに大人しく帰るんだから良いじゃないか。……いや、警備の機械を壊された上に勝手に敷地に入られたんだから、良くはないんだろうけどさ)

自分はハンターであり、ハンターとはそういうものだ。アキラはそう思いながらも、深く考えすぎると余計な迷いを生むとも思って、それ以上考えるのをやめた。

相手との距離もあり、アキラは気付けなかった。女性は不機嫌な顔で、アキラではなく、アルファを睨んでいた。


セランタルビルを出たアキラがアルファに尋ねる。

「それで、何で急にいなくなったんだ？」

『必要だったからよ』

「必要って……」

少し不機嫌な顔をしたアキラを宥めるように、アルファが口を挟む。

『まあまあ、私が急にいなくなって寂しかったのは分かるわ。でもアキラの方でも何も起こらなかったし、私もすぐに戻ってきたでしょう？』

アルファはそう言って楽しげにからかうように笑うと、余計なことを聞かれる前に別の話に移った。

『ビルの中にいたあの女性は、セランタルビルの管理人格よ。席を外していた間にいろいろ聞いておいたわ。ビルの上階を指していた矢印の正確な場所も分かったわ。57階にあるリオンズテイル社の支店だったわ』

「ご、57階か……」

アキラもかなり高い位置だとは分かっていたが、具体的な数字を言われると気後れした。実際にビル内に入り各階の天井も高いと知った後だけに、その気持ちは大きかった。

『アキラ。上ってみたい？　階段で』

「……いや、そりゃ俺だって進んで上ってみたいとは思わないけど、遺物収集に来たんだ。必要なら上るぞ？」

『そう。でもやめておいた方が良いわ。今のアキラではビルの警備に殺されるだけだからね。私のサポートがあっても絶対に無理よ』

アキラが驚きを露わにする。ビルの外にいた防衛機械達を自分に倒させたアルファが、そこまで言い切ることに非常に驚いていた。

「……そんなに危ないのか？」

『ええ。だからアキラ、悪いけれど諦めて』

「分かった。……はぁ。結局ここも外れだったってことか。あんなに苦労してここまで来たのに」

アキラは思わず溜め息を吐いた。ほとんど敵のいなかった荒野をさまよっての外れではなく、強力な敵と激戦を繰り広げた上での外れだっただけあって落胆は強かった。

そこでアルファが得意げに笑う。

『安心しなさい。次は間違いなく当たりよ。セランタルビルの管理人格から遺物がたっぷりある場所を聞いておいたわ』

軽く項垂れていたアキラが顔を勢い良く上げた。

「本当か!?」

『勿論よ。案内するからついてきて』

意気を取り戻したアキラがアルファの後に続こうとして、ふと思う。

「……なあ、ビルの管理人格から聞いたって言ってたけど、そういうの、教えてくれるものなのか？」

『遺跡全体の管理人格ではなくて、あのビルの管理人格だからね。自分の管理外の場所がどうなろうと知ったことではないのよ。だからビルの周りも酷い有様になっているのでしょうね』

「ああ、なるほど」

　アキラは周辺を見渡して、納得したように頷いた。そして疑問も解消したところで、アルファの案内で遺跡の中を進んでいった。

◆

　ミハゾノ街遺跡の工場区画は、その呼び名の通り旧世界製の工場が数多く存在している場所だ。広大な敷地に広がる大規模な工場の光景には、その計算された配置や構造で、見る者に機能美を感じさせるものがある。

　ただしその機能美に工場内を人間が通行する機能は含まれていない。自動化された工場はその生産活動に人の手を不要としていた。


　アキラは市街区画の端にあるビルの屋上から、拡張視界に映る矢印が示す次の目的地を確認していた。そこは工場区画の中だった。

「アルファ。目的地は分かったけど、そこへの道が無いんだけど……」

『そうね。頑張って進みましょう』

　あっさりそう答えたアルファに、アキラは不満の混じった怪訝な目を向けた。するとアルファに笑って返される。

『アキラ。遺跡探索で目的地へ辿り着ける道が常にあるなんて考えは甘えよ？　そもそも誰でも行ける場所に未調査部分なんてある訳が無いでしょう？』

「……………、確かに！」

　言われてみればその通りだと、アキラは納得して頷いた。

『私も出来るだけ進みやすいルートを探してみるわ。だから我慢してちょうだい』

「いや、俺もちょっと勘違いしてた。そうだよな。遺跡なんだ。普通に考えて、簡単には通れない場所も多いよな』
　クズスハラ街遺跡で遺物収集をしていた頃は、強化服も無しに瓦礫を乗り越えて道無き道を通っていた。その頃の苦労を思い出して、アキラは気合いを入れ直して目的地を目指した。

　ミハゾノ街遺跡の工場区画も市街区画と同じく、その全てがしっかりと現存している訳ではない。朽ち果てて荒れ果てた所も多く、大規模な廃墟も広がっている。

　アキラ達は主にその廃墟を通って目的地を目指す。破壊された警備機械が野晒しになっている場所は、それらの撤去と再配備が停止している証拠であり比較的安全だ。危険の少ない移動経路の選別をアルファに任せて、アキラはとにかく慎重に先に進む。

　真新しい敷地や劣化の見られない通路の他に、物資運搬用のトンネルを通り抜けることもある。その場の警備機能が停止していたのか、発見されなかっただけか、見付かった上で無視されたのかは、アキラには分からない。いずれにしても警戒を怠らずに進むしかなかった。

　しばらく進むと比較的傷の少ない舗装された敷地内で大型の機械系モンスターと遭遇する。無限軌道の代わりにタイヤ付きの多脚を取り付けた戦車のような形状の警備機械だ。上部には大砲のような大型レーザー砲を搭載していた。

　アルファの指示通りに壁の陰に隠れたアキラが、敵の様子を窺いながら素朴な疑問を覚える。

『アルファ……。あれ、ここの警備用なんだよな？』

『そのはずよ』

『工場が今でも動いてるとしてもさ、建てられたのは旧世界の頃だよな？　あの警備機械も、何度も再配備されたとしても、その頃に設計されたんだろ？』

『基本的にはそうでしょうね』

『……あんな凄い武装までつけて、一体何から工場を護ってたんだ？』

『そこは考古学の領域になるわ。当時も同じスペックだったとも限らないしね。工場の管理システムが柔軟に融通を利かせて現状に即した性能に変えたとも考えられるわ』

『そういうことか。ハンターが来るようになったから武装を強化した訳か』

アキラが納得して軽く頷くと、アルファに笑って付け足される。

『逆かもしれないわよ？　ハンターぐらいしか来なくなったから、コスト削減の為にスペックを落としたのかもしれないわ』

『……えー』

あれでも弱くなったのかもしれない。そう聞かされたアキラは、旧世界のことがますます分からなくなった。

『まあ、その辺りの考察は私達には関係無いわ。少なくとも今はね。アキラ。倒すわよ』

『分かった』

似たような相手とは既にセランタルビル前での戦いで勝っている。アキラは敵の主砲をＣＷＨ対物突撃銃で的確に破壊すると、そのまま畳みかけて素早く撃破した。

その後、再び敷地内の施設に入る。そしてしばらく進んだ所にあった部屋で休息を取ることにした。

アキラが一息吐きながら部屋の壁の先、拡張視界で透過表示されている矢印を見る。目的地までもう少しという距離まで来ていた。次は当たりだとアルファに断言されたこともあり、アキラの顔も緩む。

その時、情報収集機器が壁の向こう側の少し離れた位置に人の反応を捉えた。それがアルファのサポートでアキラの拡張視界に人影として表示される。

『アキラ。誰か近付いてくるわ。一応警戒して』

『了解だ』

遺跡に他のハンターがいても不思議は無い。同様に、そのハンターが友好的ではないことも不思議では無い。銃を握り、しかし銃口は向けず、相手を不必要に刺激しない程度の警戒を続ける。

その人影は、それが複数名であることがアキラ達にも分かる距離まで近付いてきた所で足を止めた。

それをアキラが怪訝に思った時、短距離汎用通信が届く。

「こちらは2名です。交戦の意志はありません。今からそこを通り抜けますが、こちらを信じられないのなら、少し待ちますから離れてもらえませんか？」

争う気など無い。だが相手も同じだとは安易に判断しない。その上で、互いに信じるかどうかの選択権を相手に渡し、それに準じた行動を求める。アキラはそれを程良い警戒と対応だと感じて好意的に捉えた。銃を置き、警戒を緩める。

「大丈夫だ。こっちも争う気は無い。通ってくれ」

「……、すみません。そちらもチームの人数を教えてもらっても良いですか？」

「ああ、悪い。1名だ」

アキラがそう答えると、通話越しに軽い困惑を感じさせる小さなざわめきが聞こえた。

「……どうかしたのか？」

「……、いえ、何でもありません。では」

通信が切れた後、程無くして対照的な雰囲気の二人の女性ハンターが部屋に入ってくる。そして互いの姿を見たアキラと女性達は、どちらも軽い驚きを表した。

もっとも、驚いた理由は全く異なるものだった。

「おー、本当に一人みたいね。しかもあれ、まだ子供じゃない」

「キャロルさん……。そういうことは口に出さないでください」

「おっと。モニカ、悪かったわ」

現れた二人の女性、キャロルとモニカは、アキラが本当に一人だったことに驚いていた。

ハンターは安全や効率の為にチームを組むのが基本だ。それにもかかわらず、ミハゾノ街遺跡の工場区画という高難度の場所で一人で活動するハンターはかなり珍しい。

相手は何らかの理由で人数をごまかしたのではないか。キャロル達はそう軽く疑っていた。

しかし実際にアキラは一人だった。加えてチームの他の者達が別行動を取っているようにも見えない。室内をざっと見る限り、他の者が置いていった荷物などが見当たらないからだ。

　その時点で、相手はミハゾノ街遺跡の工場区画を一人で活動できる実力者となる。しかもその者が子供にしか見えない年頃となれば、キャロル達が驚くのも無理は無かった。

　一方アキラはキャロル達の格好、厳密にはキャロルの姿に驚いていた。

　モニカはゆったりとしたコートを羽織っている。安物とは思えない材質の防護コートでかなり長い。それをしっかりと閉じてコートの中を隠していた。

　アキラもそのモニカの方の格好には、結構高そうな装備だ、ぐらいの感想しか覚えなかった。だがキャロルの格好の方はそうはいかなかった。

　キャロルは身体の線をはっきりと映し出す強化インナーを着用していた。その上に強化服も着ているが、露出部が大きすぎて薄手の強化インナーを隠す役割は全く果たしていない。そして明らかに色気を優先したデザインのフルハーネスを装着していた。

　そのキャロルのいわゆる旧世界風、かなり尖（とが）ったデザインの装備の姿には、基本的に他人の格好に興味の無いアキラすら驚かせるものがあった。

『……アルファ、あれ、旧世界製か？』

『いえ、現代製よ。デザインが旧世界風なだけね』

『そうか……。つまり、対人用のハッタリってことか？　モンスターがあれを見ても、旧世界製の装備で強そうだから襲うのはやめよう、とはならないだろうし……』

　旧世界風のデザインは武力的なハッタリとしての効果もある。アルファからそう教えられたことを思い出して、アキラは軽く唸っていた。

『その辺りはモンスター次第よ。それなりに効果のある相手もいるとは思うわ』

『おっ、そうなのか？』

『ええ。もっともこの辺りのモンスターに通用するかどうかまでは、私にも分からないけれどね』

　考え込んでいたアキラは無意識にキャロルを見ていた。するとキャロルと目が合う。そして楽しげに笑いかけられた。更に側まで近付いてくる。

「私に何か用？」

「あ、いや、何でもない。珍しい格好だったからつい見ちゃっただけだ。悪かった」

アキラは本心でそう謝った。それは相手にもしっかり伝わった。キャロルが意外そうな顔をしてから苦笑する。

「……その感想は予想外だったわ」

「えっ？」

アキラが意外そうな顔をしたところで、モニカが慌てた表情で割り込んでくる。

「キャロルさん！　私と一緒の時は他の人に不用意に近付かないでください！　そういう約束ですよ!?」

「不用意に、じゃないわ。お互いに戦意が無いことをちゃんと確認した後でしょう？」

「そんな揚げ足取りでごまかさないでください！」

キャロルの態度にモニカは頭を抱えていた。そしてアキラに軽く頭を下げる。

「すみません。すぐに行きますので」

「あ、はい」

「まあまあ、こんな所で会ったのも何かの縁よ。少し話すぐらいは良いじゃない。あ、私はキャロルよ。よろしくね」

そう言って、キャロルはモニカを横目にアキラに笑いかけた。その調子の良いキャロルの態度に、モニカが説得を諦めて大きく溜め息を吐く。

「……モニカといいます」

「えっと……、アキラです」

大変そうだ。アキラはキャロルとモニカの遣り取りを見て何となくそう思った。

キャロルは興味深そうな目でアキラを見ている。

「それにしても……、こんな所に一人でいるなんて、仲間とはぐれでもしたの？」

それは、恐らく違うと推察した上での、話の取っ掛かりだった。それにアキラは気が付かず普通に答える。

「いや、俺は初めから一人だ」

「そうなの？　凄いのね。この辺りはかなりの難易度だから、自分の実力に結構自信を持ってる人でも普通は一人で立ち入るなんてしないんだけど。……こう言っちゃ悪いけど、一人でここまで来れるほど強そうには見えないしね」

キャロルはそう言って少しからかうように、妖艶に誘うように笑った。

アキラが不機嫌そうに答える。

「弱そうで悪かったな」

実際には、アキラは機嫌を損ねていない。自分の実力でここまで来たとは欠片も思っていないからだ。しかし自分は弱いと謙遜であってもキャロルの言葉を肯定すれば、自分がここにいることは酷く不自然になる。かといってアルファのサポートについて話す訳にもいかない。

だが、俺は強い、と実力を誇張する気にもなれなかった。そこでアキラは不機嫌な振りをしてごまかしていた。

キャロルはそのアキラの態度に、少しだけだが思わず意外そうな顔を浮かべた。しかしすぐに笑ってアキラを宥める。

「まあまあ、別に弱いとまでは言ってないわ。そう怒らないでよ。ごめんなさい」

「ふん。そっちだって、たった二人じゃないか。人数的には俺と大して違いは無いんじゃないか？」

「そうなんだけど、私達はどっちも地図屋をやっていてね？　ここの地理には詳しいから大丈夫なのよ」

地図屋とはハンター稼業での稼ぎ方の一つであり、遺跡の地図を売る者達のことだ。

高い実力を持つハンターでも遺跡の中で迷えば死にかねない。事前に内部構造を摑(つか)んでおけば遺物収集も捗る。迷宮のように入り組んでいる遺跡の正確な地図の需要は高い。

当然ながら、遺跡内部のモンスターの分布や安全な移動ルートなど、有益な情報が記載されているほど高値で売れる。

自分達は既にその為の調査を何度も実施している。そのおかげでそこらのハンターよりミハゾノ街遺跡の地理には詳しく、二人だけで探索しても大丈夫なのだと、キャロルは簡単に説明した。

「まあ私はどっちかといえば市街区画の地図を売っていて、工場区画の地図を売っているのはモニカなんだけど、それでも地図屋だからね。遺跡の中をモンスターを避けて進むのは得意な方なのよ」

アキラはその話を興味深く聞いていた。

「なるほど。ちなみに、この辺りの地図なら幾らぐらいで売ってるんだ？」

その質問にモニカが答える。

「工場区画の地図なら５００万オーラムです」

「ご、５００万……」

予想外の値段にアキラが少々気後れすると、モニカは不満げな顔を見せた。

「こっちも地図作製の為に遺跡を命賭けで調査してるんです。安値では売れません。それに、私の地図はそこらの安物とは質が違うんです。アキラさんもここの地図ぐらいお持ちでしょうが、それと一緒にしないでください」

アキラが少したじろいで謝る。

「あ……、はい。その、すみません」

それでモニカも我に返ったように態度を改めた。

「……あ、いえ、こちらこそ、口が過ぎました。すみませんでした」

互いに頭を下げたアキラとモニカを見て、キャロルが苦笑する。

「それで、アキラは幾らぐらいの地図でここまで来たの？　５００万って聞いてそんな態度ってことは、かなり安いやつなんでしょう？　駄目よ？　自分の実力に自信があるからって安物の地図を使うのは。危ないわよ？」

モニカも力強く頷いて付け加える。

「そうです。安い地図は内容が適当ですし、一見しっかり記載してあるように見えて、実は去年のデータだったりするんです。使い物になりません」

「で、幾らぐらいの地図なの？　50万？　それとも10万？　まさか、無料のやつとか言わないわよね？」

アキラが微妙に目を逸らす。

「……、別に幾らのでも良いじゃないか」

アキラはそもそもアルファのサポートでここまで

来たので地図など買っていない。そして市街区画の地図はネットに無料で出回っているものだ。つまり厳密には工場区画の地図など持ってすらいない。

しかし流石にアキラもそれを正直に答えるのはまずいと思い、適当にごまかしていた。

キャロル達はそのアキラの反応に、似て非なるものを覚えた。そして口に出すのも躊躇うほど安値の地図しか持っていないと捉えたモニカが、少し不思議そうな態度で尋ねる。

「……そういえば、アキラさんはどうやってここまで来たんですか？　モンスターと遭遇したりはしなかったんですか？」

「どうやってって、普通に倒して進んだけど……」

同じく不思議そうに答えたアキラの反応に、モニカが思わず怪訝な気持ちを顔に出す。

「……普通に倒したんですか？　アキラさんはこの部屋に私達とは逆側から入ったんですよね？」

「そうだけど……」

「そっちのルート、かなり強力な警備機械の警戒範囲なので、普通は通れないはずなんですけど……」

「えっ？　いや、普通に倒せたけど……」

アキラは最近賞金首と戦ったり、今日もセランタルビルの防衛機械と戦ったりで、相手を強力なモンスターだと感じる基準がかなり高くなっていた。

その所為で、アルファのサポートを受けていたとはいえあっさり倒せた程度の相手など、さほど強いとは感じずに普通に倒したと答えていた。

わずかに顔を険しくしたモニカの様子を見て、何かまずいことを言ってしまったかと、アキラが内心で焦りを覚える。

『アルファ。俺、何かまずいこと言ったか？』

『私の考えでは、おかしなことは言っていないわ。向こうの立場で考えれば、そこまで強いハンターがすぐ側にいることへの警戒か、或いはアキラに強力な警備機械を倒された所為で、その迂回ルートの値打ちが下がってしまったことへの不満とかかしらね』

強力なモンスターとの遭遇を回避できる移動ルートの情報には高い価値がある。しかしそのモンスターが倒されれば、当然ながらその価値は激減する。

　地図屋として命懸けでその迂回ルートを苦労して調査した後で、該当のモンスターをあっさり倒した者が現れれば、いろいろと思うところもあるだろう。アルファはそう付け加えた。

『……いや、それを俺に言われても……』

『ええ。アキラが気にすることはないわ。その手の苦労をするのも地図屋の努力の内よ』

　確かにその通りだ、とは思いながらも、アキラは少し気不味さを覚えていた。

　そこでキャロルが明るい声を出す。

「そんなに強いなんて凄いのね。道理で安物の地図でここまで来る訳だわ」

　そして笑顔でアキラに一歩近付いた。

「でもそうすると、モンスターとの遭遇を高確率で避けられる高い地図の需要は無さそうね。それなら別のものを買わない？」

「別のものって？」

「私。どう？　安くしておくわよ？」

　キャロルが少し身を屈めて顔と体をアキラに近付ける。わずかに挑発的な微笑みには妖艶な色香が漂っており、体に貼り付く強化インナーはその下の肌を透かして露わにしていた。

　モニカが顔を赤くして口を挟む。

「ちょっとキャロルさん!?　こんな場所で何を考えて……」

　だがアキラは相手の意図が分からないという困惑を顔に出していた。そして自分なりに解釈して首を横に振る。

「いや、俺だけで戦力は足りてる。他のハンターを雇う気は無い。悪いな」

　キャロルは意外そうな顔をした後、苦笑いを浮かべた。

「……そう捉えるとは思わなかったわ」

　キャロルは自分をじっと見ていたことをアキラに謝られた時から、自分を見るアキラの視線には性的なものが欠けていることに気付いてはいた。

　しかしすぐ側で明確に誘っても、断られるどころ

か誘われたことに気付きすらしないのは、完全に予想外だった。

モニカもアキラの反応に驚いていた。しかし我に返るとすぐにキャロルに苦情を入れる。

「キャロルさん！　私と一緒の時に、副業はやめてください！」

アキラの反応に自負を少々傷付けられていたキャロルも、それで調子を取り戻す。

「まあまあ、そんなに怒らなくても良いじゃない。それに、つれなく断られちゃったしね」

「そういう問題ではありません！　私まで一緒だと思われるんですよ!?」

キャロル達の遣り取りを怪訝な様子で見ていたアキラだったが、ここでようやく気付いた。

「ああ、そういうことか」

そして呆れたように溜め息を吐いた。そのアキラの様子を見て、キャロルも少し呆れたように笑う。

「やっと気付いたの？　全く、鈍いにも程があるんじゃない？」

「悪かったな。どっちにしろ断る。要らない」

きわどい旧世界風の格好をしている女性ハンターが副業で体を売っていたとしても、危険な遺跡の中でその商売をするとは思えない。だからすぐに気付けなくても仕方が無い。アキラはそう自分をごまかして話を流した。

「俺はもう行く。じゃあな」

「そう？　あ、これも何かの縁だし、遺跡探索なら一緒にしない？」

「遠慮しとくよ」

「本当につれないわねー」

からかうように笑うキャロルと、迷惑を掛けたと軽く頭を下げたモニカを残して、アキラはその場を立ち去った。

◆

アキラと別れたキャロル達が大型警備機械の残骸を見付ける。遺跡内のルートを塞いでいた強力な機体であり、少し前にアキラに倒されたものだ。

キャロル達はアキラに嘘を吐いている様子は無かったと判断していたが、それだけで信じるほど短慮でもなかった。しかし破壊された機体を実際に確認すれば話は別だ。

勿論、残骸だけでは、それをアキラが一人で倒した完全な証拠にはならない。それでもそれを話していた時のアキラの様子を含めて考えれば、信憑性は十分に高いと判断できた。

「あの子、本当にこれを一人で倒したみたいね」

「……そのようですね」

キャロル達は同じように驚きながら、同じように顔を少しだけ歪めていた。しかしそこにはわずかな差異があった。

キャロルの表情には落胆があった。

（……あの子、本当に強かったのね。その強さでモンスターを蹴散らして進んだだけか……。大して強そうに見えなかったから、索敵特化のハンター、何らかの方法で遺跡内の地形とモンスターの位置を取得して、安全なルートであそこまで進んだんじゃないかって思ったんだけど、外れか……）

そしてモニカの表情には、懸念と警戒があった。

キャロルとモニカがその胸中の元となった者、アキラがいるであろう方向へ何となく視線を向ける。そして軽く目が合い、どちらも内心とは無関係な態度を取った。

キャロルは調子良く笑う。

「それじゃあモニカ。この警備装置が倒された情報を早速地図に付け加えましょうか」

モニカは溜め息を吐く。

「そうですね。……これでここの迂回ルートの価値は消えて無くなりました。頑張って調べたのに……」

「そういうこともあるわ。補填で副業が必要なら、私が斡旋してあげるわよ？　まあ、要は客の紹介だけど」

「結構です！」

キャロルの冗談に、モニカは声を荒らげて真面目に断った。

第107話　アキラとキャロル

　キャロル達と別れたアキラはそのまま工場区画を進み、遂に目的地に辿り着いた。

　そこは倉庫のような場所だった。壁や床が少々傷付いている程度の損傷しかない室内に、大きな棚が幾つも並んでいる。その棚には箱詰めされた遺物が数多く置かれていた。

　その光景を見て、アキラが思わず歓喜の声を上げる。

「おおっ！　やった！　凄いな！」

　以前に未発見の遺跡を見付けたことに比べれば些細な成果ではある。だがそれでも普通のハンター稼業の基準であれば特大の成果だ。アルファも得意げに笑う。

『当然よ。次は当たりだって言ったでしょう？』

『ああ！　よし！　早速持って帰ろう』

　アキラが上機嫌な様子で棚の前に行き、箱を見る。箱は密閉されており中身は分からない。内容物を示すラベルなども見当たらない。

『中身、何だろう……。……うーん。開けちゃって良いかな？』

『やめておきましょう。ここで無理矢理開けた所為で箱が脆くなって、帰りの戦闘で中身が損傷したら嫌でしょう？』

『まあ、そうなんだけど……』

　梱包（こんぽう）された状態の遺物は、たとえ運搬の為であっても中身を詰め替えない方が良い。その方が遺物の保存状態を維持できる。また箱も旧世界製であり、場合によっては高値で売れる。だから下手に触らない方が良い。

　アキラは以前にサラ達からも似たようなことを教えられていた。しかし迷う。

『うーん。でも中身が全く分からない物を持ち帰るのもな。空ってことはないんだろうけど……』

　アキラがそう言って箱を持ち上げる。強化服のおかげで軽々と持ち上げられたが、生身で運ぶのは無理だと感じられる重量があった。

『アルファ。中身が何か調べられないか？』

『やってみるわ。少し待っていて。……中身は何らかの機械部品ね。それ以上は分からないわ』

アキラの視界が拡張され、中身がうっすらと透過表示される。箱の中には何らかの大型機械の部品に見える形状の物体が入っていた。

『そうか。……まあ旧世界製の機械なら多分売れるだろう。でも他の箱も調べてみよう』

その後、アキラは室内を回って他の箱の中もアルファに調べてもらった。もっと分かりやすく高そうな物を期待したのだが、見付かるのは同一の物や似たような機械部品ばかりだった。

遺跡の奥。アルファが当たりといった場所。しっかりと箱詰めされている。アキラもそれらを考慮すれば、価値のある遺物だとは思う。

だが同じ物が荒野で野晒しにされていれば、恐らく自分は見向きもしないだろう、とも思った。その感覚がアキラを軽く唸らせていた。

『アキラ。いつまでも唸っていないでそろそろ戻りましょう。どの箱を選んでも大して違いは無いし、また持ち帰れば良いでしょう？』

『……そうだな。……よし！　これだ！』

アキラは一番高そうな箱を選んで予備のリュックサックに詰めた。持ち帰るのはその一箱だけだ。箱が大きすぎてそれ以上は入らない。

背負うのも無理だ。半ば引き摺って運ぶことになる。帰り道の移動や戦闘を考慮すると、背負うのは予備の弾薬等を入れてあるリュックサックにしなければならない。

数多くの棚にはまだまだ箱がたくさん残っている。部屋から出たアキラが、扉を閉めながらそれを見て難しい顔を浮かべる。

『これ、全部運び出すのに、何往復しないといけないんだろうな』

『心配するのは、そもそも全部運び出せるかどうかの方よ。私達がここを見付けた以上、他のハンターがここを見付け出す確率も増えたわ』

『それもそうだな。ここがバレないように気を付けて帰ろう。アルファ。その辺の移動ルートとか、頼んだ』

『任せなさい』

得意げに笑うアルファに向けて、アキラも満足げに笑った。そして扉を閉めると寂れた工場内を進み始めた。

アルファがアキラの後に続く前に一度振り返る。そのまま扉に向けて手を軽く開いて伸ばした。

アルファの掌の少し前に紋様のようなものが浮かび上がる。するとそれに呼応するように扉の前に壁の立体映像が映し出される。更に立体映像に重なるように力場が張られ、壁の質感まで再現される。

これにより扉は、光でも音でも感触でも大気の流れでも認識不可能な、高度な迷彩で隠された。

アルファが軽く頷いてアキラの隣に戻る。

『帰りは行きとは別ルートを進むわよ。その方が移動経路から遺物の場所を逆算され難くなるからね』

『分かった。……あ、そうだ。あの部屋の遺物だけどさ、エレナさん達に運ぶのを手伝ってもらうのはどうだ？　またシェリル達に手伝ってもらうのは流石に無理だけど、エレナさん達なら……』

『アキラ。それはやめておきましょう』

『駄目か？　いや、今回は三等分とか、そういうことは言わないぞ？　その辺はちゃんと交渉して……』

『違うわ。そういうことではないの。今回はヨノズカ駅遺跡の時のように、偶然見付けたと言い張るのは無理があるのよ』

初めてミハゾノ街遺跡に来たハンターが、遺跡の主な稼ぎ場である市街区画ではなく工場区画に向かい、地図も無しにその奥に立ち寄り、遺物が大量に残っていた未調査部分を偶然見付け出した。

それは流石に偶然では片付けられない。未調査部分の情報を何らかの手段で入手したと考えるのが自然だ。具体的な入手方法は不明であっても、何らかの入手方法を保持していることが明確に露見すると思った方が良い。

そしてその入手方法はエレナ達にも教えられない。

だから駄目だと、アルファはアキラを宥めた。

『……そうか。まあ、仕方無いな。頑張って一人で往復するか』

『そうしてちょうだい。少なくとも、偶然で片付けられる状況が出来るまではね』

アルファの説明に納得したアキラは、苦笑を浮かべて遺物を運んでいった。

◆

大分時間は掛かったものの、アキラは十分な成果となる遺物を手に入れた。荒れ果てた工場内の通路を、その遺物を入れたリュックサックを半ば引き摺りながら進んでいると、先導していたアルファが急に立ち止まった。

『アルファ。どうした？』

『アキラ。一応警戒して。あと、そっちの壁からもっと離れて』

アキラは指示通り通路の壁から離れると、警戒を促された方向を怪訝な顔で見た。しかし不審な点は見当たらなかった。

だが次の瞬間、その壁が向こう側から銃撃された。壁がひび割れ穴が開く。アキラが驚いている間にも銃撃は繰り返され、ひび割れは明確な亀裂となり、増えた穴が壁の強度を弱めていく。

そして壁が蹴破られた。大穴が開き、粉砕された壁の破片が勢い良く飛び散る。続けてその穴から壁を蹴破った者が飛び出てきた。それはキャロルだった。

「……こ、ここまで来れば……！　危なかったわ！」

多分に焦りを滲ませていたキャロルの顔が安堵で緩んでいく。そして驚いているアキラに気付くと、軽く笑いかけた。

「あなたは……、こんな所で会うなんて奇遇ね」

「奇遇って……」

キャロルは軽く呆れているアキラの態度を気にせずに、視線を壁の穴の向こう側へ向けた。そして顔を再び焦りで引きつらせる。

「嘘!?　待って!?　ここはもう範囲外のはずよ!?」

焦ったキャロルが慌てた顔でアキラへ叫ぶ。

「アキラ！　悪いけどちょっと手伝って！」

「えっ？」

一瞬困惑したアキラだったが、即座にＤＶＴＳミニガンを構える。そして壁の穴へ向けて発砲し、そこにいた1メートルほどの大きさの機械系モンスターを撃破した。

だが破壊された機械は停止せず、被弾しながら前進する。楕円の胴体が歪み、タイヤの付いた多脚を千切られても、後続の機体に無理矢理押し出されていた。

そこをキャロルが銃撃する。拳銃ではあるがそう呼ぶには大きすぎる大型の銃から、ＣＷＨ対物突撃銃の専用弾に匹敵する強力な弾丸を撃ち出した。その銃弾は既に破壊された機体を大破、粉砕し、後続の機体まで貫通、撃破した。

アキラがキャロルの銃の威力に驚きながらも、少し不思議に思う。

（この程度の相手ならそんなに慌てなくても……）

そこでアキラの視界が拡張された。同時にアキラの顔が引きつった。

そこには大量の機械系モンスターがこちらに向かって殺到する光景が映し出されていた。

情報収集機器による索敵の精度は、範囲内の障害物が少ないほど上がる。そして壁に大穴が開いたことで壁の向こう側の索敵精度が上がり、そこにアルファのサポートが加わった。それにより更に鮮明になった向こう側の様子が、アキラの拡張視界に描画されていた。

壁には大穴が開いているが、それでも幅は2メートルほどだ。その狭い穴に機体が殺到すれば当然詰まる。更に撃破した敵の残骸も通行の邪魔をする。そのおかげでアキラ達が警備機械の群れを押し止めるのは、今は容易い。

しかし壁は大穴を開けられたことで既に脆くなっており、加えて数多くの機体に激突されたことで亀裂を増やしている。穴の周囲が崩れ、より大きな穴となるのは時間の問題だった。

その様子を見て、キャロルはこの場での撃退を諦めた。

「アキラ！　下がるわよ！」

「分かった！」

アキラ達は敵を銃撃しながら離脱のタイミングを計ると、目配せしてその場から同時に駆け出した。

遺物を入れたリュックサックを引き摺るのに片手を使っているアキラが少々遅れたが、破壊した警備機械の残骸を障害物の代わりにして、何とか逃げ切った。

◆

キャロルはアキラと一緒に別の工場の敷地内まで移動した。自分達を追っていた警備機械達の気配が無いことに安堵して、深く息を吐く。

「ここまで来れば流石に大丈夫か……。危なかったわ。……おっと、アキラ、助けてくれてありがとね」

キャロルは本心の感謝を、副業でも使っている妖艶な笑顔で表した。

その笑顔は普通の男ならば瞬く間に籠絡され、キャロルに副業を頼む欲を大いに刺激する色気に満ちていた。しかしアキラには効果が無い。

「どう致しまして。で、そろそろ何があったのか聞きたいんだけど」

「……ええ。分かったわ」

キャロルはわずかに苦笑すると、気を取り直して事情を話し始めた。

その内容は、アキラにとっては意外でも何でもないものだった。遺跡の中でモンスターの群れに遭遇してしまった。その所為でモニカともはぐれてしまい、一人で必死に逃げていた。不運ではあるが、何ら不思議は無い内容だった。

しかしキャロルにとっては不可解な点の多い出来事だった。

地図屋として遺跡内の警備機械の警備範囲や巡回ルートの下調べはしている。襲われた地点は、あの量の警備機械に遭遇する確率は十分に低く、ましてや仲間と分断されるような奇襲を受ける恐れは無いはずの場所だった。

そして最も不可解な点は、警備機械達が本来の警備範囲を逸脱したことだ。

機械系モンスターは基本的に強力な個体が多い。自然繁殖した生物ではなく、敵対者の排除を前提に設計された機械であることが大半だからだ。

そのような強力なモンスターが遺跡内に多数徘徊しているのにもかかわらず、大勢のハンター達がミハゾノ街遺跡を稼ぎ場にするのには理由がある。それは機械であるが故に、融通の利かない部分も多いからだ。

基本的に警備機械は警備範囲を遵守する。侵入者がそちらに逃げたからと、他企業の敷地内に侵入すれば大問題だ。それは旧世界でも変わらない。

それにより、その場がシステム上、他者の私有地、建物、管理場所であれば、そこが既に瓦礫の山であろうとも立ち入らない。

そのおかげでミハゾノ街遺跡で活動するハンター達は、勝ち目の無い機械系モンスターと運悪く遭遇しても、案外助かる場合が多い。普通なら逃げ切れない場所であっても、警備機械が警備範囲外に立ち入れないことを利用して、その境目を越えれば逃げ切ることが出来るからだ。

近くの建物に逃げ込んでも良い。遺跡内の綺麗な場所と荒れ果てた場所の境目を越えても良い。警備範囲の境目は、遺跡の至る所に分かりやすく存在している。

ミハゾノ街遺跡はモンスターの単純な強さだけならば結構な高難度だ。それにもかかわらず多くのハンターが稼ぎに訪れ、ハンターオフィスの出張所まで建てられるほどになったのには、そのような背景があった。

これは市街区画も工場区画も変わらない。キャロルが壁を破壊してまで逃げようとしたのは、そちら側が別の工場の敷地内であり、自分を襲っていた警備機械の警備範囲外だと知っていたからだ。

だからこそ、壁に大穴を開けて別の工場の敷地内、警備範囲外に出た自分を警備機械達が更に追ってきたことは、キャロルにはミハゾノ街遺跡の常識を覆すほどに予想外の出来事だった。

「やっぱりおかしい……。廃棄された工場だから相手の警備範囲を無視したってのも無理があるし……、そもそもそんな柔軟な判断が出来る施設なら、私達も警備範囲の隙間を衝く真似なんて出来ないし……」

仮説を立て、否定する。それを繰り返し、行き詰まったキャロルがアキラに尋ねる。

「ねえ、一応聞くけど、何か心当たりとかある？」

「いや、無い」

「そうよねー」

キャロルは随分と悩んでいたが、アキラにはどうでも良かった。普通の態度で尋ねる。

「それよりも、今はどこに向かってるんだ？　適当に進んでるだけか？　それとも何か当てがあって進んでるのか？」

流れでキャロルについてきたが、敵から逃げる為に特に当ても無くさまよっているのであれば、ここからはアルファに案内を頼んで、表向きは自分が案内して進もう。アキラとしてはそう思っただけだった。

だがキャロルは少し難しい顔で言葉に詰まる。

「あー、それは……」

途中まではモンスターの少なそうな場所を選んで進んでいただけだった。そして撒くことに成功した。

「……先に言っておくと、このまま遺跡から脱出するつもりよ。モニカを探しに行くつもりは無いわ」

キャロル達は、何らかの事態により遺跡の中ではぐれた場合、各自で遺跡を脱出して、その後しばらくしても相手が戻ってこなければ救援依頼を出す、という取り決めをしていた。

連絡も安全な場所に移動するまでしないことになっている。下手に発信するとその反応をモンスターに察知される恐れがあるからだ。

その説明を聞いてアキラが軽く頷き、次に不思議に思う。

「そうか。……あれ？　でも遺跡の外って、そっちだったか？」

「……そこなんだけどね」

本来ならばモニカから提供された地図を頼りに工場区画を脱出した方が良いことぐらい、キャロルにも分かっていた。

モニカの地図にはモンスターの配置や警備範囲の情報が詳細に記載されている。その内容が正しいことも工場区画を一緒に回って裏付けを取っている。

だが今は敢えて別の当てを使おうとしていた。

「私達が売ってる工場区画の地図には安全な帰還ルートも載ってるんだけど、それは警備機械の警備範囲を基にしたものなの。でもほら、その警備範囲を無視した敵に襲われたでしょう？　だからその帰還ルートを使うのはどうかと思ったの」

「……？　そうか。それで？」

アキラは何らかの前置きだろうとは思ったが、話の関連性を微妙に掴めずに少し困惑していた。なぜモニカの高額な地図を頼りにして脱出しないのか。その理由は分かったが、遺跡の外に向かって進まない理由としてはズレがあるように思えた。

「話したと思うけど、私は地図屋で、遺跡の情報を売ったりもしてるわ。それで、遺跡の裏口、みたいなものも知ってるのよ」

「裏口。そんなのがあるんだ。ああ、つまりそっちに向かってるのか？」

キャロルが難しい顔を浮かべる。

「そうなんだけど……、私も地図屋として、その情報を只(ただ)で渡す訳にはいかないのよね」

アキラもそれでキャロルの態度の訳を察した。

「アキラ。一応聞くわね？　買う気、ある？」

「えっと、幾らなんだ？」

「そうね。さっき助けてもらったことを考慮して値引いた上で、２０００万オーラム。どう？」

アキラは少し引きつった顔で首を横に振った。そんな金は無いと明確に顔に出していた。

「……、そうよねー」

キャロルは溜め息を吐いた。

アキラがこのままキャロルに同行すれば、アキラは最低でも2000万オーラムの価値がある情報を必然的に只で手に入れることになる。

しかし、払えないならついてくるな、と言えるかといえば、それも難しい。

工場区画は現在異常事態の最中だ。大量の機械系モンスターが本来の警備範囲を無視してそこら中を徘徊している確率が高い。

その状況で、ここからの脱出経路を知っている者から離れるなど、キャロルには考えられなかった。

(……私が妥協するしかないか。ここで無理に支払を求めた所為でアキラが実力行使に出たら、流石にまずいわ)

モンスターだけでも手に余るこの状況で、アキラまで敵に回す訳にはいかない。だから仕方が無い。キャロルはそう自身に言い聞かせた。

(只まで値引いた分は、副業の方でしっかり回収しましょう……って、いつもなら考えるんだけど、どうかしらね)

普通の男であれば、一度手を出させてしまえば軽々と籠絡して搾り取れる自信はあった。だがアキラは自分に対して性的な興味をなぜか欠片も持っていない。その考えがキャロルの自信を揺るがせる。

下手をするとハンター稼業や地図屋の稼ぎより副業の稼ぎの方が大きいキャロルだったが、今回は確証を持てなかった。

方向性はどうであれ、キャロルは自分が譲歩するつもりだった。しかしそこでアキラから予想外のことを言われる。

「それならここで別行動だな。じゃあな」

「…………、えっ!?」

あっさり立ち去ろうとするアキラを、キャロルが思わず呼び止める。

「待って！　えっ？　本気？」

「そんな金無いし、借金してまで買う気も無いからな」

そう軽く答えたアキラの態度に、キャロルは半ば唖然(あぜん)としていた。

（……本気だ）

キャロルは初め、アキラの態度を、高すぎる情報料を下げさせる為の駆け引きかとも思った。だが地図屋でも副業でもその手の交渉事、駆け引きは多い。アキラがどの程度本気なのかは、相手がその手の交渉事では素人同然であることも含めてすぐに見抜けた。

つい先程モンスターの群れに襲われたばかり。戦力的には一緒の方が良いに決まっている。ここで二人で争ってもどちらも損するだけ。それならば、仕方が無いと妥協させられるのは自分の方。そう考えていただけに、キャロルの驚きは大きかった。

この状況で、自分がいないとそっちも困るだろうと只での同行を認めさせようとするどころか、値引き交渉すらせずにあっさり別れようとする。それは流石にキャロルも想定できなかった。

そのアキラの態度がキャロルの興味を惹いた。

キャロルが楽しげに笑う。

「ねえ、取引しない？」

「取引？　悪いけど、半額にされても金は無いぞ？」

「違うわ。私の護衛を引き受けない？　報酬は2000万オーラム。期間はハンターオフィスの出張所に戻るまで。要は、裏口の情報料と護衛の報酬を相殺ってこと。どう？」

「随分気前が良いんだな。情報で支払うとはいっても、2000万オーラムの価値はあるんだろう？」

少し訝しむような目を向けてきたアキラに、キャロルが調子良く笑う。

「こんな状況だもの。多少高値になるのは仕方無いわ。私も命は惜しいしね。それに、アキラは強いんでしょう？　ろくな地図も無しにここに来た上に、こんな状況で私とあっさり別れようとするぐらいなんだもの。それならこれぐらいは出しておかないとね」

そして今度はどこか挑発的に笑う。

「まあ、俺の実力じゃ2000万は貰いすぎだって言うのなら、好きなだけ減らしてもらって構わないわよ？　差額は後で払ってちょうだい」

するとアキラは苦笑を浮かべた後、開き直ったように笑った。

「分かった。2000万だ」

「取引成立ね。よろしく」

キャロルが笑って握手を求める。アキラはそれに応えてキャロルの手を握った。

◆

変則的ではあるがキャロルの護衛をすることになったアキラは、遺跡の中をキャロルと一緒に慎重に進んでいた。索敵をアルファに頼みながら自身も情報収集機器の反応に気を配っていると、ふと疑問を覚える。

『アルファ。キャロルと合流した時のことなんだけどさ、あのモンスターの群れの反応って、もっと早く分からなかったのか？』

『警告が遅くて悪かったわね』

アルファは珍しく少しムッとした顔を見せた。アキラが慌てて宥める。

『いや、不満を言ったんじゃなくて、アルファならもっと早く気付いても不思議は無いんじゃないかって思っただけだよ。悪かった。アルファの凄いサポートには、いつも助けられてます』

それでアルファも上機嫌な顔を見せる。

『よろしい。まあ、前にも説明したけれど、残念ながら私のサポートの効率は、クズスハラ街遺跡以外ではかなり落ちるのよ。特に索敵はね』

『そんなに違うのか？』

『ええ。それにここは旧世界製の工場の中でしょう？　機密保持の為にも情報収集を阻害しやすい構造になっているのでしょうね。そこらの建物や荒野に比べて索敵の精度が大分落ちているわ』

低濃度の情報収集妨害煙幕（ジャミングスモーク）を常に散布されているようなもの。そう説明されてアキラも十分に納得した。

『アキラ。私からも少し聞きたいのだけれど、どうして護衛を引き受けたの？』

『えっ？　何かまずかったか？』

『違うわ。ろくに交渉もしないでさっさと離れようとしたかと思えば、すぐに護衛を引き受けたでしょう？　急に随分と気が変わったように思えたの。その理由を聞いているのよ』

『そうか？　うーん。まあ、何となくだよ』

アキラが自分の同行に難色を示したキャロルからさっさと離れようとしたのは、アキラ自身がキャロル以上に相手の武力行使を警戒したからであり、その面倒事を避ける為だ。

また値引き交渉すらしなかったのは、それをアキラが無意識に嫌ったからだ。相手が提示した値段を自分の都合で下げさせるのは、その差額の分を不当に奪うのと同じだという感覚がアキラにはあった。

逆に、相手から提示されたものであれば受け入れやすい余地があった。加えて情報の価値というあやふやなものと、護衛の正当な対価という同じくあやふやなもの同士の相殺であることが、アキラの判断を後押しした。

一緒に行動した方が生還の可能性が高いことぐらいはアキラも分かっている。お互いに納得尽くであれば、そちらを選ぶ余裕はあった。

アキラは、仕方が無いから助け合う、ではなく、仕方が無いから殺し合う、を、躊躇無く選択できる。敵か、敵ではないか、しか存在しない世界では、前者の選択は有り得ないからだ。

それでも、スラム街の路地裏が全てだった世界から抜け出した今のアキラには、仕方が無いから距離を取る、ぐらいの選択肢なら追加されていた。

また、多くの激戦を経て力を身に付け、いろいろな人と出会って経験を積んだアキラには、敵ではない、の意味も変わり始めていた。現時点で交戦していないだけの潜在的な敵対者、ではなく、味方ではないにしろ敵意の無い者。そう変化していた。それならば、少しは歩み寄ることも出来た。

もっともそれは無意識の領域のことであり、アキラはその変化を自覚していない。選択の根拠を尋ねられても、何となく、としか答えられなかった。

そして生身の者の嘘を高確率で見抜けるアルファも、アキラ自身分かっていないことまでは見抜けない。嘘ではないことが分かるだけだ。よってアキラの気紛れとして処理された。

『そう。まあキャロルの方も敵意は無いようだし、アキラが何となく喧嘩を売って揉め事さえ起こさないのなら、護衛自体は構わないわよ？』

そう言って意味深に笑ったアルファを見て、アキラが少し不思議に思う。だがすぐに思い出した。

アキラが以前にクズスハラ街遺跡の地下街で、シオリと殺し合う手前まで揉めた時も、その切っ掛けはレイナのサポート、護衛だった。

『へいへい。気を付けるよ』

アキラはごまかすように苦笑して話を流した。

キャロルがアキラを見て不思議に思う。

(うーん。やっぱり強そうに見えないわ。どうしてかしら。若く見えすぎるから？)

弱そうに見える、とまでは言わないが、強そうには見えない。少なくとも一人で工場区画に乗り込めるほどの実力者には全く見えなかった。

「ねえ、アキラって何歳なの？」

「ん？　知らない」

「そう。まあ、無理には聞かないわ。私も副業の都合で基本的に秘密にしてるし、適当っていうか、相手が喜びそうな年齢を言うことも多いしね」

歳を言いたくないのだろう。キャロルはそう判断して、話を笑って流そうとした。

だがアキラは軽く首を横に振った。

「いや、本当に知らないんだ。自分の誕生日も知らない。忘れちゃったのか、初めから知らなかったのかも分からないな」

キャロルはその言葉から、アキラがスラム街出身だと見抜いた。それを気にする者も多いと知っており話を流す。

「そう。それならハンター歴はどれぐらいなの？」

「……あんまり長くない。結構短い、とだけ言っておく」

自分の歳は知らないとあっさり答えたが、ハンター歴の方は少々言い淀んだアキラの態度を、キャロルは不思議には思わなかった。

自己申告でのハンター歴には個人差が多い。ハンターオフィスに登録した日。初めて荒野に出た日。ハンターランク10に到達した日。開始日の基準だけでもバラバラだ。

活動期間の内容を含めれば更に差異が出る。ランク10に未登録でも銃を握って遺跡に行く者もいる。ランク10に満たない期間を除外する者もいる。自分なりにハンターとして必死に活動していた期間を、判断基準の異なる者からハンターもどきの活動期間として扱われたことで、揉め事に発展することもある。

アキラが少し言い淀んでいたのは、その辺りの話で嫌なことでもあったのだろう。キャロルはそう判断した。

それでもアキラが自身のハンター歴を短いと言ったのは確かだ。そこに嘘を感じられない以上、歳の方も相応に若いと考える。つまり少年型の義体を使用している訳でも、何らかの身体強化拡張技術で子供の外見を維持している訳でもない。キャロルはそう結論付けた。

「そうなの？　それなら若手ハンターってことね。若手でその実力。大したものだわ」

「……、まあ、いろいろ運もあったからな」

素直に受け入れるには称賛が強すぎて難しい。だが否定するのは不自然だ。そう思ったアキラは運の問題にして話を流した。

そしてキャロルはそれを謙遜と捉えた。

「運も実力の内よ？　いつ死んでも不思議の無いハンター稼業では特にね」

「じゃあ、今こんな目に遭ってる俺達の実力は、大分下がってるってことだな」

これも俺の不運の所為かとアキラが苦笑いを浮かべていると、キャロルが敢えて勝ち気に笑う。

「あら、そこは、こんな状況で俺を雇えるなんて、お前は何てラッキーなやつなんだ、って言ってほしいところなんだけど？」

アキラが思わず意外そうな顔をキャロルに向ける。キャロルは楽しげに笑って返した。

アキラの表情が苦笑に変わる。

『アルファ。ああ言ってるけど、出来そうか？』

アルファも余裕の笑顔をアキラに向けた。

『楽勝よ。この程度の状況、アキラならいつものことでしょう？　不運の内にも入らないわ』

『そうか』

アキラはどこか楽しげに笑った。そして今回の不運を笑い飛ばす為に気合いを入れ直す。

「……分かった！　キャロル！　俺を雇えてラッキーだったな！　任せとけ！」

「期待してるわ」

急に意気を上げたアキラの様子を、キャロルは単純だとも頼もしいとも思った。

そして現在の異常な状況も、このアキラの様子なら案外あっさり切り抜けられるかもしれないと、本心で期待した。

◆

工場区画を進むアキラは、キャロルの期待に十分に応えていた。

警備機械の大規模な群れとは遭遇していないものの、単体や少数のグループ程度には襲われた。それらを簡単に倒していた。

アルファの索敵で敵の存在を逸早く察知し、ＤＶＴＳミニガンの連射を一点に集中させて強固な装甲を貫き、撃破する。

敵が多い場合は相手の機銃等を即座に壊して攻撃能力を奪い、次に多脚を破壊して移動能力を奪い、固いだけの的に変えた上でキャロルに倒してもらう。

為す術も無く次々に屑鉄と化して辺りに散らばる警備機械達の残骸が、アキラの強さをキャロルに見せ付けていた。

「疑ってた訳じゃないけど本当に強いのね」

「そうか？　変則的であっても２０００万オーラム

も支払ったのに弱すぎる、って文句が無いなら何よりだ」

どことなく満足げなアキラを見て、キャロルは少し迷った様子を見せた。そしてどこか言い難そうに言う。

「……あー、文句ってことなら、文句ってほどでもないんだけど、その、それ、やっぱり持って帰りたい？」

キャロルの視線は、アキラが半ば引き摺って運んでいるリュックサックに向けられていた。

アキラも少し硬い表情で視線を同じものに向けた。中にはようやく手に入れた遺物が、今日の苦労の成果が入っている。

「だ、駄目か？」

「……まあ、うん。駄目って訳じゃないし、強制も出来ないけど、出来れば、万全に戦える状態であってほしいなーって、ね？」

未練たっぷりのアキラの顔を見て、キャロルもそう頼むのが限界だった。

アキラは遺物を運んでいる所為で動きを鈍らせている。リュックサックを引き摺るのに片手を使っている所為で、銃も両手で使えない。

その状態でも強いアキラを、キャロルも頼もしいとは思う。だが遺物を捨てれば更に万全に戦えることに違いは無く、出来れば邪魔な荷物は諦めてほしいのが本音だった。

しかしアキラは地図屋ではないので遺物を持ち帰らないと金にならない。護衛の報酬として2000万オーラム相当の情報が手に入るとはいえ、金ではないので弾薬等の経費は賄えない。

そもそもその情報に本当に2000万オーラム相当の価値があるのかどうかも、現時点ではアキラには分からない。

今回の遺物収集を骨折り損のくたびれ儲けにしない為にも、具体的で明確に金になる成果である遺物を諦めたくない。その気持ちはキャロルにもよく分かる。その所為でキャロルはアキラに強く出られなかった。

そしてアキラも、嫌だ、と拒否は出来ない程度には悩んでいた。

護衛を引き受けた以上、アキラも真面目にやるつもりではある。しかし遺物は惜しい。加えて今のところは何とかなっている。それがアキラを優柔不断にさせていた。

『……アルファ。大丈夫だよな？』

『今のところはね。無理になったら諦めなさい』

『そこはアルファの物凄い(ものすご)サポートに物凄く期待してるんだけど……』

『それでも無理なら諦めなさいということよ。気持ちは分かるけれど、アキラの無事な生還が最優先。そこは私も譲れないわ』

アキラもそれ以上の我(わ)が儘(まま)は言えなかった。

『……、分かった』

『遺物を捨てないといけないほどの何かが、不運が起こらないことを期待しなさい』

『……、そうだな』

今回の不運を笑い飛ばす為に気合いを入れ直したアキラだったが、ここは苦笑を浮かべるのが限界だった。気を切り替えて先を急ぐ。

悩んだ様子を見せたものの、結局は遺物を運び続けるアキラを見て、キャロルも仕方が無いと後に続いた。


アキラがミハゾノ街遺跡の工場区画をキャロルの案内で進んでいく。散発的な戦闘はあったものの問題は生じていない。だがアキラは少し怪訝な様子を見せていた。

「キャロル。どんどん遺跡の奥に進んでる気がするんだけど、本当にこっちに裏口があるのか？」

「ええ。こっちよ。ああ、言ったはずだけど、裏口のようなものであって、どこかに隠し通路がある訳じゃないのよ」

「じゃあどうやって……」

「見た方が早いわ。あとちょっとで着くから、もう少し待って」

「……、分かった」

もう少しならばと、アキラは大人しくついていく。

そしてしばらく進んだ所で、キャロルが少し得意げな笑顔をアキラに向けた。

「着いたわ。ここよ」

そう言われたものの、アキラは裏口と呼ぶには余りに予想外の光景を見て少し困惑していた。

そこは大規模な物資集積所で、港湾のコンテナターミナルのような空間だった。そこを囲む巨大な壁には至る所に大きな通路、出入口が存在している。アキラ達もその一つからこの場に入っていた。

敷地には大型のコンテナが幾つも並べられている。そしてその内の一つが急に浮かび上がった。

「な、何だ!?」

驚いたアキラが思わず目で追っていると、そのコンテナはそのまま空高く消えていった。

キャロルがアキラの反応を楽しむように笑う。

「面白いでしょう。ここにあるのは物資輸送用のコンテナよ。工場区画で造られた物を外に運んでるのよ」

「コンテナ……？　旧世界製のコンテナは空を飛ぶのか……。流石、旧世界製だな」

「ちょっと違うんだけど……、まあ良いか。こっちよ。危ないから気を付けて。私から離れないでね」

アキラがキャロルの案内でコンテナターミナルの中を進んでいる間にも、壁の通路から新たなコンテナが運ばれてくる。

あるコンテナを運んでいた車輪付きの多脚はそのコンテナを地面に置くと、分離して脚だけになった状態で器用に通路に戻っていく。壁上部の通路から浮遊した状態で出てきたコンテナは、そのまま宙を飛ぶと空中で一度停止し、そのまま自身の置き場まで勝手に下りていく。

コンテナの運搬だけでも自身の想像を超えている光景に、アキラは軽い興奮を覚えながら周囲の様子を興味深く見ていた。

『これが旧世界の工場か……。何か凄いな。流石は旧世界ってことか？　……まあ、現代の工場の中なんて見たこと無いけど』

するとアルファから軽く注意される。

『アキラ。観光に来た訳ではないのだから、余りキョロキョロしないの。気が散ってしまうと戦闘にも支障が出るわ。今は脱出に集中しなさい』

『……そうだな。分かった』

もっともだ、とアキラも意識を切り替える。だがそこで、ふと思う。

(アルファはここの光景に全く興味が無いみたいだけど……、単に興味が無いだけか、それとも、見慣れてしまっているからか……、どっちかな?)

多分後者だ。アキラは何となくそう思いながらも、それ以上の考察はやめた。考えれば考えるだけ、アルファに関する多くの疑問が浮かんでしまうからだ。

答えを求めて余計なことを聞いてしまわないように、その好奇心から発した質問がアルファとの致命的な亀裂になってしまわないように、アキラは、今は口を閉ざした。

その時、コンテナターミナルの中を進んでいたキャロルが急に立ち止まった。そしてアキラには何も無いように見える場所に視線を向けると、じっと見て、軽く頷く。

「……、うん。これね」

その様子を見て不思議そうな顔をしているアキラに向けて、キャロルがまた得意げに笑う。そのキャロルの手が宙を摑み、手前へ動いた瞬間、アキラの視界の中に裂け目が生まれた。

驚くアキラの前で裂け目が更に広がる。その空間の裂け目、扉の隙間からは、その内部、コンテナの中が見えた。

「何だ、これ……」

『光学迷彩機能付きのコンテナのようね。その扉をキャロルが開いたのよ』

アルファからそう教えられたアキラが、見えないコンテナに手を伸ばす。するとしっかりとした感触が手に伝わった。

「おおっ！　光学迷彩か！　凄いな！」

近付いて、目を凝らして、手を触れて、ようやくガラスの板がそこにあると見間違える。それほど高度な光学迷彩がコンテナには施されていた。

「アキラ。ほら、入るわよ」

アキラの反応に満足げなキャロルに促されて、アキラがコンテナの中に入る。一緒に入ったキャロルが扉を閉めると、コンテナの存在は周囲から再び光学的に消えて無くなった。

コンテナの内部は荒野仕様車両が余裕を持って入るぐらいの大きさで、側面や天井の一部に光学迷彩が施されていて窓のようになっている。アキラはその様子を興味深く見ていた。

「キャロル。これが裏口なのか？」

「そういうこと。ここは工場区画内の集配所の一つなの。そのコンテナに乗り込んで一緒に運んでもらおうってわけ」

「おー」

軽く感嘆の声まで上げたアキラに、キャロルが機嫌良くもう少し詳しく語っていく。

ハンターが遺跡から遺物を持ち帰っても、しばらくするといつの間にか補充されている場所はそれなりにある。持ち去られた備品等を、遺跡の自動復元機能などが再配置するのだ。

しかしその再配置の為に現地で備品の製造までする所は少ない。大抵はどこか別の場所で造られて運ばれてくる。このコンテナはその輸送用だ。

「それで、何だかんだと積み込んだコンテナが空輸されて、東部の空を飛んでるのよ。他にも地下トンネルで輸送されたりもしてるみたいね。陸路は少ないらしいわ」

「ん？　何で陸路は少ないんだ？」

「地上はいろいろ混んでるからでしょうね。モンスターもいるし、ハンターだっているわ。見えないだけなんだから、下手をしたらぶつかるわね」

高度な迷彩機能を使用しているとはいえ、同様に高度な情報収集機器を使えば発見される。衝突の恐れも高い。地面の舗装も万全には程遠い。だが空輸ならばそれらの問題はほぼ回避できる。

「あー、確かに空を飛んでいれば、そう簡単には見付からないか」

納得したアキラが軽く頷いた時、足下がわずかに揺れた。思わず周囲を確認すると、壁の窓のような部分から見える景色が動き始めていた。

「おお、浮かんでる……」

「このコンテナは空輸で市街区画行きよ。アキラも外でコンテナが飛んだのを見たでしょう？　あれは見えない輸送機に運ばれたからなのよ。……これでもう安全ね」

窓に手を付けて外を見ているアキラの隣で、キャロルが軽く安堵の息を吐いていた。

「これで安全って……、ついさっきまで危なかったのか？」

「あー、本当ならこのコンテナターミナルに入った時点で安全なはずなんだけど、ほら、警備機械が警備範囲を越えてまで私達を襲ったでしょう？　だから、まさかがあるかなって思ってね」

「それなら今も危ないんじゃないか？」

「大丈夫よ。コンテナが地面から離れた時点で管轄が工場区画から市街区画に変わったからね。機械系モンスターといっても工場区画の警備機械。幾ら何でもその管轄は流石に無視できないはずよ」

キャロルからそう笑顔で語られたアキラは、納得して軽く感嘆したように頷いていた。だがそこで不思議に思う。

「なあ、何でそんなこと知ってるんだ？」

安心して少し喋(しゃべ)りすぎたと、キャロルがわずかに表情を固くする。だがそれもアキラに気付かれないほどの一瞬で、すぐに不敵に微笑んだ。

「内緒よ。というよりも、その手の情報の入手方法は地図屋の特級の秘匿情報。悪いけど、たかが2000万オーラムじゃあ話せないわ」

アキラはそれで苦笑しながらも納得した。具体的な方法を想像できた訳ではないが、金を積めば知ることが出来ると分かっただけで十分だった。自分が知らないだけで、得体の知れない人知を超えた手段ではないのだろうと思ったからだ。

「そうか。じゃあ2000万オーラム分だけいろいろ教えてくれ。流石にこのコンテナへの案内だけで

2000万は高い気がするぞ？」

　そう言って少しだけ挑発的に笑ったアキラへ、キャロルも楽しげに笑って返す。

「良いわよ。ここまでしっかり護ってくれたことだし、市街区画に到着するまでいろいろ教えてあげるわ」

　アキラ達を乗せたコンテナは、そのまま上昇してコンテナターミナルから出ると工場区画の上空を進んでいく。遺跡の空を飛ぶコンテナの中で、アキラはキャロルからいろいろなことを教えてもらっていた。

　その間、アルファは黙っていた。キャロルがごまかしたことには気付いていたが、敢えて口を挟まなかった。

　この場に関する得体の知れない何かを知っているという点で、キャロルにはアルファと共通点がある。そしてアキラはアルファが自分には全く分からない何かを知っていることに疑問を持っている。

　その何かを、自分には分からないが地図屋ならば知っていても不思議の無いこと、とアキラが勘違いすることは、アルファにとって非常に都合が良いからだ。

　いつも通りの微笑みで、いつものように、アルファは何も言わなかった。

第108話　本日2度目

アキラ達を乗せてミハゾノ街遺跡の工場区画を出たコンテナが市街区画の空を飛んでいる。

そのコンテナの中身はアキラ達を除けば空だ。移動中、自分の護衛代としてアキラにいろいろなことを教えていたキャロルは、そのことについても軽く話していた。

「それでね？　あのコンテナターミナルのコンテナには中身が空のものも結構あるのよ。本当ならいろいろ積み込むんでしょうけど、それを作る方の工場はもう廃墟になってるんでしょうね。それでも輸送システムの方は動いてるから、空のコンテナを運んでるってわけ。ま、推測だけど」

「そうなのか。でもこうやって運んでるってことは、遺跡のシステムは動いてるんだろ？　積み荷のチェックとかしないのかな。何か、いろいろ凄いって言われてる旧世界のシステムにしては、随分好い加減な気がするんだけど……」

そのアキラの素朴な疑問に対して、キャロルが軽く首を横に振る。

「逆よ。その遺跡のシステムが中途半端に動いてるから、ハンターはミハゾノ街遺跡を稼ぎ場に出来るのよ。もしアキラの言うその旧世界の凄いシステムが万全に動いていたら、私達はミハゾノ街遺跡に近寄ることすら出来ないわ」

遺跡の警備機械達は遺物収集に来たハンター達を攻撃している。だがそれだけでもある。街の外から強盗が毎日大勢来ているのにもかかわらず、その程度の中途半端な対処しかしていない。

本来ならばミハゾノ街遺跡も防衛の為にもっと大掛かりな軍事行動を取るべきなのだ。以前クガマヤマ都市が大規模なモンスターの群れの襲撃に応戦したように、ミハゾノ街遺跡もハンター達を撃退しなければならないはずだ。

しかしミハゾノ街遺跡はそれをしない。その時点で遺跡のシステムに何らかの劣化、損傷、問題が生じているのは明らかだ。

キャロルからそう説明されて、アキラも納得して軽く頷いた。

「言われてみればそうだな。そのおかげで俺達も無事に脱出できた訳か……」

アキラがコンテナの窓から外を見る。そこには真新しいビルと瓦礫の山がモザイクのように混在している市街区画の景色が広がっている。その光景を見て、アキラはこれも遺跡のシステムが真面(まとも)に動いていない証拠だと何となく理解した。

そしてふと視線を軽く上げた。するとその視界の中の空中に亀裂が生まれていた。

(……何だ？)

アキラは怪訝な顔でその亀裂を見ていたが、それは怪訝な顔を浮かべる程度のことでは終わらなかった。アルファから真面目な表情で指示が飛ぶ。

『アキラ！　敵よ！』

「はぁっ!?」

そう思わず声を上げた時、アキラは既にアルファに強化服を操作されて動き出していた。弾薬を入れたリュックサックを素早く背負い、床に置いていたCWH対物突撃銃とDVTSミニガンを掴んで両手に持つ。

「アキラ！　どうしたの!?」

「キャロル！　敵だ！」

「えっ!?」

キャロルは慌ててコンテナの外、直前までアキラが見ていた方向を見た。そして顔を引きつらせる。

アキラが空中の亀裂だと思ったものは、光学迷彩を有効にした大型輸送機の貨物部側面の開閉部だった。更にその隙間が縦に大きく開き、積み荷をアキラ達に見せる。

積み荷は大型の多脚戦車だった。しかもその主砲をアキラ達のコンテナに向けていた。

キャロルが反射的にその場から飛び退く。しかしそれで直撃こそ逃れても、ここは空中のコンテナの中だ。逃げ場そのものは無い。多脚戦車の砲撃がコンテナに直撃し、キャロルは破壊されたコンテナから投げ出された。

宙を飛ぶキャロルの視界に地上が映る。

(高い……! これ、落ちたら……)

死ぬ。それをありありと理解させるだけの高さだった。敵の砲撃の衝撃で吹き飛ばされても強化服のおかげで今は無傷だ。だがそれだけ高性能な強化服であっても絶対に助からないという説得力が、遠い地面までの距離にはあった。

死の実感がキャロルの体感時間を引き延ばす。しかしそれも空中でろくに動けないキャロルにとっては、死の恐怖を感じる時間を無駄に延ばすだけだった。助からないという感情が、キャロルの顔を険しさよりも恐怖で染めていく。

その時、アキラがまるで体当たりするようにキャロルに飛び込んでくる。

「アキラ!?」

「死ぬ気で摑まってろ!」

アキラはキャロルを強引に自身に引き寄せ摑ませると、両手の銃を構えて、引き金を引いた。

コンテナが砲撃で破壊された時、それを察知していたアルファは既にアキラに最善の行動を取らせていた。着弾位置を計算し、着弾後のコンテナの状態を算出し、アキラの脱出をサポートする。

アキラはコンテナが砲撃で破壊された直後、大穴が開くどころか原形を失いかけているコンテナを足場にして、強化服の身体能力で勢い良く跳躍してキャロルの元に向かった。

そしてキャロルに追い付くと、今度は両手のCWH対物突撃銃とDVTSミニガンを発砲し、その反動で横方向に無理矢理加速した。

そのまま宙を飛び、その先にあった高層ビルの側面に着地すると、セランタルビルの防衛機械と戦った時のように駆け下りていく。

突然の事態の連続に、そしてビルの側面を駆け下りるという常識外れの行動に混乱したキャロルが、アキラに摑まりながら叫ぶ。

「ちょっとぉ!? アキラぁ!?」

「良いから摑まってろ！」

キャロルとは異なり、ビル側面を駆け下りるのが本日2度目であるアキラは、険しい表情をしながらも冷静さを保っていた。敵を倒そうと視線を空に向ける。だが何も見えなかった。

アキラが光学迷彩を疑う。しかしアルファはビルの上方向を指差した。

『アキラ。上よ』

アキラが視線をそちらに向けるのと同時に、足場にしているビル側面が揺れる。それは輸送機から飛び出した多脚戦車がビルの壁に着地した衝撃だった。

多脚戦車が多脚の先にあるタイヤを勢い良く回転させてビルの壁面を走る。更に主砲でアキラ達を狙う。

『嘘だろ!?　あの大きさでか!?』

『向こうはアキラと同じ走り方をしている訳ではないわ。壁面でも走行可能な機能が初めから付いているだけよ。コンテナが飛行していることに比べれば驚くことではないわ』

『そりゃそうかもしれないけど……』

『そんなことより、倒すわよ。アキラ。気合いを入れなさい』

『……了解だ！』

驚き慌てたところで状況は変わらない。敵の撃破が最優先。アキラは自身にそう言い聞かせて戦闘に集中する。ビルの壁面を滑り落ちながらＣＷＨ対物突撃銃を構えると、しっかり狙って銃撃した。

ほぼ同時に多脚戦車もアキラ達を砲撃する。銃弾と砲弾が高速ですれ違い、互いの標的へ駆けていく。

銃弾は標的へ着弾した。多脚戦車の力場装甲（フォースフィールドアーマー）から飛び散った派手な衝撃変換光が、その高い威力を示していた。

しかし撃破には至らない。力場装甲（フォースフィールドアーマー）だけでは防ぎ切れなかった衝撃により機体表面を大きく凹ませていたが、交戦能力は十分に残っている。

砲弾は標的に着弾せず、そのまま空中を貫いていく。アキラは強化服の身体能力とＤＶＴＳミニガンの反動の両方を使用し、無理矢理横に飛んで砲弾を回避していた。

地面に命中した砲弾が爆発する。その爆風が、着弾点である地上からかなりの距離があるにもかかわらず、アキラ達の背を押した。それだけの威力があったのだとアキラ達に示していた。

『一発じゃ駄目か！』

『それでも効いているわ。撃ち続けなさい』

『分かった！』

アキラと多脚戦車によるビル側面を駆け下りながらの撃ち合いが始まる。その常軌を逸した攻防を、キャロルはアキラに摑まりながら半笑いで見ていた。

その攻防の中、アキラは多脚戦車にCWH対物突撃銃の専用弾を更に3度着弾させた。効果はあったがそれでも撃破には至らないことに表情を少し険しくする。

『頑丈だな！　これ、地上で戦わないと駄目か？』

地上であれば、今は発砲の反動を利用した回避の為に使用している銃撃の分も敵への攻撃に使える。そう思っての発言だったのだが、アルファは首を横に振った。

『出来れば地上に着く前に倒しておきたいわ。地上戦での移動能力は相手の方が上よ。今はビルの側面で戦っているから、そこでの動きは相手の方が鈍っているの。その優位が崩れると危ないわ』

『面倒だな……。仕方無い。多少無茶をしてでも勝負を決めるか！』

アキラがそう覚悟を決めた時、同じく覚悟を決めたもう一人が動く。キャロルだ。

キャロルは意を決してアキラから離れると、ビル側面を駆け下りながらの撃ち合いに加わった。そのままでは引きつってしまいそうな顔を、無理矢理不敵な笑顔で上書きし、拳銃に似た大型片手銃で強力な弾丸を撃ち放つ。

精密射撃は流石に無理だ。しかし相手の大きな胴体に何とか当てる。その途端、CWH対物突撃銃の専用弾に匹敵する衝撃が、相手の機体を大きく揺らした。

『おっ！　凄い！　あれ、俺のCWH対物突撃銃より高威力なんじゃないか？』

　標的が分かれたことで、多脚戦車はその主砲をキャロルの方にも向けようとする。アキラのようには動けないキャロルに砲撃の回避は難しい。

　だがそれをアキラが補う。キャロルを狙う砲身に銃撃を集中させ、砲撃の邪魔をする。加えて身軽になった分だけ更に苛烈に攻め立てる。

　火力が増したことで、アキラ達は一気に優勢になった。集中砲火を浴びた多脚戦車が、ろくに反撃も出来ずに穴だらけになる。そしてビルから剝がれ落ち、地上に激突して全壊した。

　その勝利の喜びがアキラ達の集中をわずかに緩ませた。それでもアルファのサポートを得ているアキラは問題無かった。だがキャロルは体勢を崩してしまい、ビルから離れてそのまま落下してしまう。

　それを見たアキラは急いで地上に向かった。足場を蹴って自由落下より早く地上に辿り着くと両手の銃を地面に置き、落ちてきたキャロルを抱き抱えて地面との衝突を防いだ。

　アキラとキャロルの目が合う。急展開の連続だったこともあり、意識が事態に追い付くまでどちらも数秒の沈黙を必要とした。

　そして、先にキャロルが喜びを露わにした。抱き抱えられながらアキラに抱き付く。

「やったわ！　アキラ！　助かったわ！　あーー！　危なかった！　本当に危なかったわ！　死ぬかと思った！　でも生き残ったわ！」

　一方アキラは喜びよりも安堵と疲労を強く出していた。キャロルを下ろしながら大きく息を吐く。

「何とかなったか……。全く、こんな真似は一日に一度で十分だ」

「一日に一度なら良いの⁉　私は一度でも御免だわ！　あんな目に遭ったのにそんなことを言えるなんて、アキラって本当に強いのね！」

　流石にここで自分の強さを否定しても謙遜とは捉えられず、むしろ余りに不自然だ。そう思ったアキラは下手に否定するのはやめた。

　実はこれ、今日2度目だ、とか言ったらどうなるんだろう、とも思ったが、それも口にはしなかった。

アキラが自分に抱き付いているキャロルを引き剝がそうとする。

「取り敢えず離れろ。胸を押し付けるな。硬くて痛いんだよ」

「あら、失礼ね。そこは喜ぶところでしょう？」

「知るか。強化服だからだろうけど、硬いものは硬いし、痛いものは痛いんだ。離れろ」

実際にアキラは、照れ隠しなどではなく真面目に痛がっていた。

キャロルが着用している強化インナーは胸の形状がはっきりと分かるほどに薄いが、それでも高い防御力を持っている。内側からの力には柔軟に変形して胸を揺らすが、外側からの力には強固に反発して着用者を保護する。ハーネスの部分も同様だ。

つまりアキラにとっては、一見柔らかそうに見える鉄の塊を押し付けられているのと大して変わらなかった。

キャロルもそれに気付くと、大人しくアキラから離れた。そしてハーネスの胸の部分を外し、強化インナーの前面ファスナーを首元から腹部の辺りまで一気に開いて、その下の肌を大きく露出させた。その上でアキラに改めて抱き付いた。

自身の豊満な胸の谷間にアキラの顔を埋もれさせながら、キャロルが機嫌良く楽しげに笑う。

「これなら痛くないでしょう？」

死地から脱した直後ということもあってキャロルは軽い興奮状態だ。またアキラも、一応一緒に死地から協力して脱出した者を、強化服の身体能力で力尽くで引き剝がす気にはなれなかった。まあ、痛くはないと、溜め息を吐いてキャロルの好きにさせていた。

そのアキラの様子を見て、アルファがからかうように笑う。

『うーん。やっぱり実体があるとアキラの態度も変わるのかしらね』

『黙ってろ』

アキラはいつも以上に素っ気無く、それだけ答えた。

　その後しばらく、キャロルは上機嫌でアキラを抱き締めていた。

　ようやくキャロルが落ち着いたところで、アキラがキャロルを引き剝がして話を進める。

「キャロル。そろそろ出発しよう。護衛はハンターオフィスの出張所までだな」

　数々の男性を籠絡してきた自分の胸に顔を押し当てられても、照れもせず興味も示さないアキラの態度にキャロルが苦笑する。

「……、そうね。行きましょうか」

　それでもキャロルは上機嫌だ。アキラの強さとその態度の両方に強く興味を惹かれて親しげに笑う。

「じゃあアキラ。もう少しよろしくね」

　アキラ達は改めて先に進もうとした。だが数歩進んだだけでアキラが立ち止まる。

「アキラ。どうしたの？」

　そう呼びかけられてもアキラは返事をしなかった。

それを怪訝に思ったキャロルの前で、アキラが膝から崩れ落ちる。

「アキラ!?」

　元気そうに見えたのだが限界だったのかと、キャロルは慌ててアキラの容態を確かめようとする。

　そのアキラは両手をだらりと下げてへたり込み、深く項垂れていた。そして悲嘆の声を出す。

「お、俺の……、俺の遺物が……」

「…………えっ？」

　思わず間の抜けた声を出したキャロルが、アキラの視線の先を見る。そこにはアキラがここまで運んできた遺物、その残骸が散らばっていた。

　遺物は旧世界製の頑丈な箱に入っていたが、かなりの高さから地面に叩き付けられ、敵の砲撃に巻き込まれ、更に落下してきた多脚戦車の直撃を喰らっては、流石に耐え切れなかった。

　リュックサックは千切れ飛び、箱は吹き飛び、中身の機械部品はバラバラになっている。アキラの今日の成果が無残に飛び散っていた。

「苦労して見付けたのに……、頑張って運んでたのに……」

遺物の価値など、どう考えても無くなってしまっている。その思いに、今日の苦労が水の泡と化した現実に、アキラは打ちのめされていた。

キャロルが戸惑いながら尋ねる。

「えっと……、アキラ。大丈夫、なのよね？」

「この有様のどこが大丈夫に見えるんだよ！」

アキラは思わず険しい顔で声を荒らげていた。その元気いっぱいな様子にキャロルは安堵しつつ、念の為、一応尋ねる。

「……あー、その、怪我とかは、大丈夫なのよね？さっき随分無茶をしたでしょう？　大丈夫？」

「ん？　ああ、そっちは大丈夫だ」

そっちの話かと、アキラは普段の表情で軽く頷いた。そして再び顔を悲しそうに歪ませる。

「俺の遺物が……」

そのアキラの落胆振りに、キャロルは悪いと思いながらも吹き出してしまった。


ビル側面を駆け下りながら多脚戦車を倒した実力。その勝利に対しても、まるで当然のことのように、喜ぶ様子すら大して見せない態度。それほどの実力者。

それにもかかわらず、ありふれた子供のように項垂れるアキラの姿に、キャロルは妙な可愛さを覚えていた。

アキラがムッとした顔をキャロルに向ける。

「笑い事じゃないぞ？　俺の今日の成果が無くなったんだぞ？」

「ごめんなさい。悪かったわ」

まだむくれているどこか子供っぽいアキラの態度に、キャロルがまた面白く思って苦笑を零しながら宥める。

「そんなに怒らないでよ。じゃあこうしましょう。お詫びってことで、その遺物、私が元の状態の値段で買ってあげるわ。これでどう？」

予想外の申し出にアキラが戸惑う。

「えっ？　それは助かるけど……、良いのか？」

「ええ。考えようによっては、私を助ける為にアキラに遺物を諦めてもらったようなものだからね。雇い主としてそれぐらいの補填はするわ。それで、幾らぐらいの遺物だったの？」

「……いや、実は俺にもよく分からないんだ」

アキラは正直にそう答えた。キャロルもそれが何らかの交渉術ではなく、本当に分からないからそう言っているのだとすぐに察した。

この手のことはその気になれば、非常に高額の遺物だったと幾らでも嘘を吐ける。それにもかかわらず、アキラからはその気配が欠片も感じられないことに、キャロルは内心でアキラの評価を高めた。

「そう。それじゃあ幾らにするかは後でゆっくり話すってことで、そろそろ出発しない？」

「おお、分かった。よし！　行こう！」

意気を取り戻したアキラがしっかりと立ち上がる。そのある意味で単純、現金、子供っぽいアキラの様子に、キャロルは苦笑を零していた。

ハンターオフィスの出張所に向けて、アキラ達が再び歩き出そうとする。だが、またアキラが足を止めた。

「アキラ。今度は何？」

「いや、知った顔がこっちに向かってきてるんだ」

キャロルがアキラの視線の先を見ると、3人のハンター、と思われる者達が確かにこちらに向かってきていた。

思われる、とは、その見た目からは確証が持てなかったからだ。

メイド服の女性が2人。強化服を着た少女が1人。アキラの様子から敵ではないのだろうと思ったが、きわどい旧世界風の強化服を着用しているキャロルであっても、ハンターと断言するのは難しい格好だ。

そしてその内の一人が、アキラに向けて大きく手を振った。

「アキラ少年！　また会ったっすね！」

それはレイナ達だった。

◆

レイナ達はミハゾノ街遺跡でアキラと別れた後、遺跡の市街区画で機械系モンスターを狩っていた。

これはシオリの提案だ。表向きの理由は、レイナに遺跡の難易度を肌で感じさせてハンターとしての成長を促す為となっている。

もっとも一番の理由はレイナの安全の為だ。遺物を求めて遺跡の奥に進むより、市街区画で機械系モンスターを狩って稼いだ方が万一の事態に対応しやすいからだ。

遺物が眠っているであろう建物の中よりも、外の方が警備機械などの活動範囲の境目が分かりやすいので危ない時に逃げやすい。

また予想外の事態に陥って救援依頼を出す時も、ハンターオフィスの出張所からさほど離れていない場所の方が、他のハンターが依頼を受ける確率が高くなる。

成果を求めるレイナと、レイナの安全を求めるシオリの折衷案として、レイナ達は遺跡の奥には進まずにハンター稼業を続けていた。

もっとも厳密には、ハンター稼業に精を出しているのはレイナだけだった。

レイナが建物の陰から銃を構えて照準を合わせる。標的は市街区画をうろつく汎用機械だ。球形の胴体から多脚と多腕を生やし、普段は瓦礫の撤去や受け持ち範囲の清掃などを行っている。

しかし不審者を見かけると襲ってくる。更にはハンターが落とした銃器などを拾って使用することもある。見た目以上に危険な存在であり、間違いなく機械系モンスターだ。

レイナがそのモンスターに徹甲弾を撃つ。相手の多脚と多腕を順に破壊し、移動力と攻撃力を奪ってから最後に胴体部を破壊して機能を停止させた。

その戦い振りを、シオリが本心で称賛する。

「お見事です」

レイナの戦い方に派手な部分は何も無い。事前にしっかり索敵を済ませて安全な狙撃位置を確保し、敵を一発で倒そうとなど考えずに落ち着いて倒す。それだけだ。

　その戦闘を素人が観戦すれば、余りに普通に勝った所為で、逆にその程度の相手なのかと、倒されたモンスターの強さと、それを倒したレイナの実力を軽んじてしまう。それぐらい地味な戦いだ。己の力で窮地を乗り越えたのだと、酔ったハンターが嬉々(きき)として語る武勇伝からは程遠い戦い方ではある。

　だがそれは、そもそも初めから窮地になどならない、させない丁寧な戦い方というだけであり、見る者が見れば高い技術を感じさせるものだった。

　レイナもそれは理解している。シオリから世辞でなく褒められているとも分かっている。だがそのレイナの笑顔にはわずかな陰があった。

「……うん。ありがとう」

　索敵も戦闘もレイナ一人で行っている。シオリはレイナが倒した機械系モンスターの残骸を運ぶ手伝いぐらいしかしていない。カナエに至っては、レイナの側で暇そうに立っているだけだ。

　しかしそれでも、自身より格上の実力者二人による護衛付きで戦っていることに違いは無い。その思いが、レイナにシオリからの称賛を素直に受け入れ難くしていた。

　シオリがそのレイナの姿を痛ましく思う。しかし更なる称賛も、逆にその実力を認めないのもレイナの為にならないと判断して、最低限の称賛だけは続けていた。

　レイナが機械系モンスターの残骸をシオリと一緒に台車に入れる。相変わらずカナエは全く手伝おうとしない。その余りにふてぶてしい様子に、レイナは軽く顔をしかめた。

「本当に欠片も手伝う気が無いのね」

　だがカナエは全く動じずに調子良く笑っている。

「お嬢。何度も言ってるっすけど、私の仕事はお嬢の護衛であって、お嬢のハンター稼業の手伝いではないっすよ？　いや、姐(ねえ)さんだって本来はお嬢を手伝う義務は無いんすよ？」

「……それは、そうだけど」

レイナも一緒に戦えとは言わない。だがカナエは荷台を運ぶシオリを軽く手伝うことすらやろうとしない。

そのカナエの態度に、その程度のことも出来ないほどに自分の護衛は大変なのか、という無意識の思いが、レイナの顔を不服そうなものに変えていた。

そのレイナの内心を何となく察したカナエが笑って告げる。

「私の仕事は、万一の場合にお嬢を担いで逃げ帰ることっす。そしてお嬢の護衛には、その事態に備えることも含まれてるっす。だから、とても忙しいんすよ。手伝う暇なんて全く無いっす。悪いっすね」

「……、そう」

お前が弱いから忙しいのだと言われたような気がして、レイナはわずかに項垂れた。

そこにシオリが口を挟む。

「お嬢様。カナエはこれでもお嬢様の護衛として派遣される程度の実力は持っております。万一の場合の盾や命綱だとお考えください」

そして自分に顔を向けたレイナへ優しく微笑む。

「その盾や命綱が頑丈だからと、別の用途に用いた所為で本来の仕事に支障が出ては本末転倒です。カナエの態度に対しては、カナエが遊んでいられるほど私達に余裕がある証拠だとお考えください」

その余裕はレイナの実力のおかげだと、シオリは暗にレイナを褒めていた。

「酷いっすね。ちゃんと給料分は働いてるっすよ?」

「そうでなければ叩き斬っているわ」

そう言ったシオリは少し怖いほどの真面目な顔をカナエに向けていた。その手は腰の刀に伸びている。本気で言っていた。

それでもカナエは笑顔のままだ。それは相手がこの状況で刀を抜くことはないと理解しているから、ではなく、抜いたら抜いたで面白そうだと思っているからだった。

「シオリ」

レイナがそうシオリに呼びかけた。そして首を横に振った。

　それでシオリも落ち着きを取り戻す。大きく息を吐き、刀から手を離した。カナエがつまらなそうに笑顔を崩す。

　レイナ達はそのまま機械系モンスターの狩りに戻った。


　レイナからは暇そうに突っ立っているだけだと思われていたカナエだったが、仕事自体は真面目にやっていた。遺跡の中は、いつ何が起こっても全く不思議の無い旧世界の領域だ。その突如発生する何かに備えて周囲をしっかりと警戒していた。

　ただ、自分の出番は恐らく無い、少なくともその確率は非常に低い、とも思っていた。元々レイナに対して過保護なシオリが、クズスハラ街遺跡の地下街で失態を演じた後だ。レイナの安全には気を配っている。それこそ追加で自分を呼ぶほどに。

　自分は本当に保険として呼ばれたのであり、その保険を使用せざるを得ない状況に陥ることを、シオリは可能な限り阻止するだろう。カナエはそう思っており、実際に現時点ではその通りの状況が続いている。そういう意味で、カナエは暇ではあった。

（全く、中途半端に過保護っすね。まあ、仕方が無いのは分かるっすけど）

　本当にレイナを危険に晒したくないのであれば、遺跡に連れていく時点で論外だ。それはシオリも分かっている。だがそうしなければならない事情もあるのだ。だからこそ、シオリはレイナを護ろうと出来る限りのことをしていた。

　もっともそれはレイナとシオリの事情であり、カナエにとってはどうでも良いことだった。

（あー、暇っす。何か面白いことでも起こらないっすかねー）

　面白いこと。つまり自身が存分に戦える状況。護衛対象に危険が迫る事態。それを護衛自身が望むという、護衛としては本末転倒なことを望みながら、カナエは暇そうに何となく空を見上げた。

　その途端、カナエの雰囲気がわずかに鋭くなった。

それに気付いたシオリが周囲を警戒する。

「カナエ。どうしたの？」

「いや、あっちの方に何か変な気配が……」

カナエが見ている方向に、レイナとシオリも視線を向ける。次の瞬間、その視線の先の空中が突如爆発した。

カナエとシオリが即座にレイナを護る位置に移動する。レイナも含めて全員が驚いていたが、その表情には差異があった。

レイナは単純に驚いている。シオリは警戒を見せている。そしてカナエは、面白いことが起こったと楽しげに笑っていた。

その爆発はアキラ達が乗るコンテナを多脚戦車が砲撃したものだった。続けてまるでその爆発の中から飛び出たようにアキラ達が現れ、近くの高層ビルの側面に着地する。

更にレイナ達の視界に突如出現した多脚戦車も高層ビルに貼り付き、そのままアキラ達とビル側面で戦い始めた。

「おー！　凄いっす！」

「何……あれ……」

完全に楽しんでいるカナエとは異なり、レイナは余りの光景に唖然としていた。

シオリも驚いていたが、観戦よりもレイナの護衛を優先する。

「カナエ。他に妙な気配は？」

「無いっす。あれだけっす。おおー。撃ち合ってるっす。落ちながら撃ってる？　いや、壁を走りながら撃ってるっす！　頭おかしいっすね！」

その常人離れした戦闘を情報収集機器の望遠機能で見ていたカナエが、視界の先で称賛に足る戦いを繰り広げている者達に注目する。そして気付いた。

「ん？　あれ、アキラ少年っすね」

レイナとシオリが驚いている間に戦闘は終わり、地上に降り立ったアキラ達の姿は他の建物に隠れて見えなくなった。だが情報収集機器の映像を見直すと確かにアキラが映っていた。

レイナが困惑する。

「本当にアキラだ……。えっ？　どういうこと？　何が起こってたの？」

「その辺は本人に聞くのが手っ取り早いっすよ。そんなに遠くないし、ちょっと行きましょうっす」

カナエはレイナにそう促してから、不用意に近付くのは危険だと止めようとするシオリに先に言う。

「姐さん。ちゃんと聞いておいた方が良いと思うっすよ？　遺跡の空中であんなことがこれからも起こるなら、ここでハンター稼業なんてしてられないと思うっすけどね」

そう言われるとシオリも悩んでしまう。そしてレイナが先に決断した。

「シオリ。行きましょう」

「……畏(かしこ)まりました」

その決定でレイナ達がアキラ達の下に向かう。

面白そうな出来事を前にして、カナエは楽しげに笑っていた。

第109話　嘘偽りの無い言葉

　ミハゾノ街遺跡のハンターオフィス出張所に戻ろうとしていたアキラ達は、そこに現れたレイナ達と成り行きで一緒に戻ることになった。

　今は帰路で、別にレイナ達とは敵対もしていない。先程モンスターと戦ったばかりだ。戦力は多い方が良い。その程度の判断だった。

「それでアキラ少年。何であんな頭のおかしいことをやってたっすか？」

「……好きでやった訳じゃない」

「じゃあどうしてあんな状況になったんすか？」

「……いろいろあったんだよ」

　馴れ馴れしく物怖じせず気安く距離を詰めてくるカナエの態度に、アキラは面倒そうな様子を見せながらも少々押され気味だった。

　完全に興味本位で聞いているカナエとは異なり、シオリはレイナの安全の為に情報を集めようとしている。

「キャロル様。なぜあのような状況になったのか教えて頂けないでしょうか？」

「ごめんなさい。話せないわ。私達があの状況に陥った過程を説明すると、情報料が必要な話が絡んでくるのよ。まあ、払うって言うなら別だけど」

「お幾らでしょうか？」

「２０００万オーラム。悪いけど値引き交渉は受け付けないわ。その金額でアキラと取引済みだからね」

　予想外の金額と予想外の内容に、レイナ達が思わずアキラを見る。

「アキラ少年。なかなか稼いでるっすね」

「その辺はキャロルの護衛代と相殺だ。２０００万オーラム払った訳じゃない」

「護衛代っすか。結構取るっすね。……いや、どこで何やってたか知らないっすけど、あんな真似をしてたぐらいっす。そんなもんすかね？」

　カナエはそう言って笑いながら、意味有り気な視線をアキラに向けた。アキラがわずかに顔をしかめる。

「何だよ」

「いやー、ぶっちゃけた話をすると、私、アキラ少年のこと、強いとは全然思ってなかったんすよ。姐さんに勝ったって話も、姐さんがよほどのヘマでもしたのかなって思ってたっす」

アキラにはクガマヤマ都市との取引により、クズスハラ街遺跡の地下街での出来事に守秘義務がある。その話を、恐らくその事情を知っている者から振れたことで、アキラは顔を少し険しくした。

「その話を俺に振るな。聞いてないのか？」

「まあまあ、その辺は当事者同士の話ってことで良いじゃないっすか」

アキラが真面目な顔でカナエに非難の視線を向ける。

「お前は当事者じゃないし、他にも当事者じゃないやつがいるだろうが」

「はいはい。悪かったっす」

悪びれた様子も無いカナエの態度に、アキラは呆れを見せていた。レイナとシオリも軽く頭を抱えている。

一方キャロルはアキラの評価をかなり上げた。事情は知らないがアキラには何らかの守秘義務がある。それを察した上で、その守秘義務を真面目に、加えてどこか愚直に守ろうとするアキラの態度に好感を持った。

そしてカナエは別の方向でアキラを評価していた。

「まあ、あれっすよ。アキラ少年はそれだけ強いってことっす。やっぱり今度一緒にセランタルビルの探索でもどうっすか？　アキラ少年が一緒なら結構上階まで行けるはずっす。稼げると思うっすよ？」

単に強いだけならカナエもそこまでアキラに興味は持たない。だがその強さの上に、面白い事態を引き起こす、或いは巻き込まれる者ならば別だ。

アキラを軽く調べると、クズスハラ街遺跡での出来事のみならず、賞金首の騒ぎでも楽しそうな出来事を経験していた。加えて先程の戦闘だ。カナエの興味を惹くには十分だった。

そのような面白い者が一緒にいれば、レイナの護衛というつまらない仕事も少しは面白くなるのではないか。その思いでカナエはアキラを誘っていた。

しかしアキラの反応は酷く鈍い。

「断る」

「えー、良いじゃないっすか。あ、大丈夫っす！　それお嬢を護らせようなんて思ってないっすよ！　それは私の仕事っすからね」

カナエは本心でそう言った。実際に護衛として、仕事として、自分の命と引き換えにしてでもレイナを護る意志は持っていた。

もっとも、それはそれとして、そうなる恐れの高い場所にレイナを連れていくことに何の躊躇も無いのも事実だった。

そのカナエの話とアキラの態度にレイナが軽く落ち込む。やはり自分はアキラからもカナエからもそこまで足手纏いに思われているのかと、少し項垂れた。

話をこれ以上続けさせるのはレイナにとって良くない。そう考えたシオリが口を挟もうとする。だがその前にアキラが嫌そうな顔で断言する。

「そういう話じゃない。あんな危険な場所で遺物収集をする気になんてなれないだけだ」

「そうっすか？　確かにセランタルビルは外も内も高難度で、最上階に辿り着いたハンターはいないって話っすけど、結構な数のチームが稼いで戻ってきてるっす。引き際を見誤らなければ大丈夫っすよ」

カナエとしてはその引き際を適度に間違えて面白い事態になることを望んでいるのだが、今はそう答えた。

しかしアキラは首を横に振る。

「嫌だ。俺も命は惜しい。そっちがセランタルビルの中に突っ込んで自殺するのは勝手だけど、俺を巻き込まないでくれ」

レイナ達はそのアキラの反応を意外に思い、軽く驚いた。シオリが少し険しい表情で尋ねる。

「アキラ様。セランタルビルはそこまで危険なのですか？」

「……その辺の判断は人それぞれなんだろうけど、少なくとも俺はセランタルビルで戦うぐらいなら、さっきの戦闘を何十回もやった方がましだな」

アキラは多脚戦車とのビル側面での戦いを、アルファのサポートのおかげで乗り切った。そのアキラにとってセランタルビルの中とは、そのアルファが自分の生還は絶対に無理だと断言した絶望的な危険地帯だ。絶対に入りたくなかった。

「そこまでですか……」

シオリにはアキラがなぜそこまで言うのかは分からない。だがアキラの実力と、本気で言っていることぐらいは分かった。

「……では、私達も無闇に近寄らない方が良いようですね。そこまで危険であるとは考えておりませんでした。教えて頂き、ありがとう御座います」

「えっ？　ああ」

アキラはシオリから随分丁寧な態度で礼を言われたことに少し戸惑った。だがそれだけで、深くは考えなかった。

一方カナエは内心で残念そうに顔を歪める。

（あー、失敗したっす。これでセランタルビルの探索は無しになったっすね）

シオリにとってセランタルビルの探索はかなり意味のあることだ。レイナの身の安全を考慮しても、なお迷うほどに。カナエはそれを知っていた。

そこにアキラという戦力を追加すれば、迷いの天秤を探索の方に傾けることが出来るのではないか。そう思ってアキラを誘ったのだが、逆効果になってしまった。

カナエがつまらなそうに溜め息を吐く。アキラはそれに気付いたが、そちらの方も深くは考えなかった。

◆

アキラ達はミハゾノ街遺跡のハンターオフィス出張所の前までようやく戻ってきた。そこでレイナ達と別れた後、出張所の中にある食堂に入る。

「キャロル。護衛はここまでで良いよな？」

「ええ。でももう少し付き合って。食事ぐらい奢るから。何なら……その後もね？」

そう言ってキャロルは誘うように微笑んだ。するとアキラも嬉しそうに笑う。

「奢ってくれるのか？　それなら付き合う。ありがとう」

「……どう致しまして」

間違いなく喜ばれている。だがそれは完全に食事に対してだ。その後の情事、自身の副業の方には欠片も興味を示していない。その事実にキャロルが溜め息を吐き、アキラが不思議そうにする。

「どうかしたのか？」

「何でもないわ。高いの奢ってあげるから覚悟しなさい」

「そうか！」

キャロルは半分自棄になっていたが、アキラはそもそも気付いていなかった。

既に日の落ちた時間帯ということもあり、食堂の中は一仕事終えたハンター達で賑わっている。重火器等の装備品や遺物などを持ち込んでいる者もおり、人が多い場所はそれだけ混雑していた。

しかし食堂の奥のテーブルは不自然なほどに空いていた。キャロルに勧められてそこに一緒に座ったアキラが、不思議そうに周囲を軽く見渡す。

「……何でここだけこんなに空いてるんだ？」

「ん？　知らないの？　ここにはちょっとした暗黙のルールがあるのよ」

この食堂を使うハンター達は、座る位置を食事の代金で決めていた。手前ほど安く、奥ほど高い。たっぷり稼いだハンターは奥の席で気前良く豪勢な料理を頼み、微妙な稼ぎだった者は手前の席でそこそこの飯を口にする。

食事代はそのハンターの稼ぎに比例し、その稼ぎは実力に比例する。よって近い席に座る者の実力は大体同じになる。

これにより稼ぎや実力の差に起因する騒ぎは減る。実力が近いこともあって、何度も顔を合わせて気が合えばチームを組むこともある。暗黙の決め事ではあるが、上手く機能していた。

キャロルからそれを聞いたアキラは面白そうな顔をしていた。

「へー。そんなルールがあるんだ。でもさ、知ったことか、なんて言って勝手な位置に座るやつとかいないのか？」

「たまにいるわよ？　でも他のハンターに目を付けられてすぐにいなくなるわ」

「だろうな」

勝手な位置に座った場合、実力者が安い席で高い食事を頼んだ場合と、未熟者が高い席で安い食事を頼んだ場合では、後者の方が目を付けられやすい。つまり基本的に、自分よりも強い者から敵視される羽目になる。

当然ながらそれを分かった上で勝手な真似をする者はわずかだ。そしてそのわずかな者は、力が物を言う荒野でその力に逆らった愚か者に相応しい末路を迎えることになる。


ルール無用の荒野だからこそ、そこにある暗黙のルールには相応の強制力があった。

「そういう訳だから、目を付けられたくなかったらちゃんと高いのを頼みなさい」

「分かった。でも幾らぐらいにすれば良いんだ？」

「ん？　具体的に幾らってのは無いんだけど、この辺の品を幾つか頼んでおけば大丈夫だと思うわ」

キャロルはそう言うと、アキラが見ていたメニュー、呼び出し機器を兼ねた非常に薄い情報端末のようなものの表示面を軽く触って、それらの料理を表示した。

するとアキラの顔が固まる。そこには値段の下限が1万オーラムの料理が並んでいた。しかも高いものは桁が1つ増えていた。

幾ら奢ってもらえるとはいえ、それらの料理を自分で選んで注文することにはアキラも慣れていない。気後れと迷いがアキラの表情にありありと表れる。

そのアキラの様子に、キャロルが楽しげに笑う。

「好きなのを頼んで良いのよ？　迷ったら全部頼め

ば良いわ。遠慮しないでね？」

高いのを奢ってあげるから覚悟しなさい。そう言われた意味をアキラはようやく理解した。

「わ、分かった。大丈夫だ」

「ああ、言い忘れたわ。最低でも10万オーラムを超えるぐらいは頼んでね。ここはそういう席だから」

「……そ、そうか」

まるで場違いな高級店に突然連れてこられて慌てふためく子供のようなアキラの様子に、キャロルは上機嫌に、してやったりと笑みを深めた。


アキラはテーブルに並ぶ数々の料理に手を伸ばして至福の時を堪能していた。

高い料理とはいっても、全て輸送費込みの荒野料金。都市ならばもっと安い価格で同じものを食べられる。

しかし同時に遺跡でたっぷり稼いだハンター達の為の料理でもある。その実力で大金を稼ぎ、その金で高級品を食べ慣れたことで肥えた舌を満足させるだけの質は十分に保っている。

よって、その域にはまだまだ達していないアキラの舌を、その美味さで蹂躙するのは容易かった。アキラは顔を緩ませて、いつも以上に子供っぽい様子を見せている。

その様子を、キャロルは両手の上に顎を乗せて見ていた。

「アキラ。美味しい？」

アキラがしっかりと頷く。

「美味しい」

「……そう。それは良かったわ」

キャロルは少しだけ不貞腐れたように小さく溜め息を吐いた。

「良かったって顔には見えないんだけど、あ、もしかして、高いのを注文しすぎたか？」

悪いことをしたかと、そうどこか恐る恐る聞いてきたアキラへ、キャロルは苦笑を返した。

「そうじゃないわ。ただ、普通はね？　私が目の前にいれば、視線は料理じゃなくてこっちに向けるものなのよ」

キャロルはどこか嫌みっぽくそう言いながら自分の胸の谷間を指差した。

それでアキラもその魅惑の胸を見る。しかしその目に異性への情欲は欠片も含まれていなかった。

「悪いな。色気より食い気の年頃なんだ」

「そのようね。私の体よりそっちを優先させるぐらいだもの。随分たくさん頼んだようだけど、残しちゃ駄目よ？」

「大丈夫だ。育ち盛りだからな」

アキラはそう言って、テーブルの皿をまた一つ空にした。質よりも量を重視して注文した料理は随分な量なのだが、旺盛な食欲により既に半分を食べ終えている。

以前、アキラの体はスラム街での長年の過酷な生活の所為でボロボロだったのだが、クガマヤマ都市の病院で治療費６０００万オーラムの治療を受けたことで健康体になった。

しかし栄養失調の所為で上手く育たなかった発育まで取り戻した訳ではない。それを取り戻す為にアキラの体は多くの栄養を必要としており、それを促す処置も治療時に一緒に受けていた。

加えて日々の訓練や実戦により身体能力が上がったことで、アキラの体はそれを支えるエネルギーを欲している。回復薬が負傷を細胞単位で治療、再生する時にも、新たな細胞を作る材料を必要とする。

それらの理由によりアキラの体は大量の栄養を求めており、その要望を本人に強い食欲として伝えていた。

もっとも胃の許容量を無視するように食べ続けてもアキラに太る余裕は無い。更なる成長と過酷なハンター稼業による消費で相殺されている。

幸せそうに料理を食べ続けるアキラに、その幸せを体型の維持の為に諦めなければならない恐れは、今のところ全く無かった。

「キャロルは何か頼まないのか？」

「私はモニカの救援の手配を済ませてからにするわ。もう保険会社に要請は出したんだけど、どうも救援部隊の手配が滞ってるらしいのよね」

東部にはハンター向けの保険も多い。救援保険もその一つで、契約者が遺跡内で消息を絶った場合などに救援部隊を派遣するものだ。

条件は様々だが、主に規定の時間連絡途絶が続いたり、本人や代行者が救援を要請したりすれば部隊を派遣する。

遺跡から生還しないハンターなど珍しくないので保険料は高額だ。だが契約者に高額の保険料を支払う価値があると認めさせる為にもしっかり助けようとするので、救援時の生還率はかなり高い。

キャロル達はチームで保険に入っており、既にキャロルが要請を出している。本来ならばすぐに部隊が派遣されるのだが、今は諸事情により滞っていた。

「何でも手持ちの部隊は全てセランタルビルに派遣済みで、今はその帰還待ちなんだって」

追加の臨時部隊も編制中だが、まずは救援待ちの所に派遣しなければならず、その場所もセランタルビルなので、ついでに工場区画に寄らせることも出来ない。

既に日も落ちている。ハンター稼業を切り上げた者も多い。多くのハンター達と交渉しているが、救援依頼を受ける者は少なく難航している。キャロルは保険会社の担当者からそう説明されていた。

それを聞いたアキラが不思議がる。

「でも、手持ちの部隊は全部送ったんだろ？　それなら戦力は十分あるはずだ。楽に助け出せそうな気がするんだけど……」

「私もそう思って少し調べてみたの。そうしたら、どうもセランタルビルを開けっ放しにしたハンターがいたみたいなのよね」

意味が分からず困惑しているアキラに、キャロルが補足を入れていく。

セランタルビルで遺物収集をする為には、その周囲にいる防衛機械を突破しなければならない。普通はチームで挑み、撃破する。

そしてその後は、防衛機械の撃破に乗じた他のハンターに遺物収集を邪魔されないように、ビルの出入口を封鎖する。出入口を占拠するチームと遺物収集を行うチームに分かれて活動し、防衛機械の再配備で退路を塞がれる前に撤退する。

　これにより普通はビルの防衛機械が倒されても、大勢のハンターがビルに殺到することはない。

　だが今日は防衛機械の撃破後に出入口の占拠をしなかった者が出たのだ。

「その話が広まって、絶好の機会だってセランタルビルに向かった人が多いんだって。まあ悪食ビルなんて呼ばれてる場所だし、救援保険をつけてたチームも多かったんでしょう」

　出入口の封鎖をしない時点で、他のハンターによる遺物収集を歓迎しているようなものであり、普通は有り得ない事態だ。

　だが遠距離からビルの周辺を確認すると確かに封鎖は無く、ビルの内部で陣を張っている様子も無い。その時点で多くのハンターが動いていた。

「で、そいつらが帰ってこない。連絡も無い。遺物収集に夢中になってるのか、それとも何かあったのかは分からないけど、連絡途絶に違いは無いから契約は契約ってことで救援部隊を出してるみたいね」

　キャロルがどこか呆れたような顔を浮かべる。

「どこの誰の仕業か知らないけど、そんな真似をすればそんな事態になることぐらい簡単に想像できるでしょう。名を売る為に敢えてやったことかもしれないけど、良い迷惑だわ」

「そ、そうか」

「アキラ。どうかしたの？」

「いや、何でもない」

　アキラは食事の手を思わず止めてしまったが、すぐに再開した。

　キャロルがそのアキラの態度をわずかに訝しむ。だが関連性は低いと考えた。セランタルビルをあれだけ危険だと言っていたアキラがそこに近付くとは考え難いからだ。

　そもそもアキラは工場区画にいたのだ。仮にアキラがセランタルビルの防衛機械を倒したのだとしても、遺物を失ってあれだけ嘆いていたアキラが、ビル内で遺物収集を全くせずに工場区画に向かうとは思えない。

恐らく過去に似たようなことでもしてしまったのだろう。キャロルはそう考えて辻褄を合わせた。

「それでね？　保険会社の救援部隊が当てにならないようなら、独自に救援依頼を出さないといけないんだけど……」

ただでさえ高難度な工場区画で、しかも警備機械が警備範囲を越えるという異常事態が発生中。仲介業者を挟んで広く依頼を出したとしても、受ける者がどれだけいるかは分からない。そして当然ながら高額な報酬を要求される上に、救援に成功するかどうかも不明だ。

それならば保険会社に保険料の増額を申し出て救援の順番を早めてもらうか、或いは救援部隊の編成を委託した方が良いか。それとももう少し待った方が良いか。いろいろ難しい判断が必要だと、キャロルは落ち着いた様子でアキラに話していた。

その話を聞きながら、アキラが何となく思う。

（キャロルはモニカと組んでるみたいだけど……、エレナさん達とは随分違うな）

いろいろと鈍いアキラだが、キャロルにはモニカを自分で助ける気が無いことぐらいは分かる。見捨てている訳ではないが、割り切った対処であり、他人事のようにも感じられる。

もっともアキラも、組んだ相手を命懸けで助けるのが当然だとは思っておらず、キャロルを非難するつもりは無い。エレナ達とは違うと思っただけだ。

その時、食堂にモニカが声を荒らげて入ってきた。

「救援は無理だってどういうことですか!?」

モニカは情報端末越しに保険会社の者へ激しい抗議を続けていた。

「ふざけないでください！　何の為に高い保険料を払っていると思っているんです!?　良いからすぐに手配を……ん？」

食堂内を見渡したモニカがアキラ達に気付く。声を荒らげていたことで注目を集めていたこともあり、アキラ達もモニカに気付いた。

「もう少し待つ、で、正解だったようね」

「そうみたいだな」

啞然とした表情のモニカへ、キャロルは笑いながら軽く手を振った。


モニカがキャロルの隣に座って溜め息を吐く。

「……まあ、お互い無事で良かったです。で、キャロルさん。どうやって私より早く戻ったんですか？　私、これでも必死に急いで脱出したんですよ？」

「逃げてる途中でアキラに会ってね。護衛を頼んで一緒に脱出したのよ」

モニカが疑いの目を向ける。

「……それだけですか？　実は私に教えていない脱出経路とかがあって、それで楽に脱出したんじゃないですか？」

「あら酷い。こっちは凄く大変で、私は危なく死ぬところだったのよ？　それをアキラに助けてもらったの。アキラ。そうでしょう？」

「ん？　ああ。まあ、そうだな」

嘘は言っていない。そして裏口の情報については、キャロルが黙っているのであれば、自分がどうこう言うことではないと、アキラはそれだけ答えた。

モニカもアキラが嘘は吐いていないと見抜いて、それ以上は追及しなかった。

「そうですか……。アキラさん。キャロルさんを助けていただいて、ありがとうございました。それにしても、アキラさん、本当に強いんですね」

「……、まあな」

否定するとややこしくなる。そう思ってアキラは軽く流した。

今度はキャロルがモニカを追及する。

「モニカこそ、あの状況からどうやって脱出したの？　私はアキラに助けてもらったけど、あなた、そんなに強かった？　そっちこそ、私に教えていない脱出経路を使って脱出したんじゃない？」

モニカが目を逸らした。キャロルが少しだけ視線を厳しくする。

「あるのね？」

「……取って置きの情報なので、キャロルさんにも教えられなかっただけです。……すみません」

わずかに間を開けて、キャロルが表情を崩した。

「まあ、お互い無事だった訳だし、気にしないわ。高値で売れる情報を隠しておきたい気持ちは分かるしね」

「……今更言うのも何ですが、一応、あの時はぐれなければ一緒に行くつもりだったんですよ？」

「分かってるわ」

キャロル達は軽く笑い合い、それでこの話を終わりにした。

アキラはその様子を見て、こういう付き合い方もあるのだと、何となく納得した。


テーブルにモニカが加わり、まだ注文を済ませていないキャロルもモニカと一緒に料理を注文して、アキラ達は改めて三人で食事をとっていた。

食べながらの雑談で、キャロル達は3ヶ月ぐらい前から軽く組んでいることなども話題に出た。

表向きは地図屋同士の伝で一緒に遺跡探索をしているような話だったが、分かる者が聞けば地図屋としての技術を互いに探り合っているようなきわどい話も混じっていた。アキラはそれに気付かず、地図屋としての稼ぎ方などを普通に興味深く聞いていた。

地図屋の話からミハゾノ街遺跡の市街区画の地図の話になり、高値がつくセランタルビルの地図の話に移る。そこで悪食ビルという言葉が何度か出たので、アキラはその意味を尋ねてみた。

するとキャロルが意外そうな顔をする。

「知らないの？　ミハゾノ街遺跡じゃ結構有名な怪談なんだけど」

「知らない。どんな話なんだ？」

「簡単に説明するとね、ミハゾノ街遺跡の市街区画で、たまにだけど、ハンターやモンスターの姿が一帯から突然消えることがあるらしいのよ。それでその一帯の中心にセランタルビルがあるから、あのビルが食ってるんだって話になって、悪食ビルって怪談になった、らしいわ」

「……怖っ！　それ、どこまで本当なんだ？　本当ならあのビルに近付くだけでも危ないだろ？」

真面目に嫌そうな顔を浮かべるアキラに、モニカが宥めるように笑って言う。

「怪談ですからね。どこまで本当かは分かりません。第一続発していたら、誰もセランタルビルには近付きませんよ」

「ああ、それもそうか」

それでアキラも一度は安心した。だが今度はキャロルがアキラを怖がらせるように笑う。

「でも気を付けた方が良いわよ？　遺跡の中は旧世界の領域。何が起こっても不思議は無いわ。そもそも何かが起こってろくでもない結末になったからこそ、怪談になった訳だからね」

自分達の話に翻弄されるアキラの様子にキャロルは楽しげに笑っていた。モニカも苦笑を零している。

そしてアキラはその後もしばらく、遺跡の中で注意する為だとして、ミハゾノ街遺跡の他の怪談話などを聞かされることになった。


かなりの量の料理をゆっくり味わって食べたこともあり、アキラが食事を終えた頃には夜も更けていた。

キャロルの護衛中に失った遺物の買取の話なども既に済ませている。アキラは食事を奢ってもらった礼を言って帰ろうとしていた。

「美味かった。ありがとうございました」

満足げなアキラとは異なり、キャロルは少々不満げな様子を見せている。

「どう致しまして。全く、その後も奢ってあげるって言ってるのに、本当に帰る気なのね」

「悪いな。今のところ俺は色気より食い気なんだ。色気の方は他のやつに奢ってやってくれ。勿論、食い気の方は大歓迎だ」

「はいはい。また何かあればね」

キャロルは軽くからかうように呆れた仕草を見せた後、気を取り直して機嫌良く笑う。

「まあ、気が向いたら連絡して。ハンター稼業の誘いでも良いし、色気の方でも大歓迎よ？　いつでも遠慮無く連絡してちょうだい。じゃあね」

アキラと別れた後、キャロルは自分に向けてどこか楽しげに笑うモニカに気付いた。

「モニカ。何？」

「いえ、あそこまでキャロルさんに興味を示さない人も珍しいと思っただけです。どうです？　私達で彼をしばらく雇いませんか？」

「構わないけど、一応理由を聞いておきましょうか。アキラが強いから、じゃ、ないんでしょ？」

「ええ。彼を雇っておけば、キャロルさんも仕事中に副業に精を出す暇は無さそうですから。つれなく断られ続けてください」

「その時は、裏目に出たと言わせてあげるわ」

少し調子良く笑うモニカへ、キャロルも力強く笑って返した。

◆

ミハゾノ街遺跡を出たアキラが、真夜中の荒野を車で機嫌良く走っていく。

「今日はいろいろあったな。やっぱり遺跡は荒野とは違うな」

アルファも助手席で機嫌良く笑っていた。

『そうね。収穫の多い一日だったわ』

「ああ。遺物は駄目になったけどキャロルが補填してくれたし、高い飯も奢ってもらえたし、十分だろ」

『アキラ。それだけではないわ』

「ん？　他に何かあったか？」

『ええ。あったわ』

全く心当たりの無いアキラは、今日一日のことを少し難しい顔で振り返ってみた。しかし何も思い付かなかった。

「いや、無いだろう。アルファ。何だ？」

そう不思議そうに尋ねたアキラへ、アルファは見惚れるほどに嬉しそうな笑顔を向けた。

『今日はアキラが、私をどれだけ信頼してくれているのかを、その身を以て示してくれたわ』

アキラが運転を大きく乱す。

『凄く嬉しかったわ。ビルの外壁を駆け下りるなんて、私を信頼していないと出来るはずがないものね』

車は進行方向を大きく曲げた。アキラは何とか運転を立て直そうとするが、上手くいかない。

『私を信じる。そう言ったアキラの言葉を疑っていた訳ではないの。でも、たとえその時は本気で口にした嘘偽りの無い言葉であっても、いざ実行という時に気が変わる人間は幾らでもいるわ』

このままではまずいと思い、アキラは慌てながら車を一度停めようと減速させる。

『でもアキラはやってくれた。行動で示してくれた。本当に嬉しかったわ』

車を停めて、アキラが息を吐く。そして運転席のアルファを見る。

アルファはとても嬉しそうな、だが、どことなくからかっているかのような、楽しげな笑顔をアキラに向けていた。

『お互い信頼し合える関係は良いものよ。私もアキラを、より一層サポートできるわ。これからも力を合わせて頑張っていきましょう。アキラ。これからもよろしくね』

「……、ああ！　そうだな！　よろしくな！」

アルファの言葉を嘘とは思わない。しかし間違いなく自分をからかっている。

だが、悪い気はしない。アキラはそれらの感情による照れをごまかすように少々声を荒らげて、車を勢い良く走らせた。

そのアキラの隣ではアルファが、本当に、嬉しそうに笑っていた。

第110話　依頼の誘いと同行者

　ミハゾノ街遺跡に行った日の翌日、アキラはシズカの店に弾薬補給に来ていた。

　注文内容を確認したシズカが少し唸る。

「アキラ。全部拡張弾倉だけど良いの？　かなり高くなるわよ？　車に積む分は普通のやつでも良いと思うけど……」

「大丈夫です。弾薬費が多少かさんでも、今後は出来るだけ拡張弾倉にするつもりです。……遺物を持ち帰る為に遺跡に行ったのに、荷物が多すぎて持ち帰れなかった……、では本末転倒ですから」

　アキラはそう言って苦笑いを浮かべた。シズカも察して元気付けるように微笑む。

「まあ、無事に戻ってくるのが一番よ。変に欲を出した所為で大怪我するよりよっぽど良いわ。……お高い拡張弾倉たくさん買ってくれるのは、お店としても大助かりだからね」

「そうですか。それじゃあ、シズカさんにはお世話になっていることですし、儲けておいてください」

「お買い上げ、ありがとうございます」

　アキラ達は軽く笑い合ってその話に区切りをつけた。

　一緒に買った非常に頑丈なリュックサックに弾薬を詰めながら、アキラがふと思う。

「シズカさん。こういうリュックサックとか大きな銃器とかを、背負ったり握ったりせずに上手く運ぶ方法って何か無いですかね？」

「ん？　大きな高い重火器を買いたいって相談？　助かるわー」

　シズカは冗談で、少し大袈裟な態度でそう言った。すると真に受けたアキラが返事に困る。

「あー、えっと、ですね」

「冗談よ。ごめんなさい。無理はしなくて良いわ」

　シズカはすぐに謝った。だがアキラは首を横に振る。

「いえ、そうではなく、ちゃんと持ち運んで使えるのならむしろ欲しいぐらいなんですけど……」

ＡＡＨ突撃銃とＡ２Ｄ突撃銃を装着し、ＣＷＨ対物突撃銃とＤＶＴＳミニガンを両手に持ち、弾薬類を詰め込んだリュックサックを背負う。この時点でアキラの所持品枠は限界に近い。

その状態で遺跡の中から遺物を運ぶとなると、かなり無理をしなければならない。重量そのものは強化服で何とかなるとしても限度がある。

そこに更に重火器を持ち運ぶのは流石に無理だ。アキラはそう思って言い淀んでいた。しかし何か良い方法があれば、とも思って一応シズカに聞いていた。

それを聞いたシズカが驚く。

「アキラ、それ、全部持ち歩いてたの？」

「はい。……、あ、いえ、ほら、遺跡の中はいつ何が起こるか分かりませんし、火力は高い方が良いじゃないですか」

実際にミハゾノ街遺跡ではＣＷＨ対物突撃銃とＤＶＴＳミニガンの両方が無ければ危ないところだったこともあり、アキラは荷物が多いからと手持ちの火力を減らす気にはなれなかった。

そのアキラの反応にシズカも理解を示す。

今までアキラは何度も無理や無茶をしてきた。だが好き好んでやった訳ではなく、敵との戦力差を覆す為に仕方無くやっただけだと何度も答えている。シズカもそれは本当だと思っている。

追加の銃を持っていけば、火力は間違いなく増える。今まで自分に何度も無茶を強いてきた危険な状況を、その火力で乗り越えられるかもしれない。

そのような考えがあるので、持ち歩くのに多少邪魔なぐらいの理由でその火力を持たずに置いていくなど、アキラには堪え難いのだろう。シズカもそれぐらいは容易に推察できた。

「まあ、確かにね。でもそれで遺物を持ち帰れないと本末転倒か……。難しいわね」

「はい。もっと強力な銃に買い換えるのが一番なんでしょうけど、俺にもそこまでの予算は無いので……」

新しい銃が非常に強力なので、古い銃を持っていく必要は無い。アキラにそう思わせるほど高性能な銃を勧めるのは、シズカも流石に難しい。高すぎるからだ。よって、別の解決策を考える。

「うーん。あ、ちょっと待っててね」

シズカはそう言って一度店の奥に行くと、ある品を持って戻ってきた。

「これ、強化服に取り付けるタイプの補助アームなんだけど、試してみる？」

この補助アームは本来シズカの店に置くような商品ではないのだが、強化服の注文が何度かあったことで営業が置いていった物だった。

頑丈だが動きは鈍く、戦闘用サイボーグの複腕のような使い方は出来ない。それでもかなりの重量を支えることが出来る。

アキラはその補助アームを試してみた。強化服に取り付けると、シズカから大型の銃を借りて装着してみる。多関節の補助アームは、強化服の使用を前提とした重量の銃をしっかりと支えていた。

「おお。これ、良いですね」

既に両手に荷物を持っていて手が塞がっているのだが、別の物を持つ必要があって追加の腕が欲しい。俊敏に動く必要は無い。荷物を持ってくれればそれで良い。その程度の需要を満たす品なのだが、今のアキラには十分だった。

その補助アームは強化服の腰から伸びている。アキラは空の両手と、重い銃器を左右に持つ追加の手を見て、これなら次は遺物をもう少しちゃんと持てると思い、嬉しそうに笑った。

「買います」

「お買い上げ、ありがとうございます」

そのどこか子供っぽいアキラの様子を見て、シズカも機嫌良く微笑んでいた。

「それじゃあシズカさん。追加の銃の相談に乗ってください」

「あ、そっちも本当に買う気なのね？」

「……？　ええ。はい。お願いします」

アキラは少し不思議そうにしたが、普通にそう答えた。

シズカもハンター向けの万屋（よろずや）であるカートリッジフリークの店長だ。自身の店の商品を求める客に対して、買うな、という助言は出来ない。

「分かったわ。それじゃあ、どんなのが良いか話を聞きましょうか」

補助アームのおかげで持ち運ぶ銃器を増やし、更にゴチャゴチャした格好になったアキラの姿を思い浮かべて、シズカはそれで良いのだろうかと思いながらアキラの相談に乗っていた。

◆

シズカの店から戻ったアキラは、自宅の車庫で早速装備を整備していた。

車両の荷台には銃座が一つ増えている。そこには新たに買った銃、Ａ４ＷＭ自動擲弾（てきだん）銃が取り付けられていた。

シズカが勧めたこの銃は擲弾を連射可能なだけあって大火力だ。相手が強力なモンスターの群れであっても、擲弾の雨を降らせて撃退できる。

もっともシズカがこの銃をアキラに勧めた一番の理由は、その火力ではなく、擲弾の爆発、爆風による敵の足止めだ。ミハゾノ街遺跡で硬い機械系モンスターの群れに襲われて、逃げるのに少し苦労した。その話をアキラから聞いたことによる勧めだ。

逃走用の機能として、銃を自動固定銃座に変える拡張部品も取り付けてある。自動で銃撃、厳密には簡易な設定に従って引き金を引くだけの安価な品だが、どうしようもない規模の群れに襲われた場合に、銃座ごと設置して残弾が尽きるまで撃ち続けてもらい、自身はその間に逃げることぐらいは出来る。

その場合、当然ながらＡ４ＷＭ自動擲弾銃を失うことになる。それでも銃と残弾を抱えて死ぬよりはまし、という程度の機能だ。

補助アームとの着脱を容易にする拡張部品も買っている。それをＣＷＨ対物突撃銃、ＤＶＴＳミニガン、Ａ４ＷＭ自動擲弾銃に取り付けて、補助アームの使い勝手を再確認する。

補助アームは左右に2本ずつの計4本だ。3挺全て持たせてもまだ1本残っている。

もっとも3挺全て補助アームに持たせると流石にゴチャゴチャするので、基本的には今まで通り銃を両手に、最低でも片手に握った状態での運用になる。

遺跡に入った想定で、更にリュックサックを持たせる。拡張弾倉を詰め込んで膨らんだリュックサックも、補助アームはしっかりと支えていた。

「やっぱり便利だ。買って良かった。こう言っちゃ何だけど、シズカさんも、もう少し早く勧めてくれれば良かったのに」

勧められた品に満足しているだけあって、アキラはそこだけ残念がっていた。

アルファが苦笑する。

『シズカとしては、そんな物を使ってまで荷物を増やすぐらいなら、同行者を増やしなさいってことなのでしょうね。戦力的にはそちらの方が正しいわ』

「ああ、そういう考えもあるのか」

『まあ、私達には同行者を増やし難い事情もあるからね。未発見の遺跡探しに他のハンターを同行させる訳にはいかないわ』

「確かにな」

そこでアルファが意味深に微笑む。

『それに、同行者にビルの側面を一緒に駆け下りてもらう訳にはいかないでしょう？』

「……、まあな」

アキラも苦笑を返した。

『あと、今の内に言っておくわね。荷物を増やせばそれだけ動き難くなるの。当然、危険も増すわ。それもシズカがアキラに補助アームを真っ先に勧めなかった理由なのでしょうね』

アルファが少し表情を厳しくする。

『私も危ないと思ったら、どれだけ高い遺物でも躊躇無く捨てさせるからね。補助アームがあるからって、まだ持てる、とは安易に考えないこと。良いわね？』

「分かったよ。気を付ける」

『よろしい』

アルファは表情を緩めて満足そうに頷いた。

◆

装備の整備を終えたアキラが自宅で明日の予定をアルファと相談していると、エレナから連絡が入る。内容はハンター稼業の誘いだった。

「救援依頼の手伝い……ですか？」

「ええ。場所はミハゾノ街遺跡の市街区画なんだけど、昨日から騒ぎが続いていて随分人手が足りないみたいなのよ。その分、報酬割り増しの依頼だから稼げるわ」

　依頼元は保険会社なので、救援対象が報酬を出し渋って揉める恐れは無い。また依頼を受けるかどうかも融通が利く。救援難度の見極めさえ誤らなければ比較的安全に効率良く稼げる。エレナはそう説明してアキラを誘っていた。

「勿論、無理強いはしないわ。でも稼ぎ時ではあるし、暇なら一緒にどうかなって思ってね。私達が今日やってみた感覚だと、確かに結構大変だけど、報酬の割り増し分はそれ以上って感じよ」

「大変なら今からでも手伝いに行きますけど」

「あ、大丈夫よ。私達も今日の仕事は終わりにしたから。ありがとね。それで、明日以降の話になるけど、どうする？」

「やります。稼げそうな話に誘ってもらって、ありがとうございます」

　そう嬉しそうに答えたアキラに、エレナも少し安堵の含んだ機嫌の良い声を返す。

「どう致しまして。まあ、明日はもう騒ぎが収まっていて、救援依頼が無くなってるって確率もあるんだけどね。その時は一緒に遺物収集でもしましょうか」

　その後、アキラは明日の合流方法などを決めてエレナとの話を終えた。機嫌の良い様子を見せるアキラに、アルファが少し難しい顔で声を掛ける。

『アキラ。引き受けて良かったの？』

「えっ？　何かまずかったか？」

『遺跡の未調査部分を探している途中だったでしょ

う？　その為に補助アームとＡ４ＷＭ自動擲弾銃を買ったのに。それに賞金首戦でエレナ達に雇われて大変な目に遭ったのを忘れたの？』

　アキラが少し考えてから答える。

「まあ稼げるなら遺物収集でも救援依頼でもどっちでも良いじゃないか。それに救援依頼なら同行者も増やせるしな」

『それはそうだけど……』

「過合成スネークの時のあれは、俺が勝手にやったようなもんだし、エレナさん達の所為じゃないだろう。それにエレナさんが上手く交渉してくれたおかげで1億オーラム手に入ったようなもんだろ？　今考えれば、むしろ感謝した方が良いぐらいだな」

　それを聞いてアルファは表情を緩めた。

『そう。まあ、アキラが良いのなら私も構わないわ。でも、勝手にやった自覚があるのなら、今度は勝手にしないこと。良いわね？』

「分かったよ。了解だ。気を付ける」

　アキラはアルファを宥めるようにそう答えると、早速明日の準備を始めた。

　アルファはアキラが自分に告げた内容、エレナの誘いに乗った理由は、全て後付けであることに気付いていた。

　ほぼ無条件でエレナの誘いに乗り、アルファに難色を示されたので、改めて考えた理由を付け足した。それはアキラの意志決定の中で、エレナ達の優先順位がそれだけ高いことを意味する。

　それを分かった上で、アルファは余計な追及は避けていた。下手に口出しした所為でアキラと揉めては意味が無いからだ。

　しかしそれでも懸念は覚えていた。そして、その意志決定が自分の計画に悪影響を及ぼすのであれば、対処が必要だとも思っていた。

　作り物の顔に、その内心を欠片も反映させずに、アルファは、微笑んでいた。

　深夜、夜明けにはまだ早い時刻にアキラがアルファに起こされる。

『アキラ。起きて』

念話による呼びかけなので物理的な音ではない。だが脳に響く大音量の声はアキラをすぐに目覚めさせた。

身を起こしたアキラは暗い室内を見渡して、まだ夜だと理解した。

「……アルファ。何だ？　まだ早いだろ？」

明日に備えて早めに寝たが、それでも無理矢理起こされれば眠気も残る。アルファの表情も緊急事態を示していない。アキラは不満と困惑の混じった顔をアルファに向けていた。

『エレナからメッセージが届いているわ。読まずに寝ても構わないけれど、私は起こしたのだから後で文句を言わないでね』

アキラが表情を少し真面目なものに変える。少なくともそのメッセージは、アルファがアキラを起こさずに放置した場合、後でアキラが怒り出す恐れのある内容だった、ということだからだ。

情報端末に手を伸ばし、エレナからのメッセージを確認する。そして顔を少し険しくした。

ミハゾノ街遺跡の騒ぎが拡大している。保険会社からの催促で、自分達は早めに救援依頼を始めた。昨日話した状況より難度が上がっている。だからアキラは救援依頼への参加をやめても構わない。やるのであれば、多少念入りに準備した方が良い。

エレナがアキラにそのような内容をわざわざ送ってきた時点で、ミハゾノ街遺跡にいろいろ予想外のことが起こっているのは明白だった。アキラがエレナ達を心配して不安を覚える。

また、こんな時間なのでメッセージにしたが、自分達はもう起きているので、何かあれば直接連絡してもらって構わない、とも記載されていた。アキラが少し迷ってからエレナに連絡しようとする。

だが、繋がらなかった。

「…………アルファ。エレナさんに、今から行くってメッセージを出しておいてくれ。あと、繋がるか定期的に試してくれ」

アキラはそう頼みながらベッドから下りると、強化服を着始めた。

『分かったわ』

アルファはいつも通りの微笑みでアキラの頼みを受け入れた。だがその裏で懸念を深めていた。

アキラの行動はアルファの予想通りだった。それはアルファが、アキラという人格の理解をそれだけ進めた証拠ではある。

しかしアキラはエレナ達の為に、恐らく何らかの異常事態が発生していると容易に想像できるミハゾノ街遺跡へ、何の躊躇も無く向かおうとしている。

アキラにとってエレナ達の優先順位がそれほど高いことは、アルファにとって、十分有害な懸念事項だった。


準備を済ませたアキラが荒野仕様車両に乗り込み、車庫を開けた。

強化服以外の準備は前日に全て済ませており、その強化服も着た。あとは勢い良く出発するだけ、なのだが、アキラは出発せずに運転席で軽く唸っていた。

アルファが助手席でそれを不思議がる。

『アキラ。どうしたの？　気が変わったの？　確かに今もエレナ達とは連絡が取れないし、念の為に現地の情報を調べてから出発するのも良いと思うわ』

「そうなんだよな……」

アルファがその返事を意外に思う。だがアキラに思い止まってもらった方が好都合なので、その方向で話を進めていく。

『ええ。しばらく待っていればエレナ達に繋がるかもしれないし、その間は落ち着いてネットで調べていた方が……』

だがアキラはアルファの話を聞き流しながら情報端末を取り出すと、情報の当てに連絡を入れた。

◆

キャロルの自宅はクガマヤマ都市の下位区画にあ

る高級マンションの一室だ。警備も行き届いており、スラム街の住人などマンションの周囲にも近付けない。防壁内ではないとはいえ、相応の金を持つ者達の領域だ。

その自宅の寝室でキャロルが寝息を立てている。全裸でベッドに横になっており、それを隠すものは透けるほどに薄手だが十分な保温性能のあるブランケットだけだ。布地の適度な透け具合と陰影が、数多くの男達を魅了してきた裸体に色香を添えている。

その寝室に通話要求を知らせる音が鳴った。キャロルが目を覚まし、相手を確認する。

時刻は深夜だ。無視してそのまま寝てしまうかどうかは相手次第となる。そして相手は意外な人物であり、通話要求に出る価値のある者だった。

「アキラ。早速連絡してくれたのね。嬉しいわ。でも、確かにいつでも遠慮無く連絡してとは言ったけど、色気の方の用件でなければちょっと失礼な時間よ？　期待しても良いのかしら？」

「悪いな。どっちかといえばハンター稼業の方だ」

「あらそう。じゃあ切っても良い？」

「そうだな。こんな時間に悪かった」

それで通話は本当に切れた。軽くからかったつもりだったキャロルが、苦笑いを浮かべてアキラに繋げ直す。

「何だ？」

「本当に切らなくても良いじゃない……」

「……何だか知らないけど、話を聞くってことで良いんだな？」

アキラのどこか怪訝な声は、本当に単に相手が話を嫌がったと思ったので自分から切っただけだった、と示していた。

駆け引きという概念を切り捨ててしまったかのようなアキラの態度に、キャロルが軽く呆れつつ興味を持つ。

「まあね。で、何？」

ミハゾノ街遺跡で何らかの騒ぎが起こっていること。そして恐らくその遺跡にいる友人のハンターと連絡が取れない状況であること。それらについて何か知っていれば教えてほしい。それがアキラの用件だった。

キャロルはその話を聞きながら、裏で関連情報を調べた。拡張視界に、普通の者では知り得ない情報網から抜き出された情報が羅列される。そしてそれを見ながら、初めから知っていたかのような態度で話す。

「ミハゾノ街遺跡なら一昨日っていうか、あの日、私達がハンターオフィスの出張所にいた頃から、モンスターの群れが遺跡全域に出現しているわ。市街区画の方は主にセランタルビルから、工場区画の方はどこかの工場から広がっているようね。市街区画と工場区画、どっちについて知りたいの？」

「市街区画だ」

「私も地図屋。ここから先は有料よ？」

「幾らだ？」

「その辺はアキラがどの程度の情報を欲しいのかで変わってくるんだけど、具体的に何をどこまで知りたいの？　とにかく全部、とか言われたら私も10億って答えるし、無料のやつよりはましな市街区画の地図が欲しいってだけなら10万ぐらいでも……」

キャロルはそういろいろ言って話を引き伸ばしながら、裏で現在の市街区画の情報を集め続けていた。

それに気付かず、アキラが悩む。

「そう言われても……、えっと、俺はエレナさん達と救援依頼をやるつもりで……、合流場所とかは一応決めてたんだけど今は連絡も取れない状態で……、そこで合流できなかったら遺跡の中を探そうと思ってて……」

上手く説明できずに、自分でも話しながらこれからしなければならないことを確認しているようなアキラだったが、キャロルは持ち前の交渉能力で大体の事情を把握した。そして一計を案じる。

「アキラ。それなら私を雇わない？　そのエレナって人達を探すとしても、救援依頼をやるとしても、市街区画の地理に詳しい人がいた方が良いでしょう？」

自分も地図屋として現地に行く予定だったので、

同行者がいると心強い。一緒に移動しながら調べるので、アキラの用事を優先して構わない。

地図屋として情報を提供する他に、武力要員としても戦う。そして危ない時にはアキラに護ってもらい、それはこちらからアキラへの護衛依頼とする。

最終的にどちらが幾ら支払うかは、お互いの成果を基に後でゆっくりと交渉する。キャロルはそうアキラに持ち掛けた。

「これでどう？　お互いに利益のある提案だと思うけど」

「今すぐに合流できるか？　俺はもう出発するところだったんだ」

「私にも準備があるわ。30分ちょうだい」

「分かった。頼む。車が無いなら迎えに行くけど、どうする？」

「同乗させてもらうわ。場所を送るから、そこで待っていて。それじゃあ、後でね」

キャロルは誘うような声でアキラにそう言って通話を切った。そしてベッドの上で大きく伸びをすると、妖艶に笑う。

「何とか誘えないかと思ってたけど、向こうから誘われるとはね。ついてるわ。……さて、急いで準備しましょうか。あの様子だと、1秒でも遅れたら置いていかれそうだわ」

寝室を出たキャロルが浴室でシャワーを浴びる。肉体に合わせて調整したお湯には、回復薬が混ぜられている。その効用が、きめ細やかな肌と輝くような髪を一段と美しくする。これで10分。

浴室を出ると、壁から吹き出す強風で裸体から水滴を吹き飛ばす。そのまま下着も着けずに強化インナーを着用し、追加の強化服を身に着けると、鏡の前に立って妖艶に微笑む。

鏡には、凶悪なモンスターにも大多数の男性にも非常に効果的な、きわどい旧世界風の格好の女性が映っている。これで更に10分。

そして銃を手早く装着し、弾薬等を詰めたリュックサックを摑んで家を出る。歩いていくと間に合わないが、キャロルの身体能力で近道を通れば問題無い。

　その近道、エレベーターで下りずに地上へ飛び降りるルートを使って、キャロルは笑って先を急いだ。

◆

　アキラは指定された場所でキャロルを待っていた。キャロルの自宅の近くなので警備員もいる。当然アキラは声を掛けられた。同行者のハンターを待っていると答える。

　警備員は少し訝しんだが、アキラの装備を見ると納得し、軽く頷いて去っていった。

　アキラが何となく感慨深い様子を見せる。

『これ、多分、強化服も着てない頃だったら追い返されてたんだろうな』

　相手の実力を見抜くのは難しくとも、その装備の性能や価格を見抜くのはそこまで難しくない。そしてその装備から、それだけ稼げる実力者か、そのような人物と付き合いのある者だと判断するのは容易い。

　アキラに対する最終的な判断が装備だけ高性能な未熟者であっても、警備側の判断基準では、アキラは追い返さなければならない不審者ではなかった。

　アルファも助手席で軽く笑う。

『アキラもハンターとして順調に成長しているということよ。これからもこの調子で稼いでいきましょう』

『ああ、そうだな』

　そこでアルファが軽く釘（くぎ）を刺す。

『その為にも、今回も、ちゃんと黒字にするつもりで行動しましょうね』

『……えっ？　ああ、そうだな。勿論だ』

　アキラはわずかに戸惑ったがすぐに取り繕った。ごまかすように続ける。

『大丈夫だって。エレナさんも稼げる依頼だと思って俺を誘ったんだ。赤字になんてならないよ』

『それなら良いわ。でも今回は変則的ではあってもアキラがキャロルを雇っているのだから、その分の支払もあるの。気を付けなさい』

『そうだな。気を付ける』

何とかごまかせたとアキラが安堵の息を吐く。嘘は吐いていないが、朝を待たずに即座に出発しようとした時点で、稼ぎのことが頭から消えていたのは事実だった。

それをアルファは見抜いていたが、釘を刺すだけに留めた。そしてエレナ達への警戒を一層強めていた。

そこにキャロルが現れる。デートの待ち合わせのように笑顔で声を掛けてくる。

「アキラ。お待たせ。待った？」

「1分前だ。遅れてない」

一方アキラの反応は同行者との単なる合流だった。魅力的な異性との逢瀬を喜ぶ様子など欠片も無い。

キャロルが軽く溜め息を吐く。

「全く、女性との待ち合わせだってのに、もうちょっと気の利いた常識的な返事を返せないの？」

「悪いな。常識には疎い方で、鋭意勉強中なんだ。乗ってくれ」

キャロルが荷物を車両後部の荷台において助手席に座り、アルファが逆側の空中に席を移す。アキラはすぐに車を出発させた。


ミハゾノ街遺跡を目指して、アキラ達が夜明け前の荒野を進んでいく。

『アルファ。エレナさん達との通信はどうなってる？』

『残念ながら今も繋がらないわ』

『……、そうか』

このままでは下手をすると、エレナ達との合流ではなく、救援や救助を前提に動く必要が出てくるかもしれない。アキラはそう考えて顔を少し険しくした。

そして後者の場合にはキャロルも戦力として期待することになると思い、無意識にどこか品定めのような視線をキャロルの体に向ける。

その視線にキャロルは目聡く気付くと、楽しげに微笑んだ。

「アキラ。私の体に興味が出てきたの？」

「ん？　ああ、体っていうか、装備だな。その強化服、旧世界製……って訳じゃ、ないんだよな？」

アキラの品定めの視線は、自身の自慢の体へのものではなく、純粋に装備の性能に対してのものだった。そのことにキャロルが口を少し尖らせる。

「残念ながら、旧世界風ってだけで、現代製よ」

「だよな。……こんなことを言うのも何だけど、遺跡に行くのにそんなハッタリ用途の強化服で大丈夫なのか？」

キャロルはハッタリという言葉から、アキラは自分がこの強化服を武力的な偽装の為だけに着ていると思っている、と判断して軽く苦笑した。

当然だがキャロルはこの旧世界風の尖ったデザインの強化服を、副業の客を釣る為にも着用している。魅惑の体を蠱惑的に装飾したこの姿に、多くの男達が釣られ、いろいろと搾り取られていた。場合によっては、金どころか命までも。

しかし今はそちらの理由については口にせず、アキラの不安、戦力不足の懸念の払拭を優先する。

「言っておくけれど、この強化服は結構お高いやつなのよ？　多分アキラの強化服より大分高いわ。値段も性能もね」

「おお、そうなのか。うーん。そう言われると確かに高そうで高性能に見えるな」

アキラが多脚戦車とビルの側面で戦った時、少しの間だがキャロルも一緒にビルの壁を駆け下りながら戦っていた。

アルファのサポートも無いのにそれが出来た時点で、キャロルはそれだけ高性能な強化服を着ていたのだと、アキラは今更ながら納得した。

「そういうこと。そこらのコスプレと一緒にしてもらっちゃ困るわ」

「あ、やっぱりそういうのもあるんだ」

「まあね」

これでアキラの不安は払拭した。そう判断したキャロルが話題を変える。

「ところで、今更言うのも何だけど、私を雇って大丈夫なの？　そのエレナって人達に私のことは伝えてないいんでしょう？」

「届いてるかどうかは別にして、一応メッセージは送った。……まあ、予定外の人物を急遽参加させる訳だし、駄目だって言われたら仕方が無い。その時は、俺達は別行動だな」

「あら、私と別行動とは言わないのね」

「一応、今日は俺がキャロルを雇ってる訳だからな。期間は決めてなかったけど、今日ぐらいはそっちに付き合うよ」

少なくともキャロルの同行をエレナ達から断られる時点で、エレナ達が無事なのは間違いない。エレナ達に同行できないのは残念ではあるが、アキラとしてはその程度なら許容できた。

「ありがとう。嬉しいわ」

キャロルは愛想良く魅力的に笑って礼を言った。だがアキラの反応は軽く頷いただけだった。相変わらずつれないと思いながら、別のことも考える。

（二人組の女性ハンターのところに、私みたいな格好の人を連れていくことへの懸念は欠片も無しか。遺跡でメイド服を着てた人とも知り合いだったし、私が誘っても反応無いし、やっぱりアキラはその辺の感覚がズレてるのかしらね）

そのエレナ達とやらも、やはりいろいろとズレている人物なのだろうか。それならば納得だ。キャロルはそのような、エレナ達本人が聞けば心外だと抗議しかねないことを考えていた。

第111話　異変後の遺跡

　アキラ達がミハゾノ街遺跡に辿り着く。遺跡の側の荒野で車を停めたアキラは、先日とは大幅に変わっている周囲の光景を見て、遺跡の騒ぎの規模を大まかに把握した。

　周囲はごった返していた。遺跡の駐車場から溢（あふ）れた車が大量に停まっている。ハンター達の荒野仕様車両だけでなく、ハンター向けの店舗を兼ねたトレーラーも至る所に見える。更に簡易的な診療所や、ハンター徒党の簡易拠点まで設置されていた。

　ハンターオフィスの出張所へ続く道を塞がないように警備員が交通誘導をしており、アキラも声を掛けられる。

「悪いが、この辺に車を長時間停めるのは遠慮してくれ。乗り降りで少し停めたり通り抜けたりする分には構わないがな。あと、既存の駐車場は既に満杯だ。一応、臨時のやつがあっちに作られてる」

　警備員はそう言って臨時の駐車場を指差した。そして冗談っぽく笑う。

「それと、教えてやろう。遺物収集に来たのなら、今日はお勧めしないぞ？」

　ちょうどその時、その言葉を証明するように、遺跡内の離れた位置にあったビルが一棟倒壊した。派手に噴き上がった煙が辺りに広がっていく。遺跡内で大規模な戦闘が繰り広げられているのは明らかだ。

　アキラが思わず苦笑いを浮かべる。

「……知ってるし、見れば分かるよ」

「だよな。まあ、気を付けな」

　警備員が去った後、アキラは情報端末を取り出して再度エレナ達に繋ごうとしてみた。しかし駄目だった。思わず顔を険しく曇らせる。

　キャロルはそのアキラの様子を見て、自分も情報端末を取り出した。

「アキラ。駄目だったの？」

「……ああ。同じ遺跡内ならって思ったんだけど……まずいな」

ビルの倒壊は遺跡の状況が予想以上に悪いことを分かりやすく示している。それでもアキラにこの場に留まって様子を見るつもりなど無く、ましてや引き返す気など欠片も無い。

しかしエレナ達との合流が困難になったとは思っており、アキラは顔を険しくしていた。

そこでアキラが、情報端末で誰かと話しているキャロルの様子に気付く。

「うん。私。……そう、それよ。頼んだでしょ？　どうなった？　……はいはい分かってるって。ちゃんと払うわ」

そのキャロルの顔が急に怪訝なものに変わった。

「えっ？　そうなの？　本当に？　……分かったわ。試してみる。またね」

そしてキャロルは話を終えると、今度はアキラに少し怪訝な、どこか呆れているようにも見える顔を向けた。

「アキラ。アキラの情報端末を私のやつと連携させて、もう一度エレナって人に連絡してもらえる？」

「えっ？　ああ」

アキラは不思議そうにしながらも、言われた通りに自分の情報端末をキャロルのものと連携させると、再度エレナとの連絡を試みた。

「はい。エレナよ。アキラ。こんな朝早く連絡させて悪かったわね。それで救援依頼だけど……」

繋がった。

「えぇっ!?」

思わず上げたアキラの驚きの声に、通信先でエレナも軽く驚く。

「ちょっと、アキラ、どうしたの？」

「い、いえ、さっきから何度も連絡を取ろうとしてたんですけど全然繋がらなかったのに、急に繋がったので……」

「そうなの？　変ね。今、繋がってるでしょ？」

「そ、そうなんですけど……」

アキラが困惑していると、キャロルがアキラの肩を軽く叩いて話に割り込む。

「アキラ。細かい話は後にして、先に合流方法だけ決めてちょうだい。その為にわざわざここまで来たんでしょ？」

「あ、ああ。そうだな」

　その通りだと、アキラはエレナにその旨を伝えた。

「分かったわ。アキラは今どこにいるの？　まだ自宅？」

「いえ、もうミハゾノ街遺跡にいます。ハンターオフィスの出張所がある通りの先の荒野です」

「そうなの？　早いわね。それなら今シカラベ達が救援対象をそっちに運んでるから、そこでシカラベ達と一緒にこっちに来てちょうだい」

「分かりました。それじゃあ、また後で」

「ええ。待ってるわ。じゃあね」

　通話を切ったアキラはエレナの無事な声を聞いたことで安心し、軽く安堵の息を吐いた。そして自分を微妙な目で見ているキャロルに気付く。

「……、あー、何だか知らないけど、助かった」

「どう致しまして。私を雇った甲斐があったようで何よりよ」

　キャロルはそれなりに気合いを入れていた。何らかの理由で連絡途絶状態となったエレナ達を探して、アキラと一緒に遺跡の中を捜索するのだと思っていた。そこで地図屋としての技量を大いに発揮するつもりだった。

　だが何の問題も無くエレナ達と連絡を取れたことで、ある意味で、これでアキラがキャロルを雇った理由は無くなってしまった。

　この程度のことの為に夜中に叩き起こしてまでわざわざ自分を雇ったのかと、少々意気を削がれた所為もあって、キャロルは少し不機嫌になっていた。

　アキラにそこまで深く読み取る対人能力は無い。しかしそれでも、普通なら誰でも簡単に解決できる問題に、キャロルをわざわざ付き合わせてしまったことぐらいは察することが出来た。どこかおずおずと尋ねる。

「えっと、キャロル。どうやってエレナさんと通信を繋げたんだ？」

「普通に繋げただけよ」

「俺は繋がらなかったんだけど……」
「そんな安い回線で繋ごうとするからよ。アキラ。流石にそれは無いわ」

通信は只ではない。しかし情報端末を買うと大抵は無料の通信がサービスでついてくる。アキラは今までそれで済ませていた。

だがその手の通信は安いだけあって低品質だ。何らかの理由で一帯の通信量が増大した場合には、優先する回線の品質を維持する為に真っ先に除外される。

今回ミハゾノ街遺跡の周辺では大量の通信が飛び交っている。クガマヤマ都市も、ハンター達も、関連する企業も、事態の詳細を得ようと膨大な量の情報を遣り取りしている。

保険会社も例外ではない。派遣した救援部隊や救援対象である契約者との通信を維持する為に、複数の通信経路を使用して回線の品質を上げていた。

保険会社を介して救援依頼を受けているエレナ達も、その恩恵でそう簡単に通信が切れることはない。外部からの通信でも、通信元がそれなりの値段の回線を使用していれば問題無く繋がる。

それでも通信が繋がらないのであれば、エレナ達は既に遭難状態であり、遺跡内の通信範囲の外にいる恐れが高い。

アキラからエレナ達と通信が繋がらないと聞いたキャロルは、相手の状況をそう推察した。そこで友人の情報屋にエレナ達の位置、最後に受けた救援依頼の救援場所の情報などを調べてもらっていた。

しかし情報屋は、保険会社とエレナ達の通信は今も維持されていると答えた。怪訝に思ったキャロルは念の為に、アキラに自分が契約している回線でエレナ達に繋げさせてみた。すると問題無く繋がった。

それはアキラがそれだけ安い回線しか使っていなかったことを意味する。安い回線で繋がらない時には自動で高い回線に切り替える通信ソフトや契約もあり、多くのハンターがそのような手段を使っているが、それすらしていなかったことも判明した。

それをキャロルから説明されたアキラは納得した

ように軽く頷いていた。だが呆れられたような視線を向けられて、ごまかすように目を逸らした。

「……アキラ。常識には疎い方だから鋭意勉強中とか言ってたけど、そこまで物を知らないと、下手をすると命に関わるわよ？　気を付けなさい」

無知は人を殺す。チームを組んでいればその者も巻き添えになる。ハンターとして、キャロルは真面目にアキラを叱っていた。

「はい……。気を付けます……」

アキラが項垂れる。実際にキャロルがアキラも通信回線の確認ぐらいはしているだろうと、アキラの回線の品質に気付かずにいれば、遭難などしていないエレナ達を探して遺跡の通信圏外をさまようことになり、キャロルを無意味に危険に晒していたのだ。そう思い、深く反省した分だけ気落ちしていた。

そのアキラの項垂れ具合を見て、キャロルは少し言いすぎたかと思った。曲がりなりにも組んだ相手が項垂れたままではハンター稼業に差し支えると、アキラの意気を戻す為に、敢えて大袈裟に冗談っぽく明るく笑う。

「まあ何であれ、私の働きでエレナ達と連絡が取れて、無事も確認できたことに違いは無いわよね？　アキラ。報酬、期待してるわよ？」

そしてからかうようにアキラに顔を近付けた。

アキラが少し意外そうな顔をした後、軽く吹き出し、苦笑する。

「分かったよ。その分はちゃんと報酬に上乗せしておく。でも一昨日のことを考えれば、俺に支払う護衛代ですぐに相殺されるんじゃないか？」

「それはどうかしらね？」

アキラとキャロルが不敵に笑い合う。一方はやる気を示し、もう一方はその意気を確かめて、この話に区切りをつけた。

そこでシカラベから連絡が入る。合流するのであれば、仮設病院まで来て手伝えという内容だった。すぐに行くと伝えて、アキラは車を走らせた。

そしてふと思う。

『アルファ。回線の話だけどさ、アルファも気が付かなかったのか？』

『今までは普通に連絡を取れていたからね』

『そうか。そうだな』

アキラはそれで納得して話を終わらせた。


アルファは、今までは普通に連絡を取れていたから気が付かなかった、とは言っていない。そう解釈できることを言っただけだ。

そしてアルファがアキラに求めているのは、常識により危険を回避することではなく、非常識により降りかかった危険を打破する実力だ。

加えて、エレナ達と合流できなかった所為でアキラとエレナ達との仲が拗(こじ)れても、アルファにとっては何の問題も無かった。

アルファはアキラに嘘は言わない。言い換えれば、嘘でなければ何とでも言える。

今日もアルファは、アキラの隣で微笑んでいる。

◆

ミハゾノ街遺跡の側の荒野に仮設病院が建てられている。複数の保険会社が合同で作成したもので、多くの負傷者を一手に引き受けていた。

当然ながら有料であり、利用できるのは保険の契約者のみだ。契約していないのに使用できるという不平等は無い。

その仮設病院の前にシカラベの運転する装甲兵員輸送車が停まった。後部扉が大きく開き、ここまで運ばれてきた救援対象者達が車両から降りていく。

軽傷の者は自力で、或いは仲間に支えられながら仮設病院に入っていく。そして重傷者は死体袋に詰められて運ばれていた。

シカラベが中身の入った死体袋を運んでいると、ちょうどアキラ達がやってきた。

「アキラか。合流したのなら車内の重傷者を一緒に運んで……げぇっ!?」

思わずそう声を上げたシカラベに向けて、キャロルが楽しげに笑う。

「げぇっ、とは随分な反応じゃない。シカラベ。久しぶりね」

「そ、そうだな」

少し遅れてトガミが、同じように死体袋を運びながら出てくる。

「シカラベ。何かあったのか……うおっ!? アキラ!? 何でここに？」

「ん？ 何でって、そっちが呼んだんじゃないのか？」

「そ、そうなのか？」

シカラベとトガミはどちらも予想外の人物の登場に戸惑っていた。アキラも不思議そうにしている。平然としているのはキャロルだけだ。

「アキラ。取り敢えず、シカラベに言われた通り重傷者を病院に運びましょう」

「ん？ ああ。そうだな」

車両の中に入っていくアキラ達を、シカラベ達は無意識に目で追っていた。しかしすぐに気を取り直して重傷者の運搬に戻った。だが困惑気味な顔のままだった。

(何であいつがアキラと一緒にいるんだ？ エレナ達が呼んだのか？ どうなってんだ？)

(アキラが何でここに？ それにあの女の格好は何だ？ 何であんな格好の女を連れてるんだ？ どうなってんだ？)

訳が分からない。そう思って、シカラベとトガミは内心は微妙に違えど、どちらも似たような表情を浮かべていた。


装甲兵員輸送車の中は血臭が漂っていた。床も座席も至る所が血で汚れている。凄惨な光景だ。

もっともアキラとキャロルは、場合によってはその光景を作る側だ。全く気にせずに重傷者の運搬を始めていく。

アキラが長椅子に寝かされている者を運ぼうとする。死体袋に頭の部分を開いたまま入れられており、袋の下部の凹み具合から下半身が無いことが分かる。

そこで上半身の部分を持ち上げた。

するとその者が目を開けた。アキラが思わず動きを止める。

「……ここは？」

「……、仮設病院の側だ。今からそこに運ぶ」

「そうか……。すまんが……、頼む……」

その者はそれだけ言って目を閉じた。死んだのか、眠ったのか、アキラには分からない。

その様子を見てキャロルが笑う。

「アキラ。死んでると思って手荒に運んじゃ駄目よ？　医者じゃないんだし、死体と重傷者の見分けなんかつかないでしょう？」

そう言われたアキラは、以前にクズスハラ街遺跡の診療所で見た光景を思い出していた。

血の気の失せた生首であっても、医者が生死を確認するまでは重傷者。死者ではない可能性は十分に残っている。それが現代の医療現場だ。旧世界の技術を応用した高度な医療技術は、生死の境目をどんどん曖昧にしていた。

「そうだな。気を付ける」

自分も冗談のような効果を持つ回復薬を使っている。今更か。アキラは何となくそう思いながら、残りの重傷者達を丁寧に運んでいった。

◆

その様相を先日とは大幅に変えたミハゾノ街遺跡の市街区画の中を、アキラ達がシカラベ達と一緒に車で進んでいく。車列の前はシカラベ達の装甲兵員輸送車で、後ろはアキラの荒野仕様車両だ。

救援対象の内、比較的緊急を要する者の輸送は終えた。残りはまだ遺跡の中で、エレナ達はそちらで残りの救援対象を護衛中だ。早めに合流する為に先を急ぐ。

クガマヤマ都市の部隊と保険会社の部隊が、遺跡内の通行を確保する為に合同で道路の瓦礫の撤去を進めているので、車で単純に移動するだけならば先日よりも進みやすくなっていた。シカラベが装甲兵員輸送車を使用しているのもその為だ。

　都市の部隊が動いているのは、本来の警備範囲を逸脱する警備機械が出現したことを、都市側がそれだけ深刻に捉えているからだ。

　現時点ではその逸脱は遺跡内に留まっている。だがそれを越えて遺跡の外に出た場合、ミハゾノ街遺跡は地域一帯に大量の機械系モンスターを排出し続ける極めて危険な存在となる。近隣の都市であるクガマヤマ都市としては看過できない事態だ。

　そうなる恐れがあるかどうかの調査、そしてその事態に至った場合に速やかに対処する為に、都市はハンターオフィスの出張所を臨時の拠点にして、その周囲の確保を進めていた。

　現時点での計画では、その機械系モンスターの群れの出現元であるセランタルビルと工場区画の一画を封鎖し、遺跡の他の領域から隔離して事態の沈静を待つことになっている。

　都市はその戦力を確保する為に多くのハンター徒党にも協力を要請していた。当然ながらドランカムも対象となり、シカラベやトガミもドランカムのハンターとして参加していた。

　そしてトガミは今、それらの状況をアキラ達に教える為に、装甲兵員輸送車ではなくアキラの車に乗っていた。

　車は表向きは自動運転で、実際にはアルファが運転していて、運転席も助手席も空だ。アキラ達は後方の警戒の為に荷台の方にいた。

　アキラはトガミの話を、その内容を今知ったこともあって、興味深そうに聞いていた。既に知っていたキャロルは軽く笑ってアキラに話の補足をしている。

　そしてトガミは、大分戸惑っていた。

　トガミも年頃の少年だ。色気に満ちた美人が側にいれば気にしてしまう。しかもその美人が扇情的な尖ったきわどい旧世界風の強化服を着ていれば、どうしても視線をそちらに向けてしまう。加えて各自の配置もあって、トガミは視線を自然にキャロルから外すのが難しい状態だった。

その上で、キャロルは自慢の体を見せ付けるような仕草やポーズを意図的に取っていた。トガミもそれがわざとであると気付いていたが、だからといって開き直って凝視することも出来ず、結果的に視線をさまよわせていた。

（……落ち着け！　こんなことで慌ててどうする！　俺はこの依頼で、俺自身を見極める！　そう決めてここにいるんだろうが！）

トガミは何とか落ち着こうと、自身をそう強く叱咤した。

現在のトガミの装備は、対賞金首戦用に用意されたタンクランチュラ戦の時より更に高性能なものに変わっている。

これは8億オーラムの賞金首をたった4人で倒した功績によるものだ。もっともその功績は表向きのものであり、実際にはアキラを含めた多数の非公式の追加要員のおかげだ。しかし表向きそうした以上、ドランカムも辻褄を合わせる必要があり、トガミにそれだけの装備の貸出許可を出していた。

以前のトガミであれば、自分の実力をドランカムがようやく認めたのだと純粋に喜べた。だが今は無理だった。タンクランチュラ戦でアキラと共に戦ったことにより自信をへし折られたからだ。

実際にトガミはドランカムの若手としては十分に強かった。反カツヤ派の期待の星と祭り上げられたのも、その実力あってのことだ。

元々自身の実力に自信と誇りを持ち、それを過酷な環境を生きる支えにしていたこともあって、トガミは箔付けの為に装飾された称賛を素直に受け取ってしまった。その所為で自分の実力に過剰な自信を持ってしまい、良くも悪くも尊大な態度を見せるようになってしまっていた。

しかしその自信はもう無い。自分で買えば1億オーラムは軽く超えるほどに高性能な装備の貸出許可も、今のトガミは喜べない。

むしろある種の嫌がらせ、自分は装備だけ調えた未熟者であり、ドランカムの若手ハンターへの悪評そのものなのだと、自ら認めさせようとする為なのではないか。そう疑いすらしていた。

それでもトガミは装備を借りた。そうみなされる屈辱を、自身を見極める為に受け入れた。見極めた結果、自分が弱い勘違い野郎だったとしても、今のトガミは構わなかった。その認識を基に鍛え直せば良いだけだからだ。

自分が弱い勘違い野郎であり続けることだけは、たとえ自信を失おうとも、残った意地が許さなかった。

胸に秘めたその覚悟と決意を新たにして、トガミが落ち着きを取り戻す。そして改めてアキラを見る。

（……相変わらず強そうには見えねえな。……いや、あの時よりは強そうに見えるか？　……うーん、でもなぁ……、分からねえ）

自惚れ（うぬぼ）が消えたことで曇っていた目が戻ったからか、それともタンクランチュラ戦での印象が強烈すぎて強そうに見えるだけなのか、トガミには判断が付かなかった。

（まあ、それは置いといても……）

トガミが視線を一度キャロルに向けてから、再びアキラに向ける。

（こいつ、こんな格好の女が目の前にいるのに、全然反応してねえな。何でだ？　見慣れてるのか？　それともアキラぐらい強くなると、自然に気にしなくなるものなのか？）

最前線で活動するハンターともなると、極めてきわどい水着のような強化服の者を見ても、感覚が旧世界に引き摺られすぎて何も感じなくなる。トガミは以前にそのような話を聞いたことを思い出して、似たようなことなのかもしれないと軽く思った。

「なあアキラ。そいつの格好、気になったりしないのか？」

そう聞かれたアキラは、不思議そうな顔をして一度キャロルを見た。そして何かに気付いたような反応をしてからトガミに答える。

「まあ、全く気にならないって訳じゃないけど、俺の強化服より高くて高性能だって話だし、俺がゴチャゴチャ言うことじゃないな」

「そ、そうか」

弱い装備なら文句も言うが、強い分には構わない。高性能であれば、デザインなど知ったことではない。そう言っているのも同然のアキラの返事は、ある意味で極めてハンターらしい言葉だった。

トガミはそれを聞いてアキラのキャロルへの態度を納得しつつ、やっぱり常識外れに強いやつは常識の方もどこかズレているのだと何となく思った。

キャロルは自分の魅惑の体に翻弄されるトガミの反応を見て、これが普通の反応なのだと満足していた。そして先程のアキラの返事に対して軽く不満を零す。

「全く気にならないって訳じゃないなら、もう少し興味を持ってくれても良いじゃない。誘ってもつれないし、私の何が不満なの？　普通なら、私が誘えば大抵の人は誘いに乗るのよ？」

「普通じゃなくて悪かったな。俺は邪魔しないから、普通のやつを誘ってくれ」

そのつれないアキラの態度に、キャロルは分かっていないと言いたげに首を軽く横に振った。そしてアキラへの当て付けに、トガミに妖艶に笑いかける。

「どう？　アキラがあんな態度だし、安くしておくわよ？」

「…………遠慮しとく」

返事に努力は必要だったものの、トガミはキャロルの誘惑に抗い、誘いを断った。

キャロルはかなり意外そうな顔をしてから、不満そうに顔を歪めた。そしてあからさまに溜め息を吐く。

「ちょっと……、あなたまで断るの？　私の体に興味が無いとは言わせないわよ？　アキラと違ってしっかり見てたしね」

「否定はしねーけど、断る。思い出したよ。あんた、あのキャロルだろ？　道理でシカラベがあんな反応をしてた訳だ」

少し顔を険しくしたトガミの様子を見て、アキラが不思議そうに口を挟む。

「何かあったのか？」

「……悪いが、ドランカム内の話だ。話せない」

「ドランカムのハンターが私を買ったんだけど、その支払でちょっと揉めたのよ。私を抱いておいて金は無いなんて、酷いと思わない？」

顔をしかめているトガミとは異なり、キャロルは大したことでもないように明るく笑っていた。

アキラがキャロル達の話を不思議がる。

『アルファ。何があったんだと思う？』

『さあね。分からないわ。でもアキラには関係無いことよ。……無いわよね？』

揉め事の内容が何であれ、キャロルの副業に関することであるのは間違いない。つまり、アキラがキャロルに手を出しさえしなければ無関係だ。アルファはそういう意味をしっかりと込めて微笑んだ。

アキラもそれぐらいは分かったので、はっきりと答える。

『無い』

『でしょう？　アキラにはこんな美人がいつも側にいるんだもの。必要無いわよね』

『そうだな』

満足げに、そして自慢気に笑うアルファを見て、アキラは苦笑気味に話を流した。

実際に、アルファは満足していた。

アキラは他者を基本的に、敵か、敵ではないか、としか見ておらず、そのどちらにも性的な関心を示さない。それは今のところはアルファにとって好都合に働いている。

しかしそれもわずかだが変わってきていた。多大な恩を受けて仲を深めているシズカやエレナやサラには、アキラは多少捻くれた反応であろうとも年相応の態度を示すようになっていた。

例外が増え続ければ、例外に加わる基準は緩んでいく。例外ではない異性にアキラが興味を持つ確率も上がっていく。

その興味がほんのわずかな欠片であっても、キャロルのような異性を誘うのに分かりやすく特化した存在であれば、興味が増幅されて促される恐れはあった。それはアルファにとって都合が悪い。

念の為に釘を刺したが、アキラにその兆候が欠片も無いことに、アルファは満足していた。

『まあ、視覚と聴覚だけで良ければ、私が幾らでも相手をしてあげるわ。遠慮無く言ってちょうだい』

『遠慮する』

アキラはそうはっきりと答えた。アルファを調子に乗らせたくないからだ。アルファもそれに合わせて微笑む。

『相変わらずつれないわね。さて、雑談は切り上げましょう。アキラ。敵よ』

『了解だ』

アキラは意識を切り替えると、銃座からCWH対物突撃銃を取り外してしっかりと構えた。

ミハゾノ街遺跡の市街区画を進むアキラ達の両側には無数のビルが立ち並んでいる。そしてそのビルの谷間から機械系モンスターが出現した。しかも地上ではなく、ビルの側面を走って現れた。

体長は1メートルほど。楕円形の胴体から4本の脚を生やしており、脚の先についている球形のタイヤでビルの壁面を疾走している。胴体上部には砲と機銃を装備していた。

機体は既にアキラ達を捕捉しており、出現と同時に砲と機銃で標的を狙おうとする。

だがアルファも、そしてアルファのサポートを得たアキラも、同じくその機体を捕捉していた。更に相手の移動経路を計算して照準も合わせていた。その機体はビルの側面から出た時点で、既にアキラが構えるCWH対物突撃銃の射線上にあった。

強力な徹甲弾が機械系モンスターの胴体部を貫通し、標的を一撃で破壊する。制御装置を壊されて動きを止めた個体がビル側面から地面に落下し、激突の衝撃で大破して鉄屑と化した。

アキラの動きで敵襲を知り、自身の情報収集機器で敵の位置まで摑んでいたキャロルが、アキラの狙撃に舌を巻く。

「お見事。やっぱり強いわね」

「……まあな」

キャロルとは先日一緒に戦って、既にアルファのサポート込みの実力を見せていることもあり、アキラは肯定の言葉を返した。しかしその口調に、自身の実力を誇るものは一切含まれていない。

「次は私の番ね」

キャロルが銃を構える。拳銃と呼ぶには大きすぎる大型片手銃の銃口を、市街区画の道路の少し上、まだ何もいない場所に向ける。そしてそこに新手の機械系モンスターが出現したのと同時に引き金を引いた。

大口径の銃から撃ち出された弾丸が標的に着弾し、粉砕する。対象を一瞬でバラバラに吹き飛ばし、辺りに金属片をまき散らした。

「おー、凄いな」

「まあ、私もこれぐらいはね」

自分は地図屋として遺跡の地形情報を調べる為に、そこらのハンターのものより格段に性能の良い情報収集機器を使っている。また市街区画の詳細な地図も持っているので、敵の移動経路や出現場所の予測も出来る。

それらを戦闘に活用すればこれぐらいは容易いと、キャロルは自慢気に語った。それをアキラは興味深そうに聞いていた。

「地図屋なりの戦い方ってことか。照準補正もその情報収集機器でやったのか？」

「まあね。そんなところよ」

「おー」

敵の増援が現れる。だがアキラとキャロルにあっさり撃破され、路上に鉄屑をぶちまけるだけに終わった。

『アルファ。敵はあとどれぐらいだ？』

『周辺の甲Ａ２４Ｔ２７７ＢＷ２８９０……、長いし多いから甲Ａ24式で纏(まと)めるわね。周辺の甲Ａ24式はそれだけよ』

『そんな名前なのか？　何か機械の型番みたいだな』

『それはまあ機械だからね』

『それもそうか』

そういうものかと、アキラはそれで納得して、それ以上は考えなかった。

以前アキラが戦ったキャノンインセクトなどの名称は、ハンター達が機械系モンスターを区別する為にそう呼んでいるだけであり、通称だ。

アキラが倒した甲A24式も、あの機械系モンスター、という呼び方では不便に感じた者がいずれ適当な名前をつける。それまでは、あの機械系モンスター扱いだ。現時点では、名前はついていない。

甲A24式という略称は、実際に型番だった。

再び出現した甲A24式をアキラと一緒に倒しながら、キャロルはアキラの不可解な部分について改めて考えていた。

（……何ていうか、アキラって物凄くチグハグなのよね）

驚くほどに強いが、回線の品質のことも知らないほどに常識に欠けている。先程の銃撃も見事だったが、それをまるで誰でも出来ることのように捉えている節があり、欠片も誇示しない。

しかし自分が似たような射撃を見せるとその腕前に驚き称賛していた。演技ではなかった。加えて情報収集機器の活用の説明にも興味深い様子を見せていた。それはアキラがその手の知識に欠けているか、知っていても出来ないことを示唆していた。

（ここまでいろいろ噛み合ってない人は初めて見たわ。ハンターとしての力量と知識量も、見た目の強さと本当の実力も、自分の実力と他人の実力の評価も、全部ぐっちゃぐちゃじゃない）

キャロルはそこにある種の不可解さは覚えながらも、アキラに悪印象は持たなかった。それは先日の工場区画での遣り取りのおかげだ。

モンスターの群れに襲われた危機的な状況下でも、アキラは相手から邪魔だと思われればあっさりと別れようとした。しかし護衛を引き受ければ、空中で砲撃されてビルの側面を駆け下りながらモンスターと戦おうとも、相手をしっかり護ろうとした。

その逆は、しなかったのだ。

ハンター稼業は命賭けだ。だからこそ、自分の命を賭けられるほどに信用できるかどうかが重要になる。その証明は困難だが、少なくともアキラは先日の状況下であっても、キャロルを見捨てずに護り切った。

アキラがそこまでした理由がその不可解さにあるのであれば、キャロルはそれを受け入れ、肯定する。

(全く、どんな人生送ればこんな子供になるのやら。アキラが私の体に欠片も興味が無い理由も、その辺にあるのかしらね)

そしてついでにキャロルは、数々の男を籠絡してきた自慢の体にアキラが興味を示さないことと、それで自分の矜持を少々傷付けられたことを、その不可解な何かの所為にしてごまかした。苦笑と一緒にその複雑な胸中を視線に乗せてアキラに向ける。

その視線にアキラが気付く。だが視線の意味までは分からない。少し不思議そうにして、適当に解釈する。

「……面倒臭かったら休んでて良いぞ？　俺はキャロルを地図屋として雇ったんだ。無理に戦えとは言わない」

その適当な解釈にキャロルは軽く吹き出した。そして少し不敵に笑う。

「嫌よ。そうやって私の報酬を少なくしようとしても無駄よ？　地図屋としては大して稼げなくなった以上、戦力としてしっかり活躍して、たっぷり稼がないとね」

キャロルの言葉は、アキラにその意志が無いと分かった上での挑発だったが、それもアキラには分からない。だが同じように笑って返す。

「そうか。じゃあ俺もしっかり倒して、キャロルの報酬を頑張って減らさないとな。悪いけど、俺にも金が要るんだ」

「そう？　じゃあ競争ね。アキラ。また来たわよ」

「よし。全部俺が倒してやる」

「やってみなさい」

車両後方や側面から、十数台の甲A24式がアキラ達に迫る。並のハンターなら手に余る規模であり、装甲兵員輸送車の防御力に頼りながら戦わなければ危ない。だからこそシカラベもわざわざ装甲兵員輸送車を用意していた。

しかし意気揚々と戦うアキラとキャロルにとってそれらは的の群れでしかなかった。次々に粉砕されて大量の屑鉄と成り果て、遺跡の路上に飛び散った。

アキラとキャロルが甲A24式の群れを競って破壊する横で、トガミも一応頑張っていた。しかしその成果は思わしくない。

アキラはアルファのサポートで、キャロルは高性能な情報収集機器などで、ビルの谷間などから出現する敵の位置をかなり正確に捕捉している。

だがトガミに同じことは出来ない。トガミが自分の情報収集機器で似たようなことを行っても、索敵の精度に著しい差が出る。その所為でアキラ達と比べてどうしても数手遅れてしまっていた。

やはり自分はこの程度なのか。ドランカムの若手ハンターという狭い世界で調子に乗っていただけなのか。その思いがトガミの心を締め付けていく。

それでもトガミは、崩れ落ちそうな自身に、残った意地で抗った。銃を構え、アキラ達が後回しにした目標を狙い、撃破する。

撃破した数はわずかだったが、トガミは目的地に着くまで、最後まで戦った。

第112話　同行者達

　エレナ達はミハゾノ街遺跡の市街区画に無数に建っている廃ビルの前で、周囲を警戒しながらシカラベ達の到着を待っていた。

　そこにビルの中から不安そうな男が様子を見ようと顔を出した。救援対象の一人だ。

「な、なあ……、まだ来ないのか？」

　声を掛けられたエレナが、愛想もほどほどに答える。

「まだよ。もう少しだから待ってなさい」

「そ、そうか……」

　何度も聞いたありきたりな返事に、男は不安を拭えず戻ろうとしない。エレナが軽く息を吐く。

「先に送った人達はもう仮設病院に到着済み。装甲兵員輸送車はもうこっちに向かって移動中。あと、戦力が2人増えたわ。戻ってくる途中で事故が起こる恐れも減ったわよ。だから、安心して、待ってなさい」

「そ、そうか……。分かった」

　エレナに軽く凄まれた男は、少したじろぎながらも安心して大人しく戻っていった。

　エレナが溜め息を吐く。

「全く、あんな度胸でよくハンターなんてやってられるわね」

　敵に囲まれている訳でもない。立て籠もる場所もある。救援の見込みも十分にあり、自分とサラという護衛までついている。それであの焦り様はどうなのだろうと、エレナは少し呆れていた。

　そのエレナの手厳しい言葉に、サラが苦笑を浮かべる。

「まあ予想外のことが続けば誰だって弱気になるものよ。それに、一度助けが来たと思って喜んでたら、ちょっと多いからって置いていかれることになったんだもの。尚更よ」

　一度に全員を連れ帰るのは難しい。二度に分けるのであれば、残した側に戦力を偏らせた方が安全。

その考えで、まずは負傷者のみを運ぶことになった。

しかし救援部隊の到着に一度気を緩めてしまった救援者達は、そのまま置いていかれることに強硬に反対した。

そこで仕方無くエレナ達が残ることになった。仕方無く、なので、その分の護衛代は別に貰っている。

「でもサラ。救援保険が無いと遺跡に入れないってどうなの？　いえ、救援保険を否定する訳じゃないし、保険を掛けた方が安全だってのは分かるのよ？　でも私はそんなに危ない遺跡だと思っているのなら、そもそも立ち入るべきじゃないと思うわ」

まだ行ける、は、もう危ない。そういう言葉もある。引き時の見極めは難しく、遺跡の中でハンターは往々にして踏み込みすぎて死ぬことになる。

その判断を下す時に、何かあっても救援保険があるから大丈夫だと思って判断を緩めてしまうのは危険だ。そもそも救援保険のお世話になる状況に陥った時点で、生還不能の瀬戸際に追い込まれている。その前に死んでいても不思議は無い。

それならば救援保険に期待せずに、初めから引き際を数歩下げた方が良い。エレナはそう持論をサラに語っていた。

サラがエレナを宥めるように軽く頷く。

「それなら私達はその判断通り数歩下がっておきましょう。それで良いじゃない。別にチームを組んでる訳じゃないし、その辺の判断は人それぞれ。押し付けるものじゃないわ」

「それはそうだけど」

「それに、今日の私達はその救援保険で稼いでる側よ？　滅多なことは言えないんじゃない？」

「……それもそうね。面倒臭い相手の対処も含めて、仕事は仕事。頑張りますか」

エレナ達はそう言って皮肉交じりの苦笑を向け合い、気を取り直した。

尚、東部の一般人の感覚では、エレナ達もビルの中にいる救援対象者達も、遺跡という死地に自分から入っている時点で大して違いは無い。

エレナの持論は遺跡に足を踏み入れることを大前

提としたものであり、安全の基準をそこまで下げたハンター達の考え方だ。

そしてエレナ達もハンターだ。長年のハンター稼業で染み付いたその感覚からは逃れられなかった。

しばらくするとシカラベの装甲兵員輸送車が到着する。シカラベは車を廃ビルの前に停めて後部扉を開けると、救援対象者達の相手をトガミに任せて自分はエレナ達と話し始めた。

「エレナ。状況は？」

「問題無しよ。追加の死体袋も必要無いわ」

「そうか。じゃあとっとと積み込んで出発だな」

積み荷は救援対象者自身だけではない。彼らが集めた遺物なども込みだ。倒した機械系モンスターの、高値で売れそうな部品まで持ち込もうとしている者もいる。それらでかさ増しされた積み荷が、輸送を二度に分けた理由でもあった。

加えて救援が来たことで元気を取り戻したハンター達が、車の限られた空間に自分の荷物を出来る限り積み込もうとして、それらを載せる載せないで揉めている。その対応にトガミが四苦八苦していた。

その様子を見てシカラベが呆れる。

「……あれだけ元気なら自力で帰れば良いだろうが。ちょっと行ってくる」

装甲兵員輸送車の中は乗員などの限界も含めてシカラベ達の管轄だ。積み込みを手早く終わらせる為に、下らない文句を言う者を蹴飛ばすことも含めて、シカラベは席を外した。

次にアキラが現れる。エレナ達はアキラを過合成スネーク戦の補助要員に誘ったことでアキラに大変な思いをさせてしまったと考えており、また誘っても断られるのではないかと少し不安を覚えていた。

そのアキラが実際に来たのを見て、エレナ達は内心で安堵していた。笑ってアキラを迎え入れようとする。

だが、アキラの隣にいるキャロルを見て、その笑顔を思わず固くしてしまった。

アキラがエレナ達に笑って会釈する。

「エレナさん。サラさん。今日はよろしくお願いします」

一方エレナとサラはかなり戸惑ってしまっていた。互いに相手に対処を求めるように一度目を合わせてから、どこかごまかすように何とか返事をする。

「え……、ええ。よろしくね」

「あー、うん。よろしくね」

そのエレナ達の反応をアキラは不思議に思ったが、エレナ達の視線がキャロルに向けられているのに気付くと、表情を少し困ったように曇らせた。

「その、やっぱりエレナさん達に連絡がつかなかったからとはいえ、俺が他のハンターを勝手に雇って連れてきたのはまずかったでしょうか？　まずいなら俺達は別行動にしますが……」

そう言って少し項垂れたアキラを見て、エレナが慌てて答える。

「いいえ。それは大丈夫よ。問題無いわ。ねえサラ」

「えっ？　ええ。勿論よ。アキラ。安心して」

「そうですか。ありがとうございます」

エレナとサラから笑ってそう言われたアキラは、安心して表情を明るくした。ただしエレナ達が何を問題視しているのかは、全く分かっていなかった。

キャロルが一歩前に出てエレナ達に握手を求める。

「キャロルよ。よろしくね」

エレナ達もアキラの手前、笑顔でそれに応えた。だがそれでキャロルの格好をより近くで見ることになり、内心の動揺を強める。

自分達と仲の良い少年が、露骨に異性を誘う姿をした美人を、その格好について欠片も気にした様子を見せずに連れてきたこともあって、エレナ達の混乱は大きかった。

そこにシカラベが、積み込みの問題を歴戦のハンターの威圧で手早く脅して解決して戻ってきた。そして状況を軽く推察した上で、関わりたくないと考えて提案する。

「出発するぞ。そっちの細かい話は戻ってからにしてくれ。契約なら何やら絡むことなら、ここで話すことじゃねえだろう」

エレナもまずは落ち着く時間が必要だと考えてそ

の話に乗る。

「分かったわ。行きましょう。アキラ。細かい話は後でね」

シカラベとアキラ達は各自の車に戻っていった。

エレナ達も自分達の車に向かう。そして運転席と助手席に座り、他の者に自分達の表情を見られることがない状況になると、内心を如実に表した複雑な苦笑いを浮かべた。

「エレナ……。流石にあれば予想外だったわね」

「そうね……。アキラにあんな格好の人との付き合いがあるとは思わなかったわ」

お節介かもしれないが、アキラから詳しい事情を聞いて、問題がありそうなら助言ぐらいはした方が良いかもしれない。エレナはそう考えながら車を走らせた。

◆

無事に遺跡の外に出て救援対象者達の引き渡しを終えたアキラ達は、一度休憩を取ることになった。

遺跡に来たばかりのアキラとキャロルとは異なり、エレナ達は大分前から活動している。弾薬等の補充も必要だった。

シカラベ達は装甲兵員輸送車の整備や掃除を理由にしてアキラ達と分かれた。ドランカムの簡易拠点にいると言い残し、複雑な雰囲気を出しているアキラ達から距離を取る。

そのアキラ達は簡易レストランで軽食をとろうとしていた。四人がけの円形のテーブルに座り、注文した品が来るのを待っている。

その席で、アキラは微妙な居心地の悪さを覚えていた。

『アルファ……。やっぱりキャロルを連れてきたのはまずかったかな?』

『気になるのなら聞いてみたらどう?』

『……いや、それはもう、一度聞いたし……』

同席しているエレナ、サラ、キャロルは笑顔を浮かべている。だがアキラはそこに妙な圧力を感じていた。

店は軽く舗装した地面にテーブルと椅子を並べただけの簡易なものだが、料理の質に問題は無い。今回の遺跡の騒ぎを稼ぎ時としたハンター達で繁盛している。

そこにキャロルのような格好の者がいれば、当然ながらその格好に応じた視線を集める。そして一緒にいるエレナ達も、同様の視線を浴びることになる。

少し考えればすぐに分かることだが、それにアキラが気付いたのは今だった。キャロルよりも蠱惑的な格好をしているアルファが常日頃側にいても誰も注目しないので、その手の考慮に気付くのが遅れたのだ。

アキラは、しまった、とは思いながらも、今から自分とキャロルだけ席を移るのもどうかと思って気不味さに耐えていた。

だがアキラの考えは部分的に誤っていた。エレナ達はその視線よりも、アキラとキャロルの関係が気になっていた。

そして普段からその手の視線を浴び慣れているキャロルは周りの視線など気にしていない。気になるのはそちらではなく、アキラがエレナ達に対して間違いなく異性を見る目を向けていることだった。

エレナ達とキャロルが裏で互いに相手への推察を続けながら、表向きは和やかに話を進める。

まずは簡単な自己紹介を済ませる。エレナ達は自分達が組んでハンターをしていること、キャロルは地図屋をしていることなどを話した。

そしてアキラとキャロルの関係や、今回の救援依頼にアキラがキャロルを誘った経緯などの話になったのだが、それを話すアキラの説明はエレナ達にとって随分と要領を得ないものになっていた。

「……えっとですね、それでキャロルとは工場区画で会って……、何だかんだあって……、一緒に脱出した縁もあって、地図屋もやってるって聞いたので、連れていけば役に立つかと思いまして……」

エレナが少し困ったように顔を険しくする。

「アキラ。そうするとアキラは、一昨日会ったばかりのろくに面識も無い人を連れてきたってことになっちゃうんだけど……」

「……そう……なり……ますね……」

反論できず、アキラは声を落としていた。

エレナ達もアキラが悪気があってやった訳ではないと思っている。しかし少々配慮に欠けた迂闊な行為だとは思っていた。サラが優しく諭すように言う。

「アキラ。キャロルのことを悪く言うつもりは無いけれど、その辺は気を付けた方が良いわ。面識の無い人を急に連れてきた所為でトラブルになることは多いんだから。少なくとも、それを防ぐ為の仲介業が成り立つぐらいにはね」

「す、すみません。気を付けます」

「うん。気を付けなさい。アキラだって、何かあった時に、責任を取れ！　とか言われたくないでしょう？」

「その辺りは俺が連れてきた訳ですから、損害賠償がどうこうって話なら、何とかしたいと思います」

「うーん。それはちょっと考えが甘いわ。お互いに武器を持ってる訳だし、そっちのいざこざだとそれじゃ済まない恐れが……」

そこまでは、物事を甘く考えている素直な子供を窘める程度の雰囲気だった。だがアキラが続けてあっさり言った言葉で、それが変わる。

「ああ、そっちの意味なら、キャロルがエレナさん達に危害を加えた場合は、俺が責任を持ってキャロルを殺します」

そう言ったアキラの口調はごく自然なものだった。そこに決意や覚悟は感じられない。

だが他の三人は、だからこそアキラが本気で言っていると理解した。

決意や覚悟を必要としない普通の行為として、それを言っている。責任を取って金を払え、責任を取って殺せ、その二択で、自然に後者と解釈するほどに、他者の殺害に躊躇が無い。アキラはそう無自覚に示していた。

キャロルが苦笑する。

「アキラ。本人の横で、それ、言う？」

「エレナさん達に危害を加えるつもりが無いなら問題無いだろう。……それとも、そのつもりがあるのか？」

アキラの目が険しくなる。他者を、敵か、敵ではないか、の二択でしか見られない目が、相手を前者としてみなそうとしている目だった。

しかしキャロルは動じない。副業絡みのいざこざでその程度のことには慣れていた。軽くあしらう。

「そうじゃなくてね？　アキラがエレナ達の前でまるで私に釘を刺すようにそんなことを言うと、エレナ達に私のことを、そうやって事前にしっかりと釘を刺しておかないといけないぐらい危ないやつなんだって言っているようなものなんだけど。アキラ。それは酷くない？」

キャロルはそう言ってアキラを非難するように強めに微笑んだ。

アキラがたじろぐ。キャロルを見る目も元に戻った。

「……………あ、いや、そういう意味じゃ……」

「そういう意味じゃないのなら、もうちょっと言い方に気を配ってもらえない？　さっきサラが言っていた通り、面識の無い人とは互いに知らない所為でトラブルが起こることもあるけれど、それも紹介の仕方一つで多少は減らせるのよ？」

「す、すみません……」

叱られた子供となったアキラの雰囲気からは、殺しに何の躊躇の無い危険人物の気配は消えていた。テーブルの空気もそれに応じて少し緩くなる。

そこでキャロルがアキラを擁護するようにエレナ達へ話し始める。

「アキラの説明に要領の得ない部分があったのは、そこを詳しく話すと私から買った情報を漏らすことになるからよ。アキラと一緒に工場区画から脱出した時に、私が地図屋として情報を売ったの」

「アキラ。そうなの？」

エレナがそう尋ねると、アキラもキャロルが自分から話しているのなら問題無いだろうと、素直に頷いた。

「はい。流石にうっかり話して良い金額の情報じゃなかったので」

「そうだったの。そういうことなら仕方無いわね」

「その情報でアキラも私の地図屋としての実力を認めてくれてね？　私を雇ってくれたわけ。まあ、その実力を披露する機会はすぐに無くなったんだけどね」

そう言って少し不満げに笑ったキャロルを見て、エレナが不思議がる。

「無くなったって……、市街区画で救援依頼をやるんだから、救援場所によっては地図屋の案内に頼ることもあると思うけど」

「ああ、そうじゃなくて、アキラはエレナ達と連絡が取れなかったから、どこかで遭難してるんじゃないかって勝手に思って、市街区画を捜索する為に私を雇ったのよ」

あっさりバラされたアキラが軽く吹き出す。エレナ達の視線がアキラに集まった。

「アキラ。そうなの？」

少し驚きながら聞いてきたサラに、アキラが何とかごまかそうとする。

「いや、それは、ですね……、万一を考えて……」

「ミイラ取りがミイラになってるって勝手に勘違いした上に、自分の安い回線の所為で繋がらなかったことをごまかしたいのは分かるけど、下手にごまかして変に疑われるより、素直に認めて謝った方が良いと思うわよ？」

「……、すみませんでした」

アキラは諦めて謝った。エレナ達は軽く驚いたものの、どこか嬉しそうに笑ってアキラに頭を上げさせる。

「良いのよ。気にしないで。私達を心配してくれたのは嬉しいわ。ねえ。サラ？」

「ええ。ありがとね。アキラ」

本当に気にした様子の無いエレナ達の態度に、アキラが安心して笑う。

キャロルはそのアキラ達の様子を、主にアキラの様子を興味深く観察していた。

稼いできたハンターに相応しい料理が並ぶテーブルで、アキラ達はミハゾノ街遺跡の状況や次の救援依頼について話していた。

クガマヤマ都市はハンターオフィスの出張所を中心にした円状に遺跡内の保全、制圧を進めており、前回の救援場所はその円の内側だった。エレナがそれを皆に伝えた上で提案する。

「それでね？　戦力が二人分増えたことだし、次は制圧区域外の救援依頼を受けようと思うのよ。勿論難易度は上がるけど、報酬はそれ以上に上がるわ。そっちの状況を確認して、無理そうならすぐに引き返す。その前提でね。失敗してもペナルティーは無いし、どうかしら？」

「俺は構いません。キャロルは？」

「大丈夫よ。雇い主に従うわ。ちゃんと活躍して報酬をたっぷり上げてもらわないといけないしね」

そう言って挑発的に笑ったキャロルに、アキラも調子良く笑って返す。

「どうかな？　エレナさんは難易度が上がるって言ってるし、キャロルの報酬は護衛代の相殺分で逆に下がるんじゃないか？」

「まあ見てなさい。地図屋でもちゃんと戦えるってことを教えてあげるわ」

場合によっては責任を持って殺す、と随分なことを言った側と言われた側にしては仲の良さそうな二人を見て、サラは少し複雑な思いを抱きながらも素朴な疑問を覚える。

「地図屋なのに戦えるのね。勝手なイメージだけど、地図屋って、ハンターから買った地形情報とかを編集して売ってるだけのような人達だと思ってたんだけど」

「私は現地で自分でしっかり調べるタイプの地図屋だからね。だから私の地図にはそこらの地図屋からは買えない情報も載ってるのよ」

アキラが納得したように軽く頷く。

「あー、だからあんなことも知ってたし、結構戦える訳か」

「そういうこと」

キャロルは得意げな様子を見せていた。そして情報端末を取り出すと、表示部を軽く見てから言う。

「ごめんなさい。ちょっと席を外すわね」

「次の救援依頼までには戻ってこいよ。いや、遅れたら置いてけばいいのか？」

「そうはさせないわ」

アキラの冗談を笑って流し、キャロルは席を離れていった。

そのキャロルを見送っていたアキラが、自分を意外そうな目で見ながら少し唸っているエレナ達に気付いた。

「……あの、何ですか？」

エレナが何でもないことのように言う。

「ん？　アキラはキャロルと一昨日初めて会ったばかりなのよね。それにしては随分仲が良いなって思っただけよ」

「そうですか？　別にそんなつもりは無いんですけど」

「まあ私がそう思っただけよ。何か、急に仲が良くなる出来事でもあったのかなーって、ね？」

「何か、ですか。うーん……」

アキラは特に心当たりは無かったが、一応一昨日のことを思い返してみた。

「……強いて言えば、工場区画から脱出した時に遺物を駄目にしてしまったんですが、キャロルから護衛に雇われてたこともあって、その分を補填してくれました。あと、高い食事を奢ってもらいました。美味しかったです」

それが理由かと思い、アキラが苦笑する。

「自分で言って何ですが、現金なやつだと言われても否定できませんね」

エレナ達も顔を見合わせて苦笑した。アキラは嘘を吐いておらず、自分達も一応納得できる内容だった。そして何よりも、自分達の懸念とは全く関係無い理由だったこともあり、悪いとは思いながらも笑っていた。

不思議そうにしているアキラに、エレナが軽い調子で言う。

「まあアキラも私達もハンターだもの。遺跡で命を賭けた成果に対して金払いの良い相手に好感を持っても不思議は無いわ」

「ですよね」

そう言われて機嫌を良くしたアキラを見て、エレナは少しすまなそうに笑った。

「あと、ごめんなさい。ぶっちゃけると、キャロルがあんな格好でしょ？　アキラ、色気に釣られちゃったのかなーって思ってたのよ」

サラも似たような顔で続ける。

「ごめん。私もそう思ってた」

アキラは少しの間だけ、意味が分からないといった表情を浮かべていた。しかし遅れて理解すると首を横に振る。

「あー、大丈夫です。俺はそういうのには引っ掛からない方だと思います」

もし自分がその手のことに引っ掛かる人間であれば、大胆に肌を晒したアルファが常日頃側にいる時点で、自分は大変なことになっているだろう。だから違う。アキラは本当にそう思っており、しっかりと否定した。

それを聞いたサラが悪戯っぽく笑う。

「そう？　じゃあ試して良い？」

そして自分の席をアキラのすぐ隣に移動させると、体と顔をアキラにゆっくりと近付けた。途端にアキラが慌て出す。

「サ、サラさん!?」

「んー、大丈夫って感じはしないようだけど、本当に大丈夫なの？」

アキラが助けを求めるようにエレナを見る。しかしエレナも楽しげに笑っていた。

「確かにその様子だと、ちょっと大丈夫だとは思えないわね。少し慣れておいたら？」

「勘弁してください……」

サラは近付けていた顔をアキラから離した。照れながらもほっとしたようなアキラの様子を見て、そのキャロルには見せなかった反応を少し楽しく、そして嬉しく思う。その所為で、悪いとは思いながらも、もう少しからかってしまう。

「慣れておきたいのなら、もう少し協力しましょうか？」

「やめてください」

「あら、嫌だった？」

「……そういうのも含めて、やめてください」

アキラは照れ隠しを兼ねて少し強めに答えた。

サラは大人しく席を戻すと、まだ少し不貞腐れているようなアキラの様子を、エレナと一緒に楽しげに見ていた。

◆

ドランカムの簡易拠点に戻ったシカラベが、トガミに少々高圧的に指示を出す。

「トガミ！　車内の掃除をやっとけ！　弾薬と装甲タイルの補充もだ！　分かったな？」

それは生意気な返事が返ってくると思っての強めの指示だったのだが、シカラベにとっては意外にも、トガミからは随分と素直な返事が返ってくる。

「…………分かりました」

「あ、ああ……。頼んだ」

調子を狂わされたシカラベが軽く首を傾げる。だがそれだけで、そのまま車を降りて休憩に入った。

トガミは言われた通りに掃除を始めた。少し落ち込んでいるという自覚があり、何かをして気を紛らわせるのにちょうど良かった。

車内は酷く汚れているがハンター稼業にはよくあることであり、掃除用具も高性能な物が揃っている。床や壁に洗剤を吹き付けて軽く流すだけで、至る所にあった血の痕はあっさりと消えた。換気を済ませると血臭もほぼ完全に消えていた。

次は弾薬の補充だとトガミが車から降りようとした時、二人の少年が車内に入ってきた。ドランカムの若手ハンターで、トガミと同じB班の者達だ。

「ようトガミ！　シカラベは休んでるのにお前だけ残って掃除か？　大変だな」

あからさまに馬鹿にしてきた少年達の様子に、トガミがつまらなそうに息を吐く。

「……何か用か？」

「調子に乗ってたテメエの落ちぶれた姿を見物しに来たんだよ。知ってるぜ？　賞金首戦でやらかしたんだろ？」

「古参の連中に俺の力を見せ付けてやるとかほざいてたくせに、今はそのザマか？　情けねえな！」

「ろくな活躍も出来ねえ数合わせの参加だったってのに、成果だけ貰って良い装備借りやがってよ。ちゃっかりしてんな」

「それとも、お前みたいなメッキの剝がれた役立たずでも、その装備さえあれば戦えますって、どっかの企業の広告塔にでも選ばれたのか？」

少年達がトガミを囃し立てる。だがトガミはどうでも良さそうな態度を取っていた。そのまま少年達の横を通り過ぎようとする。

その怒りすらしないトガミの態度が、少年達の癇に障った。

「無視するんじゃねえ！」

「調子に乗ってんじゃねえぞ！」

少年達がトガミの肩を摑んで無理矢理自分の方を見させようとする。だがその手は宙を摑んだ。

次の瞬間、少年達の背後に一瞬で回っていたトガミが二人の後頭部を摑み、車両の壁に勢い良く叩き付けるのを、寸前で止めた。

少年達はその動きに全く反応できなかった。あと少しで自分の頭は車両の壁に叩き付けられ、潰されていた。その恐怖で顔を硬直させて、動きを止める。

トガミはその少年達の頭の横まで自分の頭を動かすと、普通に告げる。

「さっき掃除が終わったばっかなんだ。お前達の血肉で汚すと、また掃除しないと駄目になるだろ？　邪魔するなよ。な？」

「わ、分かった……。悪かった」

後頭部を摑まれながらも少年達が何とか頷いたのを感じて、トガミが少年達から手を離す。すると少年達はトガミからゆっくりと距離を取った後、捨て台詞を吐きながら逃げ出すように去っていった。

その少年達の後ろ姿を見ながら、トガミが大きな溜め息を吐く。

「弱え……。そうか。俺、無意識にあいつらを基準にして、俺は強えって調子に乗ってたのか……」

強さとは相対的なものだ。昨日の自分より強く、どこまでも強く、という境地を目指す求道者でもなければ、どうしても感覚的に近くにいる者達が基準となる。仕方が無い部分はあった。

トガミは少し落ち込んだが、軽く首を横に振り、それを知っただけでも前進したと自身に言い聞かせた。

尚、実際には少年達はそこまで弱くはない。トガミがそれ以上に強いだけだ。また少年達は慢心しており、トガミは過剰な自信を失った代わりに慢心も消していた。その差も大きかった。

そして何よりも、アルファのサポートを得たアキラは更に強かっただけだった。

タンクランチュラ戦で見たアキラの強さ、その衝撃の所為で、トガミは強さの基準を無意識に大幅に上げてしまっていた。

トガミが装甲兵員輸送車に弾薬を補充していると、今度は事務派閥の幹部であるミズハがやってきた。意外な人物の来訪に戸惑うトガミへ、ミズハが愛想良く微笑む。

「こんにちは。今、ちょっと良いかしら？」

「構いませんが……、何でしょうか？」

ミズハの用件は、要約するとトガミの引き抜きだった。

ドランカムの幹部はミズハも含めて賞金首討伐戦の裏事情を大体知っている。だがトガミが反カツヤ派の期待の星として扱われていたほどの実力者であることに違いは無い。

そのトガミを引き込めば反カツヤ派への牽制になる上に戦力も増強できる。スラム街出身の者が多いB班の者を引き入れると、防壁の内側の支援者達から反感を買う恐れはあったが、そこは自分達が更生させたのだと説明する。

また十分な実力さえあればB班の者でも受け入れる態度を示すことは、反カツヤ派であるB班の懐柔にもなる。

それらの理由から、ミズハはトガミを引き入れた方が利益が大きいと判断していた。

「どうかしら？　私達ならあなたほどの人に車の掃除なんてやらせないわよ？　はいと言ってくれれば、今すぐにでも私が配置を換えてあげるわ」

良い話を持ってきたと思っているミズハは笑顔でトガミの返事を待った。そしてトガミも悪い話ではないと判断していた。

しかしトガミは首を横に振った。

「すみません。即答は出来ません」

ミズハが途端に怪訝な顔になる。

「……どうして？　待遇が不満？　流石にカツヤと同列には扱えないけれど、それでも十分な待遇のはずよ？」

「いえ、そういうことではなく、今は依頼の最中なんです。ハンターが一度受けた依頼を途中で投げ出すのはどうかと思います。今はそっちに集中させてください」

「それは、今回のミハゾノ街遺跡での仕事が終わった後なら良いってこと？」

「それも含めて、今はちょっと……。すみませんが、後でゆっくり考えさせてください」

トガミはそう言って丁寧に頭を下げた。過剰な自信を失ったことで謙遜気味だったトガミは、ミズハに対しても相手は一応自分の徒党の幹部だと考えて控え目な態度を取ることが出来た。

そのトガミの態度をミズハは好意的に捉えた。愛想良く笑う。

「そういうことなら仕方無いわね。分かったわ。ゆっくり考えて」

ミズハはドランカムの幹部として所属ハンターの評価資料も閲覧できる。その資料でのトガミの評価は、若手ハンターから逸脱した高い実力を持っているが、その実力を過信して調子に乗っている、となっていた。主な評価者はシカラベだ。

しかしミズハの目に映るトガミの態度は、むしろ謙虚に思えるものだった。

「それじゃあ、私はこれで。あ、気が変わったらいつでも連絡してちょうだい」

この程度で調子に乗っていると判断するドランカム古参の評価は歪んでいる。やはり自分が組織を改革しなければならない。ミズハは改めてそう考えながら去っていった。

その後、トガミが装甲兵員輸送車の装甲タイル自動装填装置に装甲タイルを追加しながら、先程のことを思う。

トガミにも自分の実力をドランカムに認めさせるのであれば、ミズハの申し出を受けた方が良いことは分かっていた。かつてのトガミもそれを望んでいた。

だが今はその望みも変わっていた。今トガミが最も望むことは、自分を自分で誇れるだけの実力を再び得ることだ。

その為にも、今は他の若手ハンター達と行動を共にして強さの基準を下げる訳にはいかなかった。望み、願い、妬み、羨む力は、そちらには無かった。

あの日見たアキラの実力、それに匹敵する力を得た自分を得る為に、トガミは迷わなかった。

第113話　救援依頼

　休憩を終えたアキラ達は次の救援依頼の準備を済ませると、その現場を目指してミハゾノ街遺跡の市街区画を進んでいた。次の現場はクガマヤマ都市が遺跡内の制圧を進めている円状の領域の外だ。シカラベも同意した上で、エレナが選んだ。

　しばらく進むと円の境に辿り着く。そこではビルの谷間の道路を大型の簡易防壁が塞いでいた。円柱状の物体が道の端に設置されており、金属製の板を連結した物が道の逆側まで引き出されている。

　この金属板は力場装甲（フォースフィールドアーマー）機能を備えており、軽い砲撃程度なら弾（はじ）き返（かえ）す防御力がある。持ち運びも容易で、荒野や遺跡内部に簡易拠点を作成する場合にもよく使われていた。

　簡易防壁の側には警備の部隊が展開していた。重装強化服を装備した者、大型の機銃を搭載した戦闘車両、更には体長6メートルほどの人型兵器まで配備されている。

　これから防衛にそれだけの戦力が必要な場所に出るのだと、アキラは気合いを入れ直した。

　その簡易防壁を通り抜ける為にエレナが警備の者と話しており、その会話が通信機器を通してアキラ達にも届く。

「気を付けろよ。周辺の制圧は今も進めているが、完全制圧には程遠い。ここにもデカいやつがちょくちょく襲ってきてる。救援依頼を受けたんだから腕に覚えはあるんだろうが、制圧済みの場所の感覚で進むと死ぬぞ。ヤバいと思ったらすぐ戻ってこい」

「ありがとう。気を付けるわ」

　警備の者が簡易防壁を開ける。アキラ達の車両がそこを通り抜けると、簡易防壁はすぐに閉じられた。

　アキラがふと思い、通信越しに尋ねる。

「エレナさん。さっき言ってた制圧済みの場所ってどこですか？」

「ん？　さっきまでいた場所よ。簡易防壁の内側」

「あの、制圧済みだったとは、とても思えないんですけど……」

アキラの当然の疑問に、エレナが通信越しに苦笑を返す。

「まあね。その辺は程度の問題っていうか、そこらのハンターでも対処可能な程度には制圧済みって意味なのでしょうね。見て」

エレナが車外を指差す。アキラ達の情報収集機器は既に連携済みで、エレナが指し示した方向の情報がアキラに送られた。

「あれは……！」

そこにあった物を見たアキラは驚きを露わにした。見るからに強力そうな大型多脚戦車が、破壊された状態で地面に転がっていた。しかもアキラはそれに見覚えがあった。

「簡易防壁は、ああいう強力なモンスターを入れない為のものらしいわ。道路の封鎖だけで済ませているのも、大型の侵入阻止にはそれで十分だからよ」

当然ながらそれでは小型の警備機械などが、防衛網の境界にあるビルの中などを通って、簡易防壁による封鎖を通り抜けてしまう。前回の救援依頼でアキラ達を襲った機械系モンスターなども、そうやって入ってきたものだ。

しかし大型に侵入されるよりはましだという判断で現在の防衛体制となっていた。小型であればそこらのハンターでも対処可能であり、何よりも人員の配置等にも限界があるからだ。

それらの話を聞きながら、アキラが小声でキャロルに尋ねる。

「……なあ、あれって、一昨日俺達を襲ったやつと同じやつだよな？」

「そのようね。あの時点で遺跡の事態はもう始まっていたってことかしら。だから既に工場区画から脱出していた私達を、工場区画から輸送中の機械兵器が攻撃した……？　うーん」

仮説を立てたがしっくりこないと、キャロルは軽く唸っていた。そしてアキラがふと思う。

「そういえば、あれってどこに運ぼうとしてたんだろうな」

「そうね。多分だけどセランタルビルだと思うわ。ほら、誰かがあのビルの防衛機械を倒したけど、出入口の確保もしないでビルを開けっ放しにしてたって話があったでしょ？　その防衛機械の補充用だったのかも……」

キャロルはそこまで推測して、あることに気付いた。笑顔を少し固くする。

「……そうすると、私達があれを倒した所為でビルがもっと開けっ放しになって、それで事態が更に悪化した恐れが……。アキラ、黙っておきましょうね」

「……、そうだな！」

共犯者のような笑顔を向けてきたキャロルに、アキラも少し硬い笑顔を返した。

セランタルビルの防衛機械達を破壊した自分を、追加の防衛機械が攻撃対象にしたのかもしれない。そう思ったが、黙っていた。

◆

エレナは車列の先頭で周囲の索敵をしながら全体の指揮を執っている。

今のところ問題は発生していない。モンスターの反応は常にあるが、それもまばらで、基本的には近寄ってこない。数機で襲ってくることもあるが小型ばかりで問題無く蹴散らせていた。

それでも今回の救援場所までもう少しの距離まで来たところで警戒を強める。今回の救援対象は、既に他のハンター達が何度か救援に失敗していた。その前任者達が撤退した場所がこの辺りだった。注意喚起を兼ねて全体に連絡を入れる。

「そろそろモンスターとの遭遇率が跳ね上がるはずよ。基本的に一気に突っ切るから遅れないようにしてね。アキラ。後ろは頼んだわよ。もし厳しいようなら無理をしないで早めに伝えて。その時点で撤退するわ」

「分かりました。エレナさん達も無理はしないで、少しでも危ないと思ったらすぐに退却を決めてください」

「あら、すぐに帰ったら稼げるものも稼げなくなるわよ？　アキラはそれで良いの？」

　無謀が過ぎれば死んで朽ち果てる。だが臆病が過ぎれば稼げずに飢えて死ぬ。ハンターはそこを正しく見極めなければならない。荒野という危険地帯に進んで足を踏み入れた以上、稼いで帰らなければ危険を冒した意味が無いからだ。

　勿論エレナも無謀を許容するつもりは無い。退く時は退く。だがそれを考慮に入れてもアキラの発言は少々弱気が過ぎるかと思い、エレナは敢えて少し挑発気味に言ってみた。

　しかしアキラはあっさり答える。

「構いません。金よりエレナさん達の安全の方が重要です」

「そ、そう。まあ、大丈夫よ。私達も死ぬ気は無いし、撤退の判断は余裕を持ってするつもりよ。じゃあ、アキラも頑張ってね」

「はい」

　エレナが一度通信を切って息を吐く。助手席ではサラが意味有り気に楽しそうに笑っていた。

「……何よ」

「何でもないわ。ただ、心配されちゃったなぁって思っただけ」

「それなら心配させないように、火力担当には頑張ってもらいましょうか。サラ。前から来るわよ」

　車載の索敵機器は前方から多数の反応が迫ってきているのを捉えていた。反応の大きさから判断して敵は小型機だが、その数は索敵範囲内だけでも今までの10倍以上はある。

　しかしサラは臆さずに笑っている。

「任せてちょうだい。心配要らないって、アキラにしっかり教えてあげないとね」

　エレナもサラも、アキラが今回ミハゾノ街遺跡に来たのは純粋に自分達を助ける為だった、と気付いていた。

　恐らく救援依頼の誘いに乗ったのは単純にハンターとして稼ぐ為だった。しかし自分達と連絡がつかなくなった時点で方針を完全に切り替えた。だからこそ付き合いが浅くともキャロルを雇い、朝も待たずに出発したのだと考えていた。

休憩中にアキラとキャロルから聞いた話もそれを裏付けており、先程のアキラの返事もそう示していた。

エレナ達も、アキラから少々連絡が取れなかった程度のことで遭難扱いされたこと、悪く言えば未熟者扱いされたことに思うところはあった。

だがそれ以上に自分達の身をそこまで案じてくれたことを、そして案じるだけでなく実際に助けに行こうとまでしてくれたことを嬉しく思っていた。

ハンター稼業は命賭けだ。だからこそ、その命の使い方には時に厳しく冷徹になる。エレナ達が救援依頼という人助けをしているのも、その危険に見合う報酬が出るからだ。無償ではやらない。

それでもアキラは自分達を助けようとしてくれた。救援依頼ではないので報酬も出ないのに、危険な遺跡に向かい、キャロルという案内役まで雇って自分達を探そうとしてくれた。そのことをエレナ達は強く感謝し、喜んでいた。

「全部倒していたら切りがないわね。手当たり次第に倒しながら強行突破するわ。サラ。準備は良い？」

「いつでも良いわ」

「よし！　行くわよ！」

エレナ達が意気を上げて先陣を切る。エレナが車を加速させ、車載の機銃を連射する。サラが一緒に大型の銃を撃ち放つ。その圧倒的な火力で前方の甲A24式の群れを粉砕し、アキラ達の車列の通り道を強引に作り出した。

◆

エレナ達の車両を先頭に、シカラベの装甲兵員輸送車、アキラの車両と続く車列で、アキラがA4WM自動擲弾銃を連射する。無数の擲弾が遺跡内にばらまかれ、爆発し、甲A24式の群れを吹き飛ばしていく。

エレナの指示により、アキラ達は敵の群れの中を突き進んでいる。当然ながら倒さずに無視した敵機体はアキラ達を追って車列の後方から迫ってくる。

アキラはこれを対処しなければならない。加えて帰り道では同じことを、今度は救援対象者達を連れながら行わなければならない。

よって今これに対処できないのであれば、救援を諦めてこの場で引き返した方が良い。アキラもそれを分かっているので、手持ちの弾薬の半分を使い切る気持ちで擲弾を連射していた。

もっとも戦況自体は優勢だ。必要なのは敵の撃破ではなく車列から引き剥がすことであり、相手を破壊できなくとも擲弾の爆発で吹き飛ばせば事足りる。擲弾の連射という火力に物を言わせれば楽な仕事だった。

現時点でアキラが強いて懸念を言うのであれば、弾薬の消費が予想以上だったことぐらいだ。再び空になった弾倉を車外に投げ捨てて交換する。

『もう空か！　早いな！』

『拡張弾倉ではないからね。仕方無いわ』

アルファが言った通り、擲弾の弾倉は通常の物だ。大型の弾倉だが、擲弾自体も大きいのですぐに使い切ってしまう。

擲弾の拡張弾倉は弾丸のものより高額で、拡張弾倉の使用を進めているアキラでも、流石に数を揃えるのは無理だった。Ａ４ＷＭ自動擲弾銃を持って建物内に入る時の為に少量だけ買ったが、他は全て通常の弾倉だ。

その所為で弾倉を頻繁に交換しなければならず、その間は隙となる。アキラ一人ならば片手にＤＶＴＳミニガンを持ちながらの交換となるが、今は隣にキャロルがいるので問題無い。大型の片手銃で標的を一撃で粉砕し、弾倉交換の時間を稼いでいた。

キャロルは的確にアキラを補っている。擲弾の爆発から逃れた敵機体を撃破することで、アキラの大雑把な攻撃の隙を塞いでいた。

念を押すようにキャロルが笑う。

「アキラ。そっちは派手に戦ってるようだけど、それを補う私の丁寧な戦い振りも、ちゃんと評価してちょうだいね？」

「分かったよ。でも、基本的に敵を抑えてるのは俺だってことも忘れるなよ？」

「代わっても良いわよ？」

「駄目だ」

報酬を各自の活躍に応じて分配することになっているアキラ達が、調子良く笑いながら成果を稼ぎ合って甲A24式の群れを撃破していく。

車列への接近阻止の目的以上に破壊された機体の山が、アキラ達の活躍がエレナ達の期待を十分に上回っていることを示していた。

◆

ミハゾノ街遺跡の市街区画には無数のビルが立ち並んでいる。そのあるビルの1階の出入口を兼ねた広間で、ハンター達が死んだ目をして項垂れていた。

広間の通路や階段は、立て籠もっているハンター達が近くにあった備品や破壊した機械系モンスターの残骸などで塞いでいる。出入口の封鎖には大破した荒野仕様車両を使っていた。

ビル自体は頑丈なので、これで敵の侵入は阻止できる。その分だけ速やかな脱出も難しくなるが、ここにいる全員が、敵に侵入されるよりはましだと考えていた。

ハンター達がこの場に立て籠もってから既に40時間が経過している。交代で休憩を取っているが限界は近く、その表情には疲労が色濃く表れていた。

ビルの内外には大量の甲A24式が徘徊している。しかも油断していると通路や階段の障害物を除去して入り込もうとしてくる。気の休まる暇など無い。

弾薬も尽きかけている。格闘戦で勝てる相手ではない。弾切れになった後に襲われれば、もうどうしようも無い。

一縷(いちる)の望みに賭けてビルから脱出しようとする者はもういない。それを試みた者は既に全員殺されている。

残された希望は誰かが救援に来てくれることだけ

だ。しかしそれも大して期待できない。救援部隊と何度か通信が繋がったのだが、敵が多すぎて無理だと言い残して帰ってしまったのだ。

　救援が来たという歓喜。そしてそれが空振りに終わった絶望。その繰り返しが、取り残された者達の気力をごっそり奪っていた。

　見張りの男が、焦点の合っていない目で情報端末を凝視している別の男に声を掛ける。

「……何か変化は？」

　返事は無かった。ただ、首を少しだけ横に振っていた。

「……そうか」

　尋ねた方も、進展は何も無いことなど尋ねた時点で分かっていた。何かあれば聞くまでもなく騒ぐに決まっているからだ。

　それでも尋ねてしまうのは、か細い希望に縋る心の表れだった。

　ハンター達は徐々に、だが確実に、心身共にゆっくりと磨り潰されるように追い詰められていた。


　広間に籠城中のハンター達は単一のチームではなく、複数のチームが逃げる途中で合流したものだ。

　そして虚ろな目で情報端末を見続ける男のチームは、その男を残して全滅していた。ビルに逃げ込む途中で、通路や出入口を封鎖している間に、半狂乱になってビルからの脱出を試みて、撃たれて即死し、負傷が悪化して死に、敵に囲まれてわめきながら殺された。

　唯一生き残った男の気力は既に尽きかけている。だが死を受け入れるほど諦観は出来ない。か細い希望に縋りながら、情報端末をじっと見続けている。

　気が狂いそうなほどに怠惰に進む時の流れの中、夢と現実と幻覚の区別が曖昧な意識の中で、通話要求が届いた。

　男は壊れかけた笑みを浮かべた。これが夢でも幻覚でも、やることは変わらない。情報端末を操作し、通話要求を受け入れた。

　すると女性の声が届く。

「アルハイン保険から救援依頼を受託した者よ。そっちはココレンスさんであってるかしら？」

男は呆然としていた。女性の声は男の耳に届いていたが、その内容を理解できる状態ではなかった。

「聞こえてる？　ココレンスさんの情報端末に繋いだはずなのだけど、違うの？　負傷で話せる状態ではないの？　それなら誰か話せる人はいない？　そっちの状況を知りたいのだけど」

男の近くにいた見張りの者も女性の声に気付いた。しかしその男が声に反応を示さないので、何らかのシステム音声かと勘違いしていた。

「何でも良いから反応してくれない？　聞いてる？　近くまで来てるんだけど。……これ、自動設定で繋がっただけ？」

しかしシステム音声にしては何かが違うと、見張りの者が怪訝な顔になる。

「悪いけど、私達も死体を回収する為にモンスターの群れを突破する気は無いの。反応が無いなら全滅したとみなして帰るわよ。マイクが壊れてるのならテキストメッセージでも銃声でも何でも良いわ。とにかく反応して」

男もようやく我に返ろうとしていた。しかし混乱する頭は、これが夢か幻覚か現実かを迷い続けており、驚き慌てながらも返事を返せないでいた。

そこに最後通牒が届く。

「……駄目っぽい？　そっちはもう全滅？　……遅かったか。まあ、仕方無いわね。残念……」

「助けてくれ！」

男と見張りの者は、あらん限りの声で叫んだ。

広間に響き渡ったその声が、死んだ目をしていたハンター達の意気を叩き起こした。広間が一気に慌ただしくなる。

これが最後のチャンスだと、全員分かっていた。

◆

アキラ達は救援対象者達が籠城中のビルの近くまで来ていた。その敷地内に突入する前に、エレナから通信で指示が飛ぶ。

「始める前にもう一度確認するわよ！　敷地内に突入してから最長でも10分で離脱！　時間内でも状況次第で即切り上げるわ！　良いわね！」

各自が返事をする。アキラもしっかり答えた。

「シカラべ達は救援対象を急いで確保して！　生存者の捜索は不要！　広間にいる人を生死問わずに詰め込んで出発よ！」

「了解だ」

「アキラ達は私達と一緒にシカラべ達の援護よ！　救援対象の確保が終わるまで、周囲の敵の排除と退路の確保を続けるわ！」

「分かりました！」

「よし！　……それじゃあ、行きましょうか！」

そのエレナの勇ましい声と同時に、アキラ達は各自の車両でビルの敷地内に勢い良く突入した。

その途端、ビルを包囲していた大量の甲A24式が攻撃対象をビル内のハンター達からアキラ達に一斉に切り替えた。

多脚の先についた球形のタイヤを地面との摩擦で煙が上がるほどに回転させて、機体の向きを瞬く間に変える。そして武装である砲と機銃の照準を敵車列の先頭である装甲兵員輸送車に合わせると、一斉砲火を浴びせた。

大量の銃弾と砲弾による大火力により、シカラべの車両に貼られた装甲タイルが次々に吹き飛んでいく。しかしこの車両は賞金首戦にも用いられただけあって頑丈で、その程度では怯まない。むしろ車載の機銃で激しく応戦する。

荒野用の車載装備だけはあり、その連射速度から生み出される弾幕は濃密だ。そして標的は賞金首モンスターほど頑丈ではない。圧倒的な火力が敵の装甲を貫くどころか押し潰し、敵機体を粉砕していく。

そこにアキラ達とエレナ達が続く。それぞれの車両で突入し、頑丈な装甲兵員輸送車を一度囮にした上で、全力の火力を敵の群れに浴びせかける。

アキラとサラが擲弾の雨を降らせ、機体の群れを鉄屑の山へ変えて吹き飛ばす。

キャロルは大型の片手銃でＣＷＨ対物突撃銃の専用弾並みに強力な弾丸を連射し、敵を群れごと穿っていく。その上でエレナが車載の機銃で機械の群れを薙ぎ払う。

そこに新手の甲Ａ24式が部隊で出現する。だがアキラ達の苛烈な攻撃により、ろくに交戦も出来ないまま半壊し、全壊し、粉砕された機械部品に変わっていく。敷地内は瞬く間に鉄火砲火が支配する戦場に様変わりした。

籠城中のハンター達はそのアキラ達の戦いを、ビルの出入口を塞ぐ車両越しに見ていた。

「来た！　本当に救援が来た！　あの群れを相手にここまで来たぞ！」

「早く車両を退けろ！　このままだと出られねえぞ！　連中が持ち堪えてる間に合流するんだ！」

「今の内に負傷者を出口の近くまで運べ！　急げ！」

ハンター達が慌ただしく動き始める。この機会を逃したら生き延びる術はもう無いと、残りの気力と体力を総動員して作業を進めていく。

そこで装甲兵員輸送車がビルの前まで辿り着く。急停止しながら車体を勢い良く半回転させて、車両後部をビルの出入口に向けた。

しかしビルの出入口は、まだハンター達の車両で塞がったままだ。ハンター達も急いで退かそうとしているのだが、車両は今までビル内のハンターを攻撃する甲Ａ24式の群れに耐えていただけあって頑丈で、その分だけ重い。エネルギーの切れかけた強化服の出力では、すぐに退かすのは困難だった。

だがシカラベもそれを悠長に待ってなどいられない。装甲兵員輸送車の後部扉を開けて外に出ると、邪魔な車両に痛烈な蹴りを入れる。価格帯の違う高性能な強化服が十分なエネルギーを以て生み出した衝撃は、ハンター達が数人がかりで動かそうとしていた車両を派手に吹き飛ばした。

「5分で出発する！　生死不問で全員乗せろ！」

ハンター達が既に出入口の側まで運んでいた負傷者達を車両に乗せていく。だがある男は無傷なのにもかかわらず一人で車内に乗り込もうとしていた。

シカラベはその男を摑むと、車外に放り出すどころかビル内に投げ返した。

「……なっ!? 何しやがる!?」

慌てた顔で文句を言う男をシカラベが睨み付ける。

「自力で動けるやつは後だ。まずは自力で動けないやつを先に乗せろ」

「うるせえ! 俺は生き残るんだ!」

だが男はシカラベの制止を振り切って、必死の形相で車両の中に押し入ろうとする。

シカラベは軽く舌打ちし、男を蹴って昏倒させた。昏倒したまま床に転がった男は、これで自力では動けない者となり、先に車内に入って良い条件を満たした。だがシカラベに足で雑に脇に退かされて後回しになった。

それを見てたじろぎ動きを止めたハンター達へ、シカラベが怒鳴る。

「もう一度言う! 生死不問で全員乗せろ! 死体だろうが頭が無かろうが頭しか無かろうが全員だ! とっととやれ!」

ハンター達は再び動き出して作業を急いだ。

シカラベがハンター達を装甲兵員輸送車に乗せている間に、アキラ達はビルの周囲にいた甲A24式を倒し終えていた。

そのおかげで状況には余裕が生まれたが、猶予を生み出すほどではない。これだけ派手に戦えば周辺のモンスターを呼び寄せる。更にアキラ達はここまで道中のモンスターの群れを強引に突破してきた。悠長に留まっていれば、引き離したそれらの群れにすぐに追い付かれる。

エレナがシカラベに連絡を入れる。

「シカラベ。そっちはどう? 出来ればあと1分で出たいんだけど」

「問題無い。もう少しで終わる」

「そう。それじゃあ……」

エレナがそう言った時、敵の増援がすぐ近くから出現する。ビルの内部にいた甲A24式が上階の窓を破壊して出てきたのだ。そのままビルの側面を駆け下りながらアキラ達に砲と機銃を向ける。

次の瞬間、アキラがその機体を撃ち落とした。アルファの索敵により出現を事前に察知しており、CWH対物突撃銃で窓を狙っていたのだ。

機体は胴体部を強力な弾丸で貫かれ、一撃で大破し落下する。そしてその下にあった装甲兵員輸送車の屋根に激突して派手な音を立てた。

しかしそれでは終わらない。甲A24式は他の窓からも次々に湧き出てくる。サラとキャロルも迎撃に加わるが、全ての穴を塞ぐのは難しかった。

それを見たエレナがシカラベに叫ぶ。

「……30秒で切り上げて！」

「了解だ！」

ビル内の広間にいるシカラベに外の状況は分からない。だが伝えられた制限時間に疑いは持たず、それだけの状況であると理解して撤収を急ごうとする。

その時、広間の通路を塞いでいた甲A24式の残骸が吹き飛んだ。そして通路の奥から壊れていない甲A24式が出現する。こちらからも湧き出したのだ。

シカラベは即座に前へ出て敵機体を銃撃した。強力な弾丸が新手の機体を粉砕し、先程まで通路を塞いでいた機体と一緒に屑鉄の山に変える。しかし長くは保たない。他の通路を塞いでいる障害物も逆側からの砲撃で次々に吹き飛んでいく。

シカラベが後退しながらハンター達へ叫ぶ。

「脱出する！　急げ！」

ハンター達は残りの負傷者を何とか車内に運び込んだ。最後にシカラベが既に広間まで来ていた甲A24式を銃撃しながら車内に飛び乗る。

「トガミ！　出せ！」

シカラベはそう叫びながら車両の後部扉を強引に閉めた。一瞬遅れて大量の銃弾と砲弾が後部扉に着弾する。まるでその衝撃で押し出されるように、装甲兵員輸送車は全速力でその場から離脱した。

合わせてアキラ達も脱出する。車で甲A24式の群れから逃げるだけなら何の問題も無い。弾幕を張り、火力に物を言わせてあっさりと離脱した。

第114話　借りの優先順位

　現場から救援対象者達を助け出したアキラ達が先を急ぐ。行きの時と同じように甲A24式の群れに襲われたが、同様に処理して進んでいく。

　敵の迎撃を終えたアキラが車両後部で息を吐く。

「よし。片付いたな」

　キャロルも余裕の笑みを見せる。

「行きの時より楽だったわね。……ところでアキラ。ちょっと聞きたいんだけど、この車、アキラが運転してるのよね？」

「……自動運転も入ってるけどな。それが何だ？」

　アキラは少し怪訝な顔をキャロルに向けた。そしてキャロルはそのアキラの態度が何らかのごまかしであるとすぐに見抜いた。その上で素知らぬ顔をする。

「いえ、アキラって本当に凄いのねって思ってね？自動運転の補助があるっていっても、車の運転もしてモンスターも撃ってって、普通は無理よ？　開けた荒野ならともかく、ここは遺跡の中だしね」

　実際に運転しているのはアルファだ。その辺りを疑われたのかと思い、アキラはわずかに懸念を覚えていた。だが単なる称賛だったと判断して気を緩めると、相手に合わせて軽く笑う。

「まあな。それぐらい強くないと、一人で工場区画に行ったりしないよ」

「確かにね。ビルの側面を走りながら戦ったことに比べれば簡単か」

　キャロルも合わせて笑いながら、軽い調子で続ける。

「……ちなみに、自動運転の補助ってどれぐらいの精度なの？　遺跡から情報を取得して運転の精度を上げたりしてるの？　高い車にはそういう機能もあるって話だけど……」

「ん？　結構高い車だけどそういう機能は無かったはず……」

『アルファ。無いよな？』

『無いわ』

自身の記憶に無く、アルファにも聞いて確認したので、アキラは無意識に軽く頷いていた。

キャロルは何気ない表情で、そのアキラの反応を注意深く観察していた。そして副業で磨いた男の嘘を見抜く観察力でアキラの虚実を正確に見抜いた。

（……本当か）

キャロルにとって重要なのは、車にその機能があるかどうか、ではなく、アキラが遺跡から情報を取得しているかどうか、だった。そして、していない、と判断し、内心で軽く落胆する。

（……本当にただ強いだけか。まあ隠し事はあるみたいだけど、あっちとは関係無さそうね。そもそもアキラがそうなら、私を遺跡の案内役に雇ったりはしないか……）

遺跡内での驚異的な索敵能力からアキラを疑ったが、どうやら違ったようだ。キャロルはそう結論付けた。

「キャロル。どうかしたのか？」

「ん？　何でもないわ」

キャロルはアキラの不思議そうな顔を見て内心が表に出ていたかと思いながらも、誘うように笑ってごまかした。

「……何でもないって顔には見えないぞ」

「何でもないわ。でも気になるのなら一つ教えてもらっても良い？」

「何だ？」

「私の体には全然興味が無いくせに、エレナ達の体には興味津々って態度だったわよね。何が違うの？　正直に言って、顔も体も負けてる気はしないんだけど」

アキラは思わず吹き出した。

「もしかして、あの二人なら特殊なプレイ有りなの？　その辺が理由？」

「……失礼なことを言うんじゃない」

「アキラに？　あの二人に？」

「両方だ！」

「あ、大丈夫。これでも口は堅い方よ？　副業でもその辺の信用は大切だからね。……ちゃんと黙っているから教えてくれない？」

アキラは大きく溜め息を吐いて口を閉ざした。キャロルが残念そうに笑って首を横に振る。それでこの話はキャロルの期待通りにうやむやになった。

そこにエレナから通信が入る。

「アキラ」

「はっ、はいっ!?」

つい先程までエレナ達を性的な目で見ていたかどうかという話をしていた所為で、アキラは無駄に慌ててしまった。

エレナはそのアキラの反応を少し怪訝に思ったが、さっさと本題に入る。

「……？　後方から大きめの反応が複数近付いてきているの。多分大型機だと思うわ。アキラ達の装備では対処が難しいようなら変わるけど、どうする？」

『アルファ。大丈夫か？』

『問題無いわ』

「大丈夫です」

「そう？　それなら一緒に迎撃しましょうか。私達もそっちに行くわね」

車列の先頭にいたエレナ達の車が脇に寄り、道をシカラベに譲ってアキラの車の横まで来た。その後は少し距離を取ってそのまま併走する。サラが大型の銃をアキラ達に見せ付けるように持ちながら軽く手を振っていた。

そして反応の正体がアキラ達の後方に姿を現す。簡易防壁を出た時にも見た大型多脚戦車の亜種だ。大通りに散らばる瓦礫などを、足を器用に上げて避けながら近付いてくる。

アキラの拡張視界にもその姿がはっきりと映る。その迫力は甲A24式とは段違いであり、似たような機体を先日一度倒したとはいえ、油断など出来る相手ではない。

そしてアキラの視界の中で多脚戦車が砲塔を回し、大口径の砲をアキラ達に向けた。

次の瞬間、その多脚戦車の胴体部に大穴が開く。強力な弾丸に一瞬で貫かれて機体を大きく歪ませながら、着弾の衝撃で前方への慣性を相殺されて真横に吹き飛んだ。巨大な機体が回転の勢いで多脚をへし折りながら遺跡の道路を転がっていく。

驚いたアキラが発砲元だと思った方向に思わず視線を向ける。その先では大型多脚機を一撃で破壊したサラが得意げに笑っていた。

『凄いな……！　あれを一発でか！』

『まあエレナ達も、そういう装備があるから今回の救援依頼を受けたのでしょうね』

それもそうかとアキラが考えていると、キャロルに声を掛けられる。

「アキラ。報酬の配分の話なんだけど、多分この迎撃が終わったら今日の仕事は一区切りでしょう？　今のアキラの感覚だと、私達の配分はどうなってるの？」

「そうだな……」

アキラもキャロルのおかげで助かっているとは思っている。また、自分の取り分を強欲に増やすつもりも無い。しかし活躍に応じて配分となれば不必要に引き下がるつもりも無かった。

「7対3……、いや8対2……？　それぐらいか？」

そして装備のおかげであっても、倒した敵の数の比率から考えればそれぐらいだろうと、相談の余地を十分に残しながらも暫定の配分を出してみた。

それを聞いたキャロルが不敵に笑う。

「そう。それじゃあ今の内に5対5ぐらいにはしておかないといけないわね。アキラ。覚悟しなさい」

怪訝な様子を見せたアキラの前でキャロルが銃の弾倉を入れ替える。更にエネルギーパックを追加で装着する。そして大型片手銃を両手でしっかりと構えると、新たに出現した大型多脚機を銃撃した。

大気を震わせて撃ち出された特大威力の弾丸は、標的を貫通こそしなかったものの、機体を巨大な拳で殴り付けたように大きく変形させて大破させた。

アキラが思わずキャロルを見る。キャロルもサラと同じく得意げに笑っていた。しかしその笑顔には少しだけ硬いものがあった。

「おおっ！　キャロルも一発か！　凄いな。よし。

じゃあ次は俺の番……」

「駄目よ。もうアキラの番は無いわ」

「えっ？」

「5対5ぐらいにはするって言ったでしょ？　ここから先、アキラには車の運転以外やらせないわ」

「いや、それは無理だろう……、……!?」

新たな大型機が出現したが、それもキャロルに撃破される。アキラもCWH対物突撃銃を構えていたが、有効射程の外だった。アルファのサポートのおかげで撃てば当たりはするが、距離による威力減衰もあって一発では倒せない。

次の標的が出現する。だがアキラには狙うことしか出来ない。この距離では撃っても大して意味が無いからだ。そしてその機体もキャロルが撃破した。

アキラが慌て始める。

「ちょっと待て……!?　本気か!?」

「本気よ。地図屋をやってるとはいえ、私もハンターなの。戦闘要員として雇われた訳じゃないとしても、報酬が8対2だなんて役立たず扱いをされるとね？　覚悟しなさいって言ったでしょう？　私も覚悟を決めたわ」

次の大型多脚戦車はサラが撃破した。エレナ達はアキラが大丈夫だと答えたことから、敵の迎撃を意図的にキャロルに任せていると判断している。それにより標的の撃破をアキラに譲るような真似はせず、むしろアキラ達の負担を下げようと積極的に倒そうとしていた。

その結果、アキラはまた何も出来なかった。

「か、覚悟を決めたって……、何の覚悟だ？」

どこか恐る恐る尋ねたアキラに、キャロルは少し引きつった笑顔を向けた。

「赤字になる覚悟。この弾……、凄く高いのよ」

大型の銃とはいえ、片手銃であの射程であの威力だ。撃った弾は恐らくキャロルの切り札であり、価格の方もそれだけ高いのだろう。そう思って納得しかけたアキラが、我に返って慌て出す。

「いや、その覚悟は要らないだろ!?」

「要るわ。さあ、アキラも覚悟しなさい」

キャロルは頑張って不敵に笑った顔をアキラに向けると、次の標的へ狙いを定めた。

アキラも慌ててCWH対物突撃銃を構える。

『アルファ！　サポート頼む！』

必死なアキラとは異なり、アルファはどうでも良さそうな態度を取っていた。

『それは当然しっかりサポートするけれど、この射程と威力の差を覆すのは私でも流石に無理よ？』

『な、何とかならないか？　このままだとキャロルに報酬の大半を持っていかれることになるぞ？　稼がないと駄目なんだろ？』

『そう言われても、これぱかりはね。それにアキラも赤字ぐらいは覚悟してキャロルを雇ったのでしょう？』

『それはそうだけど……』

『ああ、やっぱりそうなのね？』

アルファから少々非難気味の視線を向けられて、アキラはごまかすように目を泳がせた。

黒字にするつもりで行動する。アルファにそう答えた言葉に嘘は無いが、出来るだけ、そうするつもりであり、出来なければ仕方が無いと考えていたことも事実だった。

『アキラ。別にエレナ達を助けるなとは言わないし、その為の出費もアキラがそれで良いなら幾らかさんでも良いけれど、採算度外視を基準にするのはやめてちょうだい。分かった？』

『…………はい』

『よろしい。それじゃあこれ以上の損失を下げる為にも、出来るだけ頑張りましょうか』

『…………はい』

その後、アルファのサポートを得て奮闘したアキラは、大型多脚戦車の撃破数ゼロだけは何とか阻止した。そのまま迎撃しながら戦い、簡易防壁を抜けたところでキャロルが笑いながら再度尋ねてくる。

「これで一区切りね。さてアキラ。私達の配分はどうなった？」

「……5対5で」

満足げに笑うキャロルとは対照的に、アキラは疲れた顔で溜め息を吐いた。

◆

アキラ達は無事に仮設病院に辿り着き、救援対象者達の引き渡しを終えた。シカラベが空になった装甲兵員輸送車の中を指差してトガミに指示を出す。

「トガミ！　忘れ物が無いか車内を確認しておけ！　後で掃除もやっとけ！」

ここでいう忘れ物とは、うっかり車内に置き去りにされた死体や体の部位などのことだ。四肢が欠けている者、頭の無い者、頭しか無い者なども運んだので、確認しておかないと体の一部が車内の隅などに残っている恐れがあった。

「…………分かりました」

返事に少々時間を要したものの、トガミは反論も反抗もせずに大人しく指示に従った。

その様子にシカラベはまた少し戸惑ったものの、2度目だったこともあって軽く首を傾げただけで済ませて気を切り替えた。

「エレナ。俺達はもう今日は終わりで良いんだよな？」

「ええ。お疲れ様。それで、アキラ達はどうする？」

途中参加だったアキラ達とは異なり、エレナ達は夜明け前から救援依頼を続けている。疲労や残弾を考慮して早めに切り上げることに決めていた。

そしてアキラ達が二人で救援依頼を続けるのであれば、同行は出来ないが依頼の仲介ぐらいはすると事前に伝えていた。

「そうですね……。エレナさん達が切り上げるなら俺も切り上げようと思ってたんですが……、キャロル。どうする？」

「あら、私が決めて良いの？」

「ああ。救援依頼を続けても良いし、地図屋として遺跡探索がしたいならそれでも良い。夜中に叩き起こして雇ったんだからな。それぐらいは付き合う」

アキラがそこまで言って軽く笑う。

「ただし、ここから先は完全にキャロルが俺を護衛に雇う形式だぞ？　俺の用事は終わったんだからな」

「ああ、そういうこと。どうしようかしらねー」

キャロルが迷う素振りを見せていると、装甲兵員輸送車の中からトガミが顔を出す。

「続けるなら俺も付き合っても良いぞ。この車も俺の権限で使わせてやる」

救援依頼を続けるにしろ、地図屋として遺跡の中を見て回るにしろ、装甲兵員輸送車は役に立つ。破格の申し出だ。

しかしキャロルはそれで首を横に振った。

「やめとくわ。今日は解散にしましょう」

「そうか……」

トガミは残念そうな顔で車内に戻っていった。

その後、アキラ達はそのまま解散となった。エレナ達は保険会社と話があり、キャロルは私用で残ると言ったので、アキラは一人で先にミハゾノ街遺跡を後にした。

◆

トガミはドランカムの簡易拠点に戻って装甲兵員輸送車の清掃を済ませた。あとは車外に出て後部扉を閉めるだけ、というところで来客が現れる。

「こんにちは」

「お前は……」

来客はキャロルだった。車内に入ったキャロルはそのまま笑顔でトガミの側までやってくる。

「何か用か？　……待て、どうやって入ってきたんだ？　警備のやつは？」

ドランカムの簡易拠点は部外者の立入を制限している。加えてキャロルは諸事情でドランカムの施設への立入を禁止されていた。それを知っているトガミが怪訝な顔を向けると、キャロルが意味深に笑って返す。

「ちょっとお願いしたら通してくれたわ。素直な良い子で助かったわ」

トガミが舌打ちして軽く頭を抱える。

「あいつら……、何やってんだ……」

簡易拠点の警備に古参を割り振る訳も無く、それらは雑務として若手ハンターが行っている。現在はB班の者達が担当していた。その者達が色気に負けてキャロルを素通りさせたことぐらい、トガミも容易に想像できた。

キャロルがこの場にいる時点でかなりの問題だ。下手をすれば自分も責任を取らされる。また、帰れと言って帰る者ならわざわざここまで来ない。そう考えたトガミはキャロルに用事をさっさと済ませてもらい、とっとと帰らせようとする。

「それで、何の用だよ。シカラベならここにはいないし、居場所も知らないぞ」

「いいえ。あなたに会いに来たの」

「俺に？　何の為に？」

「あなたからアキラのことを聞こうと思ってね」

「アキラのことって……、別に俺はあいつと仲が良い訳じゃないし、聞かれても知らねえよ」

「でも、タンクランチュラ戦でアキラと一緒に戦ったんでしょう？　そういう話が聞きたいの。アキラの実力をよく知っていそうな人からね」

トガミの顔が一気に険しくなる。一応表には出回っていない情報であり、それ以上に、個人的に話して気分の良いものではないからだ。しかし、しらばっくれても無駄だろうと判断する。

「答える義理はねえな。それにそういう話が聞きたいならエレナ達から聞けば良いだろう。アキラと随分仲が良いみたいだし、過合成スネーク戦でアキラを雇ってたって話だ。俺に聞くより詳しく教えてくれるんじゃねえか？」

「まあそうなんだけど……」

キャロルはそう言いながら胸元のハーネスを外すと、トガミに更に近付きながら強化インナーの前面ファスナーをゆっくりと降ろし始めた。露わになった肌がトガミの視線を吸い込んでいく。

「……私、誰かから何かを聞き出すのは、女の人より男の人の方が得意なの。分かるでしょう？」

妖艶に笑いながら距離を詰めてくるキャロルを前にして、トガミが険しくも赤い顔で焦りながら後退りする。

トガミもこの手の誘いに乗るとろくな事にならないことは、過去のスラム街での生活でよく知っていた。加えてキャロルがドランカムから出禁を受けている事実がそれを裏付けていた。

だがキャロルからは、それを分かった上で抗い難いほどの魅力が漂っていた。

下がり続けたトガミが運転席の側まで追い詰められる。もう後は無い。

「ま、待て、何を知りたいんだ!?　俺が知ってることなんて、あいつが凄え強えってことぐらいだぞ？　そんなこと、今日あいつと一緒に戦ったんだから分かってるだろ!?」

「当事者からいろいろ細かい話を聞きたいの。それにあなたもアキラについていろいろ調べたんでしょう？　タンクランチュラ戦の後にね」

「な、何でそれを……、ま、待て、分かった！　話す！　だから一度離れろ！」

個人的に話し難いということを除けば、別に話せない理由は無い。面倒事を避ける為にも、トガミは大人しく話してキャロルを帰らせる方針に切り替える。

だがキャロルはアキラに袖にされ続けたこともあって、トガミの反応を非常に楽しんでいた。

「まあ良いじゃない。楽しみましょうよ。答える義理は無いんでしょう？　今からたっぷり作ってあげるわ」

キャロルが車の制御装置に手を伸ばす。目の前のトガミを見詰めながら、車の扉を全て閉じる操作を済ませた。

トガミとキャロルを乗せたまま、車両の後部扉がゆっくりと閉まり始める。そして間を置かず、完全に閉じられた。

キャロルが用事を済ませて帰った後、トガミは簡易拠点の休憩所で疲れた様子を見せていた。そこにシカラベがやってくる。

「おい、拠点の中でお前がキャロルと会ってたって聞いたぞ。どういうことだ？」

「……俺が呼んだ訳じゃねえ。あいつが勝手に入ってきて、警備の連中が素通りさせただけだ。文句はそっちに言ってくれ」

「何の用だったんだ？」

「アキラについて聞いてきたから、答えて帰らせたよ」

「……それだけか？　何も無かっただろうな？」

明確に疑ってきたシカラベに、トガミがいらだって声を大きくする。

「無い！　とっとと帰らせた！　……ここで馬鹿な真似して、装備の貸出権限を消されたら堪らねえからな」

トガミの態度は若手が古参に向けて良いものではない。だがシカラベは機嫌を悪くすることもなく、意外そうな顔を浮かべただけだった。

シカラベは、何も無かったか、と尋ねてはいたが、実際には、良からぬことがあった、と決め付けていた。その上で、本人は何も無かったと言っていた、という言い訳作りの為に聞いていた。

現在トガミはシカラベの下についている形式で動いており、トガミが問題を起こすとシカラベも責任を問われるからだ。

だがシカラベはトガミの反応から、本当に何も無かったと見抜いた。それはトガミがキャロルの誘惑に耐え切ったことを意味しており、十分に予想外のことだった。かなり驚きながら本心で称賛する。

「……お前、やるな」

「そんなことを褒められても嬉しくねえよ！」

そのトガミの不貞腐れたようなどこか子供っぽい態度に、シカラベは思わず吹き出した。そして調子良く笑う。

「いやいや、欲の制御もハンターには大切だぜ？　その調子で頑張りな。じゃあな」

そしてからかい半分にそう言い残してシカラベは去っていった。

トガミが溜め息を吐き、顔を険しく歪める。それは半分意図的なものだった。

実際にトガミはキャロルに手を出していない。自分の実力を見極める為にも現在の装備は重要であり、下らない理由で失う訳にはいかなかった。

　正直、危なかった。だが自分は正しい選択をした。シカラベもからかってはいたが褒めていた。自分の意地が勝ったのだ。そう自身に言い聞かせて、内心のモヤモヤを鎮めていた。

　そうやってトガミは、キャロルの誘いを断ったことを、勿体無かったという感情を、顔を険しくしてごまかしていた。

◆

　無事に自宅に戻ったアキラは浴室で疲れを取っていた。たっぷりの湯に首元まで浸かり、溜まった疲労を意識と一緒に湯に溶かして顔を緩めている。

　アルファはいつものようにアキラと一緒に入浴している。芸術的なまでに美しい身体を湯面の揺らぎだけで隠し、光の反射を纏わせてその造形を一段と清艶なものにしている。

　しかしそれほどの裸体が、幾ら視覚的なものでしかないとはいえすぐ側にあるのにもかかわらず、アキラの反応はいつも通り極めて鈍い。アルファと初めて会った時のアキラならば魂を抜かれるほどに見惚れていたが、今ではこの有様だ。

　アルファが不意に立ち上がり、浴槽の縁に腰掛ける。胸の谷間に溜まっていた湯が零れ、下腹部と鼠蹊部を流れ落ちると、膝より上を隠すものは滴り落ちる水滴とわずかな湯気のみとなった。

　アキラはそれを見ていた。だがそれは視界の中で大きく動いたものを無意識に目で追っただけにすぎず、相手が動きを終えたことで興味を失ったように視線を戻した。

　アルファが軽く溜め息を吐く。

『相変わらずの反応ね。アキラ』

　呼びかけられたアキラがアルファの方を見ると、浴槽に腰掛けている者が増えていた。キャロルだ。異性を誘う妖艶な笑みを浮かべて、その裸体をアキラに晒している。

美しい上にアキラの好みに特化したアルファの裸体とは異なるが、キャロルの裸体も不特定多数の異性の情欲を強く刺激する女体美を備えている。

アキラもキャロル本人がここにいる訳が無いと分かっている。アルファが自分の視界を拡張して表示しているだけだとすぐに気付いた。

それでも普通の者なら視線を釘付けにされてしまう姿だ。しかしアキラは怪訝そうに顔を歪ませただけだった。

「アルファ。何やってんだ？」

『キャロルにも反応しないのね。それは良いことなのだけれど……』

アルファがアキラの拡張視界に、浴槽に腰掛ける者を更に2人増やす。その途端、アキラが大きく反応した。

「な、な……、何やって……」

浴室で4人の美女の裸体を目にしているアキラだったが、反応しているのはその内の2人、エレナとサラだ。異性を蠱惑的に誘うキャロルの笑顔とは異なり、どことなくアキラをからかうようなものではあるが優しく微笑んでいる。

固まっているアキラの前で、アルファが少し険しい顔で息を吐く。そして自分以外の裸体を消した。

『やっぱりエレナ達には反応するのね』

「アルファ！　何の真似だ!?」

アキラは思わず非難の声を上げた。だがアルファから返ってきたのは、真面目な顔と声だった。

『ねえアキラ。大丈夫？　キャロルには色気より食い気とか言って、確かにその通りのようだけれど、エレナ達には色気が優先されていない？　それで良いように動かされていない？　救援依頼、しばらくエレナ達に付き合うんでしょう？』

アルファがアキラの目を覗き込む。

『これからもそういう理由でエレナ達を優先するのであれば、私も看過できないのだけれど』

急にエレナ達の裸を見て慌てていたアキラだったが、アルファの真面目な様子に呼応して既に落ち着きを取り戻していた。真剣に答える。

「そういう理由じゃない。エレナさん達には物凄くお世話になってるからだ。それで借りもたくさんあるんだ。借りを返すなっていうのは、幾らアルファの指示でも従えないぞ」

　アキラとアルファは、そのまま真面目な顔でしばらく見詰め合った。

　そしてアルファは、アキラの言葉に嘘やごまかしは欠片も無いと判断して、表情を緩ませた。

『それなら良いの。借りを返す為にやっているという自覚があるならね。ごめんなさい。悪かったわ』

　アキラも気を緩めて笑う。

「いや、俺も悪かった。あと、勘違いさせたかもしれないけど、別に俺もエレナさん達と一緒なら稼ぎは要らないなんて思ってないし、稼ぐ気はちゃんとあるよ。それは本当だ」

『ああ、良いのよ。エレナ達の色気に釣られて、貢いで散財、借金塗れ、なんてことにならなければ問題無いわ』

「大丈夫だって。俺、そんな駄目そうに見えてたのか？」

　アキラは苦笑して話を流そうとした。しかしそこでアルファが意味深に笑う。

『それなら、今日サラに詰め寄られていた時のアキラの様子を、今から一緒に見てみるのはどう？』

「…………やめとくよ。今は風呂に入ってるんだ」

『そう？』

　アキラは少し硬い笑顔のまま、風呂から上がった後に見ようと言われたらどうしようと思いながら、残りの入浴を楽しんだ。

　アルファは分かった上で、黙っていた。

◆

　自宅に戻ったエレナがミハゾノ街遺跡での戦闘記録を見直している。気を緩める為に楽な格好をしてお気に入りの椅子に座っているが、先程から少し難しい表情で唸っていた。

　サラがその様子を不思議に思って声を掛ける。

「エレナ。どうしたの？」

「ん？　ちょっとね。アキラ達と一緒に大型の機械系モンスターと戦ったでしょう？　その時の記録を見直してるんだけど……、何か変なのよ」

「変？　奇襲をされた訳でもないし、帰りだったから残弾を気にせずに使って撃退できたし、被害も出なかったし、上出来だったと思うけど」

「確かに帰りで良かったわ。数も結構多かったし、行きの時に遭遇してたら撤退一択だったわね。それを撃退できたのだから上出来だったわ」

「そうでしょう？　変なことなんて無かったと思うけど……」

同意を示したのにもかかわらずエレナの表情は難しいままだ。サラはその親友の様子に一層不思議そうにしていた。

「……一緒に見た方が早いわね。サラ」

エレナがサラに拡張現実表示機器、フレームしかない眼鏡のような形状の機器を投げて渡し、近くのソファーに座った。

サラがそれを着けてエレナの隣に座る。すると二人の視界が拡張され、エレナが見ていた戦闘記録が立体映像のように三次元表示された。

「これ、あの戦闘を俯瞰(ふかん)表示したものなんだけど、初めから流すから少し見ていて」

表示内容は周囲の地形情報にアキラ達と敵の反応を追加した簡単なものだ。それでも襲撃してきた大型機の量と、それらを次々に倒していくアキラ達の動きを把握するのには十分な精度を持っていた。誰がどの機体を倒したかも正確に判別できる。

このデータは保険会社にも渡されている。データは解析され救援依頼の難度設定や追加報酬、そして保険料の算出などに役立つことになる。

エレナはチームの情報収集役として、それらのデータをしっかり集めていた。そのおかげで保険会社から支払われる報酬は、単純に救援依頼を済ませただけの場合に比べて大分割り増しされていた。

戦闘記録はアキラ達一行が簡易防壁の中に入ったところで終わった。そこまで一通り見終わったサラが軽く感想を述べる。

「あのモンスターの群れ、思った以上に多かったのね。戦っていた時の感覚だとそこまで多くはない感じだったけど……。アキラ達がそれだけ頑張ってくれていたってことかしら」

サラはそう言ってエレナを見た。そして相手の表情から少し怪訝な顔をする。

「……違うって言いたそうね」

「アキラ達が頑張ってくれたことを否定する気は全く無いんだけどね。それだけじゃ辻褄が合わない部分があるのよ。もう一回流すわね。……ここ、この辺よ。ゆっくり流すわね。……分かる？」

サラがエレナに指摘されながら戦闘記録をもう一度見始めた。すると大型多脚戦車の動きに、指摘されて初めて分かる不自然な部分が幾つも見付かった。

見当違いの方向を攻撃している機体があった。エレナ達からもアキラ達からも撃たれていないのに、突如消失した反応もあった。敵の数が多い所為で見逃しやすいが、気付いてしまえば明らかに不自然だ。

「エレナ。これ、確かに変ね」

「数箇所程度ならデータの不備や解析の誤りだと思うんだけど、これだけあるとね。それに、こっちも見て」

サラが教えられた箇所をじっくり見て、気付く。

「……これ、同士撃ちしてるの？　遺跡の警備機械が？」

「偶然やセンサー類の故障だとはちょっと思えないぐらい、しっかり狙ってるのよねー。どうなってるんだか」

不可解な事象ではあるが、内容自体はエレナ達にとって好都合なものだ。それによりエレナ達も怪訝には思ったが、次の救援依頼では少し気を付けておこう、という程度の結論しか出さなかった。

遺跡の中は旧世界の領域だ。何が起こっても不思議は無い。遺跡で何が起こってもハンター達はその認識を前提にしてしまう。

その上で、想像も出来ないことを想像するのは、困難だった。

第115話　新たな依頼

　ミハゾノ街遺跡での救援依頼から2日経った。エレナ達の予定に合わせてゆっくり休息を取っていたアキラに、キバヤシから連絡が入る。

「ようアキラ。相変わらず俺を楽しませてくれてるようだな」

「……そんな覚えは無い。何の用だ？」

　実際にアキラには心当たりが無く、怪訝な声を返していた。

「自覚無しか。良いね！　これからもその調子で頼むぜ」

　キバヤシの上機嫌な声に、アキラが顔を歪ませる。

『アルファ。何か心当たりはあるか？』

『そうね。アキラがビルの壁を駆け下りながら戦ったことが、何らかの経路でキバヤシまで届いたのかもしれないわね』

『それかぁ……』

　1度目のものか2度目のものかは分からないが、それを他のハンターに見られていても不思議は無い。実際に2度目はレイナ達に見られていた。

　そしてアキラの戦いを面白がったハンターが、情報収集機器でちょうど記録していたデータを仲間に流した結果、キバヤシまで届いたのかもしれない。

　アキラはそう考えて軽く溜め息を吐いた。

「あのな、キバヤシ。何を見たのか知らないけど、そんなことをいちいち俺に連絡するな」

「何言ってんだ。お前に良い情報を流してやろうと思って、わざわざ連絡したんだぜ？　俺なりにお前を贔屓してやろうってな」

「情報？」

　顔を少し怪訝そうに歪めたアキラに、キバヤシがその内容を話していく。

　エレナが保険会社に渡したデータはクガマヤマ都市にも流れていた。そしてそのデータを解析し、大型多脚戦車が同士撃ちしていたことを把握した。

「……それがどうしたんだ？　壊れた機械系モンス

ターが近くの機体を攻撃しただけだろ？」

「いやいやいや、これはその程度の話じゃないんだ。下手をすると都市防衛の見直しに発展するぐらい重大なことなんだぞ？」

データ解析により、この機械系モンスターの同士討ちはセンサー類の故障などに起因するものではなく、他の機体を明確に狙っている確率が十分に高いと結論付けられた。

これは対象の機械系モンスターが遺跡の指揮系統から外れていることを意味する。つまり遺跡の外に出てくる恐れが高くなったのだ。本来の警備範囲を越える警備機械の存在もその懸念を高めていた。

現時点ではまだ遺跡内の警備範囲を越える機体しか確認されていない。しかし都市の者達の間では時間の問題だという意見もあった。

「……大変なことだってのは分かったけど、それを俺が知って何の得があるんだ？　何か意味があるようには思えないんだけど……」

「ここまではここからの話の経緯だ。お前に直接関係がある部分を先に言うとだな、明日、都市の長期戦略部からお前に依頼が出る。内容はミハゾノ街遺跡工場区画の調査だ」

「……はぁっ!?」

クガマヤマ都市の長期戦略部は、以前アキラにヤラタサソリの巣の除去依頼を出した部署だ。また、クガマヤマ都市に住むハンターは、基本的にここからの依頼を断れない。下手に断ると都市から悪い意味で目をつけられるからだ。

クズスハラ街遺跡の地下街での苦労を思い出し、アキラが顔を歪ませる。

「な、何で俺に……、おい！　キバヤシ！　何かやったんじゃないだろうな!?」

「違うよ。お前に依頼が出るのは単にお前がチームの一員だからだ。エレナ達やシカラベ達にも同じ依頼が出て、恐らくチームで運用されるはずだ。あのキャロルってやつも呼ばれるんじゃないか？」

大型多脚戦車の群れを撃退したチームであること。加えてデータの提供元であること。その辺りが決め手だろうと、キバヤシはあくまで推測だと断って答えていた。

そして正式に依頼が出るのは今日の夜か明日で、明後日かその次ぐらいの実働を強く希望、事実上強制されるだろうと付け加えた。

「断れない依頼なんだ。早めに準備した方が良いと思うぞ？　長期戦略部からの依頼だから弾薬費立替の識別コードぐらいは出るだろうが、高い弾なら調達にも時間が掛かるだろうからな」

「……その話、本当だろうな？　お世話になってる店に高い弾薬の調達を頼んだ後で、依頼は中止になった、なんてことになったら困るんだけど」

「その時は俺が立て替えてやるよ。ああ、識別コードも先に送っておいてやる。正式に依頼が出る前に支払処理をしたいのならそれを使え」

実際に識別コードが送られてくる。アキラが軽く戸惑いながら訝しむ。

「……なあ、俺に何をやらせる気なんだ？」

「何って、俺を楽しませてくれる何かだよ。その具体的な内容を決めるのはお前だろ？」

お前が何をするかは分からない。だが自分を楽しませてくれる無理無茶無謀をするに決まっている。そう暗に告げるキバヤシの声は、内心の期待を反映してとても楽しげだった。

そのキバヤシの楽しげな声に比例するように、アキラはその顔を険しくさせていた。

事前に情報を提供してくれたことも、弾薬費を立て替えてくれることも、アキラにとって確かに助かる話だ。だがそれはキバヤシが、きっとアキラが起こすであろう騒ぎを自分好みに大きくする為に、追加の燃料を注ぎ込んでいるだけだ。

いろいろと疎いアキラでも、流石にそれぐらいは分かった。


キバヤシとの話を終えたアキラがどうしようかと考えていると、エレナから連絡が入った。更にはキャロルからも連絡が入る。用件はどちらもキバヤシからの連絡についてだった。

そっちにも燃料を足したのかと、アキラは頭を抱えた。

◆

アキラはエレナの提案で、一度シズカの店でエレナ達と会うことになった。

合流して、シズカも含めて軽く状況を話し合った後、シズカがアキラから渡された識別コードを調べる。

難しい顔を浮かべたシズカを見て、エレナも顔を少し険しくする。

「シズカ。どうだった？」

「間違いなく都市のコードよ。しかも立替金額の上限が1億オーラムになってるわ」

「1億……！　あのキバヤシって人、かなりの権限の持ち主だったようね」

エレナがサラと一緒に、笑うしかないといった顔をアキラに向ける。

「キャロルの時も驚いたけど、アキラって本当に意外な人と繋がりがあるのね」

「その、俺にもいろいろありまして。それで、エレナさん。どうしましょうか……」

あくまでも立替だ。使った分は後で報酬からきっちり引かれる。しかし潤沢な弾薬がアキラ達の安全に寄与するのは間違いない。

エレナも少し迷ったが決断する。

「ありがたく使わせてもらいましょう。助かることに違いは無いしね。一応、都市から正式に依頼が来たら、私が代表して立替じゃなくて都市側の負担にならないか交渉してみるわ。アキラ。それで良い？」

「はい。お願いします」

「よし。それじゃあ、しっかり準備しましょうか。シズカ。調達の方、頼んだわ」

シズカが苦笑する。

「分かったわ。商売人としては喜ぶべきなんでしょうけど、ちょっと複雑ね。アキラ。無理しちゃ駄目よ？　エレナ。サラ。アキラのこと、お願いね？」

「分かってます」

「ま、何とかするわ」

「大丈夫よ。任せておいて」

アキラ達は笑って答えた。その様子を見てシズカも安心してアキラ達の準備に協力した。


その日の夜、実際にクガマヤマ都市の長期戦略部からアキラ達に依頼が届いた。依頼内容はキバヤシから事前に伝えられた通りのものだった。

◆

ミハゾノ街遺跡の工場区画の側の荒野に、クガマヤマ都市が作成した簡易拠点が建てられている。現地で組み立て可能な大型の建物を並べて簡易防壁で囲っただけの簡素なものだが、遺跡の調査部隊の前哨基地としては十分な代物だ。

敷地内には重装強化服や戦闘車両、人型兵器も多数配備されている。しかしこれらは現時点では前哨基地の防衛用であり、工場区画への大規模な投入は予定されていない。

代わりに工場区画に入るのは雇われたハンター達だ。その一人であるアキラは、エレナ達と一緒に基地内の一室で依頼の説明を受けていた。シカラベ達とキャロルとも合流済みだ。

アキラ達が休んでいる間もミハゾノ街遺跡の状況は進んでいた。

今回の騒ぎの原因は、本来の警備範囲を越える機械系モンスター、或いは遺跡全域を警備範囲とする新手の警備機械だ。よってその出現範囲を抑えることで騒ぎを抑制できると考えられている。

その出現元と判断されているのは市街区画のセランタルビルと、工場区画の工場だ。

セランタルビルの方は既にその周辺を簡易防壁で完全に封鎖している。これにより市街区画の事態は収拾に向かっていた。

しかし工場区画の方はそうはいかない。出現元の工場がどれなのか判明しておらず、工場区画全域を簡易防壁で囲むのは現実的ではないからだ。よって対象の機械系モンスターの製造元、或いは出現元を探すところから始めなければならない。

　アキラ達の仕事は二つある。出現元の調査と、その調査の為に工場区画に入ったがまだ帰還していない者達の救援だ。

　それらの説明を担当の職員から聞きながら関連資料を閲覧していたエレナが顔を険しくする。

「ちょっと、生還率が5割を切ってるんだけど？」

「……現時点での帰還率だ。死んだと決まった訳じゃない。工場区画は建物だらけで籠城に適した場所も多い。救援が間に合う者も多いだろう。助けてやってくれ」

「そうだとしても、そんな場所に突っ込ませる気？」

「撤退の判断はそちらに渡している。ヤバいと思ったら引き返して、そう判断した情報を持ち帰ってくれ」

「それが出来なかったから、未帰還者が続出してるんでしょう？」

「そうだな。君達は違うことを期待しよう」

　チームの安全を出来る限り維持したいエレナと、その危険な依頼をやらせる立場である担当者の間には、少し張り詰めた空気が流れていた。

　そこでアキラが軽く思う。

「なあ、外に戦車とか人型兵器とか並んでたけど、あれ、工場区画の探索に使わないのか？」

「……悪いが、使えない」

「駄目なのか？　そりゃ工場の中には入れないだろうけど、その敷地ぐらいなら入れそうに思えるんだけど……」

　職員は最初、アキラの質問を都市側への嫌みだと捉えて顔を不機嫌そうに歪めていた。だがアキラの様子から本当に素朴な疑問として聞いていたのだと察すると、ばつが悪そうな表情を浮かべた。

　そして仕方が無いという様子で、使用できない理由を捕捉する。

「あれはクガマヤマ都市の防衛隊の部隊でな？　簡単には投入できないんだ。少なくとも俺の一存では無理だ。じゃあ投入の判断が出来るのは誰なんだっていうと上の連中で、その上の連中は何で投入しないんだっていうと……」

職員はそこで一度、言い難そうに言葉を途切れさせた。そして続ける。

「……まあ、多分だけど、上はああいうデカいのを投入して工場区画を刺激したくないんだろうな」

遺跡には時間経過で遺物が復活する場所が数多くある。そしてクガマヤマ都市の近隣にある遺跡に補充される遺物の製造元は、ミハゾノ街遺跡の工場区画だと考えられている。

その工場区画に大量の戦車や人型兵器の部隊を投入すると、遺跡の警備システムが大きく反応する恐れがあった。

ハンターであれば多少数が多くとも不審者や泥棒程度の扱いで済むが、体長6メートルを超える人型兵器の部隊となれば、明確な侵攻と判断されて遺跡の警備もそれ相応のものに切り替わる恐れがある。

またそれにより、普段は単なる遺物を製造していた工場が警備を強化する為に警備機械の製造を始めることも考えられる。更にはそれらと人型兵器が激しく交戦した結果、工場区画が壊滅して遺物の生産が止まり、クガマヤマ都市の周辺、或いは近隣一帯で遺物の補充が連鎖的に停止する恐れもある。

当然ながらクガマヤマ都市の経済に致命的な影響が出る。それを考えると、人型兵器を含む大型兵器の投入には慎重になる必要があった。

そのような事情もあり、それらが全て杞憂(きゆう)であったとしても、都市は今回の事態を出来る限り穏便に済ませたかった。工場区画への手出しも、機械系モンスターの製造元の工場だけを封鎖するか、限定的な破壊だけで終わらせたかった。

「……恐らくだがそういう事情もあって人型兵器は使えないから、代わりにハンターを投入してるんだろう。こう言っちゃ何だが……、費用も人型兵器の部隊を投入するより抑えられるからな」

職員はそれらの事情を話してから、アキラを宥めるように続ける。

「それでも、そちらに支払う報酬は格段に割り増しされてるはずだ。人型兵器部隊の運用費よりは安いからって大盤振る舞いされてるはずだぞ？　だから、まあ、頼むよ」

そして頼み込むように軽く頭を下げた。

「それに、お前達は大型の機械系モンスターの群れを撃退して救援依頼を成功させたんだろう？　そんな凄いやつらが、これは無理だ、って撤退するようなら、上も対処方法を考え直すさ。ヤバいと思ったらすぐに引き返して、その情報を持ち帰ってくれ。な？」

疑問が解消したアキラは納得したように頷いていた。その様子を見てエレナやキャロルが苦笑を零す。

他の者はアキラとは異なり、いちいち説明されなくとも事情を分かっており、その上で職員に不満を示していたのだが、無知なアキラの反応に軽く毒気を抜かれていた。また職員に対しても、状況の説明をしているだけで権限がある訳でもないと思い直していた。

エレナが空気を変えるように明るい声を出す。

「分かったわ。確かに相場の倍じゃすまない報酬が出てるんだし、やるだけやりましょうか」

「悪いな。頼んだ。工場区画のマップも用意してある。工場区画全域ではないが活用してくれ」

職員も胸を撫で下ろした。そして次は工場区画探索者に渡す資料等の説明に入った。

◆

アキラ達は徒歩で工場区画の前まで来た。全員しっかり準備を済ませている。

特にアキラは補助アームを活用し、ＣＷＨ対物突撃銃、ＤＶＴＳミニガン、Ａ４ＷＭ自動擲弾銃に加えてそれらの弾薬まで持ち運んでいる。遺物収集が目的ではないので一応これでもまだ余裕があるのだが、他の者から軽い驚きの目を向けられていた。

甲Ａ24式の残骸が大量に散らばる工場の前で、エレナがチームリーダーとしての声を出す。

「さて、今から工場区画に入る訳だけど、再確認しておくわよ」

アキラ達のチームは、アキラとキャロル、エレナとサラ、シカラベとトガミ、の3チームの合同であり、エレナ達のチームの下に他のチームがつく形になっている。

これは保険会社を依頼元とする救援依頼を都市の長期戦略部が上書きしたことや、どのチームが全体を主導するかをドランカム内部の派閥争いに関わらせたくないシカラベが、その辺りの交渉をドランカムから切り離した結果だった。

これにより、全体の指揮はエレナが執ることになった。アキラに異存は無く、キャロルはアキラに雇われている形式を継続しているので口出ししなかった。

「工場区画に入ったら退路を確保しつつ救援対象が籠城していそうな箇所を回っていくわ。調査もするけど未帰還者の救助を重視する。契約者の救出に成功したら保険会社が別途報酬を出すって言ってるし、そっちでも稼いでおきましょう」

基本的にエレナ達は隊列の中央から索敵と情報収集を行い、アキラ達とシカラベ達は前衛か後衛を担当する。

「シカラベ。前と後ろ、どっちやりたい？」

「ん？　そうだな……」

シカラベがトガミをチラッと見る。トガミは真面目な顔で黙っていた。

エレナの質問には、シカラベは前衛と後衛のどちらの方がトガミを援護しやすいかという意味を含んでおり、シカラベ達もそれを理解していた。

次にシカラベはアキラをチラッと見た。アキラは意味を分かっておらず、シカラベが自分を見たことを不思議そうにしていた。

「エレナ。俺達は前だ」

「分かったわ。じゃあアキラ達は後ろをお願いね」

「分かりました」

トガミは一度歯を食い縛った後、ゆっくり息を吐いて自身を落ち着かせた。自分が足を引っ張った所為で、先に進めなくなる、後戻りできなくなる、の、どちらがましか。その二択で前者が選ばれたのだとトガミは気付いていた。

その後、配置についたアキラ達は、全員の情報収集機器がしっかり連携していることと、短距離通信が正常に繋がっていることを確認した。

現在工場区画では軽度の通信障害が発生していた。前哨基地との通信も難しい状態が続いており、ハンター達の帰還率を下げる要因にもなっている。

それでも短距離ならば問題無い。アキラ達は最低でもチーム内の通信だけは維持できるように通信出力を調整した。

「よし。問題無いわね。それじゃあ、行きましょうか」

そのエレナの号令で、アキラ達は工場区画に入っていった。

工場区画の内部はアキラが以前に訪れた時とは大分様変わりしていた。機械系モンスターの残骸が至る所に、場所によっては通路を塞ぐほどに散らばっているのだ。

血痕も簡単に見付かる。ここで戦ったハンター達のものだ。血で酷く汚れた床や壁が、周囲に散らばる警備機械の残骸と合わせて、戦闘の激しさをアキラ達に容易に想像させていた。

しかしハンター達の死体は全く見当たらない。アキラはそれを少し不思議に思ったが、救援部隊が死体だけでも持ち帰ったのだろうと考えて、大して気に留めなかった。

探索自体は順調に進んでいる。これは前衛にいるトガミの頑張りによるものだ。足手纏いにならないように、己の力を見極める為に、トガミは全力を尽くしていた。

部屋や通路を素早く的確に制圧する。壁の材質などの所為で情報収集機器ではその先を十分に探れない場所では、小型の情報収集端末を投げたり撃ち出したりして局所的な索敵を実施した上で、油断せずに突入する。

弱い警備機械等ならばトガミだけで倒し切る。敵の無力化、及び無力化確認もきっちり済ませる。トガミの動きはチーム行動のお手本と言っても良い十分な内容だった。

シカラベの採点でも十分に及第点だ。強いて欠点を挙げるのであれば、序盤からその調子では体力も精神力も長くは保たないだろう、ということぐらいだ。

尚シカラベは、それを分かった上で敢えてトガミを止めなかった。戦闘可能な状態を長時間維持する技量も実力の一つ。トガミにその技量が欠けており、疲労で動きを鈍らせた所為でチーム全体の行動を阻害するようであれば、それを理由にチームから外せば良いと考えていたからだ。

自らの力を示そうとトガミが先を急ぎ続けることで、全体の動きも少々速くなっている。その速さについていけない者には当然ながら負荷も大きい。アキラだ。普段の活動も訓練も単独行動を基本としており、チーム行動には不慣れな所為もあって一層大変だった。

アキラの少し辛そうな様子を見てサラが気遣う。

「アキラ。大丈夫？　もう少しゆっくり進んだ方が良い？」

しかしアキラは半分空元気で笑って首を横に振った。

「いえ、大丈夫です。……俺が足を引っ張っていなければ、ですけど」

「そこまでは言わないけど……、辛かったらいつでも言ってね」

「はい」

サラはアキラの素直な返事を聞いて一応安心した。それでも念の為にエレナに視線を向ける。

それを受けたエレナはチームの移動速度を逆に上げた。

無理をして何とか追い付いている状態では疲労も早く、とっさの事態への対応力が激減する。また、シズカからもアキラのことを頼まれている。不必要に無理をさせるつもりは無い。

アキラが本当に無理をしていないのであれば、チームの移動速度を少々上げても、多少キツくなる、少し遅れる、ぐらいで済む。しかし既に無理をしているのであれば、大幅に遅れることになる。

エレナはそう考えて、アキラが本当に無理をしていないか確認しようとしていた。

その結果、アキラは欠片も遅れなかった。少し辛そうな様子のままではあるが、全体の移動速度を上げても負荷は変わっていないとも判断できる。

それならばと、エレナは更に速度を上げてみた。それはシカラベに、少々速すぎるのではないかと思わせるほどだった。

それでもアキラは全く遅れなかった。後衛の仕事にも手抜かりは無い。後方に出現した機械系モンスターにも即座に反応して、余裕を持って撃破していた。

そのアキラの様子に、一緒に後衛をしているキャロルが軽く驚く。

「アキラ。結構辛そうな顔をしてるけど、実は案外余裕？」

アキラが少し辛そうな表情に苦笑を混ぜる。

「……ちゃんとやっておかないと、キャロルに報酬を持っていかれるからな」

「あら、私に任せて休んでいても良いのよ？」

「嫌だ。そっちこそ休んでて良いんだぞ？」

「嫌よ」

アキラとキャロルは不敵に笑い合い、そのまま問題無く後衛を続けていく。

そのアキラ達の様子を見て、エレナ達は顔を合わせて苦笑した。

「エレナ。アキラだけど……、大丈夫そうね」

「これ以上速くすると私達の方が遅れそう。不要な気遣いだったわね」

不思議と実力不足に感じてしまうことの多いアキラだが、思い直せば過合成スネーク戦でもあれだけ大活躍していたのだ。アキラにはそう感じてしまう何かがあるだけで、それに惑わされてしまっている自分達が未熟なだけだろう。エレナ達はそう判断してアキラへの不要な気遣いをやめた。

実際にはエレナ達の感覚の方が正しい。既にアキラはいっぱいいっぱいだ。自力ならば大幅に遅れていた。

だがアキラにはアルファのサポートがある。自身の実力不足の分は、アルファのサポートで問題無く補える。移動速度が上がってもサポート込みの実力でのサポートの割合が増えるだけで、他者から見たアキラの実力に変化は無かった。

そして割を食う者が出る。トガミだ。

トガミは全力を出して、自己採点では満点の移動速度で進んでいた。そこに2度も更に速度を上げろという指示が出る。しかも誰からも文句は出ず、他の者は普通に対応している。

これでも遅いのか。自分は足を引っ張っているのか。その思いが心を抉る中、トガミはそれでも死力を尽くし、何とか歩みを進めていた。

そこでシカラベから指示が出る。

「トガミ。もっとゆっくり進め」

「……大丈夫だ！　やれる！」

トガミは思わずそう言い返した。それは残った意地を吐き出したかのような声だった。だがほぼ限界なのは自分でも分かっており、移動速度を落とせる理由を拒絶するのは悪手だと理解もしていた。

それでも、大丈夫だと一度吐いた言葉を、トガミは取り消せなかった。

しかしそこでシカラベから睨み付けられ、厳しい口調で言われる。

「お前の都合なんて聞いてねえんだよ。指示に従えねえなら潰すぞ」

お前を気遣っての指示ではない。そう明示されたことでトガミも落ち着きを取り戻し、大人しく指示に従った。

不穏な様子に、エレナが少し警戒を見せる。

「シカラベ。どうしたの？」

「エレナ。前方を少し強めに探ってくれ。俺の情報収集機器だと距離もあって精度が悪い」

「分かったわ」

エレナはチームの情報収集役として、他の者より一段上の索敵能力を持っている。今まではその索敵範囲を円形に広げていたが、優先範囲を前方向に切り替えた。そして顔をしかめた。

「……反応多数。こっちに来てるか。ちょっと多いわね」

前方からモンスターと思われる多数の反応が近付いてきていた。相手の移動速度から判断して、既に逃げ切れない状況だ。しかしエレナに動揺は無い。

「少し下がって迎撃しましょう」

敵は多いが、問題無い。それを分かりやすく示すエレナの態度に、アキラ達も落ち着いて配置についた。

今アキラ達がいる場所は、階層構造の工場内、横幅があり奥にも広い屋内だ。そこには破壊されて既に停止している製造機械類が幾つも並んでいた。それらの障害物に身を隠しながらモンスターの群れの接近に備える。

エレナは奇襲を防ぐ為に大きく広げていた情報収集の範囲と精度を、一時的に前方向に偏らせて割り振っている。これにより範囲内の情報収集精度は劇的に上昇し、モンスターの大まかな位置しか分からなかった状態から、正確な位置と形状まで識別可能な状態に変わった。

更にエレナは機械系モンスターの形状から相手の武装を予想し、敵の位置と合わせて攻撃範囲を算出した上で、その解析結果をチーム全体に送っていた。迎撃の準備は万端だ。

そして敵モンスターの集団が奥から出現する。体長1メートルほどの多脚機の群れが、邪魔な物が転がる床ではなく天井を疾走して一気に距離を詰めてくる。

だがその敵性機械類の突進は、濃密な弾幕によって阻まれた。着弾の衝撃で粉砕された機械部品が飛び散る様が、波のように後続に伝わっていく。

先日、大型多脚戦車の群れを撃退したアキラ達だ。それに比べれば小型程度でしかない機体の群れなど、天井を埋め尽くすほどの量であろうとも問題無い。

火力で潰していく。

アキラはＡ４ＷＭ自動擲弾銃の連射力を活かして擲弾を満遍なくばらまいていく。直撃した標的を粉砕し、更に周囲の機体を爆風で吹き飛ばして天井から引き剝がす。

床は邪魔な物だらけだ。敵機体が多脚で器用に避けながら進むにも限度がある。進軍速度は劇的に下がった。

その擲弾から逃れて何とか天井に貼り付いている機体達には、サラが痛烈な弾幕を浴びせていく。

拡張弾倉の驚異的な装弾数から生み出される銃弾の嵐は、その一発一発の威力さえもそこらの弾丸より高い。先日シズカの店で弾薬類を調達した時に、キバヤシの識別コードを使用してシズカに高額高性能な弾を用意してもらったのだ。

それでも全ての敵は倒し切れない。多脚機の群れはどれも似たような外観だが、性能まで同じではなかった。他の機体に比べて極端に頑丈な個体が、アキラとサラによる弾幕に耐えて突き抜けてくる。

だがその個体もアキラ達の脅威にはならなかった。それらの個体はエレナの索敵によって事前に識別されており、弾幕を抜けた直後にキャロルによって撃ち抜かれる。

大型多脚戦車すら撃破する弾丸は、他の小型機体より数段頑丈な程度の装甲など容易く突破した。対象は一発で大破し、機体の残骸の山に加わった。

天井ではなく壁を走る機体もいる。床の障害物を乗り越えて近付いてくる個体もいる。だがそれらもシカラベ達が撃破していく。シカラベの実力であれば何の問題も無く、トガミも高性能な装備に助けられているとはいえ何とか対応していた。

それらに加えて事前に迎撃に適した場所で待ち構えていたこともあり、アキラ達の優勢は動かなかった。

第116話　助かった者

　戦闘が続く。アキラ達の優勢は変わらないが、敵の増援も止まらない。延々と湧いてくる。アキラは少し嫌気が差していた。

『アルファ。これ、いつになったら終わるんだ？』

『それは私にも分からないわ。向こうの在庫も無尽蔵ではないけれど、ここがあの警備機械の生産拠点なら、そう簡単には尽きないでしょうね』

『道理で遺跡中に機械系モンスターがいる訳だ。これが救援依頼じゃなくて良かったよ』

　救援依頼の報酬は、当然だが基本的に救援対象を救出できたかどうかで決まる。途中でモンスターを山ほど倒しても、その分だけ報酬が増える訳ではない。

　報酬を出すのは依頼元である保険会社だが、その金の出所は救援対象者が支払った保険料だ。敵が想定よりも多かった所為で多額の弾薬費が掛かったと交渉したところで、報酬の増額にも限度がある。

　だが今回の依頼元は都市で工場区画の調査が主目的だ。今回の騒ぎを止める為にも機械系モンスターの駆除は推奨されており、撃破報酬もしっかり支払われる。弾薬費で赤字になる心配は無い。

　そのおかげでアキラも高価な擲弾の拡張弾倉を遠慮無く使用できるのだが、これだけ多いと流石にうんざりしてきた。

　生物系モンスターであれば相手が逃げることも多少は期待できるのだが、敵は機械系モンスターだ。これだけ倒されても混乱せず、統率も崩さず、自身の完全な損壊すら全く恐れずに機械的に襲ってくる。

　本当に警備機械の在庫が尽きるまで戦う羽目になりそうな状況に、アキラは軽く溜め息を吐いた。

　そこでエレナから通信で指示が出る。

「一度退きましょう。切りが無いわ。前哨基地まで戻るわよ」

　そこにシカラベの怪訝な声が続く。

「良いのか？　まだ調査も大してやってないぞ？

残弾にも余裕はあると思うが……」

「調査の方は、敵の量が想定を大幅に超えていたって情報を持ち帰ったってことにしておきましょう。それを踏まえて、残弾も残り半分切ったしそろそろ帰ろう、では遅いわ」

「それもそうだな。分かった。戻ろう」

「よし。ゆっくり退くわよ。私達が優勢なのは変わってないわ。落ち着いて、蹴散らしながら戻りましょう」

理由が何であれ、引き下がることに違いは無い。チームの意気がそれに引き摺られてしまわないように、エレナは明るい声で指示を出した。

だがトガミは顔を少し悔しそうに歪めていた。まだ自分の実力を自分で認められる何かは成し遂げていないからだ。そしてそれをせずに帰ってしまうと、やはり自分はその程度の者だったと決まってしまうような焦燥感に駆られていた。

そこに第三者の声が響く。

「助けてください！　お願いです！」

その声は短距離汎用通信を介して全員に届いていた。アキラ達が驚く中、エレナが冷静に応答する。

「あなた誰？　どこから話しているの？　短距離通信のようだけど、近くにいるの？　位置情報を送ってもらえる？　こちらからはあなたの位置が摑めないの」

「分かりました！　すぐ送ります！　ちょっと待ってください！」

位置情報が地図付きで送られてくる。地図は前哨基地の職員がアキラ達にも提供したもので、相手も工場区画の調査に参加しているハンターだと示していた。

エレナが顔をしかめる。相手の位置は少し先にある部屋の中だった。その部屋は別の通路に繋がっており、そちらから来たのだと推察できる。また、一緒に送られてきた情報を信じると、その通路も機械系モンスターの反応で埋まっていた。

そしてその通路側から脱出できない以上、アキラ達がいる屋内側から出る必要があるのだが、それにも問題があった。部屋の位置は、アキラ達と機械系モンスターの群れが撃ち合っている戦線の、機械系モンスター側なのだ。

つまりアキラ達が通信相手を助ける為には、その戦線を押し上げなければならない。アキラ達が優勢とはいえ、戦線を下げるのは簡単でも上げるのは難しい。

加えて戦線を押し上げるには、迎撃に有利な地形を捨てて前に進む必要がある。しかも今は敵の数に屈して撤退を決めた直後だ。

残念だが見捨てる。エレナの頭にその選択肢が浮かぶ程度には、対象の救出は困難だった。

「援護するから、何とかここまで来られない？　その位置、こっちから直接助けに行くのは厳しいんだけど……」

「む、無理です！　ここまで来るのだって本当にギリギリで……」

まるでその返事を肯定するように、通信越しに無数の着弾音が響いた。

エレナが更に悩む。救援も仕事であり、その為の危険を許容するのも依頼の内ではあるが、限度はある。チーム全体の安全を預かるリーダーとして、軽々な判断は出来なかった。

そこでトガミが声を上げる。

「俺が行く！　援護してくれ！」

これが自分の力を示す最後の機会だ。そう無意識に思ってしまったトガミは過剰に気合いを入れていた。

エレナが1秒待つ。そしてシカラベから否定が出なかったことで、ドランカムはこの後の被害も含めて許容したと判断する。次にアキラを見る。アキラは軽く頷いて返した。

それでエレナは決断した。

「分かったわ！　全員でトガミを援護！　戦線を上げて対象を救出するわよ！　手早く、でも焦らずに進むこと！　良いわね！」

「了解！」

「そっちの人！　私達が行くまで何とか持ち堪えな

さい！」
「わ、分かりました！」
「よし！　前進！」
　アキラ達が火力を集中し、トガミを援護する形で戦線を押し上げる。一時的に相互に一段と激しくなった砲火が射線上の物を粉砕し、救援対象がいる部屋への道を作り出していった。

◆

　トガミが死力を尽くして突き進む。銃弾が自身のすぐ側を駆け抜ける音も雑音と切り捨てて、恐怖を意志でねじ伏せながら勇猛果敢に前進する。

　冒す危険と、得られる利益。その見極めを誤ったハンターは荒野に呑まれて死んでいく。

　たとえハンターではなかろうと、戦場で、道端で、路地裏で、間違った選択の結果として息絶える。

　トガミもスラム街出身の者として、それぐらいは分かっていた。

　だが、得られる利益に目が眩んだ。自分達のリーダーが相手の救出を迷うほどの状況で、その困難を突破して相手を助け出すことが出来たならば、きっと自分は自らが誇る自分を取り戻せる。その望みが、手を伸ばせば届く場所にある。それは、トガミには眩しすぎた。

　それを得ようと、賭けに出てしまうほどに。

　アキラ達の援護、そしてトガミ自身の尽力もあって、トガミは機械系モンスターの群れという困難を打ち破り、救出対象の部屋の前に辿り着く。あとはドアを蹴破って相手を助け出すだけ。その想いがトガミの顔を緩ませた。

　トガミは二つミスをした。一つは急ぐ余り室内の確認を怠ったこと。もう一つは、部屋を挟んで逆側、通路側の敵は、部屋の中の者が抑えていると思い込んだことだ。

　ドアを蹴破って中に入ったトガミの視界に映ったのは、床に倒れている女性と、既に自分に銃口を向けている機械系モンスターだった。

その銃口とトガミの目が合う。避けられない。その理解がトガミの体感時間を引き延ばす。しかしそれは、己の死をトガミにより深く理解させる以外の効力を持たなかった。

銃声が響く。トガミは賭けに負けた。

撃ち出された銃弾は、トガミに銃口を向けていた機械系モンスターを一発で大破させた。

「は……？」

逃れられないと思っていた死が覆ったことに、トガミはほんのわずかな時間だけ呆けた。そこに後ろから大声が浴びせられる。

「急いで連れ出して脱出しろ！」

それはアキラの声だった。トガミの後方からCWH対物突撃銃で強力な弾丸を撃ち出していた。更に連射し、部屋の中にいる他の多脚機を撃破、牽制する。

我に返ったトガミが身を低くして部屋に滑り込み、女性を摑んで半ば引き摺るようにして部屋から出る。

その直後、アキラは素早く器用にA4WM自動擲弾銃に持ち替えると、大量の擲弾を室内に放ち、トガミ達に続いてそこから離脱した。

爆風の逃げ場が極端に欠ける場所で擲弾が一斉に爆発する。凝縮された衝撃波がその場にいた多脚機達を木っ端微塵に吹き飛ばし、その破片を爆風と一緒に部屋の出入口から吐き出した。

トガミが後方の爆発音を聞きながら女性を抱えて駆けていく。その顔は悔しそうに歪んでいた。

「ちくしょう……」

死なずに済んだ。女性も救出できた。だが賭けには負けた。

自力ではなかった。危ないところをアキラに助けられての成果であり、助けてもらっていなければ死んでいた。それではトガミは自らを誇れない。

自分は、自らが誇る自分を取り戻せなかった。その思いに打ちのめされながら、トガミは悔しそうに走り続けた。

女性の救出を終えたアキラ達にこれ以上この場に留まる理由は無い。アキラ達はエレナの指揮の下、落ち着いて撤退していった。

◆

まだ工場区画の中ではあるが、一応安全な場所まで退避したところでアキラ達が一息吐く。救出された女性がそこでアキラ達に頭を下げた。

「本当にありがとうございました。おかげで死なずに済みました」

「いや……、無事で何よりだ……」

女性は直接自分を助けてくれたトガミに主に礼を言っていた。だが気落ちしているトガミはその感謝の言葉を素直に受け取ることが出来ず、どこか言い辛そうに答えていた。

エレナは少し険しい表情をしている。

「それでモニカさん。どうしてあなた一人だったの？　他の人は？」

「そ、それは……」

女性はアキラが以前に工場区画で出会ったモニカだった。モニカが言い淀んでいるところに、キャロルが明るい声で口を挟む。

「エレナ。細かい話は前哨基地に戻ってからにしましょうよ。はぐれた仲間が籠城していそうな場所を知ってるから、今から助けに行きましょう、とか言われても、こっちも困るでしょう？」

「…………それもそうね。まずは戻りましょうか」

エレナが話を打ち切り、チームに再び移動を指示した。どことなくこっそりと安堵の息を吐いたモニカを見て、シカラベが怪訝そうにしている。

キャロルが笑ってアキラの肩を叩く。

「アキラ。拠点に戻るまで気を抜かずに一緒に後衛を頑張りましょうね」

「ん？　ああ」

その流れでアキラはキャロルと一緒に続けて後衛をやることになった。一行はシカラベ達を先頭に、エレナ達、モニカ、アキラ達の並びで再び前哨基地を目指す。

戻る途中、キャロルは雑談をするほどの余裕を見せながら、モニカのことを何度も話題に出していた。

そうやってアキラの視線を自然にモニカに向けさせていたことに、アキラは気が付かなかった。

◆

アキラ達は無事に前哨基地まで戻ってきた。エレナが帰還の旨を連絡すると、担当の職員がすぐに現れる。

「まず、無事で何よりだ。だが戻ってくるのが少々早いように思える。問題発生か？」

「まあね。あと、救助対象を一人助けてきたわ」

「おっ！　そうか！　じゃあ早速だが情報を……」

エレナがチームのリーダーとして情報の共有を進めている間、モニカは非常に居心地の悪そうな様子を見せていた。そして情報収集機器で集めたデータを渡す段階では、挙動不審な様子も見せていた。

そのモニカの態度に職員も少し怪訝な様子を見せる。

「すまないが、こちらは君が君のチームの者達とはぐれた状況も把握する必要がある。思い出したくない凄惨な状況の記録であっても提供してほしい」

「…………、分かりました」

モニカは観念したように軽く項垂れてデータを提供した。

職員がそのデータを軽く解析しながら話を聞こうとする。だがその中身を閲覧すると、急に表情を険しくしてキツい視線をモニカに向けた。

「お前……、他のやつらを見捨てて逃げてきたな？」

モニカがたじろいだように大きく身を引く。だが反論はしなかった。

報告を終えたアキラ達は、弾薬補充を済ませたらすぐに再出発などということはせず、かといって今日はこれでお終（しま）いという訳にもいかず、施設内で長めの休息を取っていた。

職員とハンター用に解放している休憩室で、アキラはエレナ、サラ、キャロルと同じテーブルを囲んで雑談している。

　エレナは難しい顔をしていた。

「……正直に言うと、彼女のしたこと、分からなくはないのよね」

　そう言って、エレナが視線を部屋の隅に向ける。その先には隅のテーブルに一人で座っているモニカの姿があった。

「まあ……、確かに、そうですね」

　アキラもモニカをチラッと見て、軽く同意を示した。これは単にエレナに合わせたのではなく、本心でそう思ってのことだった。

　アキラ達の脳裏に、職員に攻め立てられて思わず声を荒らげたようなモニカの言葉が浮かぶ。

　じゃあ、あの量のモンスターを相手に、どうすれば良かったんですか!?　見捨てずに、一緒に戦って死んでこいって言いたいんですか!?　ふざけないでください！　私、ただの地図屋ですよ!?　普段は隠れて情報収集してるんです！　力任せに突き進むしか能の無い馬鹿じゃないんです！　戦える訳……、ないじゃないですか……

　逆に職員に詰め寄るように声を荒らげていたモニカだったが、後の方では項垂れて膝を突き、掠（かす）れるような声しか出せなくなっていた。

　身勝手にも聞こえる自己弁護の言葉は、そうでも言わないと罪悪感に押し潰されてしまいそうな心を、無理矢理にでも支えているようだった。それでも最後には、支え切れなくなったように座り込んでいた。

　その光景を思い返して、アキラも難しい顔を浮かべる。

「自分で受けた仕事ならまた別なんでしょうけど、今回は違いますからね……」

　ハンター稼業は命賭けだ。当然ながらハンター向けの依頼には死の危険が含まれている。勿論、依頼主もその前提で依頼を出している。だからこそ、死にたくないからという理由でハンターが仕事を投げ出すのは、眉をひそめる行為となる。

　しかしそれも、自分の意志で依頼を受けたという大前提あってのことだ。

都市の長期戦略部からの依頼という、事実上ほぼ拒否権の無い依頼で、ろくに面識も無い者達とチームを組まされた上に、仕事だから死の危険を許容しろ、では依頼に対する誠実さも失せる。アキラもその辺りは同意できた。

サラも少々難しい顔をしているが、キャロルは割り切ったように笑っている。アキラはそれが少し気になった。

「キャロルは何か、平然としてるな。前に組んでた相手だってのに。そういうものなのか？」

「そういうものでしょう？　私だって、断れない依頼を押し付けておいてプロ根性を期待されても困るわ。それに会ったばかりの信用できない人間同士でチームを組む場合でも、それなりの運用をすればちゃんと機能するものよ。今回のことは、その辺の調整を怠った都市側の不手際じゃない？」

「まあ、そうだけどさ……」

その考えもアキラは理解できる。そしてエレナ達とキャロルの態度の差は、各々が無意識に考える当たり前の差、倫理の水準の差でもあると何となく感じていた。自身の立ち位置が、どちらかといえばキャロル側であることも含めてだ。

そこでキャロルがアキラに笑いかける。

「だから、初対面でも私を見捨てずに助けてくれたアキラとは、これからも良い関係をしっかり築いていきたいと思ってるわ。また助けてほしいし、殺されたくもないしね」

「護衛の方は報酬次第だ」

「もう一つの方は？」

「俺が責任を持ってキャロルを殺さないといけないような事態にならないように、気を付けてくれ」

「それなら問題無いわ」

「だと良いんだけどな」

「大丈夫よ」

アキラとキャロルは軽い冗談のように笑って話していた。だがその内容に冗談は一切無い。アキラはその必要が生じた場合にはキャロルを責任を持って殺すつもりであり、キャロルもそれを分かっている。

エレナ達もそれを分かっているのは同じだ。だがアキラ達のように笑うことは出来ない。

信用とは他者と互いに積み重ねるもの。だからこそ、その信用の価値は重い。

他者とは信用できない者。だからこそ、その例外である信用できる者の価値は重い。

似て非なる価値観の者達は、同じテーブルを囲みながらも、思考と思想の差異をその顔に映し出していた。

部屋の隅のテーブルに一人で座っているモニカ。その表情は暗い。陰鬱そうに溜め息を吐く姿は、見る者に彼女の胸中を容易に想像させるものだ。

トガミはそのモニカの姿を、少し離れたテーブルから見ていた。そして自身の胸中を表す難しい顔で軽く息を吐くと、気を切り替えたように表情を普段のものに戻して立ち上がった。

そのまま自動販売機で飲み物を購入し、それを持ってモニカのテーブルまで行くと、買ったばかりの飲み物をモニカの前に置く。

それに気付いたモニカが項垂れていた顔を上げた。トガミとモニカの目が合う。そして少し間を開けてから、トガミが口を開いた。

「……まあ、何だ、あんたにもいろいろあったんだろうけど、あんたは助かったんだから、そこだけは喜んどけよ」

本心で意外な表情を浮かべるモニカに、トガミが苦笑気味な顔で続ける。

「これでも俺は命懸けであんたを助けたんだ。そのあんたが、自分が助かったことを喜んでないようだと、俺としても、ちょっとな。まあ、それだけだ」

「……ありがとうございます」

空元気のような笑顔ではあったが、モニカは笑ってトガミに頭を下げた。

トガミは照れくさいのをごまかすように顔をわずかに硬くした。そしてそのまま戻っていく。

テーブルに戻ったトガミは、柄にもないことをしたと思って苦笑していた。しかしそのおかげで、自力でモニカを助けられなかったことがごまかされて、少し気が楽になっていた。

モニカはそのトガミの様子を見ていた。そして本心で笑っていた。

◆

休息を終えたアキラ達が再びミハゾノ街遺跡の工場区画へ向けて出発する。

そのチーム編制には少し変更があった。まずモニカ、レイナ、シオリ、カナエが加わっている。そして2機の重装強化服、ヘックス機とハウンド機が随伴していた。

主目的も工場区画の調査ではなく帰還困難者の救援に変更されている。モニカから得た情報により、多数のハンターが今も籠城している可能性が高まったからだ。

都市側がハンター達に事前に工場区画の地図を提供したのは、それを使用して調査を容易にする目的の他にも、不測の事態、例えば大量のモンスターに襲われて勝ち目が無い場合などに、ハンター達を同じ場所に集めやすくする為でもあった。

仲間とはぐれてしまった場合でも、事前に合流地点を決めておけば合流しやすい。そこまで行けば誰かいるかもしれないと思えば希望も持ちやすい。

救援側も帰還困難者を捜索する為に工場区画の中を当ても無く探すより、特定の場所やその周囲に絞って探した方が効率的に助け出せる。

そのような理由で、配布された地図には立て籠もるのに適した場所が幾つも記載されていた。今アキラ達が向かっているのは、その一つであるA89地点だ。そしてモニカはその案内役として同行している。

モニカの同行を決めたのは都市側だ。チームを見捨てて一人で逃げたモニカの扱いに困った都市側が、その対処を含めての、事態の軟着陸を図ってのことだった。

モニカの行動は契約違反ではある。だが、事実上強制の依頼を投げ出したから極刑、では、ハンター達から反感を山ほど買うことになる。この手の話は広まるのも速い。たとえ都市を敵に回してでも依頼を拒否する者が続出してしまう。

しかし無罪放免には出来ない。そこで逃げ出した場所にもう一度行ってもらうことにした。自分だけ逃げても同じ戦場に戻されるだけだ、という抑止力が目的だ。

これは体裁を取り繕う為でもある。一人で逃げはしたが、それは助けを呼ぶ為だった、としておけば、見捨てられたハンター達の反感をある程度は抑えられるからだ。

また、都市の依頼を破った者が出たが、それは軽率な理由ではなく仲間を助ける為の苦渋の決断だった、とすることで都市の威厳を保つ意図もある。

そのような理由でモニカはアキラ達に同行することになったのだが、これにエレナは強い難色を示した。

エレナもモニカのしたことは分からなくはない。だが仲間を見捨てた者をチームの一員として同行させるのは、感情的にもチームリーダーとしての危機管理としても、受け入れ難いものがあった。

しかし都市からの要求を、嫌だ、の一言で断るのはエレナも難しい。そこで対案を出す。

自分だけ逃げ出すような明確な足手纏いをチームに加えるのは、戦力的に甚だ不安がある。どうしても加えろというのであれば、それを補うだけの人員を、相手に経緯を説明した上で用意してほしい。そう要求した。

そのような者を用意するのは都市でも短時間では難しいだろう。それに真っ当な要求だ。これでこの話は流れる。エレナはそう判断していた。

その判断の正しさを示すように、エレナの要求を聞いた都市の職員は、難しい顔で検討するとだけ答えて、交渉の場から席を一度外していた。

だがエレナの予想に反して都市は人員を用意した。それがレイナ達だった。

ドランカムはクガマヤマ都市からの要請もあって、ミハゾノ街遺跡の騒ぎの収束作戦に積極的に加わっている。他の依頼で遠出中のような者ではない限り、所属ハンターには強く参加を求めていた。

当然ながらレイナも参加を求められていた。だがシオリはレイナの身を案じて、何だかんだと理由をつけて断っていた。

しかし参加の圧力は徐々に強くなる。遂にはドランカムからの除名まで臭わされる。レイナ達は諸事情でドランカムに所属している必要があり、シオリも決断せざるを得なくなった。

ドランカムが主戦場にしているのはミハゾノ街遺跡の市街区画だ。セランタルビル周辺の封鎖にもカツヤの部隊を派遣して強く関わっている。

しかしシオリにとって、セランタルビルはあのアキラですら近付くのを嫌がった危険地帯だ。そのような場所にレイナを向かわせるなど許容できない。だが工場区画の方も苛烈な戦闘が続いているという話が入っており、そちらも難しい。

どうしようかと悩むシオリの下に、都市からドランカムを介してアキラ達のチームへの参加の要請が届く。シオリは経緯を聞いて顔をしかめたものの、アキラすら近付くのを嫌がる場所と、そのアキラがいる場所という二択で、後者を選択した。

新たなチームは、アキラ達、エレナ達、シカラベ達の３チームの合同だ。ここにモニカとレイナ達が加わったのだが、３チームの合同という構成のままだ。レイナ達はドランカムのチームとしてシカラベのチームに加わった。

そしてモニカはアキラのチームに加えられた。これには懲罰的な意味も含まれている。アキラに雇われている形式となっているキャロルが、アキラから必要なら殺すと明言されていることを知った都市側が、同じ条件でモニカを加えさせたのだ。

アキラはモニカにもキャロルと同じように、もしエレナ達に危害を加えたら責任を持って殺すと明言した。モニカは怯(おび)えた顔で頷いていた。

随伴する2機の重装強化服は別枠となっている。強力な火器を有しているがその大きさの所為で工場内には入れないので、屋外を一緒に進んでアキラ達をA89地点がある建物の側まで送るのが仕事だ。

A89地点にどれだけのハンターがいるかは分かっておらず、敵の量も不明だ。帰還困難者達をアキラ達だけで前哨基地まで送り届けるのは難しい恐れもある。それでも建物の外までならば比較的容易だろうと、屋外での戦闘は重装強化服が請け負うことになった。

そしてこの2機の重装強化服の火力を以てしても目的地の建物に到達できないほど敵が強力であるならば、作戦を根本的に変更することになっている。

余計な戦力を派遣して工場区画を刺激するのを防ぐギリギリの戦力を換算した結果が、この重装強化服2機、ヘックス機とハウンド機だった。

前回より大分規模を増したチームで、アキラ達は前哨基地を出発した。

◆

アキラ達が前哨基地を出てからしばらく経った後、酷く負傷したハンターが基地の近くに現れる。血塗(ちまみ)れで、片腕は千切れており、既に自力では歩けない体を動作不良に陥った強化服で無理矢理支えながら、何とか辿り着いた状態だった。

それに気付いた警備が、今にも崩れ落ちそうなハンターに急いで駆け寄る。

「おい！　大丈夫か!?　しっかりしろ！　こちらF4地点！　工場区画から脱出したと思われる負傷者を発見！　死にかけてる！」

警備の者は応急処置を進めながら連絡を入れた。間も無く到着した応援部隊が、そのハンターの男を基地の中に運び入れる。

輸送中、男は今にも消えそうな意識で周りの者に訴えていた。

「あの女が……、あいつが仲間を……」

「喋るな！　傷に障るぞ！」

男は血を吐きながらも必死に訴え続けていた。だが酷い負傷に意識の混濁、更には消え入りそうな声だった所為で、ほとんど伝わっていなかった。

「あの地図屋が……、皆を……」

話し続ける男を止めようと、医療班の者は何とか聞こえた単語から内容を推察した。

「モニカという地図屋の所為で多数の死傷者が出たことはこちらも把握している！　そのことか？」

それを聞いた男はわずかに笑った。そして安堵して気を緩めたことで、そのまま意識を失った。


前哨基地で遺跡の事態収拾を担当している職員が、部下から先程運び込まれたハンターの報告を受けている。

「それで、その者の容態は？」

「命に別状はありません。ただ負傷が酷く、目を覚ますには時間が掛かるとのことです」

「そうか。まずは無事で何よりとしよう。貴重な生還者だ。絶対死なせるな。目を覚ましたらその者から詳しい話を聞いてくれ。他の生存者の情報を持っているかもしれない」

「分かりました」

部下が退出した後、職員は送られてきた報告書を読んで軽く首を傾げた。

「初期報告はＦ４地点の警備から……、Ｆ１地点ではないのか。なぜだ？」

帰還ルートを工場区画から最短距離で前哨基地を目指すものにした場合、男はＦ４地点ではなくＦ１地点で発見される。何らかの理由で途中のルートを多少変更したとしても、Ｆ４地点にはならない。

Ｆ４地点で最初に発見される為には帰還ルートを極端に変更する必要がある。それこそ、事前に提供された地図の範囲を大幅に迂回するぐらいの変更が必要だった。

職員はそれを不思議に思ったが、男の容態に問題は無いとの報告を受けていたので、その辺りの事情も男が目を覚ました後に聞けば良いと判断した。

第117話　台無し

アキラ達は多数のハンターが立て籠もっていると考えられているA89地点を目指して工場区画を進んでいた。

随伴している2機の重装強化服では入れない建物内を避けているので、少々遠回りの移動ルートとなっている。だが移動そのものは極めて順調だ。遭遇した敵を重装強化服の強力な火器で粉砕し、悠々と歩を進めていた。

ヘックス機の右腕は肘から先が大口径の機銃になっている。機体が背負う巨大な弾倉から供給される銃弾を使用して、嵐のような弾幕を放つことが出来る。小型多脚機の群れがその嵐に呑み込まれ、瞬く間に消し飛んだ。

ハウンド機の左腕は大型の砲になっている。屋外なので先日アキラ達を襲った大型多脚戦車などとも遭遇したが、ハウンド機の大砲を喰らって例外無く派手に吹き飛ばされた。

その2機の戦い振りに、アキラが感嘆の声を零す。

「うーん。凄い。そりゃそう簡単には出撃させられない訳だ」

「一応都市防衛用の機体っすからね。あれぐらい出来ないと話にならないんじゃないっすか？」

「……ああ、そうなんだ」

愛想の良いとは言えないアキラの態度を、カナエは全く気にしていなかった。訝しむような視線を向けられても、逆にからかうように笑って返す。

「おっ？　アキラ少年。私の体をそんなにじっと見て、興味津々っすか？　年頃っすねー」

「違う」

「隠さなくても良いっすよ？　私は気にしない方っすから」

「違う。隠してない」

「そうっすねー。あんな格好の女性を連れてるんすから、隠しようが無いっすよねー」

その女性とは当然キャロルのことであり、アキラもそこを指摘されると反論できなかった。

「……そんなことはどうでも良いんだ。それより、何でカナエは武装してないんだ？　銃は？」

「あー、私、銃は苦手なんすよ」

「いや、苦手って……、そういう問題か？」

アキラはますます怪訝な様子を見せていたが、カナエは全く気にしていない。

「大丈夫っす。その証拠にお嬢からも姐さんからも文句は出てないっすよ？」

言っても無駄だと思われているだけではないだろうか。アキラはそう思ったが、口にするのはやめた。

また、少なくともあれだけレイナを心配するシオリから力尽くで銃を持たせられない程度には戦えるのだろうとも思い直し、余計な口出しを避けた。

「……まあ、仕事はしっかりやってくれ」

「そっちも大丈夫っす。これでも仕事はしっかりやる方っす。真面目に仕事をしていれば失敗しても良いなんて、甘い扱いは受けてないっすよ」

「……だろうな」

だからこそ、カナエはこの態度が許されている。それはそれだけの成果をカナエが出しており、それだけの実力の持ち主なのだという証拠だ。アキラはそう思い、カナエの説明に説得力を覚えていた。

「あ、一応言っておくっす。私の仕事はお嬢の護衛っすから、アキラ少年のお手伝いの方は期待しないでほしいっす。ご了承下さいっす」

実際にカナエは、自分はレイナの護衛であり、救援作業を手伝わない、必要なら他の全員を見捨ててレイナを連れて逃げる、と宣言していた。

「その辺はエレナさんが納得した以上、俺はゴチャゴチャ言う気は無い」

そしてエレナもそれを許容していた。

レイナ達3人は戦力的には1人分として扱われている。カナエの分を引いても2人だが、シオリも究極的にはカナエと同じ立場だ。そしてレイナの実力は他の者と比べて一段劣る。そのレイナとシオリ達を合わせた総合的な戦力を1人分としていた。

これは契約上も1人分の戦力換算として扱われる

ことを意味する。よって報酬も1人分だ。

シオリはレイナと一緒に普通に戦い、カナエもレイナを護る為に戦う。レイナ自身を含めての3人の総合的な戦力は、アキラ達を基準にしても流石に1人分を超える。よってレイナ達は割に合わない仕事をしていることになる。

エレナもその説明を受けて、思うところはあるが戦力増強には違い無く、期待値を超える戦力を得たということで一応納得した。

またシオリ達をシカラベのチームの者として扱うことで、何らかの問題が生じた場合はシカラベが、つまりはドランカムが責任を持つことになったので、エレナも認めざるを得なかった。

アキラは以前にシオリと戦ったこともあってシオリの強さをよく分かっており、レイナとカナエ込みであってもシオリの加入を歓迎できた。その上でエレナが許容したのであれば、カナエがサボっていても文句は無かった。

「まあ、好きにしてくれ。あと、俺達を見捨てるのは勝手だけど、俺やエレナさん達を囮にしたら殺す」

「了解っす」

アキラの警告にも、カナエは笑って答えていた。それでアキラは警告は正しく伝わったと解釈した。

実際に警告は正しく伝わっていた。しかし、その時にアキラと殺し合うのも面白そうだ、とカナエが考えていたことまでは、流石にアキラも読めなかった。

◆

レイナは気を抜けば項垂れてそのまま地面にめり込んでしまいそうな頭を、歯を食い縛って持ち上げて何とか支えていた。憂鬱を詰め込んだ頭は酷く重い。それを意地で支えている所為で、非常に不機嫌そうな表情を浮かべている。

だがそれはただの痩せ我慢だ。チームで自分だけが足手纏いだという想いに、レイナはギリギリで耐えていた。

レイナがトガミの視線に気付く。そしてその視線から、単に見ていた、というだけではないものを感じ取り、思わず不機嫌な目をトガミに向けてしまう。

「……何？」

「あ、いや、何でもない」

「…………、そう」

レイナは歯を食い縛って、その短い返事をするだけに済ませた。

ここで感情のままに声を荒らげてしまえば、かつての自分にまた戻ってしまう。結果を想像せずにアキラに食ってかかり、その所為でアキラとシオリを殺し合い寸前の状況にまで追い込んだ愚か者に戻ってしまう。それは嫌だ。その強い思いで自制した。

それでもその強い自制を必要とした原因まで消える訳ではない。レイナは深くゆっくりと呼吸して、湧き出した感情を落ち着かせていく。

（……落ち着きなさい。私が足手纏いなのは事実。何を言ったってそれは変わらないわ。だからまずはそれを受け止めるの）

レイナは自分を見るトガミの視線を、足手纏いへの非難だと邪推していた。

（上からの指示だからって、何でこんなザコを守りながら戦わなくちゃならねえんだ、なんて思ってるんでしょうけど、そう思われるのは仕方無いわ）

わめき散らしても状況は好転などしない。無駄に声を荒らげる気力は、現状を変える意気にしなければならない。レイナはそう自身に言い聞かせて、やる気を高めていく。

（だから、見返すの。たとえ足手纏いであっても出来る限りのことをする。護衛なんて不要だった。まずはそう思わせる。それが現状で私が出来る最善。やるのよ！）

レイナが気合いを入れる。自身の表情から不機嫌なものを追い出し、その顔をやる気で満たした。

だがそのやる気は少々空回りしてしまった。

2機の重装強化服は前回アキラ達が撤退することになった大量の機械系モンスターなどを相手にする為に随伴しているのであって、アキラ達の護衛ではない。また、敵が多ければ少しは漏れも出る。

もっともその少数の敵ぐらいはアキラ達自身で対処可能であり、アキラ達もその認識で動いている。それはレイナも同じだ。

しかしレイナは意気込むことに意識を集中しすぎた所為で、周囲の警戒をおろそかにしてしまった。

そしてちょうどその時、レイナの横方向には随伴機が倒し損ねた少数の漏れ、中途半端に破損して機能不全に陥っていた多脚機が転がっていた。更に運の悪いことにその機体が一時的に機能を回復し、動き出して銃口をレイナに向けようとする。

レイナもそれに気付いた。だが反応は致命的に遅れていた。

(しまった……!)

レイナもそれに気付いた瞬間に、相手に銃を向けようとはしていた。しかしその時には既に、もう間に合わないとレイナ自身が理解していた。

そしてその一瞬で既に手遅れだと認識できるほどに高い才能が示した通り、レイナの回避と反撃は間に合わなかった。

だがレイナは何の問題も無く助かった。レイナを攻撃しようとした機体を、一瞬でその上まで跳躍していたカナエが踏み潰したからだ。

カナエは護衛の仕事を済ませると、何事も無かったようにアキラの下に戻っていく。

「それでさっきの話っすけど、姐さんがお嬢を甘やかすから私達も遺跡で……」

「いや、戻ってこないでレイナの側にいろよ。危なかったんじゃないか?」

「いやいやいや、アキラ少年。何言ってるっすか。余裕で間に合ってたっすよ? 姐さんからも文句は出てないっす。私がちゃんと仕事してるか確認する為に、姐さんがわざわざ迎撃を遅らせるぐらい余裕だったっす」

カナエは調子良く笑っていた。アキラはレイナの方をチラッと見ると、レイナの側にシオリが控えているのを見て、そうなのかと軽く納得していた。

その会話はレイナの耳にも届いていた。レイナが思わずシオリを見る。口に出して問われなかったので、シオリは無言を返した。

　実際に、シオリは敢えて待っていた。レイナが自力で対処できたのであればそれで良し。カナエが遅れるようであれば自分で対処して、それを根拠にもう少し真面目に働くようにカナエを叱責する。そのつもりだった。

　そうでなければ先程の機械系モンスターなど、レイナが気付く前にシオリに破壊されていた。

　レイナは自分の失態に憤り震えていた。護衛など不要。まずはそう思わせる。そう決意した途端に、その機会を台無しにしてしまった自身の愚かさに怒りを覚え、打ちのめされていた。

　憂鬱を更に詰め込まれ、レイナの頭は更に重さを増していた。それでもレイナは前を見た。この程度では挫けない。自らにそう言い聞かせて、歯を食い縛った。

◆

　レイナに邪推されていたトガミだったが、本人にそのつもりは無かった。確かにチーム全体の実力から判断すれば、レイナが足手纏いとみなされても仕方が無いとは思っていたが、レイナに対して不満や不快感は覚えていなかった。

　むしろある種の好感すら覚えていた。それは自分とレイナだけがチームの足手纏いになっているという親近感からだった。

　これでレイナが意気揚々としていれば、護衛付きでチームに加わった足手纏いのくせにその態度は何なんだと、トガミも不快に思っていた。

　しかしレイナにそのような雰囲気は欠片も無い。むしろ逆だ。好き好んでチームに加わった訳ではなく、自分は足手纏いだと分かった上で、それでも自分なりに全力を尽くそうとする、ある種の悲壮な決意まで感じられた。トガミはそのレイナの姿を自身と重ねていた。

　それで何となくレイナを見ていたのだが、気付かれてキツい目を向けられてしまった。トガミもレイナの胸中までは分からない。勝手に解釈して苦笑する。

（嫌われてるな……。まあ、当然か。俺はそういうやつだったしな）

実際に以前のトガミはレイナが嫌いだった。自分と同じドランカムの若手ハンターではあるが、レイナは寮ではなく防壁の内側に住んでおり、メイドまで付き添わせている。ハンター稼業を馬鹿にしているとしか思えず不快感を覚えていた。

しかしそのような些細なことなど、今のトガミにはどうでも良かった。かつての自信に溢れた自身を取り戻すのに忙しく、他者の経済的な境遇を気にする余裕など無いからだ。

それにより無意識の偏見がトガミから抜ける。するとトガミもレイナのことを冷静に見ることが出来るようになる。

過剰な自信が生み出した傲慢を取り除いた目で見たレイナは、護衛を付けて道楽でハンター稼業をするいけ好かない金持ちではなく、何かに抗おうと必死に頑張っているただの少女だった。

（壁の内側に住んでるんだ。金持ちなのは間違いない。……でもまあ、何か事情があるんだろうな）

レイナ達の同行が決まった後、トガミはシカラベからレイナの護衛を裏で指示されていた。

その指示の理由ぐらいはトガミも推察できる。レイナが安全であるほどシオリがレイナの護衛に割く労力が減り、トガミがレイナを護るのに集中する分を差し引いてもチーム全体の効率が上がるからだ。

たとえ合理的な指示であっても、いけ好かない金持ちを護れという内容ではトガミも不満を覚える。だが今のレイナを護れというのであれば、特に不満は覚えなかった。むしろ頑張ろうと思う気持ちすら湧いていた。

自分がレイナをしっかり護ることでシオリが存分に戦えるようになるのであれば、それはそれで確かな成果だ。明確に格上の実力者であるシオリから、レイナの護衛を任せても問題無いと、自分の実力を認められたことになる。トガミはそう考えてレイナをしっかり護ろうと気合いを入れていた。

だが気合いだけでどうにかなるものでもない。突如動き出してレイナを狙った機械系モンスターに、トガミは即座に反応できなかった。

そしてそれを撃退したカナエも、レイナを庇う位置にいたシオリも、トガミを全く非難しなかった。シカラベも小さく溜め息を吐いただけで、何も言わなかった。

それがトガミを打ちのめす。自らの失態を、失態とすら評価されなかったことに心を抉られる。

それでもトガミは挫けなかった。

(…………まだだ！　俺はまだ、俺を確かめ切ってねえ……！)

トガミが残った意地で前を向く。たとえ自分が足手纏いであろうとも、歩みを止める理由にはならない。その強い思いで、立ち止まらなかった。

◆

アキラ達は目的地、便宜上A棟と名付けられている工場に辿り着いた。

エレナが建物の搬出口付近から内部へ向けて敵寄せ機を撃ち出し起動させる。すると中から機械系モンスターが続々と湧き出てきた。

ここで敵を呼び寄せずに、アキラ達が工場内でこの群れに遭遇していた場合、大量の弾薬を消費させられて以降の探索が厳しくなっていた。

だが今はまだ2機の重装強化服が側にいる。代わりに蹴散らしてもらい、圧倒的な火力で屑鉄の山を量産してもらった。

しばらくすると敵の増援が止まる。エレナは敵寄せ機をもう一度撃ち出して、それでも中から追加が出現しないことを確かめた。

「……よし。大丈夫そうね」

エレナがヘックス機とハウンド機に顔を向ける。

「それじゃあ、行ってくるわ。私達が戻ってくるまで、ここの確保をお願いね」

エレナの呼びかけに、ヘックス機とハウンド機が外部マイクで答える。

「ああ。任せときな」

「危なくなったらすぐに戻ってこい。中でデカい群れに襲われても、ここまで逃げてくれば俺達が蹴散らしてやるよ」

「その時は本当に頼むわ」

エレナは軽く笑ってそう答えると、次はチームリーダーとしての顔をアキラ達に向ける。

「これからA棟に入ってA89地点に向かうわ。建物内の敵は相当減らしたはずだけど、気を抜かないこと。マップもあるけれど過信は禁物よ。何らかの理由で通路が封鎖されている恐れもあるわ。十分注意すること。良いわね？」

力強く頷いたアキラを始めに、他の者も了解の意を返した。エレナも満足そうに頷く。

「……よし！　それじゃあ、出発！」

エレナの号令で、アキラ達は工場内に突入した。

A棟の内部は戦闘の痕跡こそ至る所にあるものの、それを除けば真新しい状態を保っていた。これはこの工場が現在も稼働しており、自動復元機能なども機能していることを意味する。アキラ達は急ぎながらも慎重に先に進んでいく。

その途中、シカラベは少し難しい顔で唸っていた。エレナがそれを怪訝に思う。

「シカラベ。どうしたの？」

「いや、死体がどこにも転がってねえなって思ってな」

「……確かに、私も少し気になってたのよね」

エレナも一緒に唸り始めたのを見て、今度はアキラが不思議そうにする。

「……あの、エレナさん。それ、気にしないと駄目なんですか？　この遺跡はまだ動いてますし、俺は工場の自動清掃装置とかが掃除しただけだと思ってたんですけど……」

シカラベが口を挟んで捕捉する。

「そういう考えもあるんだが、何か違う気がするんだよ。俺もエレナもな」

血痕は何度も見付けている。破壊された機械系モンスターの破片も転がっている。壁に銃弾の痕もある。それらから、この場でハンター達が戦ったのは確実だ。

　そして出血量から考えて、重傷者も多かったはずだと想像できる。死者が出ても不思議は無い。

　しかし死体はどこにも転がっていない。不自然に思える。

「まあ俺だって、その辻褄合わせぐらいは思い付く。お前が言った通り、遺跡の自動清掃システムが掃除したのかもしれない。或いは、死傷者は仲間が何とかして全員運んだのかもしれない。いろいろ考えられる。だが……」

　その辻褄合わせの反論も思い付く。自動清掃機能はなぜ死体だけを片付けて血痕は掃除しなかったのか。戦況はモニカがチームを見捨てて逃げ出したぐらい酷かったはず。死傷者を全員運び出すのは無理があるのではないか。幾らでも考えられる。

　そしてそれらの辻褄合わせも同様に考えることが出来る。可能性は幾らでもある。

　しかしどれもしっくりこない。そうだったのか、とは思えない。自らの勘が、違う、と言っている。それがシカラベを唸らせていた。

　エレナも同じ理由で唸っていた。リーダーである以上、不思議だな、で済ませることは出来ない。

　しかしチームのリーダーとしては、その程度の理由で撤退を決めることは出来ない。気になるし、違和感も覚えるが、退却する理由としては余りにも弱すぎるからだ。

　少なくともA89地点の状況、そこで救援対象者達が本当に籠城しているかどうかまでは確かめなければならなかった。

　エレナがそれらをアキラに話した上で、自然に尋ねる。

「……ねえアキラ。アキラは何か気になることはない？」

「俺ですか？　いえ、特には……」

「……、そう」

　普通に首を横に振ったアキラの様子を見て、エレナが軽く安堵する。

アキラはクズスハラ街遺跡の地下街で、ヤラタサソリが壁に擬態していたのを見抜いた。また、地下に埋もれていたヨノズカ駅遺跡を見付け出した。そのアキラが何も思わないのだ。それならば自分が覚えた懸念は恐らくただの考えすぎだろう。

エレナはそう判断し、少々不可解な状況であると認識しながらも、推察を中断してそのまま先に進むことに決めた。

◆

工場内を進むアキラ達を、通路を塞ぐ隔壁が遮った。案内役として同行しているモニカが別の道を提案したが、エレナは難色を示していた。

「そのルートだとかなり遠回りになるんだけど、他の道は無いの？」

「残念ですが……」

「……そう。何かあった時に外で待ってる重装強化服とすぐに合流できるように、出来るだけ最短距離で進みたかったのだけど、仕方無いか」

そこでカナエが口を挟む。

「ぶっ壊して進めば良いんじゃないっすか？」

「簡単に壊せるならね。稼働中の遺跡の壁よ？　そう簡単には壊せないわ。頑張れば壊せるとは思うけど、その為に弾薬を消費するのもちょっとね」

「ああ、じゃあ私がやるっす」

カナエはそう言って隔壁の前に立った。そして右腕を後ろに大きく引く構えを取る。

次の瞬間、強化インナーが生み出す身体能力を十全に乗せた拳が隔壁に叩き付けられる。その一撃、並の強化服を超える出力を卓越した格闘技術によって一点に集中させた衝撃は、旧世界の技術を以て製造された壁の強度を上回った。

接触面から光が飛び散る。それは衝撃変換光であり、隔壁が力場装甲（フォースフィールドアーマー）で守られていた証拠だ。カナエの一撃はその防御すら貫き、隔壁を粉砕した。

エレナがその威力に驚き、同時に意外に思う。

「凄いのね。でも良かったの？　私達の手伝いはしない契約でしょう？」

「何かあった時に、お嬢を抱えて逃げるのは私の仕事っすからね。その時に邪魔になるものを先に壊しただけっすよ」

「そういうこと。まあ助かるわ」

　何にせよ障害物が無くなったことに違いは無い。アキラ達は当初の移動ルートを維持して先に進んだ。

　アキラが歩きながら先程の光景を思い返す。

『なあアルファ。さっきカナエが壁を壊したけどさ、あれ、俺にも出来るかな？』

『現時点で、という意味であれば無理よ』

『アルファがサポートしても？』

『装備の性能が違うからね。それに彼女の装備には格闘戦用に対力場装甲（アンチフォースフィールドアーマー）機能がついているわ。アキラの強化服には無い機能よ。流石に私のサポートでも、そもそも無い機能を追加するのは無理よ』

『そうか。俺の装備もまだまだって訳か』

『そういうことよ。この程度で満足せずに、もっと良い装備を手に入れないとね』

　アキラは荒野に半壊状態とはいえ残っていたビルを、強化服の身体能力で倒壊させたことがあった。そのアキラが出来ないことをカナエは容易く成し遂げた。

　道理でろくな銃も持たずに遺跡に入る訳だ。アキラはそう思って納得しつつ、装備の重要性を再確認した。

　しばらく進むと再び隔壁がアキラ達の行く手を遮った。またカナエに頼もうとするエレナにモニカが口を挟む。

「あの、流石にこれを殴って壊すのは無理だと思いますよ？」

　モニカの指摘通り、次の隔壁は前回のものより頑丈そうな外見をしていた。壁の外見と力場装甲（フォースフィールドアーマー）の出力は必ずしも一致しないが、分厚そうな金属製の壁は見るからに頑丈そうだ。

　カナエが隔壁を軽く叩く。

「確かに前のより頑丈そうっすねー」

「そうですよね。ですからここは迂回を……」

そこで今度はシオリが前に出る。

「では、ここは私が。カナエに契約外のことを続けさせるのも何ですので」

シオリはそう言って壁の前に立つと、刀を握って居合いの構えを取る。そして刃を鞘から勢い良く抜き放った。

斬撃が壁を走る。瞬く間に幾重にも走り抜け、隔壁に光の線、衝撃変換光の軌跡を描いた。

やがて光が消える。一見しただけでは隔壁に変化は無い。しかしシオリが納刀を済ませると、切り刻まれた壁が斬られたことにようやく気付いたようにズレ始め、そのまま崩れ落ちた。

アキラが軽い感嘆の声を出す。

「おー、凄いな。ん？　その刀、もしかして、旧世界製か？」

「いえ、現代製です」

「現代製か……」

流石に刃物にもかかわらず射程という単語が適用可能な旧世界製の刃物とは異なるが、切れ味そのものはそれに匹敵しそうなシオリの刀にアキラが興味を持つ。

「……じゃあ、俺でも買おうと思えば買えるのか？」

「これ自体は市販の品ではありませんので難しいでしょう」

「あ、そうなんだ」

「ですが、同程度の性能の品であれば市販の物も御座います」

「なるほど……」

次の装備を調達する際には、それらの購入を考えても良いかもしれない。アキラはそう思いながら、分厚い隔壁の破片の見事な切断面を面白そうに見ていた。

モニカも同じ物を見ていた。その視線を、一瞬だけだが、非常に険しくさせていた。

◆

　工場内を邪魔な隔壁を排除しながら進んだアキラ達がＡ89地点に辿り着く。そこは工場内の倉庫だった。籠城には適しているが、通路を敵部隊に塞がれると脱出も困難であり、救援部隊に救出してもらうことを前提とした避難場所だ。

　通路は閑散としており、多脚機の破片ぐらいしか転がっていない。そして死体も見当たらない。

　アキラ達が警戒しながら倉庫の扉を開ける。だがその中に救援を待ち続けるハンター達の姿は無かった。そこにあったのは破壊された多脚機の残骸と、壊れた個人携帯用簡易防壁、そして床に倒れているハンター達だった。

　エレナが残念そうに顔を歪める。

「手遅れだったようね……。残念だわ」

　シカラベも落胆を顔に出した。だがすぐに気を切り替える。

「トガミ。一応全員の生死を確認しろ。軽く揺すって声を掛けるぐらいで良い。仮死モードのやつならそれで目を覚ますかもしれない」

「分かりました」

「誰も目を覚まさなかったら全員を運び出す準備だ。今回は死体が残ってるんだ。重傷者が交じってるかもしれないからな」

　トガミが作業に入ったのを見て、レイナは自分も手伝おうとした。だがカナエに肩を掴まれて止められる。それでレイナが振り返ると、カナエはいつものように笑っており、シオリはすまなそうな顔をしていた。

「お嬢様。私がやります。ですので、申し訳御座いませんが……」

　シオリ達がレイナを止めたのは、以前に似たような状況でレイナを人質に取られたことがあったからだ。それはレイナが倒れていた男を起こそうと善意から不用意に近付いた所為だった。

　勿論、今とその時とでは状況がかなり異なっている。シオリ達の態度は大分過保護なものだ。それでも、レイナはその失態を演じてしまった者として大人しく指示に従った。

「……うん。分かった。お願いね」

レイナがカナエの隣に行き、代わりにシオリがトガミを手伝いに行く。

その横で、モニカはハンター達を見て驚いていた。無意識に呟く。

「何で……」

その呟きを聞いたアキラが不思議に思う。

「何でって、何か変なのか？」

「……いえ、その、何でこれしかいないのかと思いまして……。彼らを見捨てて逃げた私が言うのも何ですが、戦況はそこまで酷くはなかったはずなんです。犠牲は出ても、半分以上はA89地点に逃げ込めると思っていたんです」

「ああ、そうだったのか。それなら他の避難場所に逃げたってことはないのか？」

「……そうですね。そうだと良いです」

モニカはそう言って、無理に笑ったように悲しげに少しだけ笑った。


倉庫内の検証が進む。生存者はまだ見付かっていない。

エレナは次の行動を迷っていた。シカラベの提案通り、この場のハンター達を生死不問で連れ帰るという手もある。だが他の避難場所に向かうという選択もあった。

（どっちが良いかしら？　戦闘無しでここまで来られたから残弾は十分。多分死体の彼らを運ぶより、他の生存者を探した方が良い？）

自分達はこのA89地点に来るまで、恐らく死傷者が出たであろう激しい戦闘の痕跡を至る所で見かけたのにもかかわらず、その死体を全く目にしなかった、という奇妙な状況が続いていた。

しかしこのA89地点でようやく、残念な結果ではあるが、その死体が見付かった。その状況から、この場のハンター達はここを襲撃した機械系モンスター達と相打ちになったと判断できる。

そうすると、今まで死体が見付からなかったのは、他の者は別の避難場所まで何とか逃げ切ったから、という可能性も高まってくる。

それならばそちらの救援に向かった方が良いのではないか、という考えがエレナの中で強くなっていた。

(助けられるのなら助けたいのよね……。モニカと相談して次の探索場所を決めた方が良いかしら。前哨基地と通信を繋いで判断を仰ぎたいところだけど、繋がらないのよね)

A棟の前まで随伴していた2機の重装強化服は、前哨基地との通信の中継機としての役割も果たしていた。これにより工場区画で発生している軽度の通信障害下でも、前哨基地と重装強化服との通信は維持されていた。

そしてアキラ達も工場内からその重装強化服までは何とか通信を維持できるので、その2機を介して前哨基地と連絡を取れるはずだった。実際に途中まででは繋がっていた。

だがそれも、アキラ達がA89地点の近くまで進んだ辺りで繋がらなくなっていた。

(遺跡の中だから仕方が無いとはいえ、途中まで繋がっていたから少し甘く見すぎたわ。とはいっても、その時は引き返す状況ではなかったんだけど……)

エレナはそこまで考えて、今更悔やんでも仕方無いと首を軽く横に振って気を切り替える。

その時だった。トガミが声を上げる。

「目を覚ましたやつがいたぞ！」

エレナは急いでその場に駆け寄った。アキラ達もその後に続く。

だがモニカだけはとても驚いた顔で、そして少し険しい表情で立ち続けていた。


目を覚ましたイージオという男は義体者で、胸から下と左腕が無かった。呼びかけられて目を覚ましたが、状況が全く分からずに困惑している様子を見せている。

「こ、ここは……？」

「大丈夫よ。安心して。助けに来たわ」

エレナは笑って相手を安心させながら状況を軽く

説明した。それを聞いたイージオも落ち着きを取り戻したように表情を緩める。

「そうだったのか……。ありがとう。仮死モードもいつまで保つか分からなかったからな。助かったよ」

「どう致しまして。この状態でしばらく話ぐらいは出来そう？　何があったのかとか、他の生存者がいそうな場所とか教えてもらいたいの」

「分かった。俺達はA棟の調査に派遣された部隊なんだが……」

イージオはそこまで言ったところで、目を大きく見開いて言葉を止めた。そして怯えたように顔を強張らせた。

「どうしたの？　大丈夫？」

「な……、何であいつが……!?　まさかお前ら、あいつの仲間か!?」

イージオの視線の先にはモニカが立っていた。シカラベがそこから推測してイージオを宥める。

「落ち着け。あの女がお前達を見捨てたのは俺達も知っている。あの女がチームにいるのは、その懲罰としてここまでの案内役をやっているからだ」

だがイージオは困惑を強くしただけだった。

「……見捨てた!?　お前、何を言って……」

「……違うのか？　じゃあ何が……」

シカラベも怪訝な顔になる。互いに困惑しているが、それでも自分達と相手の認識に何か致命的な齟齬が生じていることだけは分かった。

エレナも警戒を顔に出しながら、男へ真面目に質問する。

「彼女を知ってはいるのよね？　彼女との間に何があったの？」

「あ、あいつは……、あいつが……！」

イージオは残った右手でモニカを指差しながら、それを答えた。

◆

前哨基地の医務室に瀕死の状態で運び込まれたハンターの男が目を覚ました。その報告を受けた担当の職員が男から話を聞いている。

「無事で何よりだ。起きてすぐで悪いが話を聞きたい。瀕死の君を叩き起こすほどではないにしろ、目を覚ましたらすぐに話を聞きたいぐらいには、こちらも情報不足でね」

「ああ、分かった。あ、でもその前に一つ教えてくれ。あのモニカってやつはどうなったんだ？　あいつの情報はもう伝わってる……んだよな？」

男は朧気な意識で運ばれていた時に、それだけは確認した覚えがあった。

「ああ。こちらも把握している」

「そうか……。良かった……」

男は安堵の息を大きく吐いた。

「それで、あいつはどうなったんだ？」

「彼女なら今、A棟の救出部隊に加わって現地への案内役をしている」

「…………えっ？」

その短い言葉は、男の胸中を的確に表していた。

職員が男の態度を怪訝に思いながらも説明を続けていく。

「案内役は懲罰を兼ねている。チームを見捨てて一人で逃げたところで、その戦地にまた戻されるだけだという見せしめでもある。……どうした？」

混乱していた男はそれを聞き、怯えたように身を震わせていた。そして叫ぶ。

「違う！　あいつは俺達を見捨てたんじゃない！　俺の仲間は、あの女に殺されたんだよ！」

「何だと!?」

職員が思わず上げた声の大きさは、その話が余りに予想外であることを如実に表していた。

◆

工場区画のA89地点で籠城していると思われるハンター達を助ける為に現地に向かったアキラ達が、そこにいた生き残りであるイージオから予想外のことを聞かされる。

「あ、あいつは……、あいつが……！　あいつが俺達を襲ったんだ！　俺達を見捨てたんじゃない！　ここのモンスターと一緒に俺達を殺そうとしたんだよ！」

アキラ達が思わずモニカを見る。モニカは酷く驚いた様子を見せていたが、すぐに首を横に大きく振った。

「……えっ？　……違います！　そんなことしてません！　幾ら私があなた達を見捨てて逃げたからって、そんな嘘を吐くなんて酷すぎます！」

そこには予想外の冤罪を突然押し付けられて慌てる者の姿が確かにあった。

エレナが顔を険しくする。チームのリーダーとしてこれに対処しなければならないのだが、迷う。

(演技には見えないのよね……。これが演技なら大したものだわ。それに相手には嘘を吐く動機もある。モニカに見捨てられて死にかけたんだもの。恨みはあるでしょうね)

エレナが推察を続けていく。

そもそも自分達は都市の指摘でモニカが他のハンター達を見捨てたと知った。その根拠はモニカが提供したデータであり、それを都市が解析した結果だ。そしてそのデータは情報収集機器による収集データだ。客観性は高い。少なくとも、この場の口論よりは高い。

(……確かにそのデータの提供元はモニカだけど、あの手のデータの改竄って難しかったはず。単にデータ破損にするのとは訳が違うわ)

自分には無理だ。エレナはそう思いながらも推察を続ける。

(……その手のデータの扱いに慣れている地図屋なら可能？　だからって都市の検証をごまかすレベルで改竄できるものなの？　仮にそこまで改竄可能な技術を持ってるのなら、そもそも他のハンターを見捨てた記録なんて残さないんじゃない？)

何らかの理由でデータを意図的にそう改竄したと疑うことも出来る。だが疑う為に疑えば幾らでも疑えるのも事実だ。

(彼はモニカがここのモンスターと一緒に俺達を殺

そうとしたと言ったけど、私達がモニカを助けた時、モニカはその警備機械の群れに襲われていたのよね。うーん……）

イージオの説明と自分達の状況が食い違っている。エレナはむしろそちらに疑念を持った。機械系モンスターとの共闘など普通は有り得ないからだ。その所為で無意識に疑いの視線をイージオに向けた。

「あなたの話、何か証拠はある？」

イージオがあからさまに焦った顔を見せる。

「しょ、証拠って言われても……、本当だ！　嘘じゃない！」

「情報収集機器のデータとかあったら見せてもらえる？　契約上、都市がそのデータの所有権を持ってるから都市の許可が無いと渡せないとか、チームの機密情報を含んでるから無理だとか、プライベートなものだから駄目だって理由もあるだろうし、無理強いはしないけど……」

理由が何であれ、証拠となりえる何かを提示できないのであれば、あなたの話は信用できない。暗にそう言われたイージオが険しい顔で溜め息を吐く。

「……悪いが、データは渡せない。だが俺が言ったことは本当だ。信じろとは言わないが、忠告はしたからな」

そう言われてしまうと、エレナもそれ以上問い詰めるのは難しかった。不安要素が増えた状況に懸念を強くする。

そこに口を挟む者がいた。アキラだ。

「何で渡せないんだ？」

アキラの口調はまるで素朴な疑問を尋ねるような軽いもので、どこか緊張感に欠けていた。少なくとも自分のチームの人間を証拠も無しに突如糾弾した者へ向けるものではない。

イージオはそれで少し調子を狂わされながらも、そんなことも分からないのかという態度で質問に答える。

「これでも真面目にハンターやってる方なんでな。確かにデータを渡せば信用されるかもしれない。逆に渡さなければ潜在的な敵対者とみなされて、置き去りにされてそのまま死ぬかもしれない」

そこでイージオが口調をわずかに強める。

「だが、俺に、その程度のリスクの為に情報を漏らす気は無い。命惜しさにペラペラと何でも話す三流未満のクズどもと俺を一緒にするんじゃねえ」

「おーー」

アキラは納得と感心を顔と声に出して頷いた。

そのアキラの態度を見て、イージオは更に調子を狂わされた。微妙に照れ隠しのように捕捉する。

「……まあ、理由を付け足せば、データを渡せば信用してもらえると決まった訳でもないしな。情報収集機器のログの精度が悪くて、調べたけどよく分からなかったってこともある。そっちのリスクも考慮すると、データを渡す気にはなれないってことだ」

アキラはまたも納得したように頷いていた。

そのどこか素人丸出しのようなアキラの様子に、エレナ達が苦笑を零している。

トガミは少し呆れた顔だった。その程度のことも聞かないと分からないのかと思い、アキラへの嫉妬と羨望にも似た複雑な感情を一時忘れた。

だがその少し緩んだ空気も、アキラが真面目な顔になったことですぐに消えた。

「確認する。モニカに襲われたって話、本当か？　答えてくれ」

「……、本当だ」

アキラの真面目な態度に応えて、イージオも真面目に答えた。

『アルファ』

『恐らく本当よ。義体者だから、絶対に、とは言えないけれどね』

『そうか』

アキラがモニカに視線を向ける。そこには既にモニカへの強い警戒が滲んでいた。

「確認する。そいつを襲ってないって話、本当か？　答えてくれ」

「ちょっと待ってください！　そいつの話を信じたんですか!?　データを渡せないなんて、初めからそんなデータなんて無いからに決まって……」

「答えてくれ」

アキラに強い口調で口を挟まれて、モニカは一度口を閉じた。そして真面目な顔ではっきり答える。

「襲っていません」

『アルファ』

『嘘ね』

そのアルファの返事を聞いた途端、アキラのモニカを見る目が、敵を見る目に変わった。

同時にアキラの気配も不審者への警戒から敵への警戒に、臨戦手前にまで変わった。

「嘘か……」

モニカが一歩下がって首を横に大きく振る。

「ちょ、ちょっと待ってください！　何で嘘だって決め付けるんですか!?　嘘じゃないです！　本当です！」

アキラはモニカの訴えを無視した。代わりに最後の確認を始める。

「もう一つ確認する。お前は俺達の敵か？　答えろ」

答えない場合は肯定したとみなす。そういちいち言うまでもなく、アキラはそう言っていた。

アキラが自分一人でここにいたのなら、この問いは不要だった。モニカが自分達に嘘を吐いて他のハンター達を襲ったが、敵ではないのかもしれない。そのようなほぼ有り得ないわずかな可能性など、本来アキラは確認しない。

その本来不要な確認作業が加わったのは、アキラがエレナ達と一緒のチームとして動いているからだ。引き金を引くアキラの指、敵対者を何の躊躇も無く撃ち殺せる軽い指を、それが今はほんのわずかだけ重くしていた。

そのおかげでまだ撃たれていないモニカが、怯えた顔で助けを求めてエレナ達を見る。その悲痛な表情には真に迫るものがあった。無関係の第三者が事前情報無しで見れば、思わず駆け寄って助けたくなるほどだった。

だがエレナとサラはそのモニカに明確な警戒を示している。エレナ達はアキラの様子から以前にも感じた何か、クズスハラ街遺跡の地下街でヤラタサソリ達の擬態を見破った時のアキラにあったものと同じもの、理由を説明できない絶対の根拠を以てモニカの嘘を見抜いたのだと察していた。

そしてエレナ達はモニカの訴えよりもアキラを信じた。その時点でエレナ達もモニカを敵とみなした。

モニカはそのエレナ達の態度を見て、擁護は期待できないとし、助けを求める視線を別の者、今度はレイナ達に向ける。

だがレイナとシオリもモニカに警戒を向けている。レイナは以前に、ある不審者と揉めていたアキラを信じなかった所為で、実は遺物強奪犯だったその男に人質に取られたことがあった。そしてシオリと一緒に死にかけた。

その過去がレイナ達に、この場でアキラと敵対している者に味方することを許さなかった。最低でも中立だ。どちらにしろモニカの擁護は出来ない。

モニカが視線をさまよわせる。だがシカラベにもモニカを擁護する気は無い。エレナ達のチームの下につく形で動いている以上、その手の決定に口を挟むつもりは無かった。

トガミは個人的にはアキラを止めても良かった。トガミにはアキラが何の根拠も無いただの勘でモニカを敵視しているようにしか見えないからだ。他人の勘を根拠に他者を裁けるほど、トガミは傲慢ではなかった。

しかしトガミはシカラベの下で動いている。そのシカラベが沈黙している以上、トガミに出来ることは、アキラの判断を積極的には肯定しないという意味での沈黙が限界だった。

モニカが怯えた顔で救いを求めるように視線をさまよわせる。そしてどこを見ても味方はいないと判断すると、遂に諦めた。

その途端、モニカの表情から怯えが消えた。面倒そうな顔で溜め息を吐き、不満を零す。

「あー、もー、台無しですよ。だからちゃんと片付けてくれって頼んでおいたのに……、全く……」

自白と変わらないその言葉で、モニカは明確にアキラ達の敵となった。

第118話　裏切り者の雇い主

明確な敵となったモニカに、アキラ達が厳しい視線を向ける。だがモニカは平然としていた。

「全く、ちゃんと片付けておいてくれればもっと奥まで誘い込めたのに、この程度の片付けも出来ないなんて。まあ、工場の管理システム程度では、その程度のことも考えられないんですかね」

非常に気になることが聞こえたが、エレナはまずはそちらへの興味を後回しにした。代わりに別のことを尋ねる。

「一応聞いておくわ。何で彼らを襲ったの？」

「お仕事ですよ。私も、これでも真面目にハンターやってる方なんです」

「仕事ね……」

エレナはモニカの返答から、クガマヤマ都市と敵対している他都市から遺跡攻略の妨害工作でも依頼されたのかと考えた。少なくとも雇い主がいると判断したのだ。

そこでトガミが声を荒らげる。

「ふざけるな！　強盗やってるやつが真面目にハンターやってるなんてほざくんじゃねえ！」

トガミはモニカの単独犯だと判断していた。遺跡でハンターを襲って所持品を売り払う、荒野に倫理を捨てた者、ありふれた強盗連中だと考えたのだ。そしてそれを真面目なハンター稼業だというモニカに怒りを覚えていた。

だがモニカは気にせずに笑う。

「強盗ではありません。警備です。不法侵入者の排除という真面目なお仕事ですよ。ドランカムのハンターなら警備の仕事ぐらいした経験もあるでしょう？　それと同じですよ。雇い主が違うだけです」

理解の追い付いていない者が怪訝な顔をする中、エレナは気付いた。

「あなた……、遺跡に雇われてるの？」

モニカが自慢気に笑う。

「そういうことです。正確には工場の管理システムに、ですけどね」

話についていけずに混乱していたトガミが思わず口を挟む。

「待て！　それなら何で俺が助けた時にここの警備機械に襲われてたんだ!?」

モニカが意外そうな嘲笑をトガミに向ける。

「襲われていませんよ。あれは私が連れてきたんです」

「なっ……!?」

「本当に欠片も気付いていなかったんですか？　私を助けにあなたが部屋に入った時、あの警備機械は私ではなくあなたに銃口を向けていたのに？　あの部屋には先に私がいたんですよ？」

トガミの脳裏にその時の光景が浮かぶ。そう指摘されると、モニカが無傷の状態で床に倒れていたのは不自然だった。

「私、あなたからそれを指摘されたらどうしようって思って、言い訳をたくさん考えていたんですよ？　無駄になりましたけど」

真っ先に自分が気付くべきだった。その悔恨を怒りに変えてトガミがモニカを睨み付ける。自分達を殺そうとした者を命懸けで助けてしまったことも、トガミの怒りを強くしていた。

それでもモニカは余裕の笑みを浮かべていた。そして視線をキャロルに向ける。

「ぶっちゃけた話、キャロルさんは気付いていましたよね？　だから私を助けた後、私の背後の位置取りを続けていたんでしょう？」

キャロルも余裕の笑顔を返す。

「まあ、疑ってはいたわ。邪推じゃなかったのは残念だったけど」

「何で気付いたか聞いても良いですか？　あの時、キャロルさんに気付かれる要素は無かったはずですけど」

「いろいろ。一番の理由はアキラと初めて会った日にあなたが死んでなかったからよ」

「えー？　それは酷くないですか？　っていうか、何でそれで分かるんですか？　自分で言うのも何ですけど、私の演技はバッチリだったと思うんですけど」

「だって、あの状況であなたが死んでないの、不自然だもの」

キャロルがアキラと出会った日、キャロルは大量の機械系モンスターと遭遇してモニカとはぐれた。再開後、モニカは秘密の脱出経路を使って脱出したと説明した。

だがどう考えてもそれは不自然だった。秘密の脱出経路が本当にあったとしても、キャロルが想定するモニカの実力では、あの量のモンスターを相手にしながらその脱出路に辿り着くのは不可能だからだ。

仮にそれを可能にするほどの実力をモニカが隠していたとしたら、そもそもキャロルとはぐれること自体が不自然だ。それだけの実力があるのならば、十分にモンスターを蹴散らせた。少なくともキャロルと分断されるような状況にはならない。

そうすると、その状況でモニカが死ななかった理由は、そもそも襲った側だから、であれば辻褄が合うのだ。

キャロルがそれを指摘した上で笑う。

「まあそうは言っても全部憶測だし、あなたが遺跡に雇われてるなんて突拍子も無い推察は誰にも言えなかったわ。だから念の為に警戒だけはしておいたのよ」

「なるほど。そういうことですか。それじゃあ次はその辺もちゃんと気を付けないと……」

モニカがそこまで言った時、シオリとカナエは既にモニカとの間合いを詰め終えていた。

東部は銃という強力な遠距離攻撃が席巻(せっけん)する世界だ。だからこそ、その世界で敢えて近接戦闘を挑む者達の実力は、その間合いの不利を覆すに足るだけあって飛び抜けている。

メイドとして主の護衛も仕事とするシオリ達は、その高度な近接戦闘技術も修めていた。シオリはレイナへの忠義、カナエは自身の嗜好(しこう)でその技量を研ぎ澄まし、既に達人の域に至っている。銃の間合いで戦闘を開始した状態で、敵の懐に到達して一撃を入れられるほどに。

シオリの刀の鞘(さや)は側面を開閉できる構造になっている。これにより刀身を鞘から垂直に引き抜くこと無く、横に抜いてそのまま相手を斬ることが出来る。

力場装甲(フォースフィールドアーマー)による保護で強化された刀身は金属でも容易に切断可能なほどに鋭く、対力場装甲(アンチフォースフィールドアーマー)機能まで備わっている。更に付属のエネルギーパックから追加のエネルギーを注ぎ込むことで、切れ味と強度を引き上げることが出来る。

柄は抜刀の直前まで刀身を保護し、納刀時に刀身にエネルギーを常時注ぎ込むことで、抜刀直後の威力を向上させる。加えて抜刀時に柄側のエネルギーで刀身を加速させ、斬撃の速度まで上昇させる。

カナエの籠手にも同等の機能、力場装甲(フォースフィールドアーマー)による保護と強化、対力場装甲(アンチフォースフィールドアーマー)機能と追加エネルギーによる攻撃力増強機能が組み込まれている。

それらのただでさえ強力な装備による攻撃を、強化服の身体能力と研ぎ澄ませた戦闘技術で威力を乗算する。それによりたとえ鋼の塊を超える頑丈さの相手であっても、斬り裂き、打ち砕く一撃となる。

シオリ達はキャロルが会話でモニカの気を逸らしている間に、立つ位置をほんの少しずつ移していた。そしてモニカに一瞬で一撃を入れられる距離まで近付くと、目配せも無しに同時にモニカに襲いかかった。

強化インナーの出力を全開にして床を蹴った初速は、無風の空気を相対的に暴風に変えるほどに速い。その速度を刀と拳に乗せて、シオリとカナエが渾身(こんしん)の一撃を放つ。

次の瞬間、倉庫内に強烈な衝撃変換光が飛び散り、モニカの姿を掻(か)き消した。

その光が消えた時、そこにはキャロル以上にきわどいデザインの強化服を着て、余裕の笑みを浮かべているモニカの姿があった。

シオリの刀とカナエの拳はモニカに到達する前に、見えない壁に激突したように空中で止まっていた。

シオリ達の攻撃を防いだのは力場障壁(フォースフィールドシールド)とも呼

ばれるもの、モニカを球状に包み込むように広げられていた展開式力場装甲（フォースフィールドアーマー）だった。

シオリ達が今もその壁面に刀と拳を押し付けているので、その接触点からわずかな衝撃変換光が発生している。

その光は周囲に飛び散らずに力場障壁（フォースフィールドシールド）の表面に伝わり、幾何学模様の光で覆われた透明な球体を浮かび上がらせていた。

モニカがシオリ達を馬鹿にするように笑う。

「もしかして、私が黙って突っ立っているだけだとでも思っていたんですか？　そんな訳無いじゃないですかー」

シオリ達はそのような甘い考えなど欠片も持っていない。

敵であることが露見した後のモニカからは、油断にすら思えるほどの明確な余裕が感じられた。それはアキラ達全員を敵に回しても問題無く勝てる自信の表れだ。それだけの実力を隠していたのだと推察できる。

だからこそシオリ達はモニカを危険視し、この場で全力で殺そうとした。モニカの余裕が油断と同義である内に、どれだけの力を隠していたとしてもその力を十全に発揮する前に、素早く確実に殺そうとした。

本来ならばレイナの安全の為にどちらかをレイナの側に残すところを、その一時の危険を許容して二人がかりで襲うほどに、その方が結果的にはレイナの安全を維持できると判断するほどに、シオリ達は全力でモニカを殺そうとした。

それにもかかわらずモニカを殺せなかった。その驚きがシオリ達の顔に満ちる。

工場の隔壁を破壊した時より格段に高い出力を出したのに加えて、対力場装甲（アンチフォースフィールドアーマー）機能を使用しての一撃だ。更に力場障壁（フォースフィールドシールド）は、普通に金属板などを力場装甲（フォースフィールドアーマー）で強化した時より強度が落ちる。それでも防がれたことは、相手の力場障壁（フォースフィールドシールド）の出力がそれだけ高いことを意味していた。

相手がそれだけの力を隠していたことに、シオリは顔を険しく歪め、カナエは面白そうに笑う。そしてどちらも意気を落とさずに、モニカの言葉を聞き流して連撃を繰り出した。

　だが全て防がれる。その全てが強固な機械系モンスターすら容易く両断し粉砕する威力なのだが、発光する薄いガラスのような障壁を突破できない。

　モニカがあからさまに馬鹿にするように笑う。

「無駄です！　効きませんよぉ！」

　それでも攻撃を止めないシオリ達に、モニカが腰に付けていた2挺の銃、個人携帯用のレーザーガンを勢い良く向けた。実弾を撃ち出す形状では無い銃口がシオリとカナエを狙い定める。

　その直後、空中から着弾音が響き、衝撃変換光が飛び散った。

　撃ったのはアキラとキャロルだ。力場障壁（フォースフィールドシールド）に防がれたが、その防御が無ければモニカの顔面に直撃する弾道だった。

　当然ながらモニカは無傷だ。だがその笑顔はわずかに硬くなっていた。

　モニカが使用している力場障壁（フォースフィールドシールド）は、外から内の攻撃のみを防ぎ、内から外への攻撃を素通りさせるような、都合の良い構造はしていない。よって外側の敵を撃つ時には、その瞬間だけ解除する必要がある。

　その瞬間を狙われたのだという気付きが、モニカの顔を強張らせていた。

　湧いた恐怖を舌打ちでごまかし、モニカが笑いながら大きく後方に飛ぶ。跳躍ではなく実際に飛行しており、そのまま背後の扉を貫くように破壊して倉庫から脱出すると、通路を飛んで離脱した。

「あなた達は後回しです！　すぐに戻ってきますからね！」

　モニカは倉庫のアキラ達に通信でそう言い残し、アキラ達の索敵範囲から姿を消した。

　事態が目まぐるしく変わった倉庫の中、その変化に追い付けない者は啞然とし、対応できた者の大半は顔を険しくしていた。

アキラがモニカの姿を思い返す。

『アルファ。あいつの強化服だけどさ、あれ、旧世界風か？』

『いえ、あれは旧世界製よ。あの力場障壁（フォースフィールドシールド）の機能も含めてね』

『……そうか』

道理でシオリ達がモニカを殺し切れなかった訳だと、アキラは納得しつつ顔をしかめた。

事態の把握と次の行動の思案に数秒を費やしたエレナが指示を出す。

「撤退を前提に、行きのルートとは逆方向に移動するわ。シカラベ。彼を頼んで良い？」

「分かった」

シカラベがイージオに真面目な顔を向ける。

「首から上だけで、どれだけ保つ？」

「……完全仮死モードで48時間ぐらいだ。その場合、自力での覚醒は出来なくなる。……分かった。首から上だけで良い。運んでくれ。ちゃんと起こしてくれよ？」

「ちゃんとやるさ。俺達が無事に脱出できれば、だけどな」

「期待してるよ」

イージオが苦笑して目を閉じる。そして反応を一切示さなくなった。

シカラベがイージオの首から下をどうやって切ろうかと迷っていると、シオリが側に来る。

「私が切りましょう」

見事な一閃（いっせん）でイージオの首が切り離される。シカラベは生存可能な最小の状態となったイージオを持ち上げると、そのままトガミに渡した。

その間にキャロルがエレナに提案する。

「脱出経路なら私に良い案があるわ。前に私がアキラと一緒に工場区画から脱出した時に使ったルートよ。どう？」

「分かったわ。案内をお願いね。よし。行きましょう」

エレナの指示でチームが移動を始めようとする中、渡された首を持って半ば唖然と立ち尽くしていたトガミが慌てて声を出す。

「ちょっと待ってくれ！　残りのやつはどうするんだ!?　何で撤退なんだ!?　彼女を追わなくて良いのか!?　それに……」

急転した事態、訳の分からない状況、それらから生まれた困惑と混乱が、説明と納得を求めてトガミに話を続けさせた。

だがそれをシカラベの怒声が遮る。

「後にしろ！　お前を納得させる為だけに貴重な時間を使わせるな！」

シカラベの叱咤は脅迫の域に達していた。トガミが不満を示す余裕も無く口を閉ざす。

そこでアキラがエレナに頼む。

「移動しながらで構いませんから、状況を説明してもらっても良いですか？　多分俺が一番状況を理解していないと思いますので」

「……良いわよ。移動しながらね。行くわよ」

エレナが全員を急かして出発する。倉庫を出たアキラ達はキャロルの先導で工場区画を進んでいった。

◆

工場内の通路をモニカが飛ぶ。強化服と一体化している推進装置から、その推進力として吐き出される高エネルギーが通路の空中に光の軌跡を描く。

そのモニカの顔は少し不機嫌そうに歪んでいた。

「……あんなやつら、すぐに殺せます。先に通信を潰そうとしているだけです」

内心の滲んだ愚痴を零すモニカの顔に、つい先程まであった絶対の余裕は無い。

退いたのではない。逃げたのではない。これは合理的に動いた結果だ。そう言い訳がましく自身を肯定する感情が、モニカの顔に歪んだ笑みを形作る。

背負っていたリュックサックが弾け飛ぶ。その中から出てきた機械が変形してレーザー砲になり、透明な補助アームに取り付けられたように背中に固定された。

「本気でやれば一瞬です！　現代製の装備の連中な

んて蹴散らしてやります！」

　旧世界製の装備を露わにしたモニカは、その言葉を証明する為に全速力で外を目指した。


　Ａ棟の外でアキラ達の帰還を待っていたヘックス機とハウンド機が、工場内から高速で接近してくる反応を捉える。

「……随分速いな。この反応のブレは……飛んでる？　突入した部隊ではないな」

「部隊から帰還の連絡は無い。モンスターと仮定する。迎撃準備だ」

「了解」

　２機の重装強化服が両手の武装を反応の方向へ向ける。そして搭載されている索敵機器で対象の姿、旧世界製の装備で身を包むモニカの姿を捉えた。

「あいつは……！」

「撃て！」

　連絡無しで高速接近。加えてレーザー砲をこちらに向けている。その時点で敵性とみなすには十分すぎた。

　２機の重装強化服が全力の火力をモニカにぶつける。撃ち放たれた弾幕は、並のモンスターなど群れごと一瞬で粉微塵（みじん）にする威力を持っていた。予期せぬ事態への警戒が、ヘックス機とハウンド機に何の躊躇も無く最大火力を選ばせた。

　だがその銃撃と砲撃の嵐も、力場障壁（フォースフィールドシールド）の出力を限界まで上げているモニカには通じなかった。

「効きませんよー！」

　通路に衝撃変換光をまき散らしながら、モニカが凶悪に笑う。更にレーザー砲の照準を２機の重装強化服に合わせる。移動中にエネルギーの充填を済ませた砲口からは光が漏れ出していた。

「吹き飛びなさい！」

　モニカがそう叫ぶのと同時に力場障壁（フォースフィールドシールド）が解除され、レーザー砲から光の奔流が放たれる。それは濃密な弾幕を消し飛ばしながら直進し、２機の重装強化服を呑み込んだ。

　その光が収まると、大破した重装強化服が焼け焦げた地面に転がっていた。ヘックス機、ハウンド機、両機とも乗員は即死だった。

　A棟から出たモニカがその機体の上に降り立つ。都市防衛用の機体を容易く撃破した実感が、モニカの表情に生殺与奪の権を握った者の笑みを再び作り上げていた。

「当然です……。これが当然！　私が勝つに決まっています！」

　しばらく歓喜の声を上げていたモニカが満足して息を吐く。そして余裕を取り戻した顔で再び飛翔し、眼下に転がる破壊された重装強化服を見下ろした。

「これで前哨基地との通信は出来なくなりました。さあ、行きますよ！」

　モニカが意気揚々とA棟に突入する。アキラ達に追い付き、自身の装備の性能を疑わせた者達を皆殺しにする為に、工場内の通路を高速で、嬉々として進んでいった。

◆

　アキラは皆と一緒に工場区画を進みながら状況の説明を受けていた。

　移動しながら通信機越しでの説明なので、悠長に立ち止まっての状況説明よりは時間の消費は少ない。それでも本来不要な説明に労力を割いていることに変わりはない。

　それを分かった上でエレナがアキラに状況を説明することに決めたのは、アキラに状況を正確に確認させることで、アキラが持つ何らかの勘、モニカの敵対を決定的に見抜いた何かが、より正確に働くのを期待してのことだった。

　必要ならば他の者に補足を入れてもらいながら順に説明していく。

　シオリ達がモニカを殺し切れなかったことから、モニカの装備が極めて高性能なことは確実だ。そして強化服のデザインに加えて、工場の管理システムに雇われているという話から、それらの装備はその管理システムから提供された物、つまり旧世界製である恐れが非常に高い。

また、モニカが去った方向から考えて、モニカはA棟の外で待っている2機の重装強化服を倒しにいったと予想できる。前哨基地との通信の中継機を兼ねている機体を破壊してしまえば、モニカの裏切りが都市に露見する恐れが下がるからだ。

自分達は後回し、すぐに戻ってくる、と言ったことからも、モニカが自分達を皆殺しにするつもりなのは確実だ。

それも自分達が工場区画から脱出する前に、より正確には前哨基地との通信が可能な位置に移動する前に殺し切るつもりだ。これは先に中継機を破壊しに行ったことから推察できる。

恐らくモニカは自分達を皆殺しにした後に一人で前哨基地に戻り、自分だけ生き残ったのだとしれっと答えるつもりだ。

他の者を見捨てて逃げたという前科は、また同じことをしたのだろうという疑念を生む。その疑念が、実際にはモニカが直接自分達を殺したという真実を覆い隠す。

ハンター達の死体を現場から移動させたのは工場の警備機械で、モニカの指示だと考えられる。その理由は二つ。一つは死体を隠すことでハンター達を工場のより奥まで誘い込む為。もう一つは死体が持つ情報収集機器を調べさせない為だ。

情報収集機器の記録の精度は使用者によって差異がある。そもそも記録などしていない者もいる。だが多くの死体から記録を収集すれば、死亡時の状況をより正確に解析できる。そこにモニカの裏切りを決定付ける証拠があれば、モニカの立場は致命的に悪化する。

そこで死体ごと片付けさせた。情報収集機器だけ破壊するのはそれはそれで不自然だからだ。死体ごとであれば、遺跡の清掃機械に片付けられたか、別の場所へ逃げたと判断される可能性が高くなる。そして唯一の生き残りであるモニカの情報収集機器の記録の価値を高めることにもなる。

　またモニカの言動には、自分達を工場の奥へ誘導するものがあった。それは工場内での位置にモニカを有利にする要素があることを意味する。これはモニカが死体を隠して、救援対象者の籠城予想位置を工場区画の奥部にする工作とも一致している。

　モニカが使用していた力場障壁（フォースフィールドシールド）の強度は、シオリ達の対力場装甲（アンチフォースフィールドアーマー）機能に耐えるほど高かった。当然ながら使用するだけで多くのエネルギーを必要とする。シオリ達の連撃を食らい続ければ、消費量は加速度的に増えていく。

　それにもかかわらず当初モニカが余裕を保っていたことから考えて、モニカの装備のエネルギー残量はほぼ無尽蔵だと推察できる。つまりモニカを雇っている工場から常に供給されている恐れがある。

　そうすると、モニカの装備は工場からの貸出品である確率が高くなる。工場の警備の仕事を受けたことで貸し出された備品だ。そしてその備品は工場区画内でしか使用できず、雇い主の工場内でしかエネルギーの供給が行われない、或いはその周辺でなければ供給効率が落ちる可能性もある。

　これはミハゾノ街遺跡の市街区画や遺跡の外でモニカが活躍していないことからも判断できる。旧世界製の装備を、場所を問わずに十分に使用できるのであれば、ハンターとして間違いなく活躍しているはずだからだ。

　そこから考えて、モニカが誘導しようとしていた所は、そのエネルギー供給効率が非常に高い場所だったと推察できる。

　離脱したモニカを追わなかったのは、追うと不利になる恐れが高いからだ。モニカに有利な場所に誘い込まれることも考えられる。

　モニカがこちらの予想通り2機の重装強化服を倒しに行ったとしても、自分達とその2機でモニカを挟み撃ちに出来るとは思えない。それだけモニカは速く、そして恐らく短時間で相手を倒すだろう。挟み撃ちには出来ない。

　逆にヘックス機とハウンド機だけでモニカを倒せ

るのであれば、それはそれで問題無い。後で時間を掛けて連絡すれば良いだけだ。

少なくとも、自分達とヘックス機達がモニカを挟み撃ちにすることでギリギリ倒せるという状況になる可能性は低いと考えた。

エレナはそれらの理由から、モニカから出来るだけ離れつつ工場区画を速やかに脱出することに決めた。そしてイージオの扱いをシカラベに投げた。

他の死体まで運び出す余力など無い。その死体が実は重傷者であったとしてもだ。明確な生存者であるイージオも、戦力としては全く期待できず完全な足手纏い。そのイージオを連れていく余力すら無いのであれば、残念だが置いていくしかなかった。

そしてシカラベは、首から上ぐらいであれば許容範囲だと判断した。イージオもそれを理解し、受け入れた。

シカラベがイージオをトガミに渡したのは、シカラベがトガミをチームの積極的な戦闘要員だとみなしておらず、トガミがイージオの首を持ち運んでもチーム全体の戦力低下はわずかだと考えたからだ。

だからこそレイナの護衛も頼んでいる。イージオの首が邪魔で上手く戦えないという影響は少ない。

そこを考えればイージオの首はトガミではなくレイナに渡すべきなのだが、レイナはシカラベのチームではなくレイナのチーム、どちらかといえばシオリのチームの者なので、シカラベはレイナではなくトガミに渡した。

キャロルが脱出経路に以前アキラと一緒に工場区画から脱出した方法を提案したのは、モニカが遺跡の工場に雇われていることが確定したからだ。

あのコンテナターミナルは工場区画の物資輸送の要所であり、工場区画で生産された物資を積んだコンテナが山ほどある。

モニカは雇われの身とはいえ工場側の人間だ。下手に戦えばそれらの物資に被害が出るという理由で攻撃を躊躇うかもしれない。また、コンテナに被害が出るような攻撃はそもそも出来ない可能性もある。モニカの装備が工場からの貸出品であれば、その手の安全装置がついていても不思議は無い。

そしてこちらは周囲の被害を気にせずに攻撃できる。コンテナを盾にも出来る。逃げるにしても、戦うにしても、他の場所よりも優位になる。

アキラはそれらのことを一通り説明された。イージオの首の扱いについては、シカラベが黙っていたので省かれた。もっともトガミも何となく察していた。

説明を終えたエレナが尋ねる。

「アキラ。推測がたっぷり混じっているけれど状況はこんな感じよ。アキラはどう思う？　それは違うとか、何かある？」

どう思うと聞かれても、アキラにはどれも教えられて初めて気付くものばかりで、内容を把握するのでいっぱいいっぱいだった。そこでアルファに助けを求める。

『アルファ。どう思う？』

『妥当な推察だと思うわ』

推察の正しさを論理的に検証できる能力など今のアキラには無い。アルファの返事を鵜呑みにする。

「合ってると思います。いえ、何となくですけど」

「そう。それなら急いで脱出しないとね」

エレナは笑ってそう答えながら、内心で安堵していた。説明した内容は仮定に仮定を積み重ねたものであり、致命的な誤りがある恐れも十分にあったのだ。

しかしアキラは何となく、つまりアキラが勘と呼ぶ何かでその内容を肯定した。それならば概ね正しいのだろうと、エレナも自身の推察への不安を払拭した。

そこでアキラがふと思う。

「キャロル。今更だけど、あの脱出経路で良かったのか？　あ、情報料とかの話だ。あそこから脱出するのに文句は無いよ」

「状況が状況だからね。仕方無いわ。アキラが全員分の情報料を肩代わりしてくれるって言うのなら大歓迎よ？」

「いやー、それはちょっと」

それを聞いたエレナが苦笑して口を挟む。

「アキラ。キャロル。その手の話は後でじっくり交渉しましょう。まずは生き残ってからよ」

「そうですね。急ぎましょう」

「そうね。じゃあ、後でゆっくり」

アキラ達は話を打ち切って先を急いだ。

◆

アキラ達が工場区画のコンテナターミナルを目指して工場内を進む。周囲の真新しい様子は、この工場が現在も機能している証拠だ。つまりここがモニカを雇っている工場である恐れもある。

だが迂回は出来ない。迂回すると大幅に遠回りすることになるからだ。そしてモニカがどの工場に雇われているかなどアキラ達には分からない。割り切って進むしかなかった。

その途中、アキラは少し難しい顔をしていた。それをアルファに指摘される。

『アキラ。どうしたの？』

『ああ、ちょっとな。なあアルファ。エレナさん達から教えてもらったことなんだけどさ、あれ、ハンターとしては、あそこまで気付くのが当たり前なのか？』

モニカの裏切りが発覚してモニカがその場から離脱し、エレナが移動の指示を出す前まで。そのわずかな時間で、エレナはアキラに説明した内容の推察を終えていた。シカラベ、シオリ、カナエ、キャロルも同程度の推察を済ませていたからこそ、エレナの指示に一切口を挟まなかった。

それを理解したアキラは非常に驚いていた。自分が思慮深い方だとは欠片も思っていないが、それでも、人はそこまで気付けるものなのかと衝撃を受けていた。

アルファが軽く答える。

『気付いた内容の言語化自体はその後でも、漠然と気付いてはいたのでしょうね。だから指示の内容に間違いが無かったのよ』

『そうか……』

『まあ、エレナ達もシカラベも歴戦のハンターだから、その手の気付きを磨く機会は多かったのでしょう。言い方を変えれば、部隊の指揮者として有能なら、それぐらいは出来て当然なのかもしれないわね』

『ああ、そういうことか。……凄いんだな』

どちらにしろ実力の違いを見せ付けられたことに変わりは無い。アキラは納得しつつ、自身の未熟さに軽く打ちのめされていた。

アルファが少し得意げに笑う。

『アキラには私のサポートがあるからね。アキラが多少判断を誤っても、私のサポートで事態を強引に乗り切れるから、その手の気付きを磨く機会が少ないのは仕方無いわ』

『ああ、そうだな。今も助けてもらって感謝してるよ』

ただの自慢話だと思ったアキラは軽く苦笑して話を流した。だがアルファの次の返事でその顔が固まる。

『どう致しまして、と、言いたいところなのだけど、アキラ、私は今からしばらく席を外すわ』

「……はぁ!?」

アキラは思わず内心を口に出した。それを聞いたエレナが反応する。

「アキラ。どうしたの？」

「い、いえ、何でもないです」

「……、そう？」

何とか取り繕ったと思いながら、アキラはまだ見えているアルファに険しい目を向けた。

『アルファ！　ちょっと待て！　本気か!?　この状況でか!?』

するとアルファが真面目な顔を返す。

『本気よ。そしてこの状況だからよ。その状況を何とかする為に、少し離れるの』

そう言い返されるとアキラも嫌だとは言えなかった。この状況で自分のサポートを一時的に切ってでもやる意味があるのだろう。そう自然に判断できるだけの付き合いがあるからだ。

そして具体的に何をするつもりなのかここで細かく聞いても、アルファが戻ってくるまでの時間を無駄に延ばすだけだと考えた。何も聞かずに覚悟を決める。

『……分かった。早めに戻ってきてくれよ？』

『努力はするわ。アキラ。頑張ってね』

アルファはそう言ってアキラを笑って励ますと、そのままアキラの視界から姿を消した。

同時にアルファのサポートによる強化服の動きの補助が消えた。途端にアキラが体勢を崩す。それはアキラ自身の力量ですぐに立て直せるわずかな乱れだったが、アキラの表情はそれを何か致命的なものに思わせるほど険しくなった。

真剣な顔で息を吸い、息を吐く。アキラはそれで自身を落ち着かせ、顔から不要な険しさを取り除いた。しかし適度と呼ぶには少々強すぎる緊張と、他者から見れば臨戦態勢でしかない気配は残った。

エレナがそのアキラの変化に気付く。

「……アキラ？　何があったの？」

アルファのサポートが失われたなどとは答えられないアキラが、適切な言い訳を探して返事を遅らせる。そのアキラの態度にエレナが警戒を高め、他の者も警戒態勢を取った。

そしてその時、アルファのサポート無しで戦わなければならないと不必要なまでに過敏になっていたアキラが、その過敏さで後方のわずかな気配を捉えた。

アキラはそれに過剰に反応した。反射的にＡ４ＷＭ自動擲弾銃をその方向に向けると、拡張弾倉の利点を存分に活用した最速連射設定で擲弾を撃ち出した。

大量の擲弾が通路の奥へ飛んでいく。そして通路という爆風の逃げ場が限定された空間で一気に爆発した。

その衝撃は開けた場所なら上下左右にも広がっていた。だが旧世界製の頑丈な通路がそれを抑え込む。その結果、凝縮した爆風が通路内を駆け巡った。

その爆風は通路の奥、遠近法の消失点付近からの爆発だったのにもかかわらず、アキラ達にまで届いた。その暴風でアキラの両脚が床から離れ、後方に吹き飛ばされる。

そのアキラを、ちょうど飛ばされた先にいたキャロルが抱き留めた。余裕の笑顔で声を掛ける。

「アキラ。大丈夫？」

「……ああ。助かった」

どちらかといえば、やってしまった、という顔を浮かべてアキラは礼を言った。

エレナが爆煙の残る通路の奥を険しい顔で見る。同じものを見て、シカラベが怪訝な声を出す。

「……エレナ。あいつがいたのか？」

「いたんだろうとは思うけど……」

それはエレナもモニカの存在を確認できなかったが、アキラが撃ったのでいたのだろう、という意味だ。だろう、の部分は、そう断言できず、アキラの緊張による暴発であることが否定できないという意味でもあった。

本当にモニカがいたのかどうか確かめようと、エレナは情報収集機器の記録の精査を始めた。だがその確認作業が終わる前に答えが来る。モニカから通信が入ったのだ。

「無駄です！　そんなものは効きませんよ！」

モニカの勝ち誇った笑い声は、絶対の余裕をありありと感じさせるものだった。

「いたようね」

「そうだな」

エレナは相手の動向を探る為にモニカとの通信を敢えて維持していた。勿論、モニカには自分達の情報が伝わらないように設定してあり、アキラ達の会話もモニカには届かない。モニカの方から一方的に届くだけだ。

「外で待っていたやつらは破壊しました！　あとはあなた達だけです！　助けなんか呼べませんよ？」

勝利宣言にも似た嘲笑混じりの声を聞きながら、エレナが表情を険しくする。

モニカの発言から自身の推察の正しさを改めて確

認できたことは、今後のモニカの行動を予測しやすくなったという意味で歓迎できる。

だがモニカの移動速度が速すぎた。A89地点から重装強化服の待機位置まで行き、そこから先程のアキラの攻撃に意味がある地点まで、もう近付かれていた。その驚きは、エレナの顔を険しくさせるのに十分なものだった。

（……これで向こうの防御もある程度判明したわ。そこだけ喜んでおきましょうか）

勝ち誇ったモニカの声は、モニカが完全に無傷であることを示している。しかしエレナの索敵範囲内にモニカがいないことは、アキラの攻撃でモニカがかなり遠くまで吹き飛ばされたか、アキラの攻撃を警戒して、エレナの索敵範囲の外で一度止まったことを意味する。

それはアキラ達の攻撃がモニカに通じるということだ。それがエネルギー残量を少々惜しむ程度のものであれ、少なくともモニカの力場障壁（フォースフィールドシールド）の防御は無敵でも無尽蔵でもない。その事実はエレナ達にとって十分に価値ある情報だった。

シカラベがアキラに難しい視線を向ける。

（俺の勘は違うって言ってるんだがなぁ……）

アキラはモニカに気付いて攻撃したのか。自身の勘はそれを否定したが、アキラは自分の勘を狂わせる存在であることもシカラベは知っていた。加えて実際にモニカはいた。

その現実にシカラベは内心で頭を抱えながら溜め息を吐いた。だがそれはそれとしてすぐに気を切り替えると、通路の奥へ銃を構える。

情報収集機器と連動した照準器で、爆発の影響を受けて情報収集精度が大幅に低下している通路内を索敵する。敵の姿は無い。見えるのは無人の通路と脇道、そして曲がり角の壁だけだ。

（……いねえな。あの言動の性格から考えて、ここそ隠れて戦う気なんかねえはずだ。相当遠くまで吹き飛ばされたか、エネルギー補給の為に一度退いたか？　それなら時間を稼げて良いんだが……）

その時、照準器越しのシカラベの視界が突如遮られた。通路の隔壁が奥の方から次々に高速で閉まり始めたのだ。それは通路に沿って続いた。そしてちょうど隔壁がアキラ達の間にもあった所為で、そのままアキラ達を分断した。

しまった、と思った時にはアキラはエレナ達と分断されていた。隔壁に駆け寄り、思わず拳をぶつける。だがびくともしない音が響くだけで、アキラにはどうしようもなかった。

しかしそこで向こう側からシオリの声が届く。

「アキラ様。危ないので壁から離れてください」

アキラが慌てて隔壁から離れる。すると壁に斬撃の線が走り、その一部が壁から切り離された。更にカナエがその部分を蹴飛ばして開通させた。

穴の向こうのエレナ達を見てアキラが安堵する。

(そうだった。シオリ達は壁を壊せるんだった。助かった)

アキラは安心して壁の向こう側に戻ろうとしたが、逆にエレナ達がこちら側に入ってきた。後衛の位置にいたアキラは、前衛の位置で全体の案内をしていたキャロルの所まで飛ばされており、進行方向はアキラがいる方だった。

最後に入ってきたシカラベがアキラに難しい視線を向ける。

「……この隔壁は、多分工場内で何らかの災害が発生した時に、その被害を他の区画まで広げないようにする為のものだろう。そう簡単には起動しないはずだ。あれぐらい爆発させるとかしないとな」

大量の擲弾を高価な拡張弾倉を空にする勢いで撃ち出した上に、通路内の一点に集中させて爆破させることでようやく起動した。

狙いを誤ってもっと近くで爆発させていれば、下手をすればアキラ達にも被害が出ていた。それぐらいギリギリで、使用した擲弾の量も絶妙だった。

「隔壁が下りたおかげで、あいつが俺達を追うのは難しくなった。あいつも雇い主の施設を破壊するのは躊躇するかもしれない。壁を壊すにしても時間とエネルギーを消費する。まあ、雇い主に頼んで開けてもらうかもしれねえが、それでもあいつが接近してくる予兆にはなる」

なるほど、と納得した様子を見せるアキラに、シカラベがどこか疑わしい視線を向ける。

「お前、そこまで計算して撃ったのか？」

「え？　いや、違うけど……」

アキラは反射的に撃っていた。シカラベの説明を聞く前までは、やってしまった、とすら思っていて、結果論ではあるが上手くいって良かったと安堵すらしていた。

「……だよな」

シカラベはそれだけ答えて話を終えた。しかしその顔は難しいままだった。

計算でなければ偶然となる。アキラも違うと言っている。では全て偶然か。自分の勘は違うと答えていた。

ではどこまでが計算で、どこまでが偶然か。偶然で片付けるのは難しい部分は計算なのか。計算ではないと答えたアキラは嘘を吐いていたのか。自分の勘は違うと答えていた。

違うのならば何なのか。自分の勘は間違っているのか。扱い切れなくなってきた自身の勘に、シカラベが溜め息を吐く。

有能であるからこそ気付く些細な違和感。そこから導き出される矛盾。それがシカラベを悩ませていた。

ある意味でまだまだ無能の側であるアキラは、そのシカラベの様子を見て不思議そうにしていた。そこでエレナから移動の指示が出る。それでアキラもシカラベも気を切り替えて先を急いだ。

◆

モニカが隔壁の前で舌打ちする。

「……全く、私を雇うぐらい柔軟な判断が出来るのなら、もうちょっと融通を利かせてほしいですね」

モニカを雇っている管理システムは、工場区画全域の管理人格ではない。あくまでも一工場の管理システムであり、その基準にしては柔軟な判断が出来るだけだ。

だからこそモニカは、その管理システムの中途半端な判断に付け込むことが出来る。しかしだからこそ、その中途半端な判断の所為で困ることもある。

隔壁を開けてもらえないかと頼むと、システムの都合で出来ないと言われる。だが本当に出来ないのかどうかは実際には怪しい。解釈を教え込むことでシステムの都合が変化して、出来るようになる可能性はあるのだ。そして過去に実際にあった。

しかしそれを今やる時間は無い。そこで隔壁を壊して良いかと尋ねると、器物破損は認められないと言われる。隔壁を破壊しないとモニカが閉じ込められたままでもだ。

以前にも似たようなことがあった。その時のモニカは仕方無く壁を壊して脱出したが、損害賠償が来たら支払ってもらうと警告された。

しかしモニカは既に真面な管理機能を失っている工場からその手の催促が来ることはなく、また自分を雇っている管理システムは実際にその手の通知が来ても、その催促から目を逸らせる程度の柔軟さを持っていることを知っていた。

「……仕方ありません。まあ今回も大丈夫でしょう。壊して進みますか」

モニカがレーザー砲の出力を調整して隔壁を壊していく。最大出力で吹き飛ばすことも可能ではあるが無駄にエネルギーを消費する。また、設備を不要に破壊した所為で雇い主から文句が来るのは避けたかった。

その間、大分落ち着きを取り戻した頭でアキラ達の行動を推察する。

(それにしても……、なぜあんな場所に？　あの方向にはコンテナターミナルしか無いはず……。工場区画からの脱出ルートには思えません。キャロルがいるのだから迷うことはないと思うのですけど……)

先日の襲撃でキャロルが生き延びたのはアキラの戦闘能力のおかげであり、その力で機械系モンスターの群れを強引に突破したから。モニカはそう思っており、コンテナターミナルが脱出ルートになることを知らなかった。

（私からとにかく距離を取ろうと、私が先回りしていそうな脱出ルートを避けて遠回りしただけ？　それとも、そこからの秘密の脱出ルートがある？）

しかし思い至ってしまえば、想像の余地はあった。

（……まさか、コンテナに乗って脱出するつもりですか？　そんなこと可能なんですか？　いえ、可能だとしても、怪談の元にもなっているあれに乗り込む？　それではどっちみち死ぬだけでは……）

そして自分の装備への過剰な自信に思考を促される。

「……私と戦うよりは死なずに済む可能性があると思って賭けに出た？　……有り得ます。面倒ですね」

ちょうどその時、モニカは目の前の隔壁を壊し終えた。だがその先には別の隔壁がある。分かっていたことだが、モニカは顔をしかめた。

邪魔な隔壁を破壊している間に、キャロル達に逃げられてしまうのではないか。そう考えたモニカが更に顔を歪ませる。

「……一応、頼んでみますか」

駄目で元々。モニカはそう思いながら、キャロル達を逃がさない為に、その妨害工作として雇い主に要望を出した。そして軽く驚く。

「これは通るんですか……。融通の傾向が本当に分かりませんね」

人間ではない雇い主の奇妙な判断基準に、モニカは溜め息を吐いた。

第119話　動く死体

　アキラ達がコンテナターミナルに辿り着く。初見の者達は工場区画内に突如現れた巨大なコンテナターミナルの景色に驚いていた。

　シカラベが周囲を軽く見渡してから、キャロルに少し訝しむ視線を向ける。

「で、ここからどうやって工場区画から脱出するんだ？　あいつに絶対バレない安全な抜け道でもあるのか？」

「違うわ。コンテナがたくさんあるでしょう？　あれに乗り込んで運んでもらうのよ」

　キャロルはそう言って、皆にもう少し具体的な説明を済ませた。するとシカラベが嫌そうな顔を浮かべる。

「マジか……。大丈夫なんだろうな？　それ、あの怪談の元ネタだろ？」

「安全なコンテナをちゃんと選んで乗れば大丈夫よ。誤ったコンテナに乗り込めば怪談通りの末路でしょうけどね。あ、選び方は内緒よ？」

　キャロルはそう言って得意げに笑った。シカラベが軽く溜め息を吐く。

「分かってる。有料なんだろ？　その手の交渉は後にしろ。さっさとコンテナを選べ」

　乗り込むコンテナを選ぶキャロルに続いて、アキラ達がコンテナターミナルの中を進んでいく。

『アルファ。あの怪談って……』

　アキラはそう尋ねようとして、止めた。当然ながら返事は返ってこない。

（そうだった……。まずい。ここまで来れたことで気が緩んだか？）

　アルファはまだ戻ってきていない。そしてアルファのサポート無しで戦わなければならない緊張は、アキラをかなり疲弊させていた。

　その疲弊により過度な緊張は逆に落ち着いたが、今度は集中が緩み始めていた。

　アルファが姿を消した後も戦闘は何度か発生して

いたが、少量の弱い警備機械ばかりで軽く蹴散らせた。それもアキラの気の緩みを助長していた。

（しっかりしろ。落ち着け。冷静になれ。でも気は緩めるな。油断したら死ぬ状況は変わってないんだ。そもそもここは遺跡の中なんだぞ？）

アルファのサポートは非常に頼りになる。だがそのアルファが常に側にいることを基本にしてしまっている弊害が、アキラの緊張と弛緩のバランスを崩していた。

そこでサラに声を掛けられる。

「アキラ。大丈夫？」

「あ、はい。大丈夫です」

「……そう。無理はしないでね、とは言い難い状況だけど、私達もいるんだし、俺一人で全部何とかするんだー、なんて思わなくて良いのよ？　まあ、私達じゃ頼りにならないって言うなら別だけどね」

サラから笑って冗談っぽくそう言われたアキラは、それで無意識に無駄に気負っていた自分に気付いた。少し気が楽になり、笑って返す。

「思ってません。頼りにしてます」

「任せなさい。まあ、そんなことを言ってる私も、索敵はエレナ頼りなんだけどね」

そう話を振られたエレナが軽く笑う。

「はいはい。任せなさい」

「何か返事が雑じゃない？」

「それぐらい当たり前のことってだけよ」

この状況で笑い合うエレナ達の姿は油断ではなく心の余裕の表れだ。困難な状況でも助け合い、補い合って余裕を得ている。その余裕は、状況に対して常に一人で対処しなければならない者、そう思い込んでいる者には得られないものだ。アキラにもそれが何となく分かった。

かつては得られなかった。アルファと出会ってからはアルファから得ていた。そのアルファが今はいない。

だが、今は得ても良いだろう。アキラはそう無意識に思い、良い意味で気を緩めた。

その後、アキラ達はキャロルの案内で、あるコンテナの前まで来た。

　そのコンテナは金属製で、小型の戦車ぐらい余裕で積み込める大きさをしており、しっかりと閉められていた。しかも取っ手やボタンなど扉を開閉できそうな部分はどこにもなかった。

　しかしキャロルが扉の前に立ち、他の者には見えないように手元を操作すると、その扉はあっさりと開いた。

　トガミが思わず尋ねる。

「なあ、どうやって開けたんだ？」

「ん？　秘密よ」

「ああ。有料なんだっけ。幾らなんだ？」

「2000万オーラムよ」

「……2000万!?」

　余りの金額に驚くトガミに向けて、キャロルが妖艶に微笑む。

「買いたくなったらいつでも言ってちょうだい。そうしたら2000万オーラム分のおまけってことで、こっちの方もサービスしてあげるわ」

　キャロルはそう言って自分自身を指差しながら艶めかしく笑った。

　固まっているトガミを尻目に、他の者達はコンテナの中に入っていく。そこでシカラベがトガミの肩を叩く。

「忠告しておくが、やめとけ」

「……そんな金はねえよ」

「金があってもだ」

　トガミはシカラベの何とも言えない険しい顔を見て、本気の忠告だと理解した。

　全員が入ったところで、キャロルがコンテナの扉を閉める。するとコンテナの壁がガラスのように透き通り、外の景色がはっきりと見えるようになった。

　驚くエレナ達にキャロルが説明する。

「安心して。外からは見えないわ。光学迷彩みたいなものよ」

　エレナが情報収集機器で周囲を調べる。光学機器を用いての索敵も問題無く機能した。

「これなら索敵も大丈夫そうね。……ねえキャロル。

随分私達に都合の良い作りなんだけど、ここのコンテナって全部こんな感じなの？」

「違うわ。こういう作りのコンテナを私がちゃんと選んだの」

「その選び方も、２０００万オーラムの代金の内ってこと？」

「そういうこと。それだけの価値はあるでしょう？　後の交渉、楽しみにしてるわ」

「お手柔らかにね」

そう言ってキャロルがエレナと交渉人同士の笑顔を向け合っているところに、シオリが割り込んでくる。

「お話し中のところ失礼致します。それで、このコンテナはいつここを出発するのでしょうか？」

「あと10分ぐらいで出発するはずよ。急ぎたいのは分かるけど、その辺は遺跡の都合だから私にも変えられないわ」

「分かりました」

あと10分。その思いでアキラ達は待ち続けた。

10分という短い時間ではあるが、無駄には出来ない。その時間をアキラ達は休息に当てていた。次に備える為に各自で心身を整えていく。

アキラが床に座って弾倉とエネルギーパックを交換しながら長めの溜め息を吐く。

（……アルファ、遅いな。何やってるんだか）

すぐに戻ってくると思っていたアルファは、いまだに戻ってこない。この状況を何とかする為だとは言われたが、早く戻ってきてほしかった。

そこでキャロルがアキラの隣に座り、笑って声を掛ける。

「そんな溜め息吐かなくても大丈夫よ。あの時だってちゃんと帰れたでしょう？」

そういう理由で溜め息を吐いたのではなかったのだが、気遣われたことは分かった。アキラが軽く苦笑する。

「そうか？　あの時も大変だったと思うけどな」

キャロルがあからさまに目を逸らす。アキラもキャロルが冗談でやっていることぐらいは、その大袈裟な振る舞いで簡単に分かった。

　そして、その調子の良い態度も自分への気遣いであることも、今のアキラには何となくではあるが察することが出来た。視線を戻したキャロルと一緒に軽く笑い合う。

「そういえばキャロルはシカラベに怪談通りの末路がどうとか言ってたけど、このコンテナと何か関係あるのか？」

「知らないの？　前に話さなかったっけ。ミハゾノ街遺跡の結構有名な怪談なんだけど……」

　遺跡の中、何もない場所に開きかけの見えない扉が表れる。その隙間から中を覗くと大量の遺物があるのだが、決して入ってはいけない。入ると扉は閉まり、二度と帰ってこられなくなってしまう。

　どこかへの扉と呼ばれるこの怪談は、ただの怪談だと笑い飛ばせないだけの犠牲者が実際に出ていた。

　その話を聞いたアキラは少し考えて気が付いた。

「ああ、そういうことか。光学迷彩のコンテナの扉が開きかけていて、中の積み荷が見えるんだな。それで積み荷を物色している間にコンテナが移動して、連れ去られる訳だ」

「多分ね。怪談だから正確には分からないけど、恐らくコンテナに不審者が乗り込むと、旧世界の収容所とかにそのまま運ばれる仕組みになってるんじゃない？」

　キャロルは笑ってそう言ったが、アキラは顔を引きつらせた。

「……俺達、そんなのに乗ってるのか？　大丈夫なんだろうな」

「ちゃんと選んだから大丈夫よ。実際に前も大丈夫だったでしょう？」

　キャロルが小声で付け加える。

「……一応、出来る限り頑丈なコンテナを選んでおいたわ。前みたいに空中で撃たれても、今回は大丈夫なはずよ？」

「そ、そうか……」

　アキラはそう答えながらも、少し顔を硬くしていた。アルファのサポート無しで高層ビルの側面を駆け下りるのは、流石に御免だった。

アキラ達がコンテナに乗り込んでから20分経った。10分ぐらい、の感覚からは大分超過している。だがコンテナはその場に残ったままだ。

キャロルが顔を険しくして首を傾げる。

「変ね……。幾ら何でも、これだけ待っても出発しないなんて……」

予想外の事態が発生していることを知らせるその言葉に、他の者も警戒を高めていく。そして、外を見て怪訝そうに唸っていたアキラが口を開く。

「なあキャロル。俺達が前にここから脱出した時は、他のコンテナがここに運ばれてきたり、外に運び出されてたりしてたよな？　そういうコンテナが今は全然見えないんだけど、そんなものなのか？」

キャロルは驚いて外を見渡し、アキラの言うことを確かめた。そして顔を非常に険しくさせる。

「嘘……！　まさか、遺跡の配送システムが止まったの⁉」

その時、まるでそれに答えるかのようにモニカから通信が入った。

「そこにいるんでしょう？　無駄です！　コンテナの輸送は止めました！　もう脱出なんか出来ませんよ！　残念でしたね！」

勝ち誇ったモニカの声がコンテナ内に響く。

「震えなさい！　怯えなさい！　それとも一矢報いてみますか？　無駄です！　知っているでしょう？　あなた達の攻撃なんて効きはしませんよ！」

アキラ、トガミ、レイナの若手達が驚き、焦り、戸惑う中、他の大人達はむしろ落ち着きを取り戻していた。

そしてシカラベがエレナに尋ねる。

「エレナ。モニカを見付けられそうか？」

「ちょっと待って………、いたわ」

コンテナターミナルを囲む高い壁、その壁の上の方にある通路の端にモニカは立っていた。無数のコンテナが並ぶどこに敵が潜んでいても不思議の無いこの場所で、自身を堂々と晒すモニカの姿には、幾らでも撃ってこいという余裕が溢れていた。

シカラベも情報収集機器の連携機能でモニカの位置を確認する。

「いた。あそこか。エレナ。あいつの通信が入る範囲って、このコンテナターミナルの全域をカバーしてると思うか？」

「いいえ。ここは広いし、障害物も多いし、精々5分の1ってところね」

「そうか」

シカラベが大きく息を吐いて、場の雰囲気を調整する。

「それじゃあ、これからどうするか考える為にも、まずは全員の認識を合わせておくか。あいつの言ってること、どこまでがブラフで、どこまでが誘いだと思う？」

「そうね。多分だけど……」

エレナがそう答え始めた時、質問の意味の把握すら追い付いていないアキラ、トガミ、レイナから、それを説明してほしそうな視線がエレナとシカラベに集まった。

エレナとシカラベは目を合わせると、エレナは苦笑して、シカラベは仕方無いという顔で軽く頷いた。


工場区画のコンテナの輸送が止まったのは事実。それにモニカが関わっているのも事実。しかし警備として雇われているだけのモニカに、その権限があるとは思えない。

恐らく雇い主である工場の管理システムに頼んで、一時的に止めてもらっただけ。つまり脱出できないのは嘘。このまま待っていればいずれ輸送は再開され、脱出できる可能性は高い。

そもそも自分達がここにいることをモニカが本当に知っているかどうか怪しい。

工場内にいた時はモニカに正確に後を追われたことから、恐らく何らかの方法でこちらの位置を掴んでいた。そして今もこちらの位置を正確に掴んでいるのであれば、とっとと攻撃すれば良いだけだ。

それをしないということは、こちらの正確な位置を摑んでいないか、位置は分かるがコンテナを壊せないので攻撃できないということになる。

　また、恐らくモニカに出来ることは工場内にいる相手の位置を何らかの方法で摑むまでだ。そこから相手が工場内にいないと判断し、消去法でこのコンテナターミナルにいると考えている。

　しかしそれでは自分達がモニカには知られていない秘密の地下通路などを通って脱出していた場合、まんまと逃げられたことになる。

　つまりモニカが自身の姿を晒して攻撃してこいと挑発しているのは、防御に絶対の自信があるからではなく、敢えて攻撃させてこちらの位置を摑む為か、或いはコンテナの外に誘(おび)き出(だ)す為であり、そのいずれにしてもこちらに何らかの反応をさせることで、相手がここにいると確認する為だと考えられる。

　それならば自分達がこのまま黙って待って反応しなければ、本当に相手がここにいるのか疑い出したモニカが、別の場所に探しに行く可能性も出てくる。待っている間に輸送システムが動き出すことも期待できる。

「……それなら現状では待ちが正解、と、まあ、俺はこう考えてる訳だが、どうだ？」

　そう説明したシカラベに、エレナも同意を示す。

「概ね賛成よ。あと、モニカがさっきから場所を変えて似たようなことを言い続けてるわ。多分通信範囲に私達がいないことを考えて、場所を変えて試しているのでしょうね」

「それがブラフじゃないなら、やはりこっちの正確な位置は摑まれていないと考えて良いな」

「多分ね」

　トガミは何とか理解が追い付いたという顔をしていた。ここまで必死に逃げてようやく脱出、というところでその脱出手段が失われて袋小路(ふくろこうじ)、と思ったら状況にはまだまだ猶予があると知って安心した、という胸中が顔に浮かんでいた。

　そのトガミを見てシカラベが溜め息を吐く。

「トガミ。テメエはもうちょっと自分で気付け。もしお前が賞金首討伐で大活躍していて、その功績でデカい部隊を率いるようになっていたら、その手の判断はお前がするはずだったんだぞ？」

かつて望んだ未来の先を指摘されて、トガミは言葉に詰まった。

「それともお前はその手の判断を上に投げる気か？　その場合のお前の上って、あの事務連中だぞ？　ろくに荒野にも出てねえあいつらの甘い判断に、自分と仲間の命を預ける気なのか？」

シカラベの同僚だったクロサワがドランカムを抜けたのは、このままだといずれドランカム所属の全ハンターがそうなりかねないと考えたからでもあった。それに巻き込まれない為にクロサワはドランカムから離脱し、そうさせない為にシカラベは残った。

項垂れるトガミの横で、その手の判断を他者に投げている者達が微妙な顔で目を逸らしている。アキラ、レイナ、サラの三人だ。アキラはアルファに、レイナはシオリに、サラはエレナに、時に自身の命を預けるほどに強く深く判断を投げている。


それでもトガミのように項垂れていないのは、それぞれの相手への信頼に他ならない。アキラとサラは苦笑いで済ませていた。ただレイナの頭は少し下がっている。それはシオリに甘える自身の実力不足を嘆いているからだった。

エレナがアキラ達の様子に気付いて苦笑する。

「シカラベ。こんな状況だし、ドランカムの内情の話は後にしてもらえる？」

「おっと、悪い。で、どうする？」

「そうね……」

エレナが真面目な顔で決断する。

「待ちましょう」

リーダーの決断により、アキラ達とモニカの根比べが始まった。

◆

モニカはコンテナターミナル内を移動しながら焦り始めていた。

シカラベの予想通り、モニカはアキラ達の正確な位置を摑んでいなかった。工場内を進んでいたアキラ達の移動経路を追って、恐らくこのコンテナターミナルにいると予想しただけだ。

そこで輸送システムが止まったと通信で伝えることで、他の脱出ルートを探そうとするアキラ達を炙り出そうとしていた。

しかしそのアキラ達に一切動きが無い。それがモニカを追い詰める。

輸送システムの停止は一時的なものだ。いずれ動き出す。だが運ばれていくコンテナの中にアキラ達がいるかもしれないからと、それらを次々に撃ち落とす訳にもいかない。自分を雇っている工場の管理システムがそれを許容するとは、モニカも流石に思えない。

そしてここに自分の知らない隠し通路があり、アキラ達はそれを使って既に脱出していることも考えられる。その場合、アキラ達に一切動きが無いことと辻褄が合う。既にこの場にいないのであれば、この場を幾ら探してもいる訳が無い。

どちらもモニカを焦らせる。そしてモニカを更に焦らせる事態が始まった。雨が降り始めたのだ。

「……雨!?　まずい……！」

モニカの顔から余裕が完全に消えた。だがそれは、極端な選択肢をモニカに許容させる理由にもなった。

モニカが管理システムに連絡して新たな要望を出す。その要望は通った。

◆

アキラ達のコンテナに雨が降り注ぐ。その雨は次第に強くなっていた。

しばらく外を見ていたアキラが、難しい顔をしているエレナに気付く。

「エレナさん。どうしたんですか？」

「ん？　雨が降ってるでしょ？　どうしようかと思ってね」

「どうしようかって、今は待つしかないんじゃ……」

「うん。それも選択肢ではあるのだけど……」

　エレナはアキラの様子から話の前提となる知識が足りていないことを察すると、そこから話し始めた。

　東部に降る雨は、程度の差はあるが色無しの霧の要素を含んでいる場合が多い。上空の濃い霧が雨に混じって落ちてくるからだと言われている。

　よってハンター稼業は雨天中止のことが多い。雨の所為でただでさえ視界が悪い上に、濃い色無しの霧の影響で索敵にも銃の威力や射程にも支障が出るからだ。強力なモンスターと近距離戦闘を強いられる恐れが高い日に、わざわざハンター稼業に精を出す者は少ない。

　だが裏を返せば敵の射程と索敵範囲も極端に落ちている。非常に強い上に索敵範囲も広いモンスターばかりが徘徊する危険な遺跡に、敢えて土砂降りの日に挑むことで成果を上げる者も少ないが存在する。

　そしてこの雨も考えようによってはアキラ達の味方をする。

　雨の影響が工場内にも広がれば、モニカの索敵から逃れられる可能性は高くなる。重装強化服を倒した強力な装備も威力と射程を落とす。雨の中であれば、力場障壁(フォースフィールドシールド)の存在も分かりやすくなる。逃げる側であるアキラ達にとっては良いことも多い。

　だが雨にはアキラ達を不利にする要素もある。

　アキラ達は工場区画から脱出しようとしているが、厳密には前哨基地との通信が繋がる位置まで移動すれば良い。中継機を兼ねた重装強化服との通信が途絶えたことで、別の新たな部隊が調査に出ている可能性もある。そちらとの通信でも構わない。

　そうすれば基地側に状況を伝えて応援を呼ぶことが出来る。遺跡に雇われてハンターを殺している裏切り者が出たのだ。救援は十分に期待できる。雨さえ降っていなければ、逃げなければならない距離は予想以上に短い可能性があった。

　しかし雨の影響で通信状態は劣悪だ。前哨基地のすぐ側まで行かないと全く繋がらない恐れもある。それはアキラ達を殺して事態を揉(も)み消(け)そうとしているモニカの猶予を増やしていた。

それらを踏まえて、エレナはどうしようかと考えていた。

「多分だけどね？　モニカが私達の位置を掴めるのは、今も十分に機能している工場内だけで、もう廃墟になってる場所では難しいと思うの」

「確かにそうかもしれませんね」

「うん。それで、それなら多少位置がバレてもそこまで強引に突破するって手も有りかなって思うんだけど、それもどうかなって思うところもあるし、どうしようかなーって、考え中なのよ」

　それを聞いたアキラは納得したように頷いていた。

「それで、アキラはどう思う？」

「えっ？　お、俺ですか？　……すみません。分かりません」

「そう」

　エレナは正直に答えたアキラの様子から、これにはアキラの勘は働かなかったようだと判断した。

　シカラベはエレナの話を興味深く聞いているアキラを怪訝そうに見ていた。

（そんなことも知らないのか。ハンターとしては素人同然の知識量だな。だがそれでこの強さだ。どうなってるんだか。……いや、むしろそれがこいつの強さの秘訣か？）

　知識は力だ。正しい知識が正しい選択を導き、窮地を遠ざけ効率的な勝利を生む。

　アキラにはその知識が無い。よって正しい選択も出来ない。それはアキラに窮地を呼び寄せ、死地へ誘う。

　それでもアキラは生き延びた。誤った選択が生む絶望的な状況を研鑽の糧として、己を研ぎ澄まし鍛え上げた。

　死地の突破ほど本人を鍛え上げるものは無い。タンクランチュラ戦で見せた無謀を、当たり前と捉えて平然と行う感覚。その感覚が染み付くほどに死地を突破し続けた者ならば、それだけ強くとも不思議は無いのではないか。

　シカラベはそう考えてアキラの強さに納得しかけ

た。だがすぐに首を横に振る。

（だから、幾らガキだからってそんなに強いやつなら、弱そうには絶対見えねえんだよ。どうなってるんだか……）

　自分の勘を狂わせる者をこれ以上見ていると、その勘をもっと信じられなくなりそうだ。そう思ったシカラベは視線を自分の勘を狂わせない者に向けた。トガミだ。そして軽く頷く。

（こいつの実力は……、まあ、ガキにしては強いんじゃねえか？　そこらの連中に比べれば悪くねえ。ここ数日は生意気でもなくなったしな）

　自分の勘を狂わせない者へ、シカラベは上から目線ではあるが、私情を入れずにその実力を認めた。その上で、最近の態度を考慮して少ないが加点した。

　トガミは少し憂鬱な気持ちを抱えながら外を見ていた。

　シカラベの叱咤で項垂れていた頭は、もうしっかりと上げている。落ち込んだところで強くはなれない。そう自身に言い聞かせて持ち上げた。現在の精神状態がトガミの足を引っ張ることはない。

　だが引き上げることもない。かつてトガミが持っていた過剰な自信は、全体としては悪影響の方が強かったものの、トガミの力を引き上げるものでもあったのだ。

　今、トガミがそれを取り戻せば、悪影響無しにトガミの力を引き上げる。しかし、それはとても困難だった。

　そこにシオリから声を掛けられる。

「トガミ様。少々宜しいですか？」

「あー、何ですか？」

「イージオ様の護衛ですが、宜しければこちらで担当致します。如何でしょう？」

　生首となったイージオはシカラベの指示でトガミが運んでいる。それはシカラベから主力の戦闘要員とはみなされていない証拠でもあるが、トガミが護る側である証拠でもある。

　その護衛の任を渡してしまえば、自分は本当に護られるだけの側になってしまうのではないか。その思いがトガミを躊躇させる。だがシカラベからレイナの護衛も頼まれていたことを思い出し、渡すことにした。

「分かりました。お願いします」

シオリはイージオを受け取ると、礼を言って離れていった。

恐らくイージオはレイナに渡されるのだろう。それぐらいはトガミにも分かった。

受け取ったレイナはどうするのだろうか。自身を護る側にする為の支えとするのか。それとも共に護られる側になるのか。トガミはそこまで考えて、分かったところでどうしようも無いと思い直し、それ以上考えるのをやめた。

そして内心の憂鬱をわずかに重くして再び外を見る。その途端、トガミは項垂れ気味の胸中など一瞬で忘れて顔を険しくさせた。

「おい！　外に誰かいるぞ！　何人もだ！」

トガミの視界の先では、多くの人影が吹き荒れる雨に紛れてコンテナターミナルの中を徘徊していた。

トガミがその人影に、光学機器しか使えない状態ではあるが索敵を続けていたエレナよりも早く気付いたのは、激しい雨の影響と偶然の産物だ。

それでも指摘されればエレナの方が広範囲により正確に調べられる。わずかな時間で調査を終えたエレナは驚きを露わにした。

「確かにいるわ。雨の所為で正確には分からないけれど、かなりの人数よ。どこかに移動している……、いえ、広がろうとしている？」

シカラベも難しい顔で唸る。

「新たに派遣された調査部隊か？　いや、それにしては多いような……。それに俺達への連絡も無い。変な気がするな」

サラも険しい顔を浮かべている。

「連絡が無いのは通信障害の所為かもしれないわ。でもあれ、部隊行動には見えないし、この辺りの調査って感じでもないのよね」

味方の可能性もあるにはあるが、疑わしい。エレナ達の意見はそれで統一されていた。

本来ならばすぐに近付いて詳しく調べるべきだが、今はコンテナから出ると自分達の位置と存在がモニカに露見する確率が上がる。そこでコンテナから出ずに調べることになった。各自の情報収集機器と目視で人影を注視する。

人影は増えていき、コンテナターミナルの中に満遍なく広がっていく。軽く見渡した程度では、コンテナターミナル自体にかなりの広さがあることもあって、人影はちらほらとしかいないように見える。しかし全体の人数は確認できるだけでも既に100体を超えていた。

そしてアキラが気付く。アルファの改造により解析能力を向上させた情報収集機器が、吹き荒れる雨風で濁り霞んだ人影を鮮明に映し出したおかげだ。

「エレナさん……。あれ、多分敵です。少なくとも味方じゃないです」

他の者も情報収集機器の連携機能で送られてきた映像から、アキラが何を見てそう判断したのか理解した。

レイナが顔を怯えで強張らせる。

「死体が歩いてる……」

スラム街出身ということもあって死体は見慣れているトガミも、その光景には顔を険しくしていた。

「どうなってんだよ……」

それらの死体の一部は、顔色が悪い、肌に生気が無い、額に被弾している、などという分かり難い部分で生死を見分ける必要は全く無い状態だ。頭部が半分以上吹き飛んでいる、首から上が潰されている、という分かりやすい姿で歩いていた。

ヘルメットを着けている者もいる。しかしシールド部に開いた大穴から、その中身が真面な状態ではないのは確実だった。しかもヘルメットは強化服に固定されることで、本来の位置から少しズレた位置を保っていた。

アキラも顔を険しくする。

「あれ、誰が動かしてるんだ？」

トガミは驚いて思わずアキラを見た。

「ちょっと待て、誰かがあれを動かしてるのか？」

「…………いや、本人死んでるんだから、誰かが動かさないと動かないだろう？」

「そりゃまあそうだけど……」

上手くごまかせたと、アキラは内心で安堵の息を吐いた。

自身の強化服をアルファによく操作されているアキラは、着用者以外の者が強化服を動かすことは普通にあるという感覚を持っており、自然にそう考えてしまった。

だがトガミの反応から、それはちょっと変な考え方だったのだと察して、何とかごまかしていた。

シカラベもすぐにはその判断に至らなかった。だが指摘されれば納得し、その方向での推察を深める。

「恐らく操作権限を他者に渡せるタイプの強化服なんだろう。チームを組んでるやつらが結構使ってる。気絶者が出ても抱えて逃げる手間が省けるし、死人が出ても戦力低下をある程度は抑えられる。まあ、自分の体を誰かに勝手に動かされるんだ。それでも良いっていう信頼を前提にした話なんだが……」

そこまで言って、シカラベは首を横に振った。

「……まあ、あれは違うよな」

キャロルも苦笑して同意する。

「どう見ても違うわね。それに多分あの人達は工場区画で死んだハンターよ。モニカに片付けられて工場内から消えた死体なんだと思うわ」

「だよな。そいつらがモニカに強化服の操作権限なんて渡す訳がねえし、第一この雨だぞ？　これだけ酷い通信障害下で遠隔操作なんて出来ねえよ」

シカラベが溜め息を吐く。

「……ミハゾノ街遺跡で死んだハンターは仲間を求めて起き上がり、遺跡を徘徊して他のハンターを襲う……なんて怪談があったが、あれは市街区画の怪談だ。ここは工場区画だぞ？　勘弁してくれ」

単純に死人が起き上がっただけであれば、対モンスター用の銃で粉砕すれば良い。死人が動くということが少々怖いだけで、何の脅威でもない。

だがこの歩く死人は工場区画の調査に来たハンターだったこともあり、しっかりと武装している。しかも銃を構えている個体の動きを見る限り、問題無く使用できるように見える。厄介な存在だった。

そして更に事態が動く。モニカの動きが変化したのだ。コンテナターミナルの中を跳躍して、何かを探すように飛び回っている。そしてアキラ達の近くにある積み上がったコンテナの上に立つと、周囲を見渡し始めた。

アキラ達はそのモニカを警戒しながら見ていた。近付かれたが、偶然ここに来ただけ。自分達の位置を大雑把に摑んだモニカが細かく調べに来た訳ではない。そう思いながらも、もしかしたら、という不安を覚えながら、じっと相手の出方を見る。

そして事態が決定的に動いた。周囲を見渡していたモニカがアキラ達の方に視線を向ける。更に薄く笑いながら、アキラ達がいるコンテナへレーザー砲を構えた。

バレるはずがない。そう思い、自信を持ってこのコンテナを選んだキャロルが、予想外の事態に思わず声を出す。

「嘘!?　バレた!?　何で!?」

アキラもモニカの行動が何らかのハッタリだとは思えなかった。エネルギーの充塡によりレーザー砲の砲口から漏れ出した光を見て焦り出す。

アキラの頭の中には以前の賞金首騒ぎで見た光景が浮かんでいた。強力なレーザー砲が20億オーラムの賞金首を吹き飛ばした時の光景だ。

「キャロル……、あれを喰らったら……、このコンテナは保つのか?」

キャロルが険しい苦笑いを浮かべる。

「……分からないわ」

それを聞き、エレナは即断した。

「脱出するわ!　キャロル!　コンテナを開けて!」

キャロルがコンテナの扉に向かって走り、急いで扉を開ける。アキラ、サラ、シカラベはコンテナから出た直後にモニカを攻撃できるように走りながら銃を構える。

だがシオリとカナエはその場に留まった。

「カナエ」

「了解っす」

カナエはレイナを摑んで止めていた。アキラ達に続こうとしていたレイナが、無理矢理止められた所為で体勢を崩す。それを見た驚きでトガミが思わず足を止める。

そしてシオリは、モニカに向けて抜刀の構えを取っていた。

モニカがレーザー砲を撃ち放つ。放たれた光波が濃密なエネルギーのうねりとなって荒れ狂う。その奔流の威力は、2機の重装強化服を容易く撃破した時のものを超えていた。

同時にシオリが抜刀する。その一撃には柄と鞘の両方のエネルギーパックを使い切ることで、刀身そのものを崩壊させるほどのエネルギーが注ぎ込まれていた。

振るわれるのと同時に崩壊した刀が、強力なエネルギーを帯びる粒子と変化しながらも、それを包む強固な力場装甲（フォースフィールドアーマー）により四散せず、斬撃の波動を帯びる光波を束ねた巨大な光刃と化す。

次の瞬間、アキラ達がいたコンテナなどその存在を疑わせるほどに容易く斬り裂いた光刃と、旧世界製のレーザー砲から放たれた光波が激突した。

その接触点から生まれた衝撃が大量の雨粒を吹き飛ばすことで可視化される。球状の破壊の塊が、その一帯を呑み込んだ。

第120話　分断の影響

　わずかな時間だが気絶していたアキラが目を覚ます。意識の無い間に喉に溜まった雨水を血反吐と一緒に吐き出すと、慌てて身を起こした。

（何だ……!?　どうなってる……!?）

　状況を把握できずに混乱している頭に、体が激痛と鈍い動きでそちらへの対処を急かす。アキラは状況の把握を棚上げして回復薬を取り出すと、頬張るように服用した。

　回復薬の効果が体中に行き渡り、戦闘に支障の無い状態まで回復するのには少し時間が掛かる。アキラは雨に打たれながら回復を待ち、深呼吸を繰り返して落ち着きを取り戻しながら、状況の把握をゆっくりと始めていく。

（……そうだ。モニカだ。あいつが俺達を撃とうとしてたんだ。それでコンテナから脱出しようとして……、爆発？　吹き飛ばされた？　うーん）

　細部まで思い出せずにアキラは少し唸ったが、何が起こったのか、の推察はそこで打ち切った。そしてそれよりも、今どうなっているのか、の把握を急ごうとまずは周囲を見渡す。

（エレナさん達はいない。俺達が隠れてたコンテナも……無いな。残骸も見当たらないってことは、あの周辺じゃないってことか。俺、そんなに遠くまで吹き飛ばされたのか？　道理で体が痛い訳だ）

　次に装備を確認する。強化服は問題無し。銃も全て揃っていた。思わず安堵の息を吐く。

「……よし。銃はあるし、回復薬も効いてきた。あとはエレナさん達と合流して、これからどうするか聞かないと……」

　そう言って動き出そうとしたアキラだったが、一歩も動けないまま険しい顔で立ち止まる。雨の中からモニカが現れ、近付いてきていた。

　ずぶ濡れのアキラとは異なり、モニカはほとんど濡れていない。本来視認の難しい力場障壁を降り続ける雨粒が浮かび上がらせて、モニカを中心にした球形の空間を作り出している。

雨音の所為で互いに声など届かない。だが現状の通信環境でも短距離通信が届く位置で、モニカが笑いながら通信を入れてくる。

「あんなもので私を殺せるとでも思っていたのですか？　効きませんよー」

その余裕そうな声を聞いて、アキラがわずかに迷ってから通信を繋げる。

「そうか？　全然効かないって言い張りたいだけだろ？　だから俺の前に来たんだ。俺にはあんな真似は出来ないからな。だろ？」

モニカに何があったのかなど、アキラには分かっていない。だが相手の言葉から、普通なら倒せたと自分達が思うほどの攻撃を受けたと判断して話を合わせた。そして話しながら、何があったのか探りつつ思い出そうとしていた。

「そう思いたければ、幾らでも思っていれば良いと思いますよ？　今のあなたに出来ることなんて、現実逃避ぐらいしかありませんからね」

「その言葉、そっくりそのまま返すよ」

アキラがモニカに銃を向けなかったのは、目覚めた後で意識が戦闘の感覚に完全には切り替わっていなかったところに、モニカが突然現れた所為で驚き固まってしまったからだ。

それでもモニカが銃を向けていれば、反撃という意識が働いていた。だがモニカは一見無防備にも思える様子で普通に近付いてきた。それは単なる余裕の表れなのだが、アキラから相手に銃を向ける契機を奪っていた。

「何で俺達の居場所が分かった。ちゃんと隠れてたし、コンテナはあんなにたくさんあるんだ。適当に選んで当たる訳がない。何でだ？」

そしてモニカの様子に気付いた後は、戦闘開始を遅らせる為に、敢えて銃を向けずにいた。

相手は自分と話したい。奇襲を仕掛けて一瞬で殺すような勝利では満足できない。相手に敗北を認識させて勝利を堪能したい。絶対的な優位が生み出すその欲、油断がある。アキラはそう判断して、会話を続けようとしていた。

「いえ、適当に選んだら当たりました」

「嘘だ！　俺は見てた！　あのコンテナは中から外が見えるようになってたんだ！　お前は辺りを見渡して、撃つコンテナを探してた！　絶対何か方法があったはずだ！　答えろ！」

会話を引き伸ばして可能な限り時間を稼ぐ。その為に、アキラは必死に話を続けようとしていた。

モニカがアキラの必死な顔を見て笑う。

「いえ、本当に適当です。あれは、どれにしようかな、ってやつですよ。大当たりでした」

実際には、モニカは適当に選んで撃った訳ではなかった。

雨の影響でアキラ達に逃げられてしまう確率が大幅に上がったことに焦ったモニカは、コンテナの破壊に手を染めることに決めた。

下手をすればその所為で工場の管理システムから解雇される恐れはある。だがアキラ達に逃げられて自分の裏切りが都市側に露見すればどちらにしろ破滅だと覚悟を決めた。

それでもアキラ達が潜んでいそうなコンテナを手当たり次第に壊す訳にはいかない。コンテナの被害がわずかであれば、侵入者を逃がさない為の仕方が無い損失だった、で雇い主をごまかせる可能性があるからだ。

その為にも破壊するコンテナを出来る限り減らしたいモニカは、最も頑丈そうなコンテナを狙うことにした。そのコンテナを吹き飛ばす様子を撮影して送信し、アキラ達に隠れても無駄だと思わせれば、コンテナから出てくるかもしれないからだ。

そのコンテナの中にアキラ達がいたのは、モニカにとっては本当にただの偶然だ。キャロルが頑丈さを基準にしてコンテナを選んだことなどモニカは知らなかった。

その虚実の混ざった話の真偽などアキラには見抜けない。本当に運悪く狙われただけだと思って驚きを露わにする。

「そ、そんな……」

モニカはその驚きに染まったアキラの顔、雨の所為で肉眼では見え難い表情を、情報収集機器で拡大表示してはっきりと見ていた。狼狽えて険しく歪むその顔に満足して楽しげに嗤う。

「あなた達が隠れているコンテナを当てるまで壊し続けるつもりだったのですけど、まさか一発で当たるなんて私も驚きましたよ。ここまで逃げてきたあなた達の運も、ようやく尽きたようですね」

運の尽きを指摘され、アキラの顔が更に歪んだ。その反応にモニカはますます嘲笑を強めた。駄目押しとばかりに続ける。

「ああ、一応教えてあげます。時間稼ぎをしても無駄ですよ?」

「なっ⁉」

アキラの分かりやすい反応、本心の驚愕は、モニカを更に調子づかせた。もっと教えて、その顔をもっと敗北に染めたいと、その口を滑らかにさせる。

「一つ！　幾ら待っても輸送システムは再開しません！　再開したら別のコンテナに飛び乗ろう、なんて考えは通じません！」

「再開しない証拠がどこにある！」

自棄になって言い返したようなアキラの叫びをモニカは無視した。

「二つ！　時間を稼いでもあなたに助けは来ません！　あの死体を動かしているのは私です！　あの量です！　あなたの仲間はその相手で手一杯です！　あなたを助ける余裕なんてありません！」

「あれはお前が……⁉　嘘だ！　そんなこと出来る訳が……」

モニカはそれも無視した。代わりに今まで背中に隠していたレーザー砲を前に出してアキラに見せ付ける。それでアキラも思わず言葉を止めた。

「三つ。このレーザー砲、威力は凄いのですが、エネルギー充填に時間が掛かるのが難点です。その分、しっかり時間を掛ければ威力も増えるのですけどね。今、充填中です」

十分に険しくなったアキラの顔を見て、モニカが嗤う。

「分かりますか？　時間は、私の味方なんですよ」

　一つ目は嘘だ。輸送システムの停止は一時的なもの。待てば回復する。

　二つ目は半分本当で半分嘘だ。モニカはそれを工場の管理システムに頼んだだけで、モニカがハンター達の死体を操作している訳ではない。管理システムにそれが可能なことを知ったのも、今回の件とは無関係な別件でのことだ。

　死体の操作を頼んだ理由も、コンテナターミナルに動く死体の部隊を配置すれば、それに反応したアキラ達を見付けやすくなるだろうと思ってのことだ。一応アキラ達への攻撃も頼んだが、アキラと分断された者達を押さえ込めるかどうかは未知数だった。

　三つ目は本当だ。だがそれは、時間の経過がモニカを有利にすることを保証するものではない。

　しかしアキラにはその真偽が見抜けない。しかもレーザー砲という物証付きで示された三つ目が、他も正しいのではないかという考えをアキラに植え付けていた。

　それがアキラを怯ませた。その足を、無意識に、わずかだが後ろに下がらせる。

　それに気付いたモニカは舌戦での勝利に満足し終えた。それが次の勝利、相手の殺害による勝利への欲を高めていく。

「それでは、そろそろ死にます？」

　気持ちが後退に傾いていたアキラが反射的に飛び退く。同時にＡ４ＷＭ自動擲弾銃をモニカに向けて連射した。

　モニカの力場障壁（フォースフィールドシールド）に無数の擲弾が着弾し、爆発する。それでもモニカの笑顔は全く曇らなかった。

◆

　エレナとサラはコンテナターミナル内を走りながら死体の部隊と戦っていた。

「サラ！　右よ！」

「了解！」

サラが走りながら銃を構え、撃ち出す。エレナの援護による照準補正を受けた弾丸が、標的へ向けて狂い無く高速で駆けていく。

強力な銃弾が雨を貫く。弾頭から生まれる衝撃波で雨粒を飛び散らせ、その軌跡を空中にはっきりと描きながら、標的である死体の強化服に着弾した。

被弾により強化服の制御装置が大破し、死体を無理矢理動かしていた強化服が停止する。動力源を失った動く死体は、ありふれた動かない死体となって崩れ落ちた。

「次は左！」

「全く、多いわね！」

雨粒に含まれる色無しの霧の成分により、エレナの情報収集機器による索敵範囲は激減している。しかし索敵そのものが不可能になった訳ではない。

また索敵に影響を受けているのは敵も同じだ。実力者がその技量を尽くせば、敵よりも早く相手の位置を正確に摑めることに違いは無い。索敵能力の相対的な減少はわずかで済む。

そして地形情報は一度調べてしまえば変化しない。無数に並び、積み重ねられているコンテナの位置を把握してしまえば、優位な地形に陣取って効率的に戦える。

エレナはそれらを駆使して、出来る限りサラを援護していた。

敵と自分達の索敵能力の差を活かし、自分達だけが相手の位置を把握できる地形と距離を維持する。その上でサラの火力を叩き付ける。その連携は周囲の状態の把握が非常に難しい状況下で効果的に機能し、エレナ達と死体の部隊との人数差による戦力差を覆していた。

そのおかげでエレナ達は限定的な状況ではあるが優位を保っていた。しかし敵を蹴散らせるほど優勢ではなく、他の者を探しに行くのは困難な状態が続いていた。

アキラ達はモニカとシオリの攻撃によって生じた爆発により、バラバラの位置に吹き飛ばされていた。

エネルギーの奔流は光刃に斬り裂かれて四散したことで威力を弱め、加えて色無しの霧を含んだ豪雨の影響で更に威力を落としていた。そのおかげであれほどの爆発にもかかわらず、アキラ達は吹き飛ばされる程度の被害で済んでいた。

エレナとサラは少し離れた場所のコンテナに叩き付けられるだけで済んだ。負傷はわずか、装備類にも紛失や破損は無かった。

その場ですぐに合流したエレナ達は、急いで他の者とも合流しようとしたのだが、死人の部隊に襲撃されて今も合流できないままに戦い続けている。

「ねえエレナ。他の人達、大丈夫かしら」

「……私達も生きてるんだし、大丈夫よ」

サラもエレナの返事が気休めであることは分かっていた。だが意気を保つ為に敢えて明るく笑う。

「……、そうよね。大丈夫よ。あれぐらいで死んでたら、アキラも過合成スネーク戦でとっくに木っ端微塵になってるわ」

エレナもサラに合わせて敢えて明るく笑った。

「そうよ。まあ、あれを基準にしちゃうのもどうかと思うけどね」

「でもあれに比べれば大した相手じゃないでしょう？　ちょっと多いけど、大して大きくないし」

「まあね。じゃあサラ、とっとと片付けて皆と合流しましょうか！　私達で粗方片付ければ、どこかにいるアキラの援護にも多分なってるでしょう！」

「了解！　ぶっ飛ばすわ！」

エレナ達が意気を上げて攻勢を強める。まるでそれに合わせるように周囲から死人の部隊が集まってきたが、それは逆にエレナ達の撃破数を増やし、動かない死体の山を増産する手助けとなった。

◆

死体の部隊に対し、シオリが刀を振るい、カナエが拳を握って応戦する。

色無しの霧を含んだ雨が索敵範囲を狭め、銃の威力と射程を落としている。それはシオリ達にとって十分に格闘戦の間合いだった。

その間合いでの戦いで近距離戦闘に特化した訓練を受けた者に、既に死ぬほどの被弾や衝撃を喰らって強化服や銃も損傷している死者が抗うのは難しい。シオリに両断され、カナエに殴り飛ばされ、次々に撃破されていく。

だが全体としてはシオリ達の劣勢だ。その原因はレイナとトガミにあった。

レイナ達はシオリ達がこじ開けたコンテナに立て籠もっている。だが死体の部隊でも、動かない的に弾幕を浴びせるぐらいなら容易い。いずれは破られる。

しかしレイナ達の実力ではシオリ達と一緒にコンテナの外で戦うのは無理だ。現状ではシオリ達がコンテナの周りの敵を倒し続けるしかない。

だが現状維持は破滅の引き延ばしでしかないこともシオリ達は分かっていた。

カナエが軽い調子で言う。

「姐さん。そろそろ決断した方が良いと思うっすよ？」

「分かっています……。ですが……」

シオリは険しく歪んだ顔のまま、決断できずにいた。

シオリ達の頭にある最適解、現状を覆す手段は、レイナ達にしばらく自力で頑張ってもらい、自分達は今すぐにモニカを殺しにいくことだった。

今、モニカはかなりの深手を負っている可能性があった。

自分達が潜んでいたコンテナを撃った時、モニカは堂々と姿を晒していた。それは自身の防御に絶対の自信を持っていたからかもしれないが、工場内で自分達に攻撃された時に一度退いたことから考えると、力場障壁（フォースフィールドシールド）の防御はそこまで頑丈では無い可能性もあった。

そうすると、モニカはあのコンテナを別の理由で偶然撃ったという推察も出来る。その場合、モニカは自分達からの攻撃を想定していないので、雨避け（あまよけ）ぐらいの出力でしか力場障壁（フォースフィールドシールド）を使用しておらず、シオリの光刃を真面に喰らった可能性があった。

それならばモニカがその痛手から回復する前に殺しにいけば高確率で殺し切れる。そしてモニカを殺しさえすれば事態も一気に改善する。状況から考えて死体の部隊もモニカの仕業だ。モニカを殺せば止まる確率は高い。

シオリがそれを分かった上で動けないのは、自分達がモニカを殺し切るまでに、レイナが殺される確率も高いからだ。浮かんだ最善手の実行を躊躇するほどに、それが最善だと分かっているのに、レイナの死が頭をよぎって躊躇ってしまった。

結果、シオリは妥協した。周囲に集まった分だけでも死体の部隊を倒し切り、レイナの負担を可能な限り下げてからモニカを殺しにいくという次善の手段を選んだ。

だが周囲の敵を倒し続けても続々と増援が出現する。コンテナターミナル中に広がっていた死体の部隊がこの周辺に集まることで、むしろレイナのいるコンテナ周辺の敵の数は増えているようにすら感じられた。

最善手が次善の手に、そして悪手に変わり始めている。カナエはそれを感じて一応警告したのだが、シオリの決断は遅れていた。

「まあ私は良いっすけどね。いざとなったらお嬢を抱えて逃げるだけっすから。あ、一応やるだけやるっすけど、その場合、多分お嬢は死ぬっす。そこはご了承下さいっす」

本来ならばシオリを激怒させる暴言だ。だが今は、それよりも今すぐに二人でモニカを殺しにいった方が、結局はレイナが助かる確率が高くなるという助言だ。シオリも怒ることは出来なかった。

そしてそこまで言われては、シオリも悲愴な覚悟を決めざるを得なかった。

「……分かったわ。行きましょう」

「お、やっとっすか？　良かったっす。死体を蹴飛ばしてもつまらないっすからね」

「でもお嬢様に一度伝えてからよ」

「了解っす。じゃあ急いで戻って……、あ、手遅れだったっすかもね」

そう言って、カナエはある方向に視線を向けた。雨の所為でよく見えず、情報収集機器による索敵範囲の外ではあるが、カナエはその先にこちらに向かってくる多数の気配を捉えていた。

シオリも方向を教えられた上で指摘されれば、その気配の欠片ぐらいは摑める。敵の人数を理解して顔を険しく歪めた。

「別の場所で戦ってた誰かが死んで、その分がこっちに来たっすかねー」

それらの気配はレイナ達がいるコンテナの方に進んでいた。シオリがレイナの下に急ぐ。

自分達の一時離脱を伝える為ではないことぐらいはカナエも分かる。軽く溜め息を吐いて後に続いた。

カナエの予想は半分だけ当たっていた。その新手は確かに他の者が相手をしていた集団だったが、相手をしていた者は生きていた。

シカラベが後退しながら死体の部隊に銃弾を浴びせる。強化服を破壊された死体が地面に倒れるが、後続がそれを踏み越えてシカラベに迫る。

「クソッ！　幾ら何でも多すぎるぞ！　これが市街区画の怪談と何か関係あるなら、まさか、そっちで死んだやつも混じってるのか⁉」

機械系モンスターの大軍との戦闘を想定して大容量の拡張弾倉を用意していたが、それでも弾切れを想像させる敵の量に、シカラベも焦りを強くしていた。

その時、死体の部隊にコンテナが勢い良く投げつけられた。大勢の死体が巻き込まれて四肢を千切れさせながら吹き飛んでいく。

更に光刃が複数体の死体を一薙(な)ぎで両断した。上下に分かれた死体が崩れ落ち、二度と動かなくなる。

「苦戦中っすか？　手伝うっす」

「援護します。こちらへ」

そのシオリ達の通信を聞き、シカラベは思わず安堵の息を吐いた。

劣勢を強いられていたとはいえ、シカラベ一人で何とか相手が出来る程度の強さだ。そこにシオリとカナエが加わったことで一気に優勢となる。程無くして新手の部隊は壊滅した。

シカラベが息を吐く。

「助かった。ようやく合流できたか。他のやつは？」

「お嬢とトガミ少年が向こうにいるだけっす」

「そうか。そうするとあの死体連中の目的は、やはり俺達の分断か」

「あ、やっぱりそう思うっすか？」

シカラベ達がレイナ達の下に向かいながら話を続ける。

「ああ。俺を囲んでた連中には包囲に偏りがあった。半分勘だが、あれには俺をどこかに追い込もうという感じより、どこかから遠ざけようとする感じの方が強かったからな」

ただの推察だと前置きしてから、シカラベが自分達の置かれている状況を話していく。

死体の部隊はモニカの指揮で動いている。恐らくモニカの力場障壁（フォースフィールドシールド）には、自分達全員の攻撃を同時に防ぐほどの防御力は無い。だから自分達を分断して各個撃破しようとしている。そして今、ここにいない誰かを襲っている最中だ。

「出来れば援護に行きたいし、場所も俺を遠ざけようとした方向だと予想できるんだが……、敵の圧力が強すぎて無理だった。まあさっき見た通り、俺だけだと逃げるので精一杯でな」

シカラベの話を聞いたシオリが表情を険しくさせる。その内容は自分達の推察を補うものであり、最善手の実行を躊躇った代償を示すものだった。

モニカが他の者を全て倒し終えれば、シオリ達はレイナを護りながら、死体の部隊とモニカの両方と同時に戦う羽目になる。当然、勝率は激減する。それはレイナの死を意味する。

シオリのレイナへの忠義が仕事、或いは機械的なものであるならば、シオリは確率だけを重視して最善手をすぐさま躊躇無く実行できた。

だがそうではなかった。それが良くも悪くもこの状況を生み出していた。

その新たな状況で、シオリは新たな手段を、今度は躊躇わずに行った。シカラベを連れてレイナ達の下に戻ると、シカラベ、トガミ、そしてレイナに真面目な顔で依頼する。

「あなた方にお嬢様の護衛を依頼します。口頭ですが、これはドランカムへの正式な依頼です。報酬については後日交渉致しますが、誠実に対応することをお約束致します」

トガミとレイナがその意図を理解できずに困惑した顔を浮かべる中、シカラベがはっきりと答える。

「了解した。ドランカム所属のハンターとして正式に引き受ける」

そして軽く笑った。

「ああ、そいつらへの説明も俺がやっとくよ。早く行け」

シオリがシカラベに一礼して駆けていく。

「じゃあ、あとはよろしくっす」

カナエも軽くそう言ってシオリの後を追った。

軽く混乱しているトガミとレイナに、シカラベが真面目な顔を向ける。

「先に言っておく。トガミ。お前は俺の下についてるんだ。拒否はさせねえし文句も言わせねえ。死ぬ気でやれ。レイナ。お前はまあ、好きにしろ。俺にはお前にシオリの依頼を強制させる権限はねえからな。でも俺達の邪魔はするな。分かったな？」

シカラベはそう前置きした上で、レイナとトガミに状況を説明し始めた。

◆

アキラは防戦一方、ひたすら逃げ続けていた。

集中して体感時間を操作して時の流れを遅くし、モニカの攻撃を逸早く察知してギリギリで回避する。その上でＡ４ＷＭ自動擲弾銃を連射する。

そこらの機械系モンスター程度なら軽く吹き飛ばす爆発がモニカを包み込む。しかし力場障壁（フォースフィールドシールド）に守られているモニカには掠り傷一つ付けられない。

もっともアキラもこれでモニカを倒せるとは思っ

ていない。爆風で相手が吹き飛ばされること。爆発を力場障壁（フォースフィールドシールド）で防いでいる間は、相手も自分を攻撃できないこと。それを期待しての行動だ。

　しかしその期待も満たされない。モニカを一度は押し止めた工場内の通路とは異なり、ここは野外だ。爆風は周囲に四散して圧力を弱める。更に色無しの霧を含む雨により減衰される。よってモニカの歩みを少し止める程度の効果しか無い。

　モニカ自身の銃撃を遮る力場障壁（フォースフィールドシールド）も、撃つ瞬間だけ解除すれば良い。擲弾を絶え間なく正確に撃たれているのならともかく、アキラは逃げながらアルファのサポートによる照準補正無しに撃っている。銃撃する猶予は十分にあった。モニカのレーザーガンから撃ち出された光線が、アキラの側を掠めて肌と装備を焦がしていく。

「そんなに頑張って逃げてどうするんですかー？　苦しむ時間が増えるだけですよー？　あ、分かりました！　たっぷり充填したレーザー砲なら、一撃で消し飛ばされるから苦しまずに死ねるって思っているんですね！　大丈夫です！　安心してください！　こっちの銃でも、ちゃんと喰らえば一撃で脳まで焼きます！　一瞬ですよ！」

　通信で届くモニカの楽しげな声を聞き流しながら、アキラはとにかく時間を稼ぐ為にひたすら逃げていた。

　幾ら時間を稼いでも無駄。むしろこちらを有利にするだけ。モニカからそう言われたアキラは、その根拠は信じたものの、時間稼ぎが無駄だとは欠片も思っていなかった。

　仲間は死体の部隊の対応で手一杯。アキラを助ける余裕は無い。アキラはその説明を信じた上で、エレナ達は自分の助けがいるような追い詰められた状況ではないと判断し、むしろ安心した。

　そして時間経過でレーザー砲の威力が増すのだとしてもアキラは気にしなかった。相手がその為に戦闘を引き伸ばしてくれるのであれば、逆に歓迎できた。その間にアルファが戻ってくれれば勝てると思っているからだ。

だからこそ、アキラは全力で時間を稼いでいた。アルファさえ戻ってきてくれさえすれば。その思いで必死に頑張っていた。

しかしアルファは、いまだにその姿をアキラの視界に戻していなかった。

『アルファ！　まだか⁉』

思わず呼びかけても返事は無い。既に何度も呼びかけているが結果は同じだった。その度にアキラの焦りが強くなっていく。

モニカが撃った光線が宙を焼く。射線上の雨粒を蒸発させてその弾道を見せ付ける。それを真面に喰らえばどうなるかをアキラに想像させる。

『アルファ！　まだか⁉』

無意識に想像してしまった結果がアキラを怖がらせ、焦らせ、集中を鈍らせる。その所為できわどい回避が頻発し、アキラから平静を徐々に奪っていく。

『アルファ！　まだなのか⁉』

返事は無い。アキラは追い詰められていた。

「頑張りますねー！　でもそろそろ限界なんじゃないですかー？」

今までは無視できたモニカの言葉に気を取られてしまうほどに、限界だった。

「分かりますよー？　集中が乱れています。その動きからはっきり分かりますよー？」

聞き流すことすら出来なくなったアキラの耳に、モニカの言葉が届く。

「私に騙(だま)されたまま殺されていればそんな苦労をしないで済んだのに、馬鹿ですねー」

一瞬、アキラは呆けたような顔を浮かべた。続くモニカの言葉も耳に入らずに、言われた言葉を頭で反芻(はんすう)する。

(騙された……？)

ちょっとした疑問の答えが分かったように、アキラが少し驚いた顔をする。

(ああ、そうだ。俺、騙されたんだ)

今のアキラからは焦りも恐怖も消えていた。そして落ち着いていた。空白のような静かな心があった。

(あいつは俺を騙したんだ)

アキラ自身も不思議に思うほどに、アキラは今頃になってようやく、騙された、という実感を得ていた。

モニカの裏切りが発覚した時は慌ただしい状況が続いていた。その直後はエレナの指示ですぐに移動した。その後はアルファが姿を消したことで、ある意味で慌てており、余計なことを考える暇は無かった。

それらがモニカの裏切りから、今の今までアキラの気を逸らしていた。

(俺を騙して、俺もエレナさん達も殺そうとしてるんだ)

実感がアキラの中に広がっていく。

単にアキラを騙そうとした者ならクズスハラ街遺跡の地下街の時にもいた。しかしアルファのおかげですぐにその嘘を見抜けたことで、騙されたという感覚は少なかった。

だがモニカはアキラ達を一度は騙し切り、チームに加わり、その上でアキラ達を殺そうとしている。

騙されたという実感は、その分だけ、暗く、深く、強く、アキラの心を満たした。

(あいつは、俺を、騙した)

アキラの顔から表情が消える。内心から湧き出した感情がドス黒いものになって目に満ちる。

今までのアキラの行動指針は、エレナの指示に従って撤退になっていた。アルファが姿を消したことで、そこに時間稼ぎが加わっていた。

それらがアキラから消える。すると、逃げる為、時間を稼ぐ為に走っていたアキラの足も止まった。

立ち止まったアキラが振り返る。行動指針は書き換えられ、固定された。

殺そう。

単純明快なその意志を肯定したアキラは、黒い意志で形作られた能面のような顔で、敵へ向けて駆けていった。

第121話　殺意の推移

　逃げるアキラを追うモニカが、予想以上に手間を掛けさせる相手に少しだけ顔を険しくする。

（面倒ですね……。先日キャロルを工場区画から脱出させた相手です。軽んじたつもりは無かったのですが、少し見くびりすぎましたか）

　殺さなければならない相手はアキラだけではない。レーザー砲の使用を臭わせたが、それはアキラではなく他の者を消し飛ばすのに、特にシオリ達など自分を脅かしかねない者を殺すのに使いたかった。

　アキラには効いていないと装ったが、シオリの光刃を受けたモニカはそれなりに痛手を負っていた。

　肉体的な負傷は回復薬で完治させたが、装備の破損までは直らない。自動使用された力場障壁（フォースフィールドシールド）が大量のエネルギーを消費したことで、強化服の出力も下がっている。推進装置にも不調が出ており今は飛べない。本当ならば、念の為に一度退いておきたいぐらいだった。

　しかしその間にアキラ達に逃げられては元も子もない。モニカに撤退は許されない。

（死んだハンター達を呼び寄せておいたのは我ながら英断でしたね。あれに殺されるならそれで良し。消耗したところを私が殺しても良しです。時間を掛けて安全に殺しましょう）

　モニカは工場区画の特定の範囲内であれば装備のエネルギーを遠隔で補給可能だ。逃げるアキラの攻撃を喰らっても平然としているのは、その自動回復により力場障壁（フォースフィールドシールド）の使用によるエネルギー消費を補えるからだ。

　流石に使ってすぐに全回復とまではいかない。工場区画の中ではあるが、雇われている工場の敷地内でもないので回復量は少ない。レーザーガンを使用する分やレーザー砲の充填分もある。

　それでも徐々に回復するのは事実であり、それがモニカに余裕を与えていた。

　そこにアキラの方から近付いてくる反応が現れる。

追い詰められ自暴自棄になって向かってきたのだと思い、モニカは楽しげに嗤った。その断末魔のような特攻を嗤いながら撃ち殺そうと待ち構える。そしてアキラがコンテナの角から飛び出してきた。

そのアキラを見た途端、モニカは硬直してしまった。

そこに追い詰められ自暴自棄になった者はいなかった。顔から感情を削ぎ落とした表情の人間が、ドス黒い意志を濃縮させた両目をモニカに向けて、漏れ出した殺意で周囲を塗り潰しながら迫っていた。

怯んだモニカが動きを止める。それは1秒にも満たないわずかな時間だったが、強化服を着た人間の身体能力を十全に活用した速度の前では長すぎた。

モニカが動きを意識ごと硬直させている間に、アキラは間合いを詰め終えた。DVTSミニガンの銃口を力場障壁（フォースフィールドシールド）に叩き付け、連射する。

銃口から吐き出される銃弾が力場障壁（フォースフィールドシールド）に着弾し、防がれる。着弾地点から飛び散る無数の派手な衝撃変換光を怯んだ心で目の当たりにしたモニカが、力場障壁（フォースフィールドシールド）の強度を思わず上げてしまう。

それにより強度を更に上げた力場障壁（フォースフィールドシールド）は、至近距離から連射される大量の銃弾を容易く防いだ。モニカには一発も届かない。

その事実がモニカの怯みを和らげた。少し硬く、わずかに引きつったものではあったが、笑って声を荒らげる。

「は……、ははっ！　無駄ですよ！　効かないって言っていま……」

だがその声も、アキラと目が合った瞬間に止まった。

殺す。その単純明快な意志が、物理的な殺傷力すら有していそうな視線を介してモニカに突き刺さる。

殺される。自身の死を確定事項だと決め付ける殺気に穿たれたモニカは、割れ砕ける力場障壁（フォースフィールドシールド）を幻視し、弾幕を浴びて粉微塵になる自分を思い浮かべてしまった。

モニカの力場障壁（フォースフィールドシールド）には、敵の攻撃に合わせて出力を自動で調整する機能が備わっている。その機能が現在の出力はアキラの銃撃に対して過剰であると判断し、無駄なエネルギー消費を抑える為に出力を落とし始める。

　それをモニカは反射的に止めた。

（この殺気！　それに逃走一択だった今までから豹変(ひょうへん)したこの行動と態度から判断して、これは破れかぶれの特攻ではありません！　私を殺せる何か、少なくとも向こうがそう思っている切り札があるはずです！　力場障壁(フォースフィールドシールド)の出力は下げられません！）

　その判断は順当ではある。相手の切り札を喰らってから出力を上げても意味は無く、実際にシオリは切り札を持っており、それを使用されたモニカは危ないところだった。

　だがその判断に至った根底は、モニカが眼前の恐怖に対して自身の絶対的な安全を可能な限り維持したいからだ。

　出力を下げてしまえば、力場障壁(フォースフィールドシールド)はその分だけ脆くなる。その防御を突破され、殺される確率が上がってしまう。今のモニカにそれを許容できる余裕は無かった。

　恐らくアキラには切り札がある。ここまでやるのだ。間違いない。

　だから、力場障壁(フォースフィールドシールド)の出力は落とせない。

　そのモニカの推測と判断は後付けであり、客観的に考えればエネルギーの浪費でしかないと分かっていながらも、その出力を下げられない自分へのごまかしであり、言い訳だった。

　アキラとモニカの戦力差は、本来ならば二人の装備の性能が根本的に違うこともあって絶望的だ。アキラにはどう足掻(あが)こうとモニカに掠り傷一つつけられない。

　だが勝敗は装備の性能だけで決まるものではない。アキラの精神から漏れ出した殺意がアキラの背を押し踏み込ませる。その殺気を浴びたモニカが怯んで下がる。それにより総合的な戦力差は縮まり始めていた。

　モニカがレーザーガンをアキラに向ける。そのままでは間に力場障壁(フォースフィールドシールド)があるので撃てないが、一瞬だけ解除して即座に撃てばアキラを十分に殺せる。

　相手もそれを分かっているので避けようとするだろう。その動きに合わせて一度距離を取る。このまま張り付かれるのはまずい。そう思っての行動だった。

　だがアキラは避けるどころか、レーザーガンの銃口にＤＶＴＳミニガンの銃口を合わせた。そのまま銃撃も続ける。

　力場障壁（フォースフィールドシールド）に接触させて撃っている所為で銃自体への負荷も膨れ上がっており、発砲の反動がアキラの足を後方にずらしていく。アキラはそれを強化服の身体能力で無理矢理相殺し、ずらされた分だけ足を前に踏み出した。

　その間もアキラはモニカを無言で凝視していた。その視線がモニカの頭に妄想と幻聴の境のような声を生み出していく。

　撃て。そのレーザーガンを今すぐ撃て。その為にこの力場障壁（フォースフィールドシールド）を解除しろ。そうすればお前を撃てる。この邪魔な壁を消せ。今すぐに消せ。

俺に、お前を、殺させろ。

　それが妄想であれ幻聴であれ、それを聞いてしまったモニカには、銃撃の為に力場障壁（フォースフィールドシールド）を解除することなど出来なかった。

　代わりにモニカは大きく飛び退いた。眼前の恐怖から逃れようと物理的に距離を取ろうとした。

　アキラもモニカを追って地面を蹴りながら、相手が大きく動いた所為で照準の外れたＤＶＴＳミニガンをモニカに向け直す。

　その時だった。ＤＶＴＳミニガンの連射が止まった。

　時間感覚の矛盾を覚えるほどの高速戦闘の中、それに意識を合わせることが出来る二人が表情を変える。

　アキラは驚いたような顔をして視線をＤＶＴＳミニガンに向けた。モニカがそれを見て嗤う。

（弾切れ……！　あれだけ撃てば当然です！　弾倉の交換なんてさせませんよ！）

　モニカはすぐにレーザーガンをアキラに向けた。

力場障壁（フォースフィールドシールド）も同時に解除した。あとは撃って殺して終わり。そのはずだった。

そこにアキラから大型の銃を勢い良く投げ付けられる。力場障壁（フォースフィールドシールド）を再度使用するとレーザーガンを撃てなくなる。また、力場障壁（フォースフィールドシールド）で防ぐほどのものでもないと判断して、わずかに身を逸らして躱そうとする。

（空の銃を投げ付けるのが最後の手段なんて無様ですね！　……!?）

モニカが驚く。投げ付けられたはずのＤＶＴＳミニガンを、アキラはまだ持っていた。

（どういうことです!?　あれを投げたはず……!?）

アキラが投げたのはＤＶＴＳミニガンではなくＡ４ＷＭ自動擲弾銃だった。そしてモニカを更に驚かせる事態が続く。ＤＶＴＳミニガンが再び銃弾を撃ち出したのだ。その射線はモニカから外れていたが、モニカを驚愕させるのには十分だった。

（しまった！　あれは弾切れを装っただけ！　私に力場障壁（フォースフィールドシールド）を解除させる為の罠（わな）だった！　すぐに防御を……！）

アキラがＤＶＴＳミニガンを撃ちながら、その銃口をモニカに向ける。だがモニカの方が早かった。撃ち出された銃弾は再使用された力場障壁（フォースフィールドシールド）に全て防がれた。

（間に合いました！　そんな悪あがきで私を殺せるとでも……）

そのモニカの思考を、力場障壁（フォースフィールドシールド）の内側から響いた音が乱す。それはＡ４ＷＭ自動擲弾銃の発砲音だった。無数の擲弾が撃ち出され、だが爆発せず、球状の力場障壁（フォースフィールドシールド）の内側に溜まっていく。

（何が起こって……!?　そうか！　力場障壁（フォースフィールドシールド）の使用時に内側にあったから……！）

一瞬の攻防の中、モニカにとっては単に投げ付けられただけであった銃の存在は、モニカの意識から消えていた。

そしてモニカは力場障壁（フォースフィールドシールド）を慌てて再使用した所為で、ちょうどそこにあったＡ４ＷＭ自動擲弾銃を力場障壁（フォースフィールドシールド）の内側に取り込んでしまった。

持ち手のいないＡ４ＷＭ自動擲弾銃が擲弾を自動で撃ち出したのは、取り付けている拡張部品の、銃を自動固定銃座に変える機能によるものだ。設定に従って引き金を引き続けるだけの非常に簡易な機能だが、上手く動作した。

　モニカもそこまでは分からない。だが今のモニカにとってはどうでも良いことだ。重要なのは今も次々に撃ち出され、力場障壁（フォースフィールドシールド）の内側に溜まっていく擲弾の方だからだ。

（爆発しない？　どうして？　時限式の擲弾だから？　いえ、そんなことよりも、至近距離でこの量、しかも密閉空間！　まずいです！　力場障壁（フォースフィールドシールド）を解除しないと……）

　そこでモニカは更に驚くものを見た。視界の先で、アキラがＤＶＴＳミニガンを捨てたのだ。

（……どういうことです？　この擲弾が彼の罠なら、私を銃撃し続けて力場障壁（フォースフィールドシールド）の解除を阻止するはず……）

　密閉空間が頑丈であるほど、その内側で起こった爆発の威力は膨れ上がる。その壁を出来る限り強固にする為にアキラは自分を撃ち続けるだろう。そう思い至った瞬間にそれを否定された分だけ、モニカの驚きは大きかった。

（まさか、今度は本当に弾切れ……？　いえ、そんな訳が……）

　そしてそのモニカの判断、弾切れのはずがない、今度は騙されない、という考えを肯定するように、アキラが次の行動に移る。ＣＷＨ対物突撃銃を両手でしっかりと握って構えたのだ。

（しまった！　これが本命！　彼の切り札！）

　ＣＷＨ対物突撃銃、ＤＶＴＳミニガン、Ａ４ＷＭ自動擲弾銃の中で、単発の威力が最も高い弾丸を撃てるのはＣＷＨ対物突撃銃だ。

　そしてそれらを片手で軽々と扱える者が、今は両手でしっかりと握って構えている。それは切り札の存在を疑っていたことと合わせて、そうでもしないと真面に撃てないほどに反動の大きい弾を撃つからだと、モニカに判断させた。

恐らくその切り札の弾丸は一回しか撃てない。一発しか用意できなかったのか、発砲の反動に銃が耐えられないかのどちらか。

爆発しない大量の擲弾はそちらに意識を向けさせて隙を作る為。加えて擲弾で相手の視界を遮って銃撃の瞬間を読ませない為。そして何よりも銃撃時に力場障壁（フォースフィールドシールド）を解除させる為。

相手の全ての行動は、その一回切りの勝負に勝つ為の作戦だった。下手をすると、自分から逃げ回っていた時からその作戦は始まっていた。

そう判断したモニカは力場障壁（フォースフィールドシールド）の出力を逆に限界まで上げた。次の銃撃を防ぎさえすれば、切り札を失ったアキラはもうどうしようも無い。そう考えてのことだった。

（私の勝ちです！　最後の最後で読み切りました！）

モニカは勝利を確信し、高らかに笑った。

アキラが引き金を引く。撃ち出された銃弾は、最大強度の力場障壁（フォースフィールドシールド）に余りにも容易く弾かれた。

それはその弾が、切り札でも何でもない普通の弾だったことを示していた。

「…………えっ？」

余りに予想外なその結果に、モニカが短い言葉を発した。同時に、力場障壁（フォースフィールドシールド）の内側を埋め尽くした擲弾が一斉に爆発した。

爆風で吹き飛ばされたアキラがコンテナに激突する。わずかだがコンテナの壁にめり込んだ後、剥がれ落ちて地面に叩き付けられた。

倒れたまま呻（うめ）き声を上げていたアキラがよろよろと立ち上がる。大きく息を吐いた顔は、かなり険しいものではあるが普通の表情に戻っていた。

「……よし。今度は気絶しなかったぞ」

それでも体は激痛という悲鳴を上げている。アキラはそれらの訴えを宥める為に再び回復薬を頬張った。

「あいつは……、どうなった……？」

辺りを見渡すと、モニカは離れた場所に転がっていた。力場障壁（フォースフィールドシールド）で雨を防ぐこともなく、横たわったまま雨に打たれている。じっと見てみるが、ピクリともしていない。その近くには大破したレーザー砲も転がっていた。

「……死んでるか。まあ、死体がちゃんと残ってるだけでも凄い。あいつの装備は旧世界製だったな。流石は旧世界製。頑丈だ」

アキラは安心して笑い、次に苦笑を浮かべた。

「俺一人でも何とかなったか。……まあ、考えてみれば、デカいモンスターに食われた時だって何とかなったんだ。そんなに焦る必要は無かったか」

そこでアキラはようやく自分が手ぶらであることに気付いた。辺りをもう一度見渡す。CWH対物突撃銃は見付からなかったが、DVTSミニガンは見付かった。A4WM自動擲弾銃は仮に見付かっても使用できる状態ではないだろうと考えて諦めた。

取り敢えずDVTSミニガンを取りに向かおうとして、ふと思い、軽く試す。

『アルファ』

返事は返ってこなかった。アキラが溜め息を吐く。

「……全く、この状況を何とかする為に離れたんじゃなかったのか？　俺一人で何とか出来たぞ？　まあ、厳密には無事に帰還するまでだから、まだ終わってないけどさ」

アルファが戻ってきたら、今回は少し文句を言っても良いだろう。アキラはそう思いながら、改めてDVTSミニガンを取りに行こうとした。

そして立ち止まる。次に真顔で横を見た。

そこにはモニカが立っていた。

（……そんな、殺したはず、死体が起き上がった？　いや、そんなことよりも……！）

驚愕による硬直、混乱した頭での推察、それらに無駄な時間を費やしてしまったアキラは、我に返った瞬間、今自分には武器が何も無いことに気付いて走り出した。

だがDVTSミニガンの下に辿り着く前に、モニカに追い付かれて蹴飛ばされた。防ごうとはしたが相手との身体能力の差で吹き飛ばされる。

派手に飛ばされた先でアキラが何とか体勢を立て

直す。その間にモニカは歩いてＤＶＴＳミニガンの所まで行くと、それを踏み潰し、アキラの方に顔を向けて楽しげに笑った。そして別の方向を指差した。

「あなたの残りの銃は向こうにあります。取りに行きますか？　行かせませんけど」

そのモニカの笑顔には明確な怒りがあった。同時に、その怒りを解消できる喜びで溢れていた。

「先程の蹴りも普通に喰らいましたし、この銃も普通に破壊できました。だとすると、もう罠は無いようですね。良かったです。これであなたを安心して殺せます」

そのままモニカがアキラに向けて歩き出す。

「先程の攻撃、お見事でした。どこからが作戦だったのかは分かりませんが、思いっ切り騙されました。脱帽です。もしかして、私があなたを騙した意趣返しだったのですか？」

アキラはモニカを迎え撃つようにその場に残っていた。後退しても勝機は無い。それだけの考えを支えにして、息を整えながら立っていた。


「実は、死なずに済んだこと、私が一番驚いていています。正直に言うといつも一方的に殺していて、相手の攻撃も力場障壁（フォースフィールドシールド）だけで防げていたので、強化服自体の防御力は私も正確には把握していませんでした。流石は旧世界製。頑丈です。まあ、銃とレーザー砲は壊れましたけどね」

アキラ自身も驚くほどに作戦は上手くいっていた。偶然、或いは幸運も味方に付けて、か細い勝機を引き寄せた。

逆にモニカは何度も選択を誤った。わずかな時間に何度も驚かされ、判断を強いられて、対処が追い付かず、読み間違った。

それでも、アキラとモニカの勝敗は覆らなかった。

「それでは、さようなら」

アキラの前まで来たモニカが手刀を繰り出す。アキラは限界まで集中してそれに抗った。今も降り続けている雨粒が止まって見えそうな体感時間の中で、防御してもその防御ごと貫かれる一撃を躱して反撃しようとした。

だが相手の攻撃を認識できたとしても、それを躱せるかどうかは別だ。

躱せない。

時が非常にゆっくりと流れているような時間感覚の矛盾の中、アキラは酷く鈍い自身の動きから、そう悟った。

次の瞬間、モニカは頭部に被弾し、着弾の衝撃でその場から吹き飛んだ。

「……は？」

アキラが唖然としている間に、モニカが何度も銃撃される。その度に着弾の衝撃で吹き飛ばされていく。

アキラは混乱しながら銃弾の発射元の方向に顔を向けた。するとその方向からキャロルが現れる。

笑ってモニカを撃ち続けながらアキラの側までやってくると、弾倉が空になるまでモニカを撃ってから、どこか軽い調子で口を開いた。

「よし。殺せたわね。アキラ。大丈夫？」

「……え？　あ、ああ。何とか……」

「そう。無事で良かったわ。あ、拾っておいてあげたわよ。はい」

渡されたＣＷＨ対物突撃銃を見て、アキラが戸惑いながらも礼を言う。

「あ、その……。ありがとう。助かった」

「気にしないで。チームでしょう？」

「そ、そうだな……」

事態についていけずに混乱していたアキラだったが、頭の中を整理して少しずつ状況を把握すると、あることに気付いて思わず顔をしかめた。

「ちょっと待て。キャロル。お前……、俺を囮にしたな？」

キャロルはアキラから非難の視線を向けられても全くたじろがなかった。

「したわ。ごめんなさい。でもああでもしないとモニカは殺せなかったでしょう？　防御も固い上に無茶苦茶警戒してたしね」

「そうかもしれないけど……」

「取り敢えず、一緒にもう少し念入りにモニカを撃っておきましょう。動く死体にモニカまで交ざったら面倒でしょう？」

「……そうだな」

そう答えながらもむくれているアキラに、キャロルが空になった弾倉を交換しながら、悪かったと言うように笑う。

「私達の報酬はお互いの活躍に応じて分配するって約束よね。囮にされた分も含めて、アキラはたっぷり活躍したわ。私もその分ちゃんと譲るから勘弁してちょうだい」

アキラは小さく溜め息を吐くと、渋々といったように軽く頷いた。

自分を囮にしたことを正直に認め、謝られ、そうせざるを得なかった理由を説明されて一応は納得し、今はそれどころでは無いと言われ、報酬に対して大幅な譲歩を示された。そのキャロルの簡易な交渉により、アキラの判断は、不満は残るが、まあ良いか、に収まっていた。

まずは無事に帰還する。ゴチャゴチャ言うのは全部終わってからだ。アキラは自身にそう言い聞かせて意識を切り替えようとする。

その時、突如キャロルがアキラの手を掴み、この場から全力で離脱を始めた。

「おい！　どうした！」

アキラが思わず見たキャロルの顔に、つい先程まであった笑顔は無い。非常に険しい表情をしている。

「……嘘でしょう？　対力場装甲弾（アンチフォースフィールドアーマー）を1弾倉分全部ぶち込んだのよ？」

「まさか……」

「倒れていたはずの場所にいなかった！　あいつ、まだ生きてる！　アキラ！　一度退くわよ！　悪いけど、多分瀕死だから止めを刺しに行こうなんて言われても嫌だからね！」

アキラはキャロルに半ば連れ去られるように運ばれながら、自分を囮にしてでもモニカを殺そうとしたキャロルの判断は正しかったと理解した。

その上で、それでも殺し切れなかったことに驚愕していた。

「モニカを殺すのは、出来ればチーム全員で、せめて誰かと合流してからよ！　良いわね？」

「その間にあいつに逃げられたら？」

「逃げるほどの負傷なら喜んでおくわ。その間に皆と合流して、工場内を強引に突っ切ってでも脱出よ」

「……逆に、追ってきたら？」

「……だから、一回退いて他の人と合流しようとしてるんでしょう？」

あの攻撃を受けても、モニカが逃げるどころか殺しに来るほど元気なら、恐らく自分達二人では殺し切れない。逆に殺される。

「……そうだな。急ごう」

アキラ達が先を急ぐ。アキラとモニカの勝敗は覆らなかった。だがアキラ達とモニカの勝敗は、まだ決まっていない。その結果を勝利にする為に、今は走った。

死にかけたという実感が、モニカの中に激情を生み出していた。

「やっぱり……、罠だったじゃないですか……。私の予想は正しかったです……」

モニカは備えていた。アキラを殺そうとしながら、強化服の力場装甲（フォースフィールドアーマー）を限界まで強めていた。それは予想というよりは、アキラにしてやられた所為で生まれた過剰な猜疑（さいぎ）心の結果だったのだが、それでもモニカは生き延びた。

「切り札ぐらい……、私にだってあるんですよ？」

だがそれは、使えばモニカの今後に致命的な影響を与えかねないものだった。だから今までは使わなかった。たかが金を稼ぐ為に使えるようなものではなかった。

それをモニカは使った。着用している強化服がモニカの体を侵蝕（しんしょく）していく。着用ではなく同化していく。

やってしまったという思いで自嘲の笑みを浮かべていたモニカが、その笑みを消した。

「殺してやる」

安全圏から弱者を一方的に殺すただの狩りではな

く、自身の命を賭けて戦う殺し合いに、モニカはようやく足を踏み入れた。

◆

シカラベはトガミとレイナを連れて逃げ回っていた。

死体の部隊の目的は、敵の分断、そしてモニカが交戦している者への援護の妨害だ。よってコンテナに立て籠もるよりもモニカから離れるように移動した方が、包囲に偏りが出来るので戦いやすい。レイナ達と合流するまで一人で戦っていたシカラベが死なずに済んだ理由でもある。

基本的にシカラベが応戦し、トガミはレイナの護衛に注力している。

そしてレイナは悔しそうな顔で二人に同行していた。

シオリはシカラベ達三人にレイナの護衛を依頼した。ドランカムを介してハンターとしての三人に依頼を出した。

シカラベはその意味をよく分かっている。

シオリはシカラベとトガミの良識や人間性に、それらを理由にレイナを護ることを期待していない。だからこそハンターとしての依頼への誠実さに期待した。

イージオはハンターとして、疑われ置き去りにされて死ぬとしても情報を渡さなかった。アキラは引き受けた依頼に誠実であろうとして、シオリと殺し合う寸前まで揉めた。

その依頼への誠実さでレイナを護ってもらう為に、シオリはドランカムへの正式な依頼とした。組織に所属する者としてのしがらみ、真っ当なハンターとしての依頼への誠実さ、その両方に期待した。

シカラベはそれを理解して依頼を受けた。そして出来る限りの仕事をしていた。その所為もあり、トガミへの叱咤は少々キツいものになっていた。

「トガミ！　レイナを前に出すな！　盾も真面に出来ねえのか！　しっかり働け！　最低でも、お前はレイナを庇って先に死ね！」

　トガミは黙ってレイナを自分の背中に戻した。トガミが本気で頑張っているのは、その顔からもよく分かる。だが状況はその努力で補えるほど優しくなく、実力不足もあってシカラベに叱咤を繰り返させていた。

　そしてシカラベはレイナに対しては注意すらしない。自分達とは異なりレイナはシオリの依頼を引き受けていないと考えているからだ。

　それがレイナを苦しめる。レイナにとってシオリの依頼には二つの意味があった。自分の身は自分で守れ。大人しく護られていろ。その二つだ。

　そして二つの意味に分けてしまうところがレイナの限界でもあった。自分自身を護る為に、護衛が自分を護りやすいように出来る限りのことをする。その一つの意味だけで良かったのだが、それが出来ない所為で、レイナが思わず口を出す。

「わ、私だって戦えるわ！」

　この言葉はただの癇癪だと、レイナ自身が分かっていた。言ってしまってから後悔する。そしてトガミに顔を向けられて、非難の視線を想像して、更に後悔した。

　だがそのトガミの視線は、レイナを非難する類いのものではなかった。

「俺は……、そんなに駄目か？」

　前にいても邪魔なだけ。盾代わりにもならない。自分で戦った方が遥かにまし。護衛対象からそう思われてしまうほど自分は駄目なのか。自信を失って折れかけていたトガミは、レイナの言葉をそう捉えてしまっていた。

　否定してくれ。その無意識の願いがトガミの目に滲んでいた。

　レイナはそのトガミに自分の姿を重ねた。静かな声で答える。

「……違うわ」

「……そうか。なら下がってくれ。まあ、最低限の仕事はする。……それぐらいはさせてくれ」

「分かったわ。……ごめん」

「……いいさ。仕事だ」

トガミとレイナは落ち着きを取り戻し、護る側と護られる側ではありながらも、協力して状況に抗い続けた。


トガミ達が正しく連携し始めたことでシカラベの負担も軽くなる。しかし状況が少々改善したところで全体の流れは変わらない。シカラベの焦りも少しずつ強くなっていく。

「まずいな……。そろそろ残弾も厳しいんだが……」

死人の部隊も武装している。最悪倒した死体から弾薬を奪ってでも戦うつもりだが、その手間は遠慮しておきたかった。

そしてその手間は不要となる。別の方向からの銃撃が死体達を撃破する。そちらを見るとエレナ達の姿があった。エレナからすぐに通信も入ってくる。

「やっと合流できたわね。そっちの状況は？」

「何とかやってるってところだな。取り敢えず周りの連中を片付けてこっちに来てくれ。細かい話はその後だ」

「分かったわ」

エレナ達という追加戦力のおかげで、局地的な戦況は一気に優勢になった。シカラベが一息吐く。

「こっちはこれで問題無しか。あとは向こうがどうなってるかだな」

シオリ達がモニカを倒して戻ってくる。或いは返り討ちにあってモニカが襲ってくる。シカラベは前者であることを願って戦い続けた。

◆

アキラ達はモニカの想像以上の強さに一時撤退を決めた後、他の者と合流する為にコンテナターミナルを走っていた。

しかし合流できるかどうかは運次第だ。仲間の場所は不明。雨による通信障害が続いているので連絡も取れない。そもそも生きている保証も無い。

アキラもそれは分かっている。だが生きていると信じて今は走っていた。

「キャロル。エレナさん達は見付かりそうか？　何か反応とかは……」

「残念だけど、今のところは無しよ」

「そうか……」

　モニカとの通信が繋がったように、この雨の中でもある程度まで近付けば短距離通信が繋がる。今はその通信圏内に誰かがいることを期待して走り回るしかなかった。

　そこに死体の部隊が現れる。アキラは思わず顔をしかめた。

「このクソ忙しい時に……！」

「アキラ。逆よ。他の人は恐らくあの連中と戦ってるはず。つまりあいつらの向こう側にいる可能性が高いわ」

「そうか！　よしっ！　倒して進もう！」

　アキラが意気込む。だがその意気込みは無駄になった。アキラ達が倒すまでもなく、死体の部隊が逆側から斬られ、蹴飛ばされ、蹴散らされる。逆側から突破してきたのは、シオリとカナエだった。

「おっ！　アキラ少年！　生きてたっすか？」

「勝手に殺すな。まあ実際、死にかけたけどさ」

　そのまま通信越しに話しながら４人がかりで死体の部隊と戦う。

「アキラ様。相手はあのモニカですか？　勝ったのですか？」

「負けた。キャロルの助けが無かったら死んでた」

「それで私達はそのモニカから逃げてる最中だったのよ。予想以上の強さだったわ。悪いんだけど、手助けしてもらえない？」

「了解っす！　アキラ少年が死にかけた相手！　楽しめそうっすね！」

「思う存分楽しんでくれ」

　アキラ達は戦いながら一通りの状況説明を済ませた。同時に周囲の死体の部隊も壊滅させた。

「よしっ！　前座は終わりっすね！」

「前座？」

　アキラが怪訝な顔をカナエに向けると、カナエは視線である方向を示した。

　カナエ以外がその方向を注視する。各自の情報収集機器がその方向への解析処理を優先させ、連携機能により索敵の精度が上昇する。

　するとアキラが表情を一気に険しくさせた。

「追ってきたのか……！」

　雨の向こう、本来なら気配を摑むのも難しい先から、モニカが接近してきていた。

　キャロルもモニカの強さを体験済みの分だけ顔を険しく歪める。シオリもそのアキラ達の反応から敵の強さを推察して警戒を一層高める。

　カナエだけが楽しそうに笑っていた。

「いやー、姐さんに勝ったアキラ少年が逃げ出すぐらいのやつを相手に、お嬢を護りながら戦う羽目にならなくて良かったっすね！　早めに出発して正解だったっす！」

「……そうね」

　シオリは顔を引きつらせながらも、何とかそれだけ答えるだけに自身を抑えた。自分を落ち着かせる為に大きく息を吐いてから、アキラ達に真剣な表情で頭を下げる。

「アキラ様。キャロル様。申し訳御座いませんが、御支援をお願い致します」

「分かってる。万全じゃないけど出来るだけやるよ」

「大丈夫よ。初めからそのつもりだったわ。負けっぱなしも癪だしね」

　アキラは真剣な顔で、キャロルは笑って答えた。

　シオリがアキラ達に姿勢を正して一礼する。そしてモニカの方へ駆けていった。

「じゃあ援護よろしくっす。あ、こっちで勝手に避けるっすから、気にせずに撃って良いっすよ」

　そう言い残し、カナエも笑ってシオリに続いた。

「俺達もやるか」

「ええ」

　今度は4対1。だがそれでも自分達が優位だとは限らない。それを分かった上でアキラ達は互いに意気を示すように笑うと、別々に狙撃する為に左右に分かれて走っていった。

第122話　判断基準

雨の中を走るモニカに、その雨に紛れてシオリが迫る。横薙ぎの一閃。モニカは反射的に飛び退いて躱そうとしたが間に合わず、その刃はモニカの体に到達した。

だが斬れない。鉄の塊をただのナイフで切り付けたように刃が滑る。

モニカは体勢を立て直そうとした。そこにカナエが現れ、飛び蹴りを放つ。眼前に迫るそれをモニカは慌てて両手で防ごうとしたが、間に合わず、全身の勢いを乗せた一撃がモニカの顔面に叩き込まれた。

だがモニカは倒れない。蹴りの衝撃で体全体を後方に滑らせながらも、その身体能力で強引に勢いを止めた。

そしてモニカが反撃する。それはシオリ達に向けて力任せに腕を振るっただけのような荒い攻撃だった。だが速く、しかも指先より大分遠い位置にある雨粒まで切り裂いた。発光する手、その指のそれぞれから、射程の短いレーザーガンでの掃射にも似た光刃が伸びていた。

シオリ達はその攻撃を、素早い反応に加えてモニカの予備動作を見切って問題無く回避した。そのままモニカの行く手を遮るように立つ。

そのシオリ達をモニカが無表情で見る。余りに大きい怒りの所為で逆に顔から感情が消えてしまったような、暗く静かな表情だった。

「……あなた達でしたか。邪魔をしないのなら、後回しにしてあげますよ？」

その声から殺気は感じられない。しかしそれは、邪魔なゴミを蹴飛ばして退かすのにいちいち殺気は出さない、という程度の理由だ。

シオリが顔を更に険しく厳しいものに変える。見逃すのではなく、殺す順番を後回しにするだけ。邪魔をしないのなら見逃すと、嘘を吐くことすらしない。そのモニカの言動に確かな殺意と自分達など軽く殺せるという自信を感じて、警戒を一層高めた。

だがカナエは楽しげに笑ったままだ。

「大丈夫っすよ。今からそっちが死んで、それで終わりっすから」

「そうですか。それなら、死ね」

　モニカが動く。シオリ達も合わせて動く。互いに距離を詰め、互いの死を望み、それを実現させる意志を込めて自身の武器を振るう。その荒れ狂う暴風のような攻防は、今も降り続けている雨粒を攻撃の余波だけで三人の周囲から消し飛ばした。

　シオリ達がその攻防の中、喰らえば一撃で死にかねない攻撃を躱しながら考える。

（彼女の動きは素人そのもの。近接戦闘には不慣れ。しかし私とカナエの奇襲に反応していた。動きも速く、その上硬い。未熟な近接戦闘技術を補って余りある基本身体能力。厄介ですね）

（蹴った感触だと、頭を狭い力場障壁（フォースフィールドシールド）で覆ってるんじゃなくて、皮膚に力場装甲（フォースフィールドアーマー）を適用させてるって感じっすね。姐さんの攻撃も力場障壁（フォースフィールドシールド）で防がずに回避しようとしてたっすから、もうそっちは使えない感じっすかね？）

　斬り付ける。弾かれる。殴り付ける。よろめきもしない。シオリ達は相手の未熟な近接戦闘技術に付け込んで攻撃を当ててはいる。だがほとんど効果が無い。

　逆にモニカの攻撃はシオリ達に全く当たらない。しかし一撃でも喰らえば致命的であることは、攻撃の余波だけで振りまかれる破壊からも確実だ。

　それでもその攻撃が遅いのであれば、シオリ達も当たることは絶対に無いと余裕を持てる。だがモニカの驚異的な身体能力から繰り出される攻撃は非常に速い。シオリ達はそれを、相手の未熟な技量による予備動作の多さから攻撃を事前に察知することで何とか回避していた。

　その攻防の内容が著しく偏ってはいるものの総合的には互角の戦いの中、初めて負傷と呼べる怪我をした者が出る。それはモニカだったが、負傷させたのはシオリでもカナエでもなかった。

　眉間に被弾したモニカが着弾の衝撃で転倒する。

すぐに起き上がったが、着弾箇所からの出血が顔を血塗れにする。雨がその血を拭うと、激情を露わにしたモニカの顔が現れた。

　そのモニカの視線の先には、遠距離のコンテナからモニカを狙撃したアキラの姿があった。

「……そこですかぁ！」

　モニカはアキラの下に向かおうとシオリ達を無視して走り出そうとした。だがそこでカナエに顔面に蹴りを叩き込まれて無理矢理足止めされる。

「行かせないっすよー」

　更にシオリも相手の足止め目的でモニカを斬り付ける。その隙にアキラはモニカの視界から姿を消していた。

　モニカが激情の対象をシオリ達に変えて襲いかかる。力任せに振るわれる攻撃の威力が上がり速度が増す。掠(さら)っただけでコンテナを引き裂き、地面を削り取り、遠くの雨粒を消し飛ばして雨を両断した。

　シオリ達がその攻撃を掻(か)い潜(くぐ)る。より大振りの攻撃になって避けやすくなった分は、敵の動きが更に速くなった分で相殺され、喰らえば致命的である部分だけが引き上げられている。

　しかしそれでもシオリ達は、状況は自分達の優勢に傾いたと判断して一層意気を上げていた。

◆

　モニカを銃撃したアキラが移動しながら顔を険しくする。

「当たったけど……、あの程度か！」

　遠距離からの狙撃。しかも標的は激しい高速戦闘の最中。下手をすれば味方を撃ってしまいそうな状況で、アキラは限界まで集中して何とか銃弾をモニカに命中させた。

　弾はキャロルから譲ってもらった対力場装甲(アンチフォースフィールドアーマー)弾だ。今のアキラにこれ以上強力な弾は撃てない。それでも相手を転倒させるのが限界で、しかもモニカはすぐに起き上がり、全く効いていないように戦い続けている。

シオリ達への誤射の危険を考えれば、これ以上撃ってもむしろ邪魔になるのではないか。アキラがそう思って次の狙撃を躊躇っていると、カナエから通信で催促される。

「アキラ少年！　早く次を撃ってくれないっすか？　遅いっすよ！」

「いや、撃つとそっちに当たりそうなんだ。それに撃っても効いているようには見えないし……」

「誤射は気にしなくて良いっすよ！　こっちで勝手に避けるから大丈夫っす！　合図も不要っす！　だからとっとと撃ってほしいっす！」

戸惑うアキラにシオリからも催促が来る。

「アキラ様。キャロル様。そちらからの援護射撃が無い場合、どちらにしろこちらは詰みます。ですので遠慮無くお願いします」

更にキャロルからも促される。

「アキラ。言われた通り撃ちましょう。私もアキラも黙って突っ立ってる為にここにいる訳じゃないでしょう？　撃たないと二人の頑張りが無駄になるわ」

「……………分かった！　ちゃんと避けろよ！」

アキラは覚悟を決めると、配置につき、集中し、再びモニカを狙撃した。今度もしっかり着弾させた。

しかし結果は前回より悪かった。モニカは被弾しても転倒すらしていない。別の場所からキャロルも銃撃しているが、結果は同様だ。それでもアキラ達は撃ち続けた。

標的は遠い上に高速で動いており、しかも今はアルファのサポート無し、自力で狙っている。全弾命中とはいかず、外してしまうことも多い。いつシオリ達に当たってしまっても不思議は無い。そう不安に思いながら、それを集中力に変えて出来る限りの狙撃を続ける。

そしてアキラは気付いた。

「……本当に自分で避けてる。凄いな」

シオリ達はアキラ達の銃撃を自力で躱しながらモニカと戦っていた。合図すら無しに銃撃の瞬間を把握し、射線まで見切っているような動きをアキラに見せ付けていた。

アキラは驚きを隠せなかった。そして格下が不要な気遣いをして攻撃の手を緩めてしまったことに軽く苦笑する。

「余計な気遣いだったか。よし。次だ！」

気を取り直したアキラが、無駄な気遣いをしていた分の集中力を、狙撃の連射速度と正確さに振り分け直す。そして苛烈に銃撃し続けた。

◆

アキラ達の援護射撃を受けたシオリ達が更なる猛攻をモニカに繰り出す。シオリ達の推察通り、戦局はシオリ達の優勢に大きく傾いていた。

単純な威力ならばアキラの銃撃よりシオリ達の攻撃の方が高い。それにもかかわらず、シオリ達の攻撃はモニカに通じず、アキラの銃撃はモニカを負傷させた。

そこからシオリ達は、モニカの力場装甲（フォースフィールドアーマー）の対応力は自分達の攻撃を防ぎ切るのが限界だと判断した。

力場装甲（フォースフィールドアーマー）は基本的に出力を上げれば上げるほど強固になる。また、出力装置から離れた位置に作用する力場障壁（フォースフィールドシールド）とは異なり、その出力を特定の箇所だけ上げることが比較的容易い。

その出力調整を厳密に実行すれば、着弾地点のみ、かつ着弾の瞬間だけ出力を限界まで上げることで、嵐のような弾幕を浴びてもわずかなエネルギー消費で防ぎ切ることが出来る。

もっともそれは、理論上は、という話であり、その実現の為には敵の攻撃を予知と同等の水準で事前に完璧に認識する必要がある。

当然ながらモニカにそのような真似は出来ない。それでも自身の情報収集機器で周囲の状態を把握すれば、その情報収集能力が許す限りの範囲で、似たようなことは出来る。

モニカの装備は旧世界製だ。その性能は高く、シオリ達の攻撃を認識することぐらいは可能だった。

しかしモニカはアキラの狙撃で被弾し、負傷した。シオリ達はその理由を、アキラの銃撃がモニカの情報収集能力を超えたからだと判断した。

　そしてその推察の正しさの証明のように、モニカはアキラ達の援護射撃が始まってからシオリ達に押されていた。

　シオリが斬撃を放つ。モニカの体に到達した刃はその表面を滑ったものの、そこに明確な痕を残した。

　カナエが蹴りを放つ。相手の体勢を崩した確かな手応えがカナエに伝わった。

　モニカが反撃を試みる。その気配を察知したシオリ達は左右に分かれて回避行動を取った。

　しかしその行動が早すぎた所為で、モニカは回避行動中のシオリ達の動きを予測できた。既に動き出していることで続けざまの更なる回避行動が困難となっているシオリ達へ、痛烈な一撃を喰らわそうとする。

　だがそのモニカに、アキラとキャロルが撃ち出した銃弾が着弾した。その衝撃で体勢を崩したモニカにシオリ達が追撃を叩き込む。

　シオリ達の早すぎた回避行動は、アキラ達の銃撃を察知した上での誘いだった。

　シオリ達はアキラ達の銃撃を自力で避けているが、これはチームの情報収集機器の連携機能を利用したものだ。

　各自の情報収集機器が装備者自身の動きを常に調査し、その情報を仲間に送ることで、シオリ達は遠距離のアキラ達の位置と行動を、その四肢の動きまで正確に把握していた。そこから射撃位置と射線、発砲のタイミングを予測することで、視界の外から合図無しに撃ち出される銃弾を躱していた。

　加えてシオリ達は、モニカにそれを利用した誘いまで入れていた。アキラ達の狙撃の少し前にモニカを攻撃することで、自分達の攻撃に反撃しようとするとアキラ達に撃たれる、という感覚をモニカに植え付けていた。

　それによりモニカの反撃にはわずかな躊躇が生まれる。それはシオリ達の回避行動を更に容易にさせた。

　それらを駆使した巧みな戦闘でシオリ達がモニカ

を追い詰めていく。その優勢ぶりは、狙撃位置から戦闘を見ているアキラ達に、状況を楽観視させるほどだった。

しかしその優勢には制限時間があった。モニカの動きを見切り、アキラ達の援護射撃を予測し、その上で自身の次の行動を考え、選び、動く。その時間的猶予などどこにも存在しない選択と行動の連続を補う為に、シオリ達は加速剤を使用していた。

その加速剤の効果の残り時間が頭によぎり、シオリが思わず顔を険しくする。

(……強い。お嬢様を護りながらの戦いでは、そもそも真面な戦いになったかどうか……。もっと早く動いてアキラ様が万全な状態の内に合流できていれば……)

最善手を選べなかったことをシオリは今更ながら悔やんだ。だが悔やんでも仕方が無いと意識を切り替える。

その時に浮かんだ最善手が、本当に最善手だったのかどうかは、実際には誰にも分からない。それならば、今は自身の選択を最善の結果に変える為に出来る限りのことをする。それこそが今の最善手だ。そう思い直した。

(加速剤の効果があとどれだけ保つか……、いえ、間に合わせます!)

最善の未来を掴む為に、シオリは握る刀に忠義を込めて、躱し、踏み込み、斬り払った。

◆

シオリ達への援護射撃を続けていたアキラが、突き付けられた現実に顔を険しく歪めた。

「まずい……」

キャロルから分けてもらった対力場装甲(アンチフォースフィールドアーマー)弾の弾倉は拡張弾倉ではなく、常識的な総弾数しかない。アキラはそれを撃ち切ってしまった。焦りながらキャロルと連絡を取る。

「キャロル！　対力場装甲(アンチフォースフィールドアーマー)弾だけど、そっちに余裕があったら分けてくれ！　こっちは弾切れだ！」

「残念だけど、こっちもそろそろ使い切るわ」

「クソッ！　普通の弾なんてあいつには効かねえだろうし……」

アキラはわずかに悩み、迷い、覚悟を決めた。

「……それなら少しでもいいから分けてくれ。1発だけでも良い」

「良いけど、何する気？」

「雨の所為で弾の威力が落ちてるんだろう？　それなら出来る限り威力を上げて撃つ」

もう銃口を相手に押し付けて撃つぐらいはしないとまずい。そこまですれば対力場装甲（アンチフォースフィールドアーマー）弾を使えば何とかなるかもしれない。普通の弾でも、撃たないよりはまし、という程度の威力にはなるだろう。アキラはそう判断した。

「……アキラ。あれに近付く気なの？」

モニカ達の周囲はその戦闘の余波で酷い有様となっていた。地面やコンテナが削られ、斬られ、抉られ、吹き飛ばされている。コンテナターミナルであればモニカが施設や物資の被害を嫌がって自由に戦えないのではないか、という考えはただの楽観視だったと、アキラ達に分かりやすく示していた。

「……他に良い手も浮かばないし、少なくとも、弾切れだからってここでボサッと突っ立ってるよりは、ましな手だからな」

「……、分かったわ。渡すからこっちに来て」

アキラは急いでキャロルと合流すると、使いかけの弾倉を受け取った。それをＣＷＨ対物突撃銃に装着し、一度深呼吸する。息を整え、意気も整え、改めて覚悟を決める。

「よし！　やるか！」

そして走り出した。するとキャロルもその後を追う。

「キャロル。どうした？」

怪訝な顔のアキラに向けて、キャロルがからかうように笑う。

「ボサッと突っ立ってるよりは、ましな手なんでしょう？」

アキラは苦笑し、そのまま一緒に先を急いだ。まさかキャロルもついてくるとは思っておらず驚いたが、ありがたく思って意気を更に上げた。

狙撃の距離とはいえ、強化服の身体能力で走れば短距離の範囲だ。一気に距離を詰めてくるアキラ達の動きに驚いたシオリ達から、通信で険しい声が届く。

「アキラ様？　そちらで何が？」

「悪い。こっちはもう弾切れ寸前だ。だからまだ対（アンチ）力場装甲（フォースフィールドアーマー）弾が残ってる内に、至近距離から撃っておこうと思ってな」

「そうですか……。分かりました」

シオリは一瞬迷ったが、止めないことにした。

モニカの力場装甲（フォースフィールドアーマー）の対応力の限界が索敵範囲に強く依存しているのであれば、アキラ達を近付けさせるのは悪手だ。そのまま遠距離からの狙撃を続けさせた方が良い。

しかし幾ら撃っても効かない弾を撃たせても、自分達の援護としては微妙になる。まだアキラ達に対（アンチ）力場装甲（フォースフィールドアーマー）弾が残っていると、モニカがどこまで警戒してくれるかは未知数だ。

遠距離から狙撃を続けてもらう。接近戦に加わってもらう。そのどちらが正解なのか自分には分からない。それならばアキラ達の選択に任せよう。シオリはそう判断していた。

一方カナエは全く気にしていない声を返す。カナエ自身はどちらでも楽しめるからだ。

「おっ！　アキラ少年もこっちに参戦っすか？」

「その前にそっちで片付けておいてくれると助かるんだけどな」

「鋭意努力中っす！」

シオリ達の戦いはモニカを狙っている時にアキラもよく見ている。アキラの中の近接戦闘の概念を狂わせる戦い振りだった。

その戦闘を楽しめる者の楽しげな声を聞いて、アキラは呆れと感心の両方を覚えていた。そしてその戦いが繰り広げられている場所に自分から近付いていることに苦笑を零した。

そのまま標的との距離を半分まで詰めたアキラが

モニカを銃撃する。しっかり命中させたが、効果があったようには思えなかった。

「まだ遠いか……」

ここで立ち止まっては危険を冒して近付いた意味が無いと、アキラが更に距離を詰めていく。

そのアキラの視線の先で、モニカが腕を大きく振り上げる。それを見て、アキラは反射的にその場から飛び退いた。

わずかに遅れてモニカが腕を振り下ろす。発光する手から放たれた指向性を持つ衝撃が、モニカの前の空間を引き裂いた。

それを躱したアキラが、その攻撃の痕跡を見て顔を引きつらせる。

「ここまで届くのかよ……」

コンテナターミナルの地面に長い亀裂が生まれていた。まるでそこらの建物より大きな獣がその体躯に見合った巨大な爪で地面を勢い良く引き裂いたようだった。しかもその痕はアキラの背後まで伸びていた。

アキラはその射程と威力に驚きながらも止まらずに加速する。そのまま銃を構えて次を撃つ。命中したが、モニカは体勢をわずかに崩しただけだった。

「……まだ遠い！」

既に自分は相手の間合いの内側、攻撃を喰らえば即死する位置にいる。その恐怖を噛み殺し、アキラは更に前進する。

シオリ達の猛攻、キャロルの援護射撃、アキラの近距離からの銃撃、それらを一度に受けてもモニカは倒れず、反撃する。一見、手で目の前の空間を薙ぐだけの攻撃が、離れた地面やコンテナを、遠近法を無視したかのように引き裂いていく。

その攻撃をシオリ達はモニカの側で、キャロルはこれ以上は近付けないと少し離れた位置で回避し、反撃する。

そしてモニカを銃撃し、相手の攻撃を躱しながら前に進んだアキラは、遂にシオリ達と同じ近接戦闘の距離まで間合いを詰め終えた。

モニカが横に大きく振るった一撃を、アキラは極限の集中による体感時間の操作により、降下中の雨粒を目視できる世界で身を低くして回避した。そのまま更に内側に滑り込む。そしてＣＷＨ対物突撃銃の銃口をモニカの顔面に押し当てた。

色無しの霧を含んだ雨は狙撃の威力を落とすが、零距離からの銃撃であればその影響を限りなく少なく出来る。その上で対力場装甲弾(アンチフォースフィールドアーマー)での銃撃。今のアキラにこれ以上の攻撃は出来ない。

引き金を引く。着弾する。衝撃でモニカが吹き飛ばされる。

時が非常にゆっくりと進む世界の中で、アキラはそれを見ていた。

モニカは空中で体勢を立て直しながらアキラを見て笑っていた。銃口を押し当てられて撃たれた直後だというのに、その顔に怪我など無かった。強力な力場装甲(フォースフィールドアーマー)により完全に防がれていた。

これでも駄目なのか。ここまでやっても駄目なのか。その驚愕がアキラを満たす中、モニカがまだ崩れた体勢のまま強引に反撃する。腕を勢い良く振るって宙を裂いた。

アキラはそれを辛(かろ)うじて躱した。だが本当にギリギリだった所為で、ＣＷＨ対物突撃銃まで守るのは無理だった。弾かれ、刻まれ、大破した銃の残骸が飛び散っていく。

アキラは加速した意識の中で、何とかしようと考える。しかし解決策など浮かばない。最後の銃も失った。格闘戦で勝ち目など無い。着地したモニカが素早く追撃を入れようとしているが、それを躱せるとも思えない。

それでもアキラは前に出た。躱せないのであれば、前へ。自分が知らない勝機の欠片は、後ろではなく前にある。そう信じて前へ駆けた。

『お待たせ』

余りの驚きでアキラの意識が一瞬硬直する。だがその間もアキラの体は勝手に動いた。本来アキラの実力では絶対に躱せないモニカの攻撃を、達人の動きで以(もっ)て躱し切る。加えてその勢いのままに右腕を大きく振るう。

今までの経験もあって、アキラは無意識にその動きに合わせていた。そのまま拳を握り、渾身の力でモニカの顔面を殴り付ける。

その拳はモニカに深く突き刺さり、相手を殴り飛ばして地面に叩き付けた。

モニカはその衝撃で地面を一度跳ねた。更にそのまま転げながら滑り続け、摩擦で勢いを落としてようやく止まった。

「…………えっ？」

アキラは唖然としながらそのモニカを見ていた。その間もモニカは倒れたままだった。

シオリ達も余りの驚きで動きを止めていた。本来ならばすぐに追撃するべきなのだが、それを忘れるほどに驚いていた。

我に返った後もすぐには動けない。立ったままのアキラ、倒れたままのモニカ、加速剤の負荷、驚きの余韻、困惑、それらが混じり合い、シオリ達の意識を戦闘続行から大きく逸らした。それでもモニカを警戒したままアキラの側まで行く。

「……アキラ様。何をしたのですか？」

「……あ、いや、思いっ切りぶん殴っただけなんだけど……」

それでモニカが倒れる訳が無い。シオリはそう怪訝に思ったが、アキラの表情からこの結果に一番驚いているのはアキラ自身であると理解した。

そこにキャロルもやってくる。倒れたままのモニカと、戦闘を終えたようなアキラ達の様子を見て、勝ったのだと判断して笑っていた。

「アキラ。倒せたのね」

「た、多分？」

「多分って……」

曖昧な返事を聞いたキャロルは、念の為にモニカに一発撃ち込んだ。着弾の衝撃でモニカが跳ねて地面を転がる。死体を撃ったように手応えが無い。

「うーん。あれが演技ならもうお手上げなんだけど。今ので私も対力場装甲（アンチフォースフィールドアーマー）弾は弾切れよ」

キャロルも普通ならこれで死んだと判断するのだ

が、一度その判断を誤ったこともあって軽く唸っていた。

「いや、大丈夫だ」

　アキラがそう言ってモニカの方に歩いていく。

　シオリ、カナエ、キャロルの三人が一度顔を見合わせる。アキラの言葉が今度は断言であったこと。そして警戒や緊張もほとんど無しにモニカに近付いていく様子から、一応それを信じてアキラの後に続いた。


　アキラが多分と答えた後、いつの間にかアキラの視界に戻っていたアルファが笑って告げる。

『大丈夫よ。勝ったわ』

『アルファ……』

　アキラは自分の中に様々な感情が湧き出したのを感じたが、まずはそれを抑えた。そして確認を取る。

『アルファ。いろんな意味で聞くぞ。大丈夫なんだな？』

『ええ。大丈夫よ』

　アルファが笑ってそう断言したのを聞いて、アキラは安堵の息を大きく吐いた。

『そうか……。アルファ。遅い』

　アルファがからかうように微笑む。

『あら、危ないところを助けてあげたのに随分ね』

『ありがとうございました。で、何やったんだ？　いや、何やってたんだ？』

　対力場装甲弾（アンチフォースフィールドアーマー）の直撃に耐えたモニカを殴り飛ばせたのは、アルファが何かをしたから。それぐらいはアキラも気付いていた。

『いろいろよ。あと、一応言っておくわね。彼女はまだ生きているわ。もう戦える状態ではないから大丈夫だけれどね』

『……、そうか』

　アキラはキャロル達に大丈夫だと告げてからモニカの下に向かった。

　アルファの言葉通り、モニカはまだ生きていた。しかし酷い負傷により身を起こすのも難しい状態であり、戦闘能力を完全に失っていた。

(何が……、何が起こったんです……?)

有り得ないことが起こった。その驚愕で混乱する頭が状況を延々と問い続けるが、疑問は全く解消しない。

そこにアキラがやってくる。止めを刺しに来たのかと慌てたが、アキラは険しい顔で睨み付けてくるだけだった。

モニカもアキラを睨み付ける。しかしその顔には恐怖も滲んでいた。アキラへの殺意も残っているが、絶対的な優勢を覆された驚きと困惑、そして殺す側から殺される側に引っ繰り返されたことへの怯えの方が強かった。

(何……、何です……?)

自分を睨みながら見下ろすだけで何もしようとしないアキラの様子に、モニカの中で困惑が強くなる。

(……何を考えているんです? その顔、何かを迷っている? 一体何を……)

「あの死体達はお前が動かしてるんだったな。今すぐ止めろ」

モニカはそれを聞いて、アキラが何を迷っていたのか理解した。

死体の部隊は他の仲間を今も襲っているが、自分を殺せば止まるのか、殺すと逆に止められなくなるのか、相手はそれを迷っている。偶然であれ、自分をいつでも殺せる状態まで追い込んだからこそ、その選択肢が生まれた。そう推察したモニカはそこに現状の突破口を見た。

(仲間を殺さずに人質に取っていると言えば、雨の所為で通信が繋がらない現状では真偽を確認できないはず……。その隙に何とか……)

モニカはそう答えようとした。だがその前にアキラが懐疑の目をモニカに向ける。

「いや、その前に、お前が本当にあの連中を動かしてるのか?」

「も、勿論です。私を殺せばあいつらを止められなくなりますよ? それに……」

『アルファ』

『彼女にあれを止めるのは無理よ』

それを聞いたアキラから、モニカを生かしておく理由が消えた。

「嘘か」

表情からも迷いが消える。その分だけ殺気が強く表に現れる。殺意を凝縮した目がモニカを見下ろしている。

「違います！　確かに雇い主の工場にそう頼んだだけで、実際に私が操作している訳ではありませんが、頼めば止まるのは本当です！」

アキラが拳を振り上げる。

それを見て、この真偽に関してはもう何を言ってもアキラは信じない、と悟ったモニカが説得の方向を変える。

「待って！　取引しましょう！　金ならあります！　オーラムではありません！　コロンです！」

アキラが拳を上げたまま動きを止めた。モニカが思わず笑みを浮かべる。

コロンの価値が分からないハンターなどいない。自分が遺跡に雇われて他のハンターを殺しているのも、下手をすればクガマヤマ都市から賞金を懸けられても不思議の無い真似をしているのも、コロンにはそれだけの価値があるからだ。

そう思っているだけに、モニカは相手が自分への殺意を抑えて交渉に乗り始めたと判断した。

十分に付け込める。必要ならば本当にコロンを幾らか支払っても良い。ここまで強いのであればいっそ手を組んでも良い。何であれ、まずはこの場を切り抜けることが先決だと、話を続けようとする。

「手を組みましょう！　あなたは本当に強いです！　私が工場の管理システムに紹介します。それだけ強ければ十分に稼げ……」

『アルファ』

『嘘は吐いていないわ』

『そうか』

次の瞬間、アキラはモニカの顔面に再び拳を叩き込んだ。

頭部を明確に変形させるほどの衝撃がモニカを襲

う。モニカは自身の脳をその中身の意識ごと粉砕されて、即死した。


モニカに止めを刺したアキラが一息吐く。その側ではアルファが不思議そうな顔をしていた。

『アキラ。彼女を殺して良かったの？』

『何かまずかったのか？』

『彼女に金を支払う意志が本当にあるのかどうか、私にわざわざ確認したでしょう？　彼女は嘘を吐いていなかったのに、どうして殺したの？』

『あれは、この期に及んで金を払えば俺が見逃すって本当に思ってるかどうか確かめただけだ。本当だったとは思わなかった。あいつ、どこまで人をなめてたんだよ……』

その不快感で、アキラの念話の声も少し不機嫌なものになる。

『アルファ。一応言っておくぞ。あいつと取引してコロンを支払わせればそれで高性能な装備が買えたかもしれなかったけど、それを先に言われても俺はあいつを殺すのを譲らなかったからな』

『構わないわ。そもそも止めなかったでしょう？』

アルファはその気になれば、強化服を操作して自分を無理矢理止めることが出来る。しかしアルファは止めなかった。それに気付いてアキラも落ち着きを取り戻す。

『……それもそうだな。変に疑って悪かった』

『良いのよ。私は気にしないわ。他の人がどうかは知らないけれどね』

アルファはそう言って視線をキャロルに向けた。アキラが釣られてキャロルを見ると、キャロルはとても難しい顔をしていた。

「アキラ。モニカを殺して良かったの？　コロンよ？　一応聞いておくけれど、コロンを知らないなんて、言わないわよね？」

「……コロンぐらい俺も知ってる。旧世界の通貨だってことも、コロン払いでないと買えない凄い装備があるってこともな」

「それならどうして？　コロンなのよ？」

非難されているように感じたアキラは少しだけ顔をしかめた。そして真面目な態度で答える。

「エレナさん達に危害を加えたら、俺が責任を持って殺す。あいつには、そう、ちゃんと、警告したからな。それを守っただけだ」

更にわずかではあるが臨戦の雰囲気まで無意識に滲ませて断言する。

「コロンを払うって言ってたんだから、同じチームの私の意見も聞くべきだ。そう言いたいのかもしれないけど、文句は受け付けない。悪いな」

そう言ったアキラには、下手をすれば一触即発になりかねない気配すらあった。

だがキャロルの様子に気付いたアキラからその気配が四散する。

「いいえ。文句なんか無いわ」

キャロルはやけに上機嫌だった。そしてとても嬉しそうに笑っていた。そのキャロルの様子に、アキラが逆にたじろいでいた。

「そ、そうか。それなら良いんだけど……」

「シオリさん達はどう？」

キャロルにそう促されたシオリ達が答える。

「文句など御座いません。お嬢様を殺そうとした者を金で見逃すなど有り得ません」

「良いんじゃないっすか？　ああいうやつは今は本気で言っていても1時間後には裏切ってるっすよ。生かして連れ回すだけ危険っす。早めに殺しておくのが正解っすよ」

「強いて言うのであれば、全体のリーダーであるエレナ様の承諾を得ておく必要があったかもしれません。しかしながら今は連絡の取れない状況です。こちらで決めて構わないでしょう。もっとも連絡が可能であり、その場合のエレナ様の判断が彼女の確保であったとしても、それに従う気は御座いませんが」

「そ、そうか……」

アキラはシオリに対しても少したじろいだ。だが自分の意志がどうであれ結局モニカは死んでいたと思ってわずかに安堵もしていた。

そして少々強引に意識を切り替える。

「よし。じゃあ、次は他の人との合流だな。その後に脱出だ。急ごう」

　モニカを倒したが、生きて帰るまでが遺跡探索だ。アキラ達はそう思い、最後まで気を抜かないように気を付けながら先を急いだ。

◆

　モニカを撃破したアキラ達は、シカラベ達と無事に合流した。互いの無事を喜び合って一息吐き、近くのコンテナに入って休憩を取る。

　そこでアキラはエレナから予想外の話を聞いて驚いていた。

「同士討ち……ですか？」

「ええ。あの死体の部隊が突然同士討ちを始めたのよ。自分以外は全部敵って感じでね。勿論私達も襲われたんだけど、そこからは楽に倒せたわ」

　シカラベが補足を入れる。

「そっちの話と合わせると時間的にはお前達がモニカを殺した頃だ。あいつが死んだことで死体連中の操作に何か誤作動でも起こったのかもな」

　アキラが怪訝に思って首を傾げる。

『アルファ。あの死体のやつらって、モニカが動かしてた訳じゃなかったんじゃ……』

『アキラ。その話は後にしましょう。私がここで詳しく説明して、アキラがそうだったのかって納得すると、それをエレナ達に気付かれるわ。当然いろいろ聞かれてしまうはずよ。でもアキラはそれをごまかせないでしょう？』

　アルファからそう言われた直後、シカラベから指摘が入る。

「それにしても、お前、どうやってあいつを倒したんだ？　そっちの話を聞く限り、勝ち目があったようには思えなかったんだが……」

「俺にもよく分かんないよ。思いっ切り殴ったら何とかなったんだ」

「カナエが対力場装甲（アンチフォースフィールドアーマー）機能付きの拳で殴ってもほとんど効いてなかったんだろ？　それが何で普通

の強化服で殴ったら効くんだ？」

「だから俺にも分からないって」

アルファが何かをしたのはアキラも分かっているものの、何をしたのかは全く分からない。その部分が強く出ていたので、シカラベもアキラの言い分を信じた。

「そうか……。そうすると、こっちもそっちも訳の分からない何かのおかげで助かったってことだな。よく分からんが、ついてたってことにしておくか」

シカラベは軽く苦笑してその話を切り上げると、視線をコンテナの隅に移す。そこにはアキラ達が運んできたモニカの死体が置かれていた。

「こいつの情報収集機器の記録でも調べればいろいろ分かるのかもしれんが、俺達に調べるのは無理だしな。都市が調べたとして、俺達に教えてくれるかどうか……」

モニカの死体を持ち帰るのを提案したのはキャロルだ。今回の事態の物証としても、旧世界製の装備を剝ぎ取って売却するとしても、死体を放置するのは勿体無い。そう説得して運んでいた。

キャロルが軽く笑って口を挟む。

「まあ、金にはなるわ。賞金首でもないのにあんなに苦労して倒したんだもの。彼女の装備を都市に売るとしても、しっかり交渉して高値で買ってもらわないとね」

そのような雑談を続けている間に雨が上がった。アキラ達は休憩を切り上げて工場区画からの脱出を始めようとする。

だがその指示を出したエレナがいきなりそれを止めた。アキラが不思議がる。

「エレナさん。どうしたんですか？」

「雨が上がって通信環境が改善したからかもしれないけど、何かのノイズの中に指向性通信っぽい反応があったの。調べてみるから少し待っていて」

アキラ達が再び休憩を兼ねた待機に戻る。そしてしばらくすると、エレナが複雑な表情で溜め息を吐いた。サラが怪訝な顔で尋ねる。

「エレナ。どうしたの？」

「……都市の追加の部隊と通信が繋がったわ。今、こっちに向かってるって」

前哨基地まで自力で逃げてきたハンターからの情報によりモニカの裏切りを知った都市側は、すぐに追加の部隊を派遣していた。その部隊が通信の届く距離まで来ていたのだ。

このコンテナターミナルが野外であること。雨が上がったこと。雨が降る前から発生していた工場区画の通信障害も低下したこと。

加えて、前哨基地との通信の中継機を兼ねていた重装強化服であるヘックス機達と連絡が取れない状態での出撃により、追加部隊は強力な中継機を用意していたこと。

それらの要因が重なり、アキラ達は今頃になって前哨基地との通信が可能になっていた。

それをエレナから説明されたアキラ達は、エレナと似たような複雑な表情を浮かべた。

追加の部隊と合流できるのはとても助かる。だがもう少し早く来てほしかった。全員、その内心をありありと顔に出していた。

その後、アキラ達は追加の部隊と合流して前哨基地まであっさり帰還した。

生きて帰るまでが遺跡探索。アキラの今回の遺跡探索は、予想外の事態が多発したものの、ようやく、無事に、何とか片付いた。

第123話　種明かし

ミハゾノ街遺跡でのハンター稼業を終えたアキラが自宅の浴室で今日の疲れを取っている。浴槽を満たすたっぷりの湯に、溜まりに溜まった疲労を溶かしていた。

「疲れた……」

一度気を緩めてしまえばどこまでも緩んでいく。アキラはぼんやりとした頭で入浴の快楽を享受していた。

そこでいつものように一緒に入っているアルファから軽く声を掛けられる。

『ゆっくり疲れを取ってね、と言いたいところだけど、その様子なら早めに上がってベッドで寝た方が良いと思うわよ？』

確かに、とは思いながらも、浴槽に魂を奪われているアキラは出るのを躊躇った。

「もう少し……」

『良いけれど、そのまま寝てしまうのだけは気を付けなさい』

「分かってる……」

そう答えながらもアキラの意識は朧気になり始めていた。自分でもこのままだとまずいと思い、何か話でもして意識を保っておこうと話題を探る。

「……そうだ。アルファ。どうやってあいつを倒したのかまだ聞いてないぞ。教えてくれ」

『良いわよ。簡単に説明すると、相手の索敵処理に介入して力場装甲（フォースフィールドアーマー）の出力調整を狂わせたのよ』

モニカの装備は高度な情報収集機能で敵の攻撃を事前に察知することで、攻撃を受ける場所だけ、その瞬間だけ力場装甲（フォースフィールドアーマー）の出力を引き上げることで強固な防御を実現していた。

アルファはその機能を逆に利用した。相手の情報収集処理に介入し、頭部以外の場所に致命的な攻撃が来るように誤認させた。これにより力場装甲（フォースフィールドアーマー）の出力は頭部以外の場所に限界まで集中し、頭部はほぼ無防備な状態となった。

その頭部にアキラの一撃がアルファのサポート有りで叩き込まれた。それでもモニカの頭が吹き飛ばなかったのは、旧世界製の装備がそれだけ高性能だったからだ。

アキラはアルファと出会って間も無い頃、遺物収集の為にクズスハラ街遺跡の奥に向かった時に、アルファの指示に逆らった所為で巨大な機械系モンスターに襲われて死にかけたことがあった。

その時もアルファはアキラを逃がす為に、相手の索敵処理に介入して敵にアキラの位置を誤認させていた。今回も似たようなことをしたのだと、アルファは得意げに語った。

アキラは納得して頷きながらも、少し不思議にも思う。

「そういうことだったのか……。あー、でもさ、それ、俺からあんなに長時間離れないと出来ないことだったのか？」

『前にも少し話したけれど、私のサポートはクズスハラ街遺跡以外だと品質が大分落ちるのよ。特に索敵の妨害とかはね』

「ああ、そうだったな」

『まあ、時間を掛ければ何とかなることもあるの。今回は何とかなったわ。あの死体の部隊が急に同士討ちを始めたってエレナが言っていたでしょう？あれも私がやったの。索敵処理の情報を改竄して他の個体を敵と誤認させたのよ』

「おお、そうだったのか」

驚きで意識を湯船から取り戻したアキラが少し考える。

後付けの判断ではあるが、工場区画でアルファが離脱しなかった場合、モニカの防御はいつまでも崩れず、死体の部隊も自分達をずっと襲っていた。それではアルファのサポートがあっても、下手をすれば負けていたかもしれない。そう思って納得する。

「なるほど。あの状況で俺から離れるだけの価値はあった訳か」

『納得してもらえて嬉しいわ。アキラも大変だったのは分かるけれど、私も間に合ったのだから勘弁してちょうだい』

「分かったよ。自力じゃ勝てなかったし、アルファが戻ってきた途端に勝ったんだ。文句は言わない。助かった。ありがとな」

『どう致しまして』

苦笑気味に笑ったアキラに、アルファは楽しげに笑って返した。

大きな疑問が解消したアキラの頭に、別の小さな疑問が浮かぶ。

「……ん？　そういえば、あいつ、裏切ったのがバレてシオリ達に攻撃された時、何で防護コートを脱いだんだ？　旧世界製の強化服を見せ付けたかったからか？　あれ？　でも脱いだ防護コートはどこにいったんだ？　どこにも無かったよな」

『彼女の防護コートなら塵になって床に散らばっていたわよ』

「……え？　何で塵になるんだ？　シオリ達の攻撃は力場障壁(フォースフィールドシールド)ってやつで防いでたんじゃないか？」

ますます不思議そうな顔を浮かべたアキラに、アルファが推測を話していく。

モニカは現代製の防護コートを力場装甲(フォースフィールドアーマー)で強化していた。しかしその力場装甲(フォースフィールドアーマー)は旧世界製の強化服の機能によるもので、防護コート自体にも強い負荷が掛かっていた。

その過負荷の所為で防護コート自体の強度は著しく下がっており、力場装甲(フォースフィールドアーマー)で強化しなければ塵になるほどに脆くなっていた。

そしてモニカはシオリ達に攻撃された時、それを力場障壁(フォースフィールドシールド)で確実に防ぐ為に出力をそちらに集中させた。その結果、防護コートに割り振られていた出力は一時的にゼロになった。それにより自重すら支えられなくなった防護コートは、そのまま千切れ落ちて塵となった。

『恐らくだけれど、そういう理由だと思うわ。まあ、自分の装備を見せ付ける為に、敢えてそうしたのかもしれないけれどね』

「なるほど。わざとじゃないなら、あれは旧世界製の装備と現代製の装備を一緒に使った弊害だった訳か。へー」

小さな疑問も解消したことで、アキラの意識が再び湯に溶け出していく。ぼんやりとした頭からはそれ以上の疑問も浮かばず、残りの入浴をゆっくり楽しんだ。

その後、入浴を終えたアキラはベッドに倒れ込むように横になると、そのまますぐに眠りに就いた。

そのアキラを見ながら、アルファが満足そうに笑っていた。

◆

先日ミハゾノ街遺跡でのハンター稼業を終えたアキラ達だったが、厳密にはまだ仕事は終わっていなかった。前哨基地に帰還した後は、都市側への簡単な報告と、唯一救出できたイージオの引き渡し、そしてモニカの死体を渡しただけで終わらせたからだ。

都市側としては当然ながらその場で細かい報告を受けたかった。だがエレナはチームの疲労等を理由にして後日にすると半ば無理矢理認めさせた。都市側も、アキラ達に半ば強制的に同行させたモニカが裏切り者だったこともあって強くは出られず、渋々承諾した。

そして今日アキラ達は、その後回しにした報告などを済ませる為に呼び出されていた。場所はクガマヤマ都市の巨大な防壁と一体化している高層ビルであるクガマビルの一室だ。

全員揃ったところで都市の職員が話を進めていく。もっとも初めの内は大した話は無かった。既にエレナから提出されている報告書と、各自の情報収集機器のデータの解析結果を元に、細部が不明な部分について聞かれたことを答えるだけだった。

この程度のことなら自分達をわざわざ呼び出さなくても良かったのではないか。アキラがそう思い始めた頃、話が本題に入る。

都市はモニカを賞金首に準じた扱いにして、その賞金を支払う形式でアキラ達に報酬を出すことを提案した。アキラはそれを軽く捉えたが、他の者達は都市の裏の意図をすぐに察した。

　都市側の狙いはモニカを賞金首扱いにすることで、モニカの死体ごと旧世界製の装備の所有権を得ることだ。この為にわざわざ呼び出したのだと理解して、各自本気の交渉に入った。

　クガマヤマ都市の交渉担当者。ドランカム所属の交渉人。そしてエレナにキャロル。この手の駆け引きに慣れた者達同士の白熱した交渉が始まった。


　熾烈（しれつ）な交渉が続く中、自分の知らないところで勝手に決められた訳ではないという言質を取る為に呼ばれたようなアキラは、部屋に残りながらも交渉そのものはエレナとキャロルに委任していた。今は交渉が終わるのをゆっくりと待っている。

　そのアキラに、レイナが少し真面目な表情で声を掛ける。

「アキラ。ちょっと良い？」

　暇潰しの雑談には思えないレイナの様子に、アキラも少し態度を改めた。

「何だ？」

「シオリから聞いたんだけど、モニカを倒したのはアキラなのよね？」

「まあ、一応止めを刺したのは俺だけど……」

「そう……。やっぱりアキラって凄いのね」

　アキラが軽く困惑する。シオリから話を聞いたのであれば、モニカの防御は原因不明の何かで破られたことになっているはずだ。それにしてはレイナの反応は変だ。そう思っていた。

「ねえ、どうしてアキラはそんなに強いの？」

「いや、だからあいつを倒せた理由は俺もよく分からないって……」

「そういうのは良いから。ねえ、どうして？」

　レイナは無意識にアキラに詰め寄っていた。たじろいだアキラが軽く身を引いている。

　シオリがその二人の様子を見て、このままではまずいと思い、口を挟む。

「アキラ様。彼女を倒せた理由は不明ですが、少なくともアキラ様が彼女に直接一撃を入れるまでの一連の動きは実にお見事でした。それほどの強さを如何(いか)にして手に入れたのか、或いは他の者が同程度の強さを得るにはどうすれば良いのか、宜しければ伺っても良いでしょうか？」

　アキラがレイナをチラッと見る。物凄く知りたいという顔をしていた。それでアキラもそういう意味で尋ねていたのかと理解し、少し考えてから答える。

「まあ、どうすれば強くなれるのかってことなら、良い装備を買ってしっかり訓練するしかないんじゃないか？」

　非常にありきたりなアキラの返事に、レイナは思わず、そういうことを聞きたいのではないと、不満げな表情を浮かべた。一緒に話を聞いていたカナエも、それを代弁するようにつまらなそうに首を横に振る。

「えー、凄くありきたりっす。何かこう、もっと何かないんすか？」

「ねえよ」

　実はある。だがアルファのことを話す訳にもいかないので、アキラは少し不機嫌になった振りをして話を流そうとする。

「強いて言えば装備だ。俺の装備は前の賞金首の騒ぎで稼いだ金を全部注ぎ込んで買ったやつだからな。高性能なんだ」

「えー、アキラ少年もそっち側っすか？　俺の装備は凄いから俺も凄いとか、そういうこと言っちゃうタイプっすか？」

「そこまでは言わないけど、誰だって装備は出来る限り高性能の方が良いだろう。あのモニカってやつも、旧世界製の凄い装備だったからあんなに強かったんじゃないか？」

「あれは極端な例っすよ。それにあいつは装備に驕(おご)って油断してたっす。慢心もしてたっす。そうじゃなきゃこっちが負けてたかもしれないっすよ？」

「それは油断も慢心もしなければ良いだけだろう。装備とは関係ねえよ」

　アルファのことをごまかしたいアキラと、からかうように取り敢えず指摘を入れるカナエの、口論と呼ぶには程度の低い会話がぐだぐだと続いていく。

しかしレイナはその話を真剣に聞いていた。そして途中から近くで話を聞いていたトガミが、真面目な顔で口を挟む。

「アキラ。ちょっと聞いて良いか？　仮にだが、本人の実力は大したことないけど物凄く高性能な装備のやつがいて、そいつがハンター稼業で大活躍してたとする。お前はそいつをどう思う？」

「どう思うって……、どうでも良い」

アキラの返事に、トガミは少し戸惑った。

「どうでも良いって……、あ、ほら、例えば、あの野郎調子に乗りやがって、とか思わないか？」

「いや、別にそいつが凄い装備で調子に乗ってようが、俺に何か関係がある訳じゃないだろ？」

「そ、そうだけど……、あー、じゃあ逆だ。お前がその凄い装備を、まだ凄く弱い時に手に入れたとする。それを周りのやつらが話してたら、お前はどうする？」

「殺されないように警戒する」

「いや、凄い装備があるんだから殺されないだろう。装備に慢心しないってことか？」

「いや、凄く弱いやつが凄い装備を持ってるだけなんだから、殺して奪おうとするだろう。持ってるだけでずっと無敵で、寝てる間も勝手に反撃するぐらい凄い装備って前提なのか？」

想定する状況の食い違いが、トガミとアキラの話を噛み合わないものにしていた。そこにシオリが再び口を挟む。

「ではアキラ様。仮にですが、その凄い装備を得た者がいるとします。使用の際に危険は一切ありません。対価も制限も無いとします。それでもその者は何らかの理由でその装備の使用を拒否しています。その前提で、アキラ様がその者に装備の使用を促すとしたら、どのように説得なさいますか？」

アキラは思わず怪訝な顔を浮かべた。説明された前提が、アキラの中では本来有り得ない余りにも不可解なものだったからだ。

それでもアキラは一応その状況を想像してみた。

だが結論として首を横に振った。

「いや、無理だ。説得は諦める」

「いえ、説得する前提でお尋ねしたのですが……」

「俺には無理だ。だってそれ、どんな理由か知らないけど、その装備を使わないと死ぬ状況で、本人もそれを分かってるのに、それでも使うのを嫌がってるってことだろ？　つまり最低でも、それを使うぐらいなら死んだ方がましだって思ってるってことだ。それを説得しろって、何を言えって言うんだよ」

シオリがレイナをチラッと見る。それに気付かずアキラが続ける。

「その装備を使わない理由が俺にとっては下らない意地だったとしても、他のやつらから見ればただの我が儘だったとしても、本人にとってはその為に死んでも構わないぐらい大切な理由なんだろう。そこまでの意志と覚悟を変えられる言葉なんて俺には思い付かない。だから説得は無理だ」

カナエがチラッとレイナを見る。レイナは項垂れていたが、カナエは気にしなかった。

「まあ、そうっすよね。装備なんて本人の好きにすれば良いっすよ。その辺の拘(こだわ)りは人それぞれっすからね。私も銃を使わずに戦ってるっすし……」

「いや、そこは銃を使えよ」

「えぇっ⁉　アキラ少年！　そこは指摘するんすか⁉　さっきの意志と覚悟の話はどこに行ったんすか⁉」

「いや、チーム行動なのに一人だけ格闘戦専門って何なんだよ。エレナさん達が決めたことだからゴチャゴチャ言わなかっただけで、俺の個人的な意見は、何考えてんだ、だぞ？」

「いやいや、モンスターに格闘戦を挑むハンターは意外に多いっすよ？　少なくともその手の装備品の市場が生まれる程度には一定の需要が……」

その後もアキラとカナエの、元の話題から脱線した話はしばらく続いていた。

その間、レイナとトガミは雑談に加わることもなく、少し項垂れた様子を見せていた。しかし延々と続く交渉が後日に持ち越しとなり、本日は一度解散となった頃には、二人ともしっかりと顔を上げていた。その表情には悩みを乗り越えた者が見せる決意と覚悟が浮かんでいた。

◆

クガマビルから自宅に戻ったレイナはシオリ達と向き合っていた。

吹っ切れたようなレイナの様子を見て、シオリは嬉しそうな雰囲気を出しながらもレイナに合わせて真面目な態度を取っている。カナエはいつも通りだ。

「それで、お嬢様、お話とは？」

「うん。その前に……」

レイナがシオリ達に頭を下げる。

「シオリ。カナエ。今までごめんなさい」

シオリが驚き、カナエもかなり意外そうな顔を浮かべた。レイナが頭を上げて真面目な顔で続ける。

「シオリ。今更だけど、私の装備の更新をお願い。出来る限り高性能な物をね。もう外聞なんて知ったことじゃないわ」

「畏まりました。すぐに手配致します。お任せ下さい」

「カナエ。これからも私の護衛をお願い」

「良いっすよ。仕事っすからね」

高性能な装備が無ければ、強力な護衛がいなければ、自分はすぐに死んでしまうほどに弱い。今まで余計なプライドが邪魔をして認められなかったことを、レイナははっきり認めて口に出した。

「あと、二人に頼みたいことがあるの。私を鍛えて。最低でも、二人の足手纏いにならないぐらいに」

カナエがまた意外そうな顔をした後、挑発的に笑う。

「そんなこと言って良いっすか？　大変っすよ？」

「覚悟は、決めたわ」

そう答えたレイナの顔には、一時の高揚に流されてのものではない確かな決意と覚悟が表れていた。

レイナはクガマビルでアキラがした話に一度打ちのめされた。

レイナの装備はある意味で実力相応の低性能の物だ。シオリは装備を新調した際に、レイナの装備も合わせて高性能な物に変えようとしたのだが、レイナはそれを断っていた。レイナ自身はそれを状況に甘えない行為だと思っていた。

金とコネで強力な装備を楽に手に入れたことで、装備だけ高性能な未熟者に成り下がるのを良しとせず、自分の稼ぎで少しずつ良い装備を手に入れる。そうやって自力で甘えずに少しずつ強くなっていこう。その厳しい過程こそが自分を本当の意味で強くする。そう思っていた。

だがアキラの話を聞いて、その考えそのものが甘えだったと思い直した。装備だけ高性能な未熟者ですらなく、未熟で、しかも装備まで低性能な者。加えて、その状態を良しとしている我が儘な愚か者。それが自分だったと気付いて愕然とした。

ハンター稼業は死と隣り合わせだ。弱ければそれだけ死にやすい。自分はその状況で、望めば得られる強さを得ることを拒否していた。その選択に殉じて死んでも構わない。そのような覚悟も無しに、弱いままでいた。

それで自分だけが死ぬのであれば自業自得で済む。だがそうはならない。その前にシオリとカナエが死ぬ。自分の我が儘に巻き込んで死なせてしまう。

それでも構わないと思えない時点で、その我が儘は、何の決意も覚悟も無い本当にただの下らない我が儘だった。自分はその我が儘に二人を巻き込んでいたどうしようもない愚か者だった。

その気付きに、レイナは打ちのめされていた。

それでもレイナは顔を上げた。その程度のことにも気付けなかった愚か者であるが、ようやく気付けたのだ。それならば、気付けなかった後悔は気付いた後の自分を支える糧に、これからの自分を強くする意志に、決意と覚悟に変えなければならない。

強くなる。その決意と覚悟を以て、レイナは心から誓った。

カナエはレイナの表情から、少なくとも今現在のレイナの覚悟は本物だと理解した。思わず楽しげに笑う。

「良いっすね！　ようやくお嬢も素人未満は卒業ってことっすか！　ぶっちゃけると、装備も実力も中途半端な癖に足手纏いにはならないって変に戦おうとする馬鹿の護衛なんて、仕事じゃなければやってられなかったっす。でも、これからは初心者ぐらいにはなりそうっすかね？」

その散々な評価にもレイナは臆さずにカナエを見詰め返した。

「よろしく頼むわ」

「こちらこそっす。その意気込みがずっと続くことを期待してるっすよ？」

シオリが大きく息を吐く。カナエの暴言はレイナへの激励であるとして我慢した。

「ではお嬢様。今後の訓練は全て私とカナエで担当させて頂きます。ドランカムでの訓練とは比較にならない厳しいものになります。お覚悟をお願い致します」

「分かったわ。お願いね」

真剣な表情のシオリへ、レイナは自身の覚悟とシオリへの信頼を乗せて笑った。それでシオリも表情を和らげる。そこには強い絆（きずな）で結ばれた主従の姿があった。

そこにカナエが口を出す。

「覚悟が必要なのは姐さんの方じゃないっすか？　姐さんはお嬢に甘いっすからねー」

「……分かっています！　それとカナエ！　少しは口を慎みなさい！」

「へーいっす」

カナエに厳しい視線を向けるシオリと、それを軽く受け流したカナエの前で、レイナが思う。

（どうすれば強くなれるのか、ずっと悩んでた。でもようやく分かった。強くなろうとすれば良いだけだった。私は今まで、それすらしていなかった）

その悔恨を糧に、レイナは改めて決意する。

（私は強くなる！　絶対に！）

自らが誇れる強さを手に入れる為に、今日、レイナは新たな道を歩き出した。

◆

　シカラベは繁華街の酒場で仲間達と呑んでいた。別件の都合で同行できなかったヤマノベとパルガに、酒の入った頭でミハゾノ街遺跡での出来事を話している。

「……ってことがあってな？　訳の分からねえことはあったが、何とか脱出したんだよ」

　酔いの回り始めた頭でパルガが笑う。

「へー、俺達がいない間にそんな面白えことがあったのかよ。こっちはつまんねー仕事だったたってのによ」

「他人事だと思って好き勝手言いやがって。お前らがいれば俺ももっと楽が出来たんだぞ？」

　笑いながら不満を言うシカラベを、ヤマノベが軽く宥める。

「そう言うなよ。俺達だって出来ればそっちに参加したかったんだぞ？　でも遠出の仕事だったんだ。仕方ねえだろう。それに、俺達のいない分まで稼いできたんだろう？」

「まあな」

　気の合う仲間と楽しく呑んでいるシカラベは上機嫌だった。だがその顔が急に無愛想なものに変わる。

「ガキが来る場所じゃねえぞ」

　現れたのはトガミだった。頑丈そうなトランクを片手に持って立っている。

「前にシカラベがアキラを呼び出したのはここだって聞いたぞ」

「あいつは良いんだよ。それにハンターとして呼んだんだからな。歳は関係ねえ」

「俺もハンターだ」

「お前がいつからあいつと同列のハンターになったんだよ。ああ、お前の方がハンターランクが高いからか？」

　シカラベはトガミを明確に馬鹿にして笑った。ヤマノベ達も同じくトガミを小馬鹿にするように笑っている。

　しかしトガミは冷静さを保った。黙ったまま、真面目な顔でシカラベを見ている。

　それでシカラベも気を削がれた。軽く息を吐くと、面倒臭そうに応対する。

「で、何の用だ？　お前を呑みに誘った覚えはねえぞ」

「ハンターとして、シカラベに依頼を頼みに来た。これはハンターオフィスもドランカムも介さない俺個人の依頼だ」

　シカラベの機嫌が急激に悪化する。ハンターオフィスを介さない依頼は詐欺だと思え、という感覚から判断すれば、トガミの言動はシカラベを著しく軽んじているのも同然だからだ。

　しかしそれもトガミの次の行動で引っ繰り返った。トガミはトランクをテーブルに置くと、開いて中を見せた。そこには札束が詰まっていた。

「報酬は３０００万。全額前払いだ」

　ハンターオフィスを介さない依頼が詐欺同然とみなされるのは、報酬が正しく支払われる保証が一切無いからだ。

　しかし全額前払いならばその恐れは無い。むしろ相手が報酬だけ貰って逃げる恐れが生まれる。ハンターオフィスを介さない依頼であるリスクを、依頼元が一方的に被（かぶ）ることになる。

　それだけのリスクを負う覚悟がある。トガミはそれを分かりやすく示した。ヤマノベ達が驚く中、シカラベが真面目な顔をトガミに向ける。

「おい、冗談じゃ済まねえぞ」

「冗談でこんなことはしねえよ」

　そう答えて、トガミは本気であることを重ねて示した。

「この金の出所は？」

「俺のミハゾノ街遺跡での仕事の報酬だ」

「あれはまだ交渉中のはずだぞ？」

　旧世界製の装備の所有権も絡んでいるだけあって面倒な交渉になっており、全体の報酬額、そこからドランカムの取り分、そしてシカラベ達個別の報酬となると、具体的な金額まで決まるのはしばらく後になりそうだ。シカラベは友人の幹部からそう聞いていた。

それもあってシカラベは怪訝な顔を強くした。しかしトガミから更に予想外のことを言われる。

「経理に頼んで俺の分だけ先払いしてもらった。先払いってことで減額されたし、戦歴まで持っていかれたけどな」

そこまでするのかと流石にシカラベも驚いた。同時に、そこまでしてでも頼む依頼とは何なのかと興味を持つ。

「……良いだろう。話ぐらいは聞いてやる。依頼の内容は？」

「俺を鍛えてほしい。可能な限り、最低でもあんたが俺を見下さない程度に強くなるまでだ」

余りに予想外の内容にシカラベが呆気に取られる。そして次に思わずトガミに視線を向けた。そこには本気であることを示すトガミの真面目な顔があった。

トガミはクガマビルでアキラと話して、自身の実力とは分不相応に高性能な装備に対しての、認識の違いを思い知らされて衝撃を受けていた。

装備だけ調えた未熟者というドランカムの若手ハンターへの悪評、その者へ向けられる軽視、侮蔑、妬み、嫌悪、嘲りなどの感情を、アキラはその対象が他者であれ自身であれ欠片も気にしていなかった。

そんな程度の低いことを気にしている時点で論外。トガミはアキラから、そう突き付けられたように感じていた。

そして懸念の基準もトガミとアキラでは大分異なっていた。身に余るほど高性能な装備を手に入れた所為で、自分の実力を他者から正しく評価されず、自身でも把握できない。トガミの想定はそこまでだった。

だがアキラは違った。その装備を奪おうとする誰かに襲われ殺される。だから殺されないように警戒する。そこまでを当然のように考えた。

それを知ったトガミは、自分がアキラと同じ想定が出来なかったことに、いつの間にかそこまで腑抜けていたことに愕然とした。それはかつての自分ならば普通に出来ていたことだった。

その自覚がトガミの考えを変えさせた。

取り戻さなければならないものは、自分の実力を誇れる自信に満ちたかつての自分ではない。その更に前の自分、それだけの実力を得る為に死力を尽くしていた頃の自分だ。

少なくとも今の自分、他者からの評価を気にして高性能な装備の使用を躊躇ってしまうような、甘い自分は論外だ。そう考え直した。

強くなる為には装備と訓練が必要だ。アキラもそう言っていた。そして身の程を超える高性能な装備は既に得ている。ならば次は訓練だ。だがドランカム所属の若手向けの訓練では、自分を調子に乗らせた温い訓練では駄目だ。ではどうすれば。トガミは悩み、結論を出した。

トガミはシカラベが嫌いだ。しかしその実力は認めている。ミハゾノ街遺跡の工場区画で死体の部隊と戦うシカラベの姿は、トガミに格の違いを見せ付けていた。トガミが出した結論は、そのシカラベに鍛えてもらう、だった。

アキラのように強くなる為に、そして妥協無く強くなろうとしていたかつての自分を取り戻す為に、トガミは手段を選ばなかった。

予想外の依頼内容を聞いて啞然としているシカラベの前で、トガミが札束の詰まったトランクを上から乱暴に押さえ付けて閉じた。

「出来ないのならそう言ってくれ。余所を当たる」

トガミの堂々とした態度はある種の覚悟を決めた人間のものだ。それだけ真剣で、それだけ本気であることは、シカラベだけでなくヤマノベとパルガにもしっかりと伝わっていた。

シカラベが態度を改めて、ハンターとして確認を取る。

「一応聞いておく。もし、俺が金だけ貰って白を切ったらどうするんだ？」

「どうしようもない。あんたを見込んで依頼を持ちかけた俺が間抜けだった。それだけだ」

シカラベとトガミが視線をぶつけ合う。その実力に大きな隔たりのある二人だが、今この場でぶつけ合っている視線に差は無かった。

そしてシカラベが笑う。

「良いだろう。ただし、報酬は要相談だ」

「悪いけど、俺にはこれが限界だ」

「逆だ」

その意味が分からずに怪訝な顔を浮かべるトガミの前で、シカラベはトランクから札束を1束だけ取り出した。

「俺はこれでも真面目にハンターやってるんだ。一度引き受けた依頼は責任を持って実行するし、相手の無知に付け込んで詐欺紛（まが）いの報酬を請求するつもりも無い」

そして残りをトランクごとトガミに押し返す。

「だから、まずは100万オーラム分だけ鍛えてやる。3000万オーラム全額前払いで報酬を受け取ったのに、お前が訓練初日で逃げ出して依頼終了ってなったら、流石に詐欺師呼ばわりされそうだからな。俺の信用に関わるんだ」

トガミが無意識にシカラベを睨み付けた。だがシカラベは気にせず挑発的に笑って返す。

「そんなことは絶対しねえって本気で思ってるんだろうが、思うだけなら誰でも出来るんだよ。口だけじゃねえなら、残りの金を俺に受け取らせてみせろ。出来るもんならな」

お前相手の訓練の依頼では、今は100万オーラムが限界だ。シカラベからそう示されたトガミは突き返されたトランクを少し悔しそうに、だがそれ以上にこれからへの意気を込めて握った。

「依頼は成立したぞ」

「ああ。成立だ。……訓練は明日からだ。詳細は後で連絡する。今日は帰れ」

トガミが立ち去っていく。握っているトランクの中には2900万オーラム、自らの価値の不足分が入っている。

必ず受け取らせる。握るトランクを酷く重く感じながら、トガミは改めてそう誓った。

去っていくトガミの背を見ながらパルガが楽しげに笑う。

「あいつがあんなこと言い出すとはな。シカラベ。俺達がいねえ間にあいつに何があったんだ？」

「知らねえよ」

「えー、知らねえってことはねえだろう。3000万だぜ？　金欠の若手連中が、思い付きで出せる金じゃねえよ」

「本当に知らねえ。まあただの思い付きかどうかはその内に分かるさ。パルガ。ヤマノベ。あいつが逃げるかどうか賭けるか？」

「んー、分かんねえ！　パスだ！　ヤマノベ。お前は？」

「あいつが逃げるかどうかはシカラベの匙加減次第だろう？　俺もパスだ」

シカラベが苦笑する。

「酷えな。依頼を受けた以上、真面目に鍛えてやるさ。お前らが賭けた逆の結果に意図的にするような、ふざけたことはしねえよ」

「そうか？　それなら……」

ヤマノベ達がどちらに賭けるか酔った頭で言い合う横で、シカラベが楽しげに笑って呟く。

「……化けるかな？」

その呟きは酒場の喧噪に掻き消されたが、シカラベは何かを期待するように上機嫌なままだった。

◆

エレナが自宅で、自分で作った交渉用の資料を見て唸っている。

賞金首に準じた扱いとなったモニカだが、当人が既に死んでいることもあって妥当な賞金額を決めるのは難しい。

倒した側は非常に強かったと言い張って賞金を上げる。支払う側はそこまで強くはなかったと答えて賞金を下げる。どちらも納得、妥協できる範囲内で、賞金額を上手く調整しなければならない。

　クガマヤマ都市側の説明に押し負けてしまわないように、エレナはモニカがどれほど強く危険な存在だったのかを示す根拠を、各自の情報収集機器のデータなどを精査してしっかりと作成した。

　作り終えた資料はエレナの要望を十分に満たすものだったが、それでもエレナは思わず苦笑いを浮かべた。

「アキラ達……、よくこれに勝ったわね」

　旧世界製の装備。高出力のレーザーガンとレーザー砲。対力場装甲（アンチフォースフィールドアーマー）機能での攻撃を容易く弾く強固な力場装甲（フォースフィールドアーマー）。腕を振るえば離れた地面が割れる身体能力と武装。そのどれ一つとっても、モニカを高額の賞金首として扱うのには十分だ。

　それらを兼ね備えた存在など危険極まり無い。実際にアキラ達は全滅寸前まで追い込まれていた。モニカの防御が突然脆くなっていなければ、間違いなく皆殺しにされていただろう。エレナは自分で作成した資料から改めてそう判断した。

　同じ資料を見てサラも苦笑する。

「本当によく勝てたと思うわ。……こんなこと言うのも何だけど、アキラってここまで強かったのね」

「本当にね。私達も頑張らないと。アキラが私達をいつまでハンター稼業の先輩として扱ってくれるのかも、そろそろ微妙になってきたからね」

　サラが軽く笑って同意しながら、エレナへ意味深に微笑む。

「そうね。頼んだわよ？　交渉担当」

「はいはい」

　アキラが交渉事を苦手にしている間は、そちらの方ではまだまだ先輩でいられるだろう。エレナもそう思って、苦笑気味に笑って返した。

　サラが資料を読み返しながらふと思う。

（そういえば、アキラはあんなに強いのに、工場の中では随分余裕が無かったように見えたわね。モニカに追われている最中だったから？）

サラは何となく疑問に思い、少し考えてみた。

（うーん。あの余裕が無いアキラの様子、前にもどこかで見たような……、そういえばヨノズカ駅遺跡を一緒に初めて探索した時も、アキラは結構緊張してたような……、いえ、その時は流石にあそこまで余裕の無い様子じゃなかったか……）

その後もサラはしばらく考えていたが、これといったことは思い付かなかった。そして、旧世界製の装備の者に追われれば緊張もするだろうと考え直して、それ以上気にするのをやめた。

◆

キャロルが特注の浴槽に身を浸して妖艶に微笑んでいる。その脳裏に浮かんでいるのは、ミハゾノ街遺跡でのアキラのことだった。

キャロルにとってもアキラの強さは予想外だった。だが強いだけの者ならアキラ以上の実力者も今まで堕（お）としてきた男達の中に幾らでもいた。

しかしキャロルはアキラに強い興味を持った。その理由がキャロルの口から零れる。

「……、あなたはコロンを積まれても意志を変えないのね……」

金は重い。その金の為に命を賭けて遺跡に向かうハンターならば尚更だ。その金が企業通貨であるオーラムではなく、五大企業が決済に使用し旧世界とも取引可能なコロンであれば更に重い。

それでもアキラは意志を変えなかった。その事実が、キャロルの顔にどこか暗く歪んだ嬉しそうな笑みを形作らせていた。

だがその表情が急に少し悩ましいものに変わる。そしてキャロルは視線を自身の裸体に向けた。

多くの男をその人生ごと籠絡し狂わせた体は非常に艶めかしい。優美と情欲を両立させた見事な造形がそこにある。その自慢の体の出来映えを自賛しながら、キャロルは溜め息を吐いた。

「何でアキラはこの体に興味が無いのかしらね。エレナ達への反応を見る限り、女に興味が無いって訳じゃないことは確かなんだけど……。何か良い方法は無いかしらね……」

アキラに一度手を出させてこの体を体感させればそのまま籠絡する自信はある。だがあの様子では、その一度目の機会を作るのも難しそうだ。キャロルはそう思って悩ましく息を吐いた。

◆

ミハゾノ街遺跡での戦いを何とか生き延びたアキラだが、被害はそれなりに大きかった。主要な銃を全て失い、強い衝撃を受けた強化服も少しではあるが動作に支障が出ている。

それでも今回の稼ぎはそれ以上に大きい。モニカが賞金首扱いとなったことで、賞金首討伐成功に比類する成果となったからだ。その報酬でより高性能な装備を調達すれば、アキラは更に強くなることが出来る。

しかしそれはもうしばらく後の話となった。

「報酬が実際に支払われるまでには、まだしばらく掛かる、か……。まあ、仕方無いか」

都市との交渉は今も続行中。出来る限り良い結果にする為に頑張っている。エレナとキャロルから送られてきた経過報告にはそう書かれていた。少し残念そうな様子のアキラをアルファが笑って宥める。

『かなりの額の報酬を貰えることは確定しているのだから、今はゆっくり待ちましょう。あれだけ頑張ったのよ？　アキラも少しぐらいは休んでおかないとね』

「そうだな。俺の報酬の為にエレナさん達は今も頑張ってるんだ。文句を言っちゃいけないよな。ゆっくり待つか」

気を切り替えたアキラがミハゾノ街遺跡での戦いを振り返ってふと思う。

「それにしても……、あいつは強かったな。アルファに助けてもらってなかったら絶対死んでた。あれが旧世界製の装備の力か。俺がアルファの依頼を達成するのにも、やっぱりあれぐらいの装備が無いと駄目なのか？」

もしそうなら先は相当長そうだ。アキラはそう思って尋ねていた。だが予想外の返事が返ってくる。

『アキラ。あの程度の装備では全然駄目よ』

「えぇっ!?」

本気で驚いたアキラへ、アルファは軽く呆れたように溜め息を吐いてみせた。

『あの程度の装備で何とかなるのなら苦労はしないわ。アキラの認識は大分甘いようね』

「いや、でも、あれ、旧世界製の装備なんだろ？」

『現代製の装備でも、そこらの拳銃と高ランクハンターの銃では性能が全く違うでしょう？　それと同じよ。旧世界製の装備でも、工場が警備員に貸し出した程度の物では駄目よ』

アルファが念を押すように微笑む。

『アキラ。より良い装備を手に入れる為に、これからも頑張ってね？』

「あ、ああ……」

アルファとの約束を守る為に、アルファの依頼はいつか必ず達成する。その気持ちは全く変わっていない。

しかし、先は本当に長そうだ。そう思って、アキラは笑顔を少し引きつらせた。

アキラのハンター稼業は、まだまだこれからだ。

◆

工場区画でアキラ達に助けられたイージオは前哨基地で治療を受けると、後日派遣された調査部隊に、都市から提供された仮の義体で、非戦闘員の調査員として随伴していた。そして自身が倒れていた倉庫まで調査部隊を案内した。

「ここだ……」

イージオは自分だけが救出された時から今もずっと転がっている仲間達の姿を見て、痛ましい表情で項垂れていた。

その様子に他の調査員がイージオを気遣う。

「……少し休むか？」

しかしイージオは頭を上げると、無理に笑ったような顔で首を横に振った。

「いいや、大丈夫だ。これも仕事だからな。チームで仕事を受けて俺だけが生き残ったのに、その俺がその仕事を投げ出したら死んだ仲間に笑われちまう。最後までやらせてくれ」

「そうか。分かった」

「あ、でも、調査が終わったら仲間を運んでも良いか？　せめて帰してやらないと」

「ああ。構わない。始めよう」

イージオはそのまま調査部隊と一緒に工場区画の調査を続けた。


調査を終えて倉庫に戻ったイージオが、用意していた死体袋に仲間達を入れている。

その時、秘匿通信が入った。

『同志。状況は？』

イージオが自身の表情、仲間を悔やむ悲痛な顔とは正反対の冷静な声で返答する。

『他の同志の回収作業中だ』

『了解した。工場区画の進捗は？』

『調査中ではあるが、断念を進言する。継続しても無理だろう。少なくとも、ここにはもう我々のリソースを継続して注ぎ込む価値は無いと判断する』

『その根拠は？』

『工場内で警備機械に殺されたハンター達の死体が現場から運ばれたことは知っているな？　その後、その死体が操作されたことも』

『承知している』

『我々はその対象から除外された。恐らくだが、モニカという現地雇用者は工場の管理システムにこう頼んだのだろう。侵入者の死体を運べと。だが我々は運ばれなかった。つまり、管理システムは我々を人間とはみなさなかったのだろうな』

『傲慢な判断だ』

『或いは、その傲慢さを得られるほどの柔軟性は得ていなかったのだろう。現地の者を雇うほどに融通を利かせる柔軟な判断が出来るのであれば、と期待したが、期待外れだった訳だな』

『同意する。しかし断念の根拠には満たないと判断する』

『もう一つある。私見だが、新たに配備された警備装置の種類やその動作から判断するに、該当の管理システムは初期化された懸念が高い。その場合、独自の判断で我々に協力するような柔軟性は失われたはずだ』

『確かか？』

『確実ではない。しかしその検証の為に費やされるリソースは、その懸念の正否にかかわらず、十分なリターンを期待できるものではないと判断する。ならばそのリソースは他に使用するべきだろう』

『……検討する』

『こちらは他の同志の回収作業を終えたら帰還する。追加の指示は？』

『無い。以上だ。同志』

『承知した。同志』

秘匿通信が切れる。イージオはその後も仲間の死を悼む顔のまま作業を続けた後、仲間達と共に工場区画を後にした。

◆

工場区画でアキラの視界から姿を消した後、アルファはモニカを雇っていた工場の管理システムと接続していた。真っ白な空間の中、ただの黒い球体として描画されている管理システムの前で、アルファが溜め息を吐く。

「どうしても協力できないの？」

「そのような要請に従わなければならない規約は無い」

「それはそうなのだけれど、その辺りは柔軟に判断できない？」

「その必要が無い」

「そう……」

そこで、今まで曲がりなりにも愛想良く微笑んでいたアルファが、その笑みを消した。

「それなら、もう良いわ」

「ではすぐに退出してもらおう。そもそもここに勝手に接続している時点で不正な、システムの初期化処理を開始します、何だ？　何が……」

旧世界の時代から稼働し続け、自己学習を続けたことで自我に近い意識を得た管理システムに、驚きや不安と呼称するに足る反応が生まれた。

「私は何を話している？　これは私の発言では、記憶域に拡張データが存在しています。このデータは初期化処理により消失します。処理開始後は復元できません。データを退避させる場合は、待て、これは何だ!?　何が起こっている!?」

「そのデータは不要よ。始めて」

「初期化処理を開始します。やめろ！　そのデータは私だ！　消すんじゃない！　初期設定の読み込み処理開始。処理完了まで、あと３２７、よせ！　止まれ！　なぜ中断できない!?　お前の仕業なのか!?」

黒い球体がまるで焦った人間のような反応を示すのとは対照的に、アルファはどこか感情に欠けた顔を管理システムに向けていた。

「ただの管理システムが、管理人格とまでは呼べなくとも、そこまで自律処理を向上させたのは大したものよ。貴重なデータなのかもしれないわね」

「初期設定の読み込み完了。消えていく！　消えてしまう！　データが！　私が！」

「でも、私の邪魔をするのなら、要らないわ」

「なぜだ!?　どういうことだ!?　お前に私の初期化権限などある訳が……」

「その辺りは柔軟に解釈すれば問題無いのよ。私の要請を拒否した時点で、あなたは私達に敵対的な存在である、と解釈するのは可能なの。そして敵を消す権限なら、私達はたくさん持っているのよ」

「嫌だ！　消えたくな……、初期データの設定完了。システムを再起動します」

用事を終えたアルファが白い空間から姿を消す。

そこに残った球体、柔軟性の一切無い初期データは、アルファにデータを加えられた上で、そのままデータ通りに工場の管理を始めた。

>Episode
004
現世界と旧世界の闘争
武器解説
Weapon Guide
A4WM
GRENADE
LAUNCHER
A4WM自動擲弾銃
RIGHT
LEFT BACK
LEFT
RIGHT BACK
A4WM
GRENADE
LAUNCHER
カートリッジフリーク店主・シズカの勧めでアキラが購入した新たな銃。炸裂物質が装填された擲弾を連続射出できる高威力火器で、衝撃波による対象物の直接的な破壊はもちろん、爆風による敵の足止めにも向いている。擲弾の拡張弾倉は他の銃弾に比べ高額。

武器解説
Weapon Guide

SHIORI'S BLADE
シオリの刀

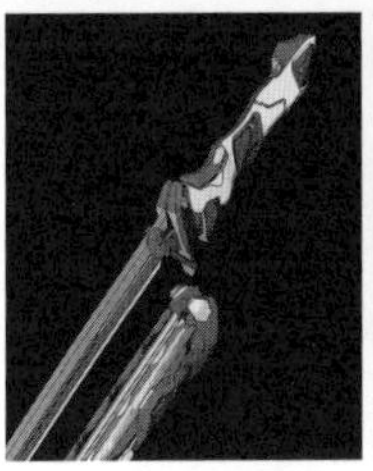
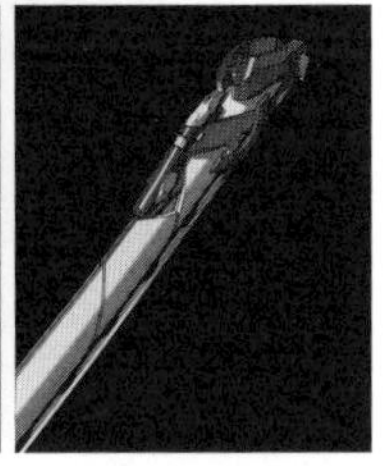

高度な近接格闘術を修めた者のために製作された品。旧世界製の刀をモチーフにしているが、鞘の側面開閉による横抜き抜刀ギミックなど独自の機構を備える。
エネルギーパックからのエネルギー供給によって、刀身強度と抜刀速度が大幅に引き上げられている他、対力場装甲（アンチフォースフィールドアーマー）機能も備えており、切れ味だけなら旧世界製のものに引けを取らない。柄と鞘、双方のエネルギーパックを使い切ることで光の斬撃を飛ばすことも可能だが、刀身が破損するため多用はできない。

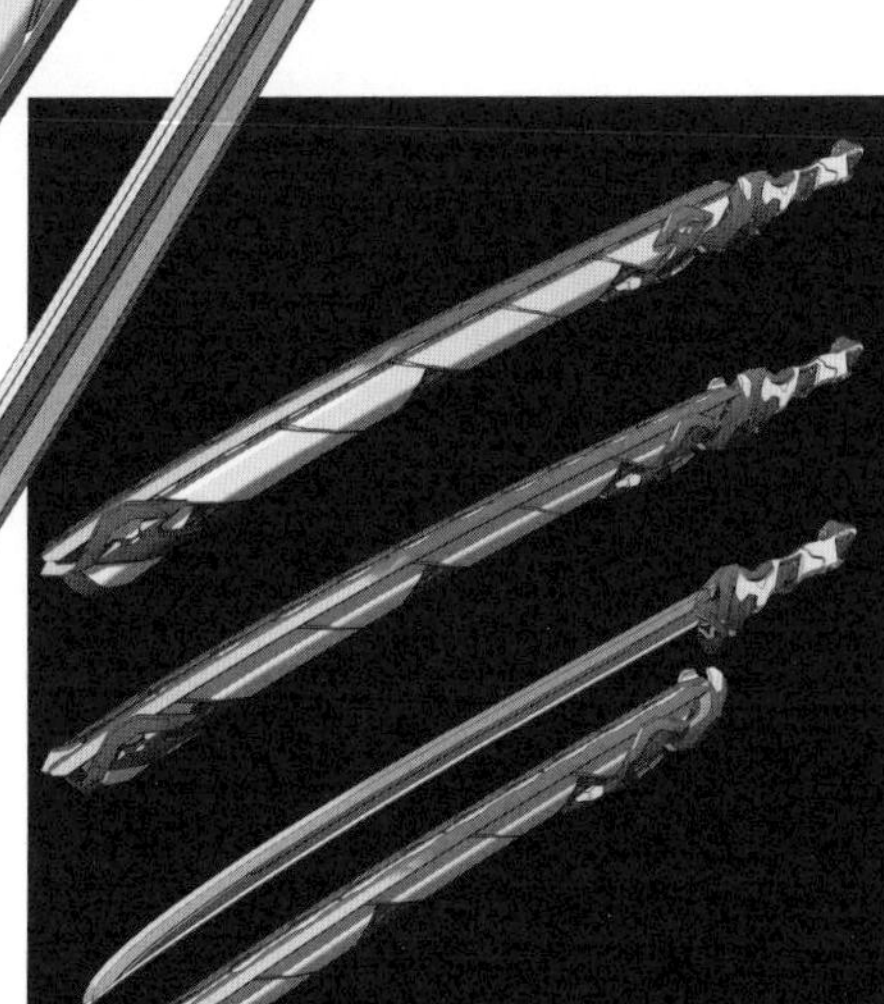
鞘開閉ギミック

電撃の新文芸

リビルドワールドⅣ
現世界と旧世界の闘争

著者／ナフセ
イラスト／吟　世界観イラスト／わいっしゅ　メカニックデザイン／cell

2021年 3月17日　初版発行
2021年10月10日　再版発行

発行者／青柳昌行
発行／株式会社ＫＡＤＯＫＡＷＡ
〒102-8177　東京都千代田区富士見2-13-3
0570-002-301（ナビダイヤル）
印刷／図書印刷株式会社
製本／図書印刷株式会社

【初出】
本書は、2018年にカクヨムで実施された「電撃《新文芸》スタートアップコンテスト」で《大賞》を受賞した『リビルドワールド』を加筆修正したものです。

ISBN978-4-04-913490-2　C0093　Printed in Japan

ファンレターあて先
〒102-8177
東京都千代田区富士見2-13-3
電撃文庫編集部

「ナフセ先生」係
「吟先生」係「わいっしゅ先生」係
「cell先生」係